U1017127

大家文库
中国青年出版社

汪曾祺说·我的世界

汪曾祺 著

目录

作品辑佚

我的世界（代序）

外面的世界很精彩，我的世界很平常。

我的家乡是一个水乡，到处是河，可是我既不会游泳，也不会使船，走在乡下的架得很高的狭窄的木桥上，心里都很害怕。于此可见，我是个没出息的人。高邮湖就在城西，抬脚就到，可是我竟然没有在湖上泛过一次舟，我不大爱动。华南人把到外面创一番事业，叫做“闯世界”，我不是个闯世界的人。我不能设计自己的命运，只能由着命运摆布。

从出生到初中毕业，我是在本城度过的。这一段生活已经写在《逝水》里。除了家、学校，我最熟悉的是由科甲巷至新巷口的一条叫做“东大街”的街。我熟悉沿街的店铺、作坊、摊子。到现在我还能清清楚楚地描绘出这些店铺、作坊、摊子的样子。我每天要去玩一会儿的地方是我祖父所开的“保全堂”药店。我认识不少药，会搓蜜丸，摊膏药。我熟悉中药的气味，熟悉由前面店堂到后面堆放草药的栈房之间的腰门上的一副蓝漆字对联：“春暖带云锄芍药，秋高和露种芙蓉”。我熟悉大小店铺的老板、店伙、工匠。我熟悉这些属于市民阶层的各色人物的待人接物，言谈话语，他们身上的美德和俗气。这些不仅影响了我的为人，也影响了我的文风。

我的高中一二年级是在江阴读的，南菁中学。江阴是一个江边的城市，每天江里涨潮，城里的河水也随之上涨。潮退，河水又归平静。行过虹桥，看河水涨落，有一种无端的伤感。难忘伞墩看梅花遇雨，携手泥涂；君山偶遇，遂成离别。几年前我曾往江阴寻梦，缘悭未值。我这辈子大概不会有机会再到江阴了。

高三时江阴失陷了，我在淮安、盐城辗转“借读”。来去匆匆，未留只字。

我在昆明住过七年，一九三九至一九四六。前四年在西南联大。初到昆明时，身上还有一点带去的钱，可以吃馆子，骑马到黑龙潭、金殿。后来就穷得丁当响了，真是“囚首垢面，而读诗书”。后三年在中学教书，在黄土坡、观音寺、白马庙都住过。

一九四六年夏至一九四七年冬，在上海，教中学。上海无风景，法国公园、兆丰公园都只有一点点大。

一九四八年我在午门历史博物馆工作，我住的地方很特别，在右掖门下，据说原是锦衣卫值宿的所在。

一九四九年三月，参加四野南下工作团。五月，至汉口，在硚口二女中任副教导主任。

一九五〇年夏，回北京。在东单三条、河泊厂都住过一阵。

一九五八年被打成右派，下放张家口沙岭子农业科学研究所劳动。我和农业工人——也就是农民在一起生活了四年，对农村、农民有了比较切近的认识。

一九六一年底回北京后住甘家口。不远就是玉渊潭，我几乎每天要围着玉渊潭散步，和菜农、遛鸟的人闲聊，得到不少知识。

我在一个京剧院当了十几年编剧。认识了一些名角，也认识了一些值得同情但也很可笑的小人物，增加了我对“人生”的一分理解。

我到过不少地方，到过西藏、新疆、内蒙、湖南、江西、四川、广东、福建，登过泰山，在武夷山和永嘉的楠溪江上坐过竹筏……但我于这些地方都只是一个过客，虽然这些地方的山水人情也曾流入我的思想，毕竟只是过眼烟云。

我在这个世界走来走去，已经走了七十三年，我还能走得多远，多久？

一九九三年九月八日

第一辑　感　怀

故乡的食物

炒米和焦屑

小时读《板桥家书》:“天寒冰冻时暮,穷亲戚朋友到门,先泡一大碗炒米送手中,佐以酱姜一小碟,最是暖老温贫之具”,觉得很亲切。郑板桥是兴化人,我的家乡是高邮,风气相似。这样的感情,是外地人们不易领会的。炒米是各地都有的。但是很多地方都做成了炒米糖。这是很便宜的食品。孩子买了,咯咯地嚼着。四川有“炒米糖开水”,车站码头都有的卖,那是泡着吃的。但四川的炒米糖似也是专业的作坊做的,不像我们那里。我们那里也有炒米糖,像别处一样,切成长方形的一块一块。也有搓成圆球的,叫做“欢喜团”。那也是作坊里做的。但通常所说的炒米,是不加糖黏结的,是“散装”的;而且不是作坊里做出来,是自己家里炒的。

说是自己家里炒,其实是请了人来炒的。炒炒米要点手艺,并不是人人都会的。入了冬,大概是过了冬至吧,有人背了一面大筛子,手持长柄的铁铲,大街小巷地走,这就是炒炒米的。有时带一个助手,多半是个半大孩子,是帮他烧火的。请到家里来,管一顿饭,给几个钱,炒一天。或二斗,或半石;像我们家人口多,一次得炒一石糯米。炒炒米都是把一年所需一次炒齐,没有零零碎碎炒的。过了这个季节,再找炒炒米的也找不着。一炒炒米,就让人觉得,快要过年了。

装炒米的坛子是固定的,这个坛子就叫“炒米坛子”,不做别的用途。舀炒米的东西也是固定的,一般人家大都是用一个香烟罐头。我的祖母用的是一个“柚子壳”。柚子——我们那里柚子不多见,从顶上开一洞,把里面的瓤掏出来，再塞上米糠，风干，就成了一个硬壳的钵状的东西。她用这个柚子壳用了一辈子。

我父亲有一个很怪的朋友，叫张仲陶。他很有学问，曾教我读过《项羽本纪》。他薄有田产，不治生业，整天在家研究《易经》，算卦。他算卦用蓍草。全城只有他一个人用蓍草算卦。据说他有几卦算得极灵。有一家丢了一只金戒指，怀疑是女佣偷了。这女佣人蒙了冤枉，来求张先生算一卦。张先生算了，说戒指没有丢，在你们家炒米坛盖子上。一找，果然。我小时就不大相信，算卦怎么能算得这样准，怎么能算得出在炒米坛盖子上呢？不过他的这一卦说明了一件事，即我们那里炒米坛子是几乎家家都有的。

炒米这东西实在说不上有什么好吃。家常预备，不过取其方便。用开水一泡，马上就可以吃。在没有什么东西好吃的时候，泡一碗，可代早晚茶。来了平常的客人，泡一碗，也算是点心。郑板桥说："穷亲戚朋友到门，先泡一大碗炒米送手中"，也是说其省事，比下一碗挂面还要简单。炒米是吃不饱人的。一大碗，其实没有多少东西。我们那里吃泡炒米，一般是抓上一把白糖，如板桥所说："佐以酱姜一小碟"，也有，少。我现在岁数大了，如有人请我吃泡炒米，我倒宁愿来一小碟酱生姜——最好滴几滴香油，那倒是还有点意思的。另外还有一种吃法，用猪油煎两个嫩荷包蛋——我们那里叫做"蛋瘪子"，抓一把炒米和在一起吃。这种食品是只有"惯宝宝"才能吃得到的。谁家要是老给孩子吃这种东西，街坊就会有议论的。

我们那里还有一种可以急就的食品，叫做"焦屑"。糊锅巴磨成碎末，就是焦屑。我们那里，餐餐吃米饭，顿顿有锅巴。把饭铲出来，锅巴用小火烘焦，起出来，卷成一卷，存着。锅巴是不会坏的，不发馊，不长霉，攒够一定的数量，就用一具小石磨磨碎，放起来。焦屑也像炒米一样，用开水冲冲，就能吃了，焦屑调匀后成糊状，有点像北方的炒面，但比炒面爽口。

我们那里的人家预备炒米和焦屑，除了方便，原来还有一层意思，是应急。在不能正常煮饭时，可以用来充饥。这很有点像古代行军用的"糒"。有一年，记不得是哪一年，总之是我还小，还在上小学，党军（国民革命军）和联军（孙传芳的军队）在我们县境内开了仗，很多人都躲进了红十字会。不知道出于一种什么信念，大家都以为红十字会是哪一方的军队都不能打进去的，进了红十字会就安全了。红十字会设在炼阳观，这是一个道士观。我们一家带了一点行李进了炼阳观。祖母指挥着，特别关照，把一坛炒米和一坛焦屑带了去。我对这种打破常规的生活极感兴趣。晚上，爬到吕祖楼上去，看双方军队枪炮的火光在东北面不知什么地方一阵一阵地亮着，觉得有点紧张，也很好玩。很多人家住在一起，不能煮饭，这一晚上，我们是冲炒米、泡焦屑度过的。没有床铺，我把几个道士诵经用的蒲团拼起来，在上面睡了一夜。这实在是我小时候度过的一个浪漫主义的夜晚。

第二天，没事了，大家就都回家了。

炒米和焦屑和我家乡的贫穷和长期的动乱是有关系的。

端午的鸭蛋

家乡的端午，很多风俗和外地一样。系百索子。五色的丝线拧成小绳，系在手腕上。丝线是掉色的，洗脸时沾了水，手腕上就印得红一道绿一道的。做香角子。丝线缠成小粽子，里头装了香面，一个一个串起来，挂在帐钩上。贴五毒。红纸剪成五毒，贴在门槛上。贴符。这符是城隍庙送来的。城隍庙的老道士还是我的寄名干爹，他每年端午节前就派小道士送符来，还有两把小纸扇。符送来了，就贴在堂屋的门楣上。一尺来长的黄色、蓝色的纸条，上面用朱笔画些莫名其妙的道道，这就能辟邪么？喝雄黄酒。用酒和的雄黄在孩子的额头上画一个王字，这是很多地方都有的。有一个风俗不知别处有不：放黄烟子。黄烟子是大小如北方的麻雷子的炮仗，只是里面灌的不是硝药，而是雄黄。点着后不响，只是冒出一股黄烟，能冒好一会。把点着的黄烟子丢在橱柜下面，说是可以熏五毒。小孩子点了黄烟子，常把它的一头抵在板壁上写虎字。写黄烟虎字笔画不能断，所以我们那里的孩子都会写草书的“一笔虎”。还有一个风俗，是端午节的午饭要吃“十二红”，就是十二道红颜色的菜。十二红里我只记得有炒红苋菜、油爆虾、咸鸭蛋，其余的都记不清，数不出了。也许十二红只是一个名目，不一定真凑足十二样。不过午饭的菜都是红的，这一点是我没有记错的，而且，苋菜、虾、鸭蛋，一定是有的。这三样，在我的家乡，都不贵，多数人家是吃得起的。

我的家乡是水乡。出鸭。高邮大麻鸭是著名的鸭种。鸭多，鸭蛋也多。高邮人也善于腌鸭蛋。高邮咸鸭蛋于是出了名。我在苏南、浙江，每逢有人问起我的籍贯，回答之后，对方就会肃然起敬："哦！你们那里出咸鸭蛋！"上海的卖腌腊的店铺里也卖咸鸭蛋，必用纸条特别标明："高邮咸蛋"。高邮还出双黄鸭蛋。别处鸭蛋也偶有双黄的，但不如高邮的多，可以成批输出。双黄鸭蛋味道其实无特别处。还不就是个鸭蛋！只是切开之后，里面圆圆的两个黄，使人惊奇不已。我对异乡人称道高邮鸭蛋，是不大高兴的，好像我们那穷地方就出鸭蛋似的！不过高邮的咸鸭蛋，确实是好，我走的地方不少，所食鸭蛋多矣，但和我家乡的完全不能相比！曾经沧海难为水，他乡咸鸭蛋，我实在瞧不上。袁枚的《随园食单·小菜单》有"腌蛋"一条。袁子才这个人我不喜欢，他的《食单》好些菜的做法是听来的，他自己并不会做菜。但是"腌蛋"这一条我看后却觉得很亲切，而且"与有荣焉"。文不长，录如下：

腌蛋以高邮为佳，颜色细而油多，高文端公最喜食之。席间，先夹取以敬客，放盘中。总宜切开带壳，黄白兼用；不可存黄去白，使味不全，油亦走散。

高邮咸蛋的特点是质细而油多。蛋白柔嫩，不似别处的发干、发粉，入口如嚼石灰。油多尤为别处所不及。鸭蛋的吃法，如袁子才所说，带壳切开，是一种，那是席间待客的办法。平常食用，一般都是敲破"空头"用筷子挖着吃。筷子头一扎下去，吱——红油就冒出来了。高邮咸蛋的黄是通红的。苏北有一道名菜，叫做"朱砂豆腐"，就是用高邮鸭蛋黄炒的豆腐。我在北京吃的咸鸭蛋，蛋黄是浅黄色的，这叫什么咸鸭蛋呢！

端午节，我们那里的孩子兴挂"鸭蛋络子"。头一天，就由姑姑或姐姐用彩色丝线打好了络子。端午一早，鸭蛋煮熟了，由孩子自己去挑一个，鸭蛋有什么可挑的呢？有！一要挑淡青壳的。鸭蛋壳有白的和淡青的两种。二要挑形状好看的。别说鸭蛋都是一样的，细看却不同。有的样子蠢，有的秀气。挑好了，装在络子里，挂在大襟的纽扣上。这有什么好看呢？然而它是孩子心爱的饰物。鸭蛋络子挂了多半天，什么时候孩子一高兴，就把络子里的鸭蛋掏出来，吃了。端午的鸭蛋，新腌不久，只有一点淡淡的咸味，白嘴吃也可以。

孩子吃鸭蛋是很小心的。除了敲去空头，不把蛋壳碰破。蛋黄蛋白吃光了，用清水把鸭蛋壳里面洗净，晚上捉了萤火虫来，装在蛋壳里，空头的地方糊一层薄罗。萤火虫在鸭蛋里一闪一闪地亮，好看极了！

小时读囊萤映雪故事，觉得东晋的车胤用练囊盛了几十只萤火虫，照了读书，还不如用鸭蛋壳来装萤火虫。不过用萤火虫照亮来读书，而且一夜读到天亮，这能行么？车胤读的是手写的卷子，字大，若是读现在的新五号字，大概是不行的。

咸菜茨菇汤

一到下雪天，我们家就喝咸菜汤，不知是什么道理。是因为雪天买不到青菜？那也不见得。除非大雪三日，卖菜的出不了门，否则他们总还会上市卖菜的。这大概只是一种习惯。一早起来，看见飘雪花了，我这就知道：今天中午是咸菜汤！

咸菜是青菜腌的。我们那里过去不种白菜，偶有卖的，叫做“黄芽菜”，是外地运去的，很名贵。一盘黄芽菜炒肉丝，是上等菜。平常吃的，都是青菜，青菜似油菜，但高大得多。入秋，腌菜，这时青菜正肥。把青菜成担的买来，洗净，晾去水气，下缸。一层菜，一层盐，码实，即成。随吃随取，可以一直吃到第二年春天。

腌了四五天的新咸菜很好吃，不咸，细、嫩、脆、甜，难可比拟。

咸菜汤是咸菜切碎了煮成的。到了下雪的天气，咸菜已经腌得很咸了，而且已经发酸。咸菜汤的颜色是暗绿的。没有吃惯的人，是不容易引起食欲的。

咸菜汤里有时加了茨菇片，那就是咸菜茨菇汤。或者叫茨菇咸菜汤，都可以。

我小时候对茨菇实在没有好感。这东西有一种苦味。民国二十年，我们家乡闹大水，各种作物减产，只有茨菇却丰收。那一年我吃了很多茨菇，而且是不去茨菇的嘴子的，真难吃。

我十九岁离乡，辗转漂流，三四十年没有吃到茨菇，并不想。

前好几年，春节后数日，我到沈从文老师家去拜年，他留我吃饭，师母张兆和炒了一盘茨菇肉片。沈先生吃了两片茨菇，说："这个好！格比土豆高。"我承认他这话。吃菜讲究"格"的高低，这种语言正是沈老师的语言。他是对什么事物都讲"格"的，包括对于茨菇、土豆。

因为久违，我对茨菇有了感情。前几年，北京的菜市场在春节前后有卖茨菇的。我见到，必要买一点回来加肉炒了。家里人都不怎么爱吃。所有的茨菇，都由我一个人"包圆儿"了。

北方人不识茨菇。我买茨菇，总要有人问我："这是什么？"——"茨菇。"——"茨菇是什么？"这可不好回答。

北京的茨菇卖得很贵，价钱和"洞子货"（温室所产）的西红柿、野鸡脖韭菜差不多。

我很想喝一碗咸菜茨菇汤。

我想念家乡的雪。

虎头鲨·昂嗤鱼·砗螯·螺蛳·蚬子

苏州人特重塘鳢鱼。上海人也是，一提起塘鳢鱼，眉飞色舞。塘鳢鱼是什么鱼？我向往之久矣。到苏州，曾想尝尝塘鳢鱼，未能如愿。后来我知道：塘鳢鱼就是虎头鲨，嗐！

塘鳢鱼亦称土步鱼。《随园食单》："杭州以土步鱼为上品，而金陵人贱之，目为虎头蛇，可发一笑。"虎头蛇即虎头鲨。这种鱼样子不好看，而且有点凶恶。浑身紫褐色，有细碎黑斑，头大而多骨，鳍如蝶翅。这种鱼在我们那里也是贱鱼，是不能上席的。苏州人做塘鳢鱼有清炒、椒盐多法。我们家乡通常的吃法是氽汤，加醋、胡椒。虎头鲨氽汤，鱼肉极细嫩，松而不散，汤味极鲜，开胃。

昂嗤鱼的样子也很怪，头扁嘴阔，有点像鲇鱼，无鳞，皮色黄，有浅黑色的不规整的大斑。无背鳍。而背上有一根很硬的尖锐的骨刺。用手捏起这根骨刺,它就发出昂嗤昂嗤小小的声音。这声音是怎么发出来的,我一直没弄明白。这种鱼是由这种声音得名的。它的学名是什么,只有去问鱼类学专家了。这种鱼没有很大的,七八寸长的,就算难得的了。这种鱼也很贱,连乡下人也看不起。我的一个亲戚在农村插队,见到昂嗤鱼,买了一些,农民都笑他:“买这种鱼干什么!”昂嗤鱼其实是很好吃的。昂嗤鱼通常也是汆汤。虎头鲨是醋汤,昂嗤鱼不加醋,汤白如牛乳,是所谓“奶汤”。昂嗤鱼也极细嫩,鳃边的两块蒜瓣肉有大拇指大,堪称至味。有一年,北京一家鱼店不知从哪里运来一些昂嗤鱼,无人问津。顾客都不识这是啥鱼。有一位卖鱼的老师傅倒知道:“这是昂嗤。”我看到,高兴极了,买了十来条。回家一做,满不是那么一回事!昂嗤要吃活的(虎头鲨也是活杀)。长途转运,又在冷库里冰了一些日子,肉质变硬,鲜味全失,一点意思都没有!

砗螯,我的家乡叫馋螯,砗螯是扬州人的叫法,我在大连见到花蛤,我以为就是砗螯,不是。形状很相似,入口全不同。花蛤肉粗而硬,咬不动。砗螯极柔软细嫩。砗螯好像是淡水里产的,但味道却似海鲜。有点像蛎黄,但比蛎黄味道清爽。比青蛤、蚶子味厚。砗螯可清炒,烧豆腐,或与咸肉同煮。砗螯烧乌青菜(江南人叫塌苦菜),风味绝佳。乌青菜如是经霜而现拔的,尤美。我不食砗螯四十五年矣。

砗螯壳稍呈三角形,质坚,白如细瓷,而有各种颜色的弧形花斑,有浅紫的,有暗红的,有赭石,墨蓝的,很好看。家里买了砗螯,挖出砗螯肉,我们就从一堆砗螯壳里去挑选,挑到好的,洗净了留起来玩。砗螯壳的铰合部有两个突出的尖嘴子,把尖嘴子在糙石上磨磨,不一会儿就磨出两个小圆洞,含在嘴里吹,呜呜地响,且有细细颤音,如风吹窗纸。

螺蛳处处有之。我们家乡清明吃螺蛳,谓可以明目。用五香煮熟螺蛳,分给孩子,一人半碗,由他们自己用竹签挑着吃。孩子吃了螺蛳,用小竹弓把螺蛳壳射到屋顶上,喀啦喀啦地响。夏天“检漏”,瓦匠总要扫下好些螺蛳壳。这种小弓不作别的用处,就叫做螺蛳弓,我在小说《戴车匠》里对螺蛳弓有较详细的描写。

蚬子是我所见过的贝类里最小的了，只有一粒瓜子大。蚬子是剥了壳卖的。剥蚬子的人家附近堆了好多蚬子壳，像一个坟头。蚬子炒韭菜，很下饭。这种东西非常便宜，为小户人家的恩物。

有一年修运河堤。按工程规定，有一段堤面应铺碎石，包工的贪污了款子，在堤面铺了一层蚬子壳。前来验收的委员，坐在汽车里，向外一看，白花花的一片，还抽着雪茄烟，连说："很好！很好！"

我的家乡富水产。鱼中之名贵的是鳊鱼、白鱼（尤重翘嘴白）、鲚花鱼（即鳜鱼），谓之"鳊、白、鲚。"虾有青虾、白虾。蟹极肥。以无特点，故不及。

野鸭·鹌鹑·斑鸠·鵽

过去我们那里野鸭子很多。水乡，野鸭子自然多。秋冬之际，天上有时"过"野鸭子，黑乎乎的一大片，在地上可以听到它们鼓翅的声音，呼呼的，好像刮大风。野鸭子是枪打的（野鸭肉里常常有很细的铁砂子，吃时要小心），但打野鸭子的人自己不进城来卖。卖野鸭子有专门的摊子。有时卖鱼的也卖野鸭子，把一个养活鱼的木盆翻过来，野鸭一对一对地摆在盆底，卖野鸭子是不用秤约的，都是一对一对地卖。野鸭子是有一定分量的。依分量大小，有一定的名称，如"对鸭"、"八鸭"。哪一种有多大分量，我现在已经记不清了。卖野鸭子都是带毛的。卖野鸭子的可以代客当场去毛，拔野鸭毛是不能用开水烫的。野鸭子皮薄，一烫，皮就破了。干拔，卖野鸭子的把一只鸭子放入一个麻袋里，一手提鸭，一手拔毛，一会就拔净了。——放在麻袋里拔，是防止鸭毛飞散。代客拔毛，不另收费，卖野鸭子的只要那一点鸭毛。——野鸭毛是值钱的。

野鸭的吃法通常是切块红烧。清炖大概也可以吧，我没有吃过。野鸭子肉的特点是：细、"酥"，不像家鸭每每肉老。野鸭烧咸菜是我们那里的家常菜。里面的咸菜尤其是佐粥的妙品。

现在我们那里的野鸭子很少了。前几年我回乡一次，偶有，卖得很贵。原因据说是因为县里对各乡水利作了全面综合治理，过去的水荡子、荒滩少了，野鸭子无处栖息。而且，野鸭子过去是吃收割后遗撒在田里的谷粒的，现在收割得很干净，颗粒归仓，野鸭子没有什么可吃的，不来了。

鹌鹑是网捕的。我们那里吃鹌鹑的人家少，因为这东西只有由乡下的亲戚送来，市面上没有卖的。鹌鹑大都是用五香卤了吃。也有用油炸了的。鹌鹑能斗，但我们那里无斗鹌鹑的风气。

我看见过猎人打斑鸠。我在读初中的时候。午饭后，我到学校后面的野地里去玩。野地里有小河，有野蔷薇，有金黄色的茼蒿花，有苍耳(苍耳子有小钩刺，能挂在衣裤上，我们管它叫“万把钩”)，有才抽穗的芦荻。在一片树林里，我发现一个猎人。我们那里猎人很少，我从来没有见过猎人，但是我一看见他，就知道：他是一个猎人。这个猎人给我一个非常猛厉的印象。他穿了一身黑，下面却缠了鲜红的绑腿。他很瘦。他的眼睛黑，而冷。他握着枪。他在干什么？树林上面飞过一只斑鸠。他在追逐这只斑鸠。斑鸠分明已经发现猎人了。它想逃脱。斑鸠飞到北面，在树上落一落，猎人一步一步往北走。斑鸠连忙往南面飞，猎人扬头看了一眼，斑鸠落定了，猎人又一步一步往南走，非常冷静。这是一场无声的，然而非常紧张的、坚持的较量。斑鸠来回飞，猎人来回走。我很奇怪，为什么斑鸠不往树林外面飞。这样几个来回，斑鸠慌了神了，它飞得不稳了，歪歪倒倒的，失去了原来均匀的节奏。忽然，砰——枪声一响，斑鸠应声而落。猎人走过去，拾起斑鸠，看了看，装在猎袋里。他的眼睛很黑，很冷。

我在小说《异秉》里提到王二的熏烧摊子上，春天，卖一种叫做“䳢”的野味，䳢这种东西我在别处没看见过。“䳢”这个字很多人也不认得。多数字典里不收。《辞海》里倒有这个字，标音为(duò又读zhuā)。zhuā与我乡读音较近，但我们那里是读入声的，这只有用国际音标才标得出来。即使用国际音标标出，在不知道“短促急收藏”的北方人也是读不出来的。《辞海》“䳢”字条下注云：“见䳢鸠”，似以为“䳢”即“䳢鸠”。而在“䳢鸠”条下注云：“鸟名。雉属。即‘沙鸡’。”这就不对了。沙鸡我是见过的，吃过的。内蒙、张家口多出沙鸡。《尔雅·释鸟》郭璞注：“出北方沙漠地”，不错。北京冬季偶尔也有卖的。沙鸡嘴短而红，腿也短。我们那里的䳢却是水鸟，嘴长，腿也长。䳢的滋味和沙鸡有天渊之别。沙鸡肉较粗，略带酸味；䳢肉极细，非常香。我一辈子没有吃过比鹅更香的野味。

蒌蒿·枸杞·荠菜·马齿苋

小说《大淖记事》"春初水暖，沙洲上冒出很多紫红色的芦芽和灰绿色的蒌蒿，很快就是一片翠绿了。"我在书面下方加了一条注："蒌蒿是生于水边的野草，粗如笔管，有节，生狭长的小叶，初生二寸来高，叫做'蒌蒿薹子'，加肉炒食极清香。……"蒌蒿的蒌字，我小时不知怎么写，后来偶然看了一本什么书，才知道的。这个字音"吕"。我小学有一个同班同学，姓吕，我们就给他起了个外号，叫"蒌蒿薹子"(蒌蒿薹子家开了一爿糖坊，小学毕业后未升学，我们看见他坐在糖坊里当小老板，觉得很滑稽)。但我查了几本字典，"蒌"都音"楼"，我有点恍惚了。"楼"、"吕"一声之转。许多从"娄"的字都读"吕"，如"屡"、"缕"、"褛"……这本来无所谓，读"楼"读"吕"，关系不大。但字典上都说蒌蒿是蒿之一种，即白蒿，我却有点不以为然了。我小说里写的蒌蒿和蒿其实不相干。读苏东坡《惠崇春江晚景》诗："竹外桃花三两枝，春江水暖鸭先知。蒌蒿满地芦芽短，正是河豚欲上时。"此蒌蒿生于水边，与芦芽为伴，分明是我的家乡人所吃的蒌蒿，非白蒿。或者"即白蒿"的蒌蒿别是一种，未可知矣。深望懂诗、懂植物学，也懂吃的博雅君子有以教我。

我的小说注文中所说的"极清香"，很不具体，嗅觉和味觉是很难比方，无法具体的。昔人以为荔枝味似软枣，实在是风马牛不相及。我所谓"清香"，即食时如坐在河边闻到新涨的春水的气味。这是实话，并非故作玄言。

枸杞到处都有。开花后结长圆形的小浆果，即枸杞子。我们叫它"狗奶子"，形状颇像。本地产的枸杞子没有入药的，大概不如宁夏产的好。枸杞是多年生植物。春天，冒出嫩叶，即枸杞头。枸杞头是容易采到的。偶尔也有进城的乡村的女孩子采了，放在竹篮里叫卖："枸杞头来！……"枸杞头可下油盐炒食；或用开水焯了，切碎，加香油、酱油、醋，凉拌了吃。那滋味，也只能说"极清香"。春天吃枸杞头，云可以清火，如北方人吃苣荬菜一样。

"三月三，荠菜花赛牡丹"。俗谓是日以荠菜花置灶上，则蚂蚁不上锅台。

北京也偶有荠菜卖。菜市上卖的是园子里种的，茎白叶大，颜色较野生者浅淡，无香气。农贸市场间有南方的老太太挑了野生的来卖，则又过于细瘦，如一团乱发，制熟后强硬扎嘴。总不如南方野生的有味。

江南人惯用荠菜包春卷，包馄饨，甚佳。我们家乡有用来包春卷的，用来包馄饨的没有，——我们家乡没有“菜肉馄饨”。一般是凉拌。荠菜焯熟剁碎，界首茶干切细丁，入虾米，同拌。这道菜是可以上酒席作凉菜的。酒席上的凉拌荠菜都用手抟成一座尖塔，临吃推倒。

马齿苋现在很少有人吃。古代这是相当重要的菜蔬。苋分人苋、马苋。人苋即今苋菜，马苋即马齿苋。我的祖母每于夏天摘肥嫩的马齿苋晾干，过年时作馅包包子。她是吃长斋的，这种包子只有她一个人吃。我有时从她的盘子里拿一个，蘸了香油吃，挺香。马齿苋有点淡淡的酸味。

马齿苋开花，花瓣如一小囊。我们有时捉了一个哑巴知了，——知了是应该会叫的，捉住一个哑巴，多么扫兴！于是就摘了两个马齿苋的花瓣套住它的眼睛，——马齿苋花瓣套知了眼睛正合适，一撒手，这知了就拼命往高处飞，一直飞到看不见！

三年自然灾害，我在张家口沙岭子吃过不少马齿苋。那时候，这是宝物！

载一九八六年第五期《雨花》

文游台

文游台是我们县首屈一指的名胜古迹。

台在泰山庙后。

泰山庙前有河，曰澄河。河上有一道拱桥，桥很高，桥洞很大。走到桥上，上面是天，下面是水，觉得体重变得轻了，有凌空之感。拱桥之美，正在使人有凌空感。我们每年清明节后到东乡上坟都要从桥上过（乡俗，清明节前上新坟，节后上老坟）。这正是杂花生树，良苗怀新的时候，放眼望去，一切都使人心情舒畅。

澄河产瓜鱼，长四五寸，通体雪白，莹润如羊脂玉，无鳞无刺，背部有细骨一条，烹制后骨亦酥软可吃，极鲜美。这种鱼别处其实也有，有的地方叫水仙鱼，北京偶亦有卖，叫面条鱼。但我的家乡人认定这种鱼只有我的家乡有，而且只有文游台前面澄河里有。家乡人爱家乡，只好由着他说。不过别处的这种鱼不似澄河所产的味美，倒是真的。因为都经过冷藏转运，不新鲜了。为什么叫“瓜鱼”呢？据说是因黄瓜开花时鱼始出，到黄瓜落架时就再捕不到了，故又名“黄瓜鱼”。是不是这么回事，谁知道。

泰山庙亦名东岳庙，差不多每个县里都有的，其普遍的程度不下于城隍庙。所祀之神称为东岳大帝。泰山庙的香火是很盛的，因为好多人都以为东岳大帝是管人的生死的。每逢香期，初一十五，特别是东岳大帝的生日（中国的神佛都有一个生日，不知道是从什么档案里查出来的），来烧香的善男信女（主要是信女）络绎不绝。一进庙门就闻到一股触鼻的香气。从门楼到甬道，两旁排列的都是乞丐，大都伪装成瞎子、哑吧、烂腿的残废（烂腿是用蜡烛油画的），来烧香的总是要准备一两吊铜钱施舍给他们的。

正面的大殿，神龛里坐着大帝，油白脸，疏眉细目。五绺长须，颇慈祥的样子，穿了一件簇新的大红蟒袍，手捧一把摺扇。东岳大帝何许人也？据说是《封神榜》上的黄飞虎！

正殿两旁，是"七十二司"，即阴间的种种酷刑，上刀山、下油锅、锯人、磨人……这是对活人施加的精神威慑：你生前做坏事，死后就是这样！

我到泰山庙是去看戏。

正殿的对面有一座戏台。戏台很高，下面可以走人。这倒也好，看戏的不会往前头挤，因为太靠近，看不到台上的戏。

戏台与正殿之间是观众席。没有什么"席"，只是一片空场，看戏的大都是站着。也有自己从家里扛了长凳来坐着看的。

没有什么名角，也没有什么好戏。戏班子是"草台班子"，因为只在里下河一带转，亦称"下河班子"，唱的是京戏，但有些戏是徽调。不知道为什么，哪个班子都有一出《扫松下书》。这出戏剧情很平淡，我小时最不爱看这出戏。到了生意不好，没有什么观众的时候（这种戏班子，观众入场也还要收一点钱），就演《三本铁公鸡》，再不就演《九更天》、《杀子报》。演《杀子报》是要加钱的，因为下河班子的闻太师勾的是金脸。下河班子演戏是很随便的，没有准调准词。只有一年，来了一个叫周素娟的女演员，是个正工青衣，在南方的科班时坐科学过戏，唱戏很规矩，能唱《武家坡》、《汾河湾》这类的戏，甚至能唱《祭江》、《祭塔》……我的家乡真懂京戏的人不多，但是在周素娟唱大段慢板的时候，台下也能鸦雀无声，听得很入神。周素娟混得到里下河来搭班，是"卖了脑子"落魄了。有一个班子有一个大花脸，嗓子很冲，姓颜，大家就叫他颜大花脸。有一回，我听他在戏台旁边的廊子上对着烧开水的"水锅"大声嚷嚷："打洗脸水！"我从他的声音里听出了一腔悲愤，满腹牢骚。我一直对颜大花脸的喊叫不能忘。江湖艺人，吃这碗开口饭，是充满辛酸的。

泰山庙正殿的后面，即属于文游台范围，沿砖路北行，路东有秦少游读书台。更北，地势渐高，即文游台。台基是一个大土墩。墩之一侧为四贤祠。四贤，说法不一。这本是一个"淫祠"，是一位"蒲圻先生"把它改造了的。蒲圻先生姓胡，字尧元。明代张诞《谒文游台四贤祠》诗云："迩来风流久澌烬，文游名在无遗踪。虽有高台可游眺，异端丹碧徒穹窿。嘉禾不植稂莠盛，邦人奔走如狂矇。蒲圻先生独好古，一扫陋俗隆高风。长绳倒拽淫象出，易以四子衣冠容。”这位蒲圻先生实在是多事，把“淫象”留下来让我们看看也好。我小时到文游台，不但看不到淫象，连“四子衣冠容”也没有，只有四个蓝地金字的牌位。墩之正面为盍簪堂。“盍簪”之名，比较生僻。出处在易经。《易·豫》：“勿疑，朋盍簪。”王弼洲：“盍，合也；簪，疾也。”孔颖达疏：“群朋合聚而疾来也。”如果用大白话说，就是“快来堂”。我觉得“快来堂”也挺不错。我们小时候对盍簪堂的兴趣比四贤祠大得多。因为堂的两壁刻着《秦邮帖》。小时候以为帖上的字是这些书法家在高邮写的。不是的。是把名家的书法杂凑起来的(帖都是杂凑起来的)。帖是清代嘉庆年间一个叫师亮采的地方官属钱梅溪刻的。钱泳《履园丛话》：“二十年乙亥……是年秋八月为韩城师禹门太守刻《秦邮帖》四卷。皆取苏东坡、黄山谷、宋元章、秦少游诸公书，两殿以松雪、华亭二家。”曾有人考证，帖中书颇多“赝鼎”，是假的，我们不管这些，对它还是很有感情。我们用薄纸蒙在帖上，用铅笔来回磨蹭，把这些字“塌”下来带回家，有时翻出来看看，觉得字很美。

盍簪堂后是一座木结构的楼，是文游台的主体建筑。楼颇宏大，东西两面都是大窗户。我读小学时每年“春游”都要上文游台，趴在两边窗台上看半天。东边是农田，碧绿的麦苗，油菜、蚕豆正在开花，很喜人。西边是人家，鳞次栉比，最西可看到运河堤上的杨柳，看到船帆在树头后面缓缓移动。缓缓移动的船帆叫我的心有点酸酸的，也甜甜的。

文游台的出名，是因为这是苏东坡、秦少游、王定国、孙莘老聚会的地方，他们在楼上饮酒、赋诗、倾谈、笑傲。实际上文游诸贤之中，最感动高邮人心的是秦少游。苏东坡只是在高邮停留一个很短的时期。王定国不是高邮人。孙莘老不知道为什么给人一个很古板的印象，使人不大喜欢。文游台实际上是秦少游的台。

秦少游是高邮人的骄傲，高邮人对他有很深的感情，除了因为他是大才子，“国士无双”，词写得好，为人正派，关心人民生活(著过《蚕书》)……还因为他一生遭遇很不幸。他的官位不高，最高只做到“正字”，后半生一直在迁谪中度过。四十六岁“坐党籍”——和司马光的关系，改馆阁校勘，出为杭州通判。这一年由于御史刘拯给他打了小报告，说他增损《实录》，贬监处州酒税。叫一个才子去管酒税，真是令人啼笑皆非。四十八岁因为有人揭发他写佛书，削秩徙郴州。五十岁，迁横州。五十一岁迁雷州。几乎每年都要调动一次，而且越调越远。后来朝廷下了赦令，迁臣多内徙，少游启程北归，至藤州，出游光华亭，索水欲饮，水至，笑视之而卒，终年五十三岁。

迁谪生活，难以为怀，少游晚年诗词颇多伤心语，但他还是很旷达，很看得开的，能于颠沛中得到苦趣。明陶宗仪《说郛》卷八十二。

秦观南迁，行次郴州遇雨，有老仆滕贵者，久在少游家，随以南行，管押行李在后，泥泞不能进，少游留道傍人家以俟，久之盘跚策杖而至，视少游叹曰：“学士，学士！他们取了富贵，做了好官，不枉了恁地，自家做甚来陪奉他们！波波地打闲官，方落得甚声名！”怒而不饭。少游再三勉之，曰“没奈何。”其人怒犹未已，曰：“可知是没奈何！”少游后见邓博文言之，大笑，且谓邓曰：“到京见诸公，不可不举似以发大笑也。”

我以为这是秦少游传记资料中写得最生动的一则，而且是可靠的。这样如闻其声的口语化的对白是伪造不来的。这也是白话文学史中很珍贵的资料，老仆、少游，都跃然纸上。我很希望中国的传记文学、历史题材的小说戏曲都能写成这样。然而可遇而不可求。现在的传记、历史题材的小说，都空空廓廓，有事无人，而且注入许多“观点”，使人搔痒不着，吞蝇欲吐。历史电视连续剧则大多数是胡说八道！

东坡闻少游凶信，叹曰：“少游已矣，虽万人何赎”，呜呼哀哉。

一九九三年四月十九日

新校舍

西南联大的校舍很分散。有一些是借用原先的会馆、祠堂、学校，只有新校舍是联大自建的，也是联大的主体。这里原来是一片坟地，坟主的后代大都已经式微或他徙了，联大征用了这片地并未引起麻烦。有一座校门，极简陋，两扇大门是用木板钉成的，不施油漆，露着白茬。门楣横书大字："国立西南联合大学"。进门是一条贯通南北的大路。路是土路，到了雨季，接连下雨，泥泞没足，极易滑倒。大路把新校舍分为东西两区。

路以西，是学生宿舍。土墼墙，草顶。两头各有门。窗户是在墙上留出方洞，直插着几根带皮的树棍。空气是很流通的，因为没有人爱在窗洞上糊纸，当然更没有玻璃。昆明气候温和，冬天从窗洞吹进一点风，也不要紧。宿舍是大通间，两边靠墙，和墙垂直，各排了十张双层木床。一张床睡两个人，一间宿舍可住四十人。我没有留心过这样的宿舍共有多少间。我曾在二十五号宿舍住过两年。二十五号不是最后一号。如果以三十间计，则新校舍可住一千二百人。联大学生三千人，工学院住在拓东路迤西会馆；女生住"南院"，新校舍住的是文、理、法三院的男生。估计起来，可以住得下。学生并不老老实实地让双层床靠墙直放，向右看齐，不少人给它重新组合，把三张床拼成一个U字，外面挂上旧床单或钉上纸板，就成了一个独立天地，屋中之屋。结邻而居的，多是谈得来的同学。也有的不是自己选择的，是学校派定的。我在二十五号宿舍住的时候，睡靠门的上铺，和下铺的一位同学几乎没有见过面。他是历史系的，姓刘，河南人。他是个农家子弟，到昆明来考大学是由河南自己挑了一担行李走来的。——到昆明来考联大的，多数是坐公共汽车来的，乘滇越铁路火车来的，但也有利用很奇怪的交通工具来的。物理系有个姓应的学生，是自己买了一头毛驴，从西康骑到昆明来的。我和历史系同学怎么会没有见过面呢？他是个很用功的老实学生，每天黎明即起，到树林里去读书。我是个夜猫子，天亮才回床睡觉。一般说，学生搬床位，调换宿舍，学校是不管的，从来也没有办事职员来查看过。有人占了一个床位，却终年不来住。也有根本不是联大的，却在宿舍里住了几年。有一个青年小说家曹卣，——他很年轻时就在《文学》这样的大杂志上发表过小说，他是同济大学的，却住在二十五号宿舍。也不到同济上课，整天在二十五号写小说。

桌椅是没有的。很多人去买了一些肥皂箱。昆明肥皂箱很多，也很便宜。一般三个肥皂箱就够用了。上面一个，面上糊一层报纸，是书桌。下面两层放书，放衣物，这就书橱、衣柜都有了。椅子？——床就是。不少未来学士在这样的肥皂箱桌面上写出了洋洋洒洒的论文。

宿舍区南边，校门围墙西侧以里，是一个小操场。操场上有一副单杠和一副双杠。体育主任马约翰带着大一学生在操场上上体育课。马先生一年四季只穿一件衬衫，一件西服上衣，下身是一条猎裤，从不穿毛衣、大衣。面色红润，连光秃秃的头顶也红润，脑后一圈雪白的卷发。他上体育课不说中文，他的英语带北欧口音。学生列队，他要求学生必须站直："Boys! You must keep your body straight!"我年轻时就有点驼背，始终没有straight起来。

操场上有一个篮球场，很简陋。遇有比赛，都要临时画线，现结篮网，但是很多当时的篮球名将如唐宝华、牟作云……都在这里展过身手。

大路以东，有一条较小的路。这条路经过一个池塘，池塘中间有一座大坟，成为一个岛。岛上开了很多野蔷薇，花盛时，香扑鼻。这个小岛是当初规划新校舍时特意留下的。于是成了一个景点。

往北，是大图书馆。这是新校舍唯一的瓦顶建筑。每天一早，就有一堆学生在外面等着。一开门，就争先进去，抢座位（座位不很多），抢指定参考书（参考书不够用）。晚上十点半钟。图书馆的电灯还亮着，还有很多学生在里面看书。这都是很用功的学生。大图书馆我只进去过几次。这样正襟危坐，集体苦读，我实在受不了。

图书馆门前有一片空地。联大没有大会堂，有什么全校性的集会便在这里举行。在图书馆关着的大门上用摁钉摁两面党国旗，也算是会场。我入学不久，张清常先生在这里教唱过联大校歌（校歌是张先生谱的曲），学唱校歌的同学都很激动。每月一号，举行一次“国民月会”，全称应是“国民精神总动员月会”，可是从来没有人用全称，实在太麻烦了。国民月会有时请名人来演讲，一般都是梅贻琦校长讲讲话。梅先生很严肃，面无笑容，但说话很幽默。有一阵昆明闹霍乱，梅先生劝大家不要在外面乱吃东西，说：“有一位同学说，‘我吃了那么多次，也没有得过一次霍乱。’这种事情是不能有第二次的。”开国民月会时，没有人老实站着，都是东张西望，心不在焉。有一次，我发现青天白日满地红的国旗的太阳竟是十三只角（按规定应是十二只）！

“一二·一惨案”（国民党军队枪杀三位同学、一位老师）发生后，大图书馆曾布置成死难烈士的灵堂，四壁都是挽联，灵前摆满了花圈，大香大烛，气氛十分肃穆悲壮。那两天昆明各界前来吊唁的人络绎于途。

大图书馆后面是大食堂。学生吃的饭是通红的糙米，装在几个大木桶里，盛饭的瓢也是木头的，因此饭有木头的气味。饭里什么都有：砂粒、耗子屎……被称为“八宝饭”。八个人一桌，四个菜，装在酱色的粗陶碗里。菜多盐而少油。常吃的菜是煮芸豆，还有一种叫做蘑芋豆腐的灰色的凉粉似的东西。

大图书馆的东面，是教室。土墙，铁皮顶。铁皮上涂了一层绿漆。有时下大雨，雨点敲得铁皮丁丁当当地响。教室里放着一些白木椅子。椅子是特制的。右手有一块羽毛球拍大小的木板，可以在上面记笔记。椅子是不固定的，可以随便搬动，从这间教室搬到那间。吴宓先生上“红楼梦研究”课，见下面有女生没有坐下，就立即走到别的教室去搬椅子。一些颇有骑士风度的男同学于是追随吴先生之后，也去搬。到女同学都落座，吴先生才开始上课。

我是个吊儿郎当的学生，不爱上课。有的教授授课是很严格的。教西洋通史（这是文学院必修课）的是皮名举。他要求学生记笔记，还要交历史地图。我有一次画了一张马其顿王国的地图，皮先生在我的地图上批了两行字：“阁下所绘地图美术价值甚高，科学价值全无。”第一学期期终考试，我得了三十七分。第二学期我至少得考八十三分，这样两学期平均，才能及格，这怎么办？到考试时我拉了两个历史系的同学。一个坐在我的左边，一个坐在我的右边。坐在右边的同学姓钮，左边的那个忘了。我就抄左边的同学一道答题，又抄右边的同学一道。公布分数时，我得了八十五分，及格还有富余！

朱自清先生教课也很认真。他教我们宋诗。他上课时带一沓卡片，一张一张地讲。要交读书笔记，还要月考、期考。我老是缺课，因此朱先生对我印象不佳。

多数教授讲课很随便。刘文典先生教《昭明文选》，一个学期才讲了半篇木玄虚的《海赋》。

闻一多先生上课时，学生是可以抽烟的。我上过他的“楚辞”。上第一课时，他打开高一尺又半的很大的毛边纸笔记本，抽上一口烟，用顿挫鲜明的语调说：“痛饮酒，熟读《离骚》——乃可以为名士。”他讲唐诗，把晚唐诗和后期印象派的画联系起来讲。这样讲唐诗，别的大学里大概没有。闻先生的课都不考试，学期终了交一篇读书报告即可。

唐兰先生教词选，基本上不讲。打起无锡腔调，把词“吟”一遍：“‘双鬟隔香红啊——玉钗头上风……’好！真好！”这首词就算讲过了。

西南联大的课程可以随意旁听。我听过冯文潜先生的美学。他有一次讲一首词：

汴水流，
泗水流，
流到瓜洲古渡头，
吴山点点愁。

冯先生说他教他的孙女念这首词，他的孙女把“吴山点点愁”念成“吴山点点头”，他举的这个例子我一直记得。

吴宓先生讲“中西诗之比较”，我很有兴趣地去听。不料他讲的第一首诗却是：

一去二三里，
烟村四五家，
楼台六七座，
八九十枝花。

我不好好上课，书倒真也读了一些。中文系办公室有一个小图书馆，通称系图书馆。我和另外一两个同学每天晚上到系图书馆看书。系办公室的钥匙就由我们拿着，随时可以进去。系图书馆是开架的，要看什么书自己拿，不需要填卡片这些麻烦手续。有的同学看书是有目的有系统的。一个姓范的同学每天摘抄《太平御览》。我则是从心所欲，随便瞎看。我这种乱七八糟看书的习惯一直保持到现在。我觉得这个习惯挺好。夜里，系图书馆很安静。只有哲学心理系有几只狗怪声嗥叫——一个教生理学的教授做实验，把狗的不同部位的神经结扎起来，狗于是怪叫。有一天夜里我听到墙外一派鼓乐声，虽然悠远，但很清晰。半夜里怎么会有鼓乐声？只能这样解释：这是鬼奏乐。我确实听到的，不是错觉。我差不多每夜看书，到鸡叫才回宿舍睡觉。——因此我和历史系那位姓刘的河南同学几乎没有见过面。

新校舍大门东边的围墙是“民主墙”。墙上贴满了各色各样的壁报，左、中、右都有。有时也有激烈的论战。有一次三青团办的壁报有一篇宣传国民党观点的文章，另一张“群社”编的壁报上很快就贴出一篇反驳的文章，批评三青团壁报上的文章是“咬着尾巴兜圈子”。这批评很尖刻，也很形象。“咬着尾巴兜圈子”是狗。事隔近五十年，我对这一警句还记得十分清楚。当时有一个“冬青社”（联大学生社团甚多），颇有影响。冬青社办了两块壁报，一块是《冬青诗刊》，一块就叫《冬青》，是刊载杂文和漫画的。冯友兰先生、查良钊先生、马约翰先生，都曾经被画进漫画。冯先生、查先生、马先生看了，也并不生气。

除了壁报，还有各色各样的启事。有的是出让衣物的。大都是八成新的西服、皮鞋。出让的衣物就放在大门旁边的校警室里，可以看货付钱。也有寻找失物的启事，大都写着："鄙人不慎，遗失了什么东西，如有捡到者，请开示姓名住处，失主即当往取，并备薄酬。"所谓"薄酬"，通常是五香花生米一包。有一次有一位同学贴出启事："寻找眼睛。"另一位同学在他的启事标题下用红笔画了一个大问号。他寻找的不是"眼睛"，是"眼镜"。

新校舍大门外是一条碎石块铺的马路。马路两边种着高高的有加利树（即桉树，云南到处皆有）。

马路北侧，挨新校的围墙，每天早晨有一溜卖早点的摊子。最受欢迎的是一个广东老太太卖的煎鸡蛋饼。一个瓷盆里放着鸡蛋加少量的水和成的稀面，舀一大勺，摊在平铛上，煎熟，加一把葱花。广东老太太很舍得放猪油。鸡蛋饼煎得两面焦黄，猪油吱吱作响，喷香。一个鸡蛋饼直径一尺，卷而食之，很解馋。

晚上，常有一个贵州人来卖馄饨面。有时馄饨皮包完了，他就把馄饨拨在汤里下面。问他："你这叫什么面？"贵州老乡毫不迟疑地说："桃花面！"

马路对面常有一个卖水果的。卖桃子，"面核桃"和"离核桃"，卖泡梨——棠梨泡在盐水里，梨肉转为极嫩、极脆。

晚上有时有云南兵骑马由东面驰向西面，马蹄铁敲在碎石块的尖棱上，迸出一朵朵火花。

有一位曾在联大任教的作家教授在美国讲学。美国人问他：西南联大八年，设备条件那样差，教授、学生生活那样苦，为什么能出那样多的人才？——有一个专门研究联大校史的美国教授以为联大八年，出的人才比北大、清华、南开三十年出的人才都多。为什么？这位作家回答了两个字：自由。

一九九二年七月五日

翠湖心影

有一个姑娘，牙长得好。有人问她：

“姑娘，你多大了？”

“十七。”

“住在哪里？”

“翠湖西。”

“爱吃什么？”

“辣子鸡。”

过了两天，姑娘摔了一跤，磕掉了门牙。有人问她：

“姑娘多大了？”

“十五。”

“住在哪里？”

“翠湖。”

“爱吃什么？”

“麻婆豆腐。”

这是我在四十四年前听到的一个笑话。当时觉得很无聊(是在一个座谈会上听一个本地才子说的)。现在想起来觉得很亲切。因为它让我想起翠湖。

昆明和翠湖分不开，很多城市都有湖。杭州西湖、济南大明湖、扬州瘦西湖。然而这些湖和城的关系都还不是那样密切。似乎把这些湖挪开，城市也还是城市。翠湖可不能挪开。没有翠湖，昆明就不成其为昆明了。翠湖在城里，而且几乎就挨着市中心。城中有湖，这在中国，在世界上，都是不多的。说某某湖是某某城的眼睛，这是一个俗得不能再俗的比喻了。然而说到翠湖，这个比喻还是躲不开。只能说:翠湖是昆明的眼睛。有什么办法呢,因为它非常贴切。

翠湖是一片湖,同时也是一条路。城中有湖,并不妨碍交通。湖之中,有一条很整齐的贯通南北的大路。从文林街、先生坡、府甬道,到华山南路、正义路,这是一条直达的捷径。——否则就要走翠湖东路或翠湖西路,那就绕远多了。昆明人特意来游翠湖的也有,不多。多数人只是从这里穿过。翠湖中游人少而行人多。但是行人到了翠湖,也就成了游人了。从喧嚣扰攘的闹市和刻板枯燥的机关里,匆匆忙忙地走过来,一进了翠湖,即刻就会觉得浑身轻松下来;生活的重压、柴米油盐、委屈烦恼,就会冲淡一些。人们不知不觉地放慢了脚步,甚至可以停下来,在路边的石凳上坐一坐,抽一支烟,四边看看。即使仍在匆忙地赶路,人在湖光树影中,精神也很不一样了。翠湖每天每日,给了昆明人多少浮世的安慰和精神的疗养啊。因此,昆明人——包括外来的游子,对翠湖充满感激。

翠湖这个名字起得好!湖不大,也不小,正合适。小了,不够一游;太大了,游起来怪累。湖的周围和湖中都有堤。堤边密密地栽着树。树都很高大。主要的是垂柳。"秋尽江南草未凋",昆明的树好像到了冬天也还是绿的。尤其是雨季,翠湖的柳树真是绿得好像要滴下来。湖水极清。我的印象里翠湖似没有蚊子。夏天的夜晚,我们在湖中漫步或在堤边浅草中坐卧,好像都没有被蚊子咬过。湖水常年盈满。我在昆明住了七年,没有看见过翠湖干得见了底。偶尔接连下了几天大雨,湖水涨了,湖中的大路也被淹没,不能通过了。但这样的时候很少。翠湖的水不深。浅处没漆,深处也不过齐腰。因此没有人到这里来自杀。我们有一个广东籍的同学,因为失恋,曾投过翠湖。但是他下湖在水里走了一截,又爬上来了。因为他大概还不太想死,而且翠湖里也淹不死人。翠湖不种荷花,但是有许多水浮莲。肥厚碧绿的猪耳状的叶子,开着一望无际的粉紫色的蝶形的花,很热闹。我是在翠湖才认识这种水生植物的。我以后再也没看到过这样大片大片的水浮莲。湖中多红鱼,很大,都有一尺多长。这些鱼已经习惯于人声脚步,见人不惊,整天只是安安静静的,悠然地浮沉游动着。有时夜晚从湖中大路上过,会忽然拨剌一声,从湖心跃起一条极大的大鱼，吓你一跳。湖水、柳树、粉紫色的水浮莲、红鱼，共同组成一个印象：翠。

一九三九年的夏天我到昆明来考大学，寄住在青莲街的同济中学的宿舍里，几乎每天都要到翠湖。学校已经发了榜，还没有开学，我们除了骑马到黑龙潭、金殿，坐船到大观楼，就是到翠湖图书馆去看书。这是我这一生去过次数最多的一个图书馆，也是印象极佳的一个图书馆。图书馆不大，形制有一点像一个道观。非常安静整洁。有一个侧院，院里种了好多盆白茶花。这些白茶花有时整天没有一个人来看它，就只是安安静静地欣然地开着。图书馆的管理员是一个妙人。他没有准确的上下班时间。有时我们去得早了，他还没有来，门没有开，我们就在外面等着。他来了，谁也不理，开了门，走进阅览室，把壁上一个不走的挂钟的时针"喀啦啦"一拨，拨到八点，这就上班了，开始借书。这个图书馆的藏书室在楼上。楼板上挖出一个长方形的洞，从洞里用绳子吊下一个长方形的木盘。借书人开好借书单，——管理员把借书单叫做"飞子"，昆明人把一切不大的纸片都叫做"飞子"，买米的发票、包裹单、汽车票，都叫"飞子"，——这位管理员看一看，放在木盘里，一拽旁边的铃铛，"当啷啷"，木盘就从洞里吊上去了。——上面大概有个滑车。不一会，上面拽一个铃铛，木盘又系了下来，你要的书来了。这种古老而有趣的借书手续我以后再也没有见过。这个小图书馆藏书似不少，而且有些善本。我们想看的书大都能够借到。过了两三个小时，这位干瘦而沉默的有点像陈老莲画出来的古典的图书管理员站起来，把壁上不走的挂钟的时针"喀啦啦"一拨，拨到十二点：下班！我们对他这种以意为之的计时方法完全没有意见。因为我们没有一定要看完的书，到这里来只是享受一点安静。我们的看书，是没有目的的，从《南诏国志》到福尔摩斯，逮着什么看什么。

翠湖图书馆现在还有么？这位图书管理员大概早已作古了。不知道为什么，我会常常想起他来，并和我所认识的几个孤独、贫穷而有点怪僻的小知识分子的印象掺和在一起，越来越鲜明。总有一天，这个人物的形象会出现在我的小说里的。

翠湖的好处是建筑物少。我最怕风景区挤满了亭台楼阁。除了翠湖图书馆，有一簇洋房，是法国人开的翠湖饭店。这所饭店似乎是终年空着的。大门虽开着，但我从未见过有人进去，不论是中国人还是法国人。此外，大路之东，有几间黑瓦朱栏的平房，狭长的，按形制似应该叫做“轩”。也许里面是有一方题作什么轩的横匾的，但是我记不得了。也许根本没有。轩里有一阵曾有人卖过面点，大概因为生意不好，停歇了。轩内空荡荡的，没有桌椅。只在廊下有一个卖“糠虾”的老婆婆。“糠虾”是只有皮壳没有肉的小虾。晒干了，卖给游人喂鱼。花极少的钱，便可从老婆婆手里买半碗，一把一把撒在水里，一尺多长的红鱼就很兴奋地游过来，抢食水面的糠虾，接喋有声。糠虾喂完，人鱼俱散，轩中又是空荡荡的，剩下老婆婆一个人寂然地坐在那里。

路东伸进湖水，有一个半岛。半岛上有一个两层的楼阁。阁上是个茶馆。茶馆的地势很好，四面有窗，入目都是湖水。夏天，在阁子上喝茶，很凉快。这家茶馆，夏天，是到了晚上还卖茶的（昆明的茶馆都是这样，收市很晚），我们有时会一直坐到十点多钟。茶馆卖盖碗茶，还卖炒葵花子、南瓜子、花生米，都装在一个个白铁敲成的方碟子里，昆明的茶馆计账的方法有点特别：瓜子、花生，都是一个价钱，按碟算。喝完了茶，“收茶钱！”堂倌走过来，数一数碟子，就报出个钱数。我们的同学有时临窗饮茶，嗑完一碟瓜子，随手把铁皮碟往外一扔，“Pia——”，碟子就落进了水里。堂倌算账，还是照碟算。这些堂倌们晚上清点时，自然会发现碟子少了，并且也一定会知道这些碟子上哪里去了。但是从来没有一次收茶钱时因此和顾客吵起来过；并且在提着大铜壶用“凤凰三点头”手法为客人续水时也从不拿眼睛“贼”着客人。把瓜子碟扔进水里，自然是不大道德，不过堂倌不那么斤斤计较的风度却是很可佩服的。

除了到翠湖图书馆看书，喝茶，我们更多的时候是到翠湖去“穷遛”。这“穷遛”有两层意思，一是不名一钱地遛，一是无穷无尽地遛。“园日涉以成趣”，我们遛翠湖没有个够的时候。尤其是晚上，踏着斑驳的月光树影，可以在湖里一遛遛好几圈。一面走，一面海阔天空，高谈阔论。我们那时都是二十岁上下的人，似乎有很多话要说，可说，我们都说了些什么呢？我现在一句都记不得了！

我是一九四六年离开昆明的。一别翠湖，已经三十八年了，时间过得真快！

我是很想念翠湖的。

前几年，听说因为搞什么“建设”，挖断了水脉，翠湖没有水了。我听了，觉得怅然，而且，愤怒了。这是怎么搞的！谁搞的？翠湖会成了什么样子呢？那些树呢？那些水浮莲呢？那些鱼呢？

最近听说，翠湖又有水了，我高兴！我当然会想到这是三中全会带来的好处。这是拨乱反正。

但是我又听说，翠湖现在很热闹，经常举办“蛇展”什么的，我又有点担心。这又会成了什么样子呢？我不反对翠湖游人多，甚至可以有游艇，甚至可以设立摊棚卖破酥包子、焖鸡米线、冰激凌、雪糕，但是最好不要搞“蛇展”。我希望还有一个明爽安静的翠湖。我想这也是很多昆明人的希望。

一九八四年五月九日

泡茶馆

“泡茶馆”是联大学生特有的语言。本地原来似无此说法，本地人只说“坐茶馆”。“泡”是北京话。其含义很难准确地解释清楚。勉强解释，只能说是持续长久地沉浸其中，像泡泡菜似的泡在里面。“泡蘑菇”、“穷泡”，都有长久的意思。北京的学生把北京的“泡”字带到了昆明，和现实生活结合起来，便创造出一个新的语汇。“泡茶馆”，即长时间地在茶馆里坐着。本地的“坐茶馆”也含有时间较长的意思。到茶馆里去，首先是坐，其次才是喝茶（云南叫吃茶）。不过联大的学生在茶馆里坐的时间往往比本地人长，长得多，故谓之“泡”。

有一个姓陆的同学，是一怪人，曾经骑自行车旅行半个中国。这人真是一个泡茶馆的冠军。他有一个时期，整天在一家熟识的茶馆里泡着。他的盥洗用具就放在这家茶馆里。一起来就到茶馆里去洗脸刷牙，然后坐下来，泡一碗茶，吃两个烧饼，看书。一直到中午，起身出去吃午饭。吃了饭，又是一碗茶，直到吃晚饭。晚饭后，又是一碗，直到街上灯火阑珊，才夹着一本很厚的书回宿舍睡觉。

昆明的茶馆共分几类，我不知道。区别起来，只能分为两类，一类是大茶馆，一类是小茶馆。

正义路原先有一家很大的茶馆，楼上楼下，有几十张桌子。都是荸荠紫漆的八仙桌，很鲜亮。因为在热闹地区，坐客常满，人声嘈杂。所有的柱子上都贴着一张很醒目的字条：“莫谈国事”。时常进来一个看相的术士，一手捧一个六寸来高的硬纸片，上书该术士的大名（只能叫做大名，因为往往不带姓，不能叫“姓名”；又不能叫“法名”、“艺名”，因为他并未出家，也不唱戏)，一只手捏着一根纸媒子，在茶桌间绕来绕去，嘴里念说着“送看手相不要钱！”“送看手相不要钱”——他手里这根媒子即是看手相时用来指示手纹的。

这种大茶馆有时唱围鼓。围鼓即由演员或票友清唱。我很喜欢“围鼓”这个词。唱围鼓的演员、票友好像不是取报酬的。只是一群有同好的闲人聚拢来唱着玩。但茶馆却可借来招揽顾客，所以茶馆便于闹市张贴告条：“某月日围鼓”。到这样的茶馆里来一边听围鼓，一边吃茶，也就叫做“吃围鼓茶”。“围鼓”这个词大概是从四川来的，但昆明的围鼓似多唱滇剧。我在昆明七年，对滇剧始终没有入门。只记得不知什么戏里有一句唱词“孤王头上长青苔”。孤王的头上如何会长青苔呢？这个设想实在是奇，因此一听就永不能忘。

我要说的不是那种“大茶馆”。这类大茶馆我很少涉足，而且有些大茶馆，包括正义路那家兴隆鼎盛的大茶馆，后来大都陆续停闭了。我所说的是联大附近的茶馆。

从西南联大新校舍出来，有两条街，凤翥街和文林街，都不长。这两条街上至少有不下十家茶馆。

从联大新校舍，往东，折向南，进一座砖砌的小牌楼式的街门，便是凤翥街。街夹右手第一家便是一家茶馆。这是一家小茶馆，只有三张茶桌，而且大小不等，形状不一的茶具也是比较粗糙的，随意画了几笔蓝花的盖碗。除了卖茶，檐下挂着大串大串的草鞋和地瓜(即湖南人所谓的凉薯)，这也是卖的。张罗茶座的是一个女人。这女人长得很强壮，皮色也颇白净。她生了好些孩子。身边常有两个孩子围着她转，手里还抱着一个孩子。她经常敞着怀，一边奶着那个早该断奶的孩子，一边为客人冲茶。她的丈夫，比她大得多，状如猿猴，而目光锐利如鹰。他什么事情也不管，但是每天下午却捧了一个大碗喝牛奶。这个男人是一头种畜。这情况使我们颇为不解。这个白皙强壮的妇人，只凭一天卖几碗茶，卖一点草鞋、地瓜，怎么能喂饱了这么多张嘴，还能供应一个懒惰的丈夫每天喝牛奶呢？怪事！中国的妇女似乎有一种天授的惊人的耐力，多大的负担也压不垮。

由这家往前走几步，斜对面，曾经开过一家专门招徕大学生的新式茶馆。这家茶馆的桌椅都是新打的，涂了黑漆。堂倌系着白围裙。卖茶用细白瓷壶，不用盖碗（昆明茶馆卖茶一般都用盖碗）。除了清茶，还卖沱茶、香片、龙井。本地茶客从门外过，伸头看看这茶馆的局面，再看看里面坐得满满的大学生，就会挪步另走一家了。这家茶馆没有什么值得一记的事，而且开了不久就关了。联大学生至今还记得这家茶馆是因为隔壁有一家卖花生米的。这家似乎没有男人，站柜卖货是姑嫂两人，都还年轻，成天涂脂抹粉。尤其是那个小姑子，见人走过，辄作媚笑。联大学生叫她花生西施。这西施卖花生米是看人行事的。好看的来买，就给得多。难看的给得少。因此我们每次买花生米都推选一个挺拔英俊的“小生”去。

再往前几步，路东，是一个绍兴人开的茶馆。这位绍兴老板不知怎么会跑到昆明来，又不知为什么在这条小小的凤翥街上来开一爿茶馆。他至今乡音未改。大概他有一种独在异乡为异客的情绪，所以对待从外地来的联大学生异常亲热。他这茶馆里除了卖清茶，还卖一点芙蓉糕、萨其玛、月饼、桃酥，都装在一个玻璃匣子里。我们有时觉得肚子里有点缺空而又不到吃饭的时候，便到他这里一边喝茶一边吃两块点心。有一个善于吹口琴的姓王的同学经常在绍兴人茶馆喝茶。他喝茶，可以欠账。不但喝茶可以欠账，我们有时想看电影而没有钱，就由这位口琴专家出面向绍兴老板借一点。绍兴老板每次都是欣然地打开钱柜，拿出我们需要的数目。我们于是欢欣鼓舞，兴高采烈，迈开大步，直奔南屏电影院。

再往前，走过十来家店铺，便是凤翥街口，路东路西各有一家茶馆。

路东一家较小，很干净，茶桌不多。掌柜的是个瘦瘦的男人，有几个孩子。掌柜的事情多，为客人冲茶续水，大都由一个十三四岁的大儿子担任，我们称他这个儿子为“主任儿子”。街西那家又脏又乱，地面坑洼不平，一地的烟头、火柴棍、瓜子皮。茶桌也是七大八小，摇摇晃晃，但是生意却特别好。从早到晚，人坐得满满的。也许是因为风水好。这家茶馆正在凤翥街和龙翔街交接处，门面一边对着凤翥街，一边对着龙翔街，坐在茶馆，两条街上的热闹都看得见。到这家吃茶的全部是本地人，本街的闲人、赶马的“马锅头”、卖柴的、卖菜的。他们都抽叶子烟。要了茶以后，便从怀里掏出一个烟盒——圆形，皮制的，外面涂着一层黑漆，打开来，揭开覆盖着的菜叶，拿出剪好的金堂叶子，一枝一枝地卷起来。茶馆的墙壁上张贴、涂抹得乱七八糟。但我却于西墙上发现了一首诗，一首真正的诗：

记得旧时好，
跟随爹爹去吃茶。
门前磨螺壳，
巷口弄泥沙。

是用墨笔题写在墙上的。这使我大为惊异了。这是什么人写的呢？

每天下午，有一个盲人到这家茶馆来说唱。他打着扬琴，说唱着。照现在的说法，这应是一种曲艺，但这种曲艺该叫什么名称，我一直没有打听着。我问过“主任儿子”，他说是“唱扬琴的”，我想不是。他唱的是什么？我有一次特意站下来听了一会儿，是：

……
良田美地卖了，
高楼大厦拆了，
娇妻美妾跑了，
狐皮袍子当了，
……

我想了想，哦，这是一首劝戒鸦片的歌，他这唱的是鸦片烟之为害。这是什么时候传下来的呢？说不定是林则徐时代某一忧国之士的作品。但是这个盲人只管唱他的，茶客们似乎都没有在听，他们仍然在说话，各人想自己的心事。到了天黑，这个盲人背着扬琴，点着马杆，踽踽地走回家去。我常常想：他今天能吃饱么？

进大西门，是文林街，挨着城门口就是一家茶馆。这是一家最无趣味的茶馆。茶馆墙上的镜框里装的是美国电影明星的照片，蓓蒂·黛维丝、奥丽薇·德·哈茀兰、克拉克·盖博、泰伦宝华……除了卖茶，还卖咖啡、可可。这家的特点是：进进出出的除了穿西服和麂皮夹克的比较有钱的男同学外，还有把头发卷成一根一根香肠似的女同学。有时到了星期六，还开舞会。茶馆的门关了，从里面传出《蓝色的多瑙河》和《风流寡妇》舞曲，里面正在"嘣嚓嚓"。

和这家斜对着的一家，跟这家截然不同。这家茶馆除卖茶，还卖煎血肠。这种血肠是牦牛肠子灌的，煎起来一街都闻见一种极其强烈的气味，说不清是异香还是奇臭。这种西藏食品，那些把头发卷成香肠一样的女同学是绝对不敢问津的。

由这两家茶馆往东，不远几步，面南便可折向钱局街。街上有一家老式的茶馆，楼上楼下，茶座不少。说这家茶馆是"老式"的，是因为茶馆备有烟筒，可以租用。一段青竹，旁安一个粗如小指半尺长的竹管，一头装一个带爪的莲蓬嘴，这便是"烟筒"。在莲蓬嘴里装了烟丝，点以纸媒，把整个嘴埋在筒口内，尽力猛吸，筒内的水咚咚作响，浓烟便直灌肺腑，顿时觉得浑身通泰。吸烟筒要有点功夫，不会吸的吸不出烟来。茶馆的烟筒比家用的粗得多，高齐桌面，吸完就靠在桌腿边，吸时尤需底气充足。这家茶馆门前，有一个小摊，卖酸角（不知什么树上结的，形状有点像皂荚，极酸，入口使人攒眉）、拐枣（也是树上结的，应该算是果子，状如鸡爪，一疙瘩一疙瘩的，有的地方即叫做鸡脚爪，味道很怪，像红糖，又有点像甘草）和泡梨（糖梨泡在盐水里，梨味本是酸甜的，昆明人却偏于盐水内泡而食之。泡梨仍有梨香，而梨肉极脆嫩）。过了春节则有人于门前卖葛根。葛根是药，我过去只在中药铺见过，切成四方的棋子块儿，是已经经过加工的了，原物是什么样子，我是在昆明才见到的。这种东西可以当零食来吃，我也是在昆明才知道。一截葛根，粗如手臂，横放在一块板上，外包一块湿布。给很少的钱，卖葛根的便操起有点像北京切涮羊肉的肉片用的那种薄刃长刀，切下薄薄的几片给你。雪白的。嚼起来有点像干瓤的生白薯片，而有极重的药味。据说葛根能清火。联大的同学大概很少人吃过葛根。我是什么奇奇怪怪的东西都要买一点尝一尝的。

大学二年级那一年，我和两个外文系的同学经常一早就坐在这家茶馆靠窗的一张桌边，各自看自己的书，有时整整坐一上午，彼此不交语。我这时才开始写作，我的最初几篇小说，即是在这家茶馆里写的。茶馆离翠湖很近，从翠湖吹来的风里，时时带有水浮莲的气味。

回到文林街。文林街中，正对府甬道，后来新开了一家茶馆。这家茶馆的特点一是卖茶用玻璃杯，不用盖碗，也不用壶。不卖清茶，卖绿茶和红茶。红茶色如玫瑰，绿茶苦如猪胆。第二是茶桌较少，且覆有玻璃桌面。在这样桌子上打桥牌实在是再适合不过了，因此到这家茶馆来喝茶的，大都是来打桥牌的，这茶馆实在是一个桥牌俱乐部。联大打桥牌之风很盛。有一个姓马的同学每天到这里打桥牌。解放后，我才知道他是老地下党员，昆明学生运动的领导人之一。学生运动搞得那样热火朝天，他每天都只是很闲在，很热衷地在打桥牌，谁也看不出他和学生运动有什么关系。

文林街的东头，有一家茶馆，是一个广东人开的，字号就叫“广发茶社”——昆明的茶馆我记得字号的只有这一家，原因之一，是我后来住在民强巷，离广发很近，经常到这家去。原因之二是——经常聚在这家茶馆里的，有几个助教、研究生和高年级的学生。这些人多多少少有一点玩世不恭。那时联大同学常组织什么学会，我们对这些俨乎其然的学会微存嘲讽之意。有一天，广发的茶友之一说：“咱们这也是一个学会，——广发学会！”这本是一句茶余的笑话。不料广发的茶友之一，解放后，在一次运动中被整得不可开交，胡乱交待问题，说他曾参加过“广发学会”。这就惹下了麻烦。几次有人专程到北京来外调“广发学会”问题。被调查的人心里想笑，又笑不出来，因为来外调的政工人员态度非常严肃。广发茶馆代卖广东点心。所谓广东点心，其实只是包了不同味道的甜馅的小小的酥饼，面上却一律贴了几片香菜叶子，这大概是这一家饼师的特有的手艺。我在别处吃过广东点心，就没有见过面上贴有香菜叶子的——至少不是每一块都贴。

或问：泡茶馆对联大学生有些什么影响？答曰：第一，可以养其浩然之气。联大的学生自然也是贤愚不等，但多数是比较正派的。那是一个污浊而混乱的时代，学生生活又穷困得近乎潦倒，但是很多人却能自许清高，鄙视庸俗，并能保持绿意葱茏的幽默感，用来对付恶浊和穷困，并不颓丧灰心，这跟泡茶馆是有些关系的。第二，茶馆出人才。联大学生上茶馆，并不是穷泡，除了瞎聊，大部分时间都是用来读书的。联大图书馆座位不多，宿舍里没有桌凳，看书多半在茶馆里。联大同学上茶馆很少不夹着一本乃至几本书的。不少人的论文、读书报告，都是在茶馆写的。有一年一位姓石的讲师的《哲学概论》期终考试，我就是把考卷拿到茶馆里去答好了再交上去的。联大八年，出了很多人才。研究联大校史，搞“人才学”，不能不了解了解联大附近的茶馆。第三，泡茶馆可以接触社会。我对各种各样的人、各种各样的生活都发生兴趣，都想了解了解，跟泡茶馆有一定关系。如果我现在还算一个写小说的人，那么我这个小说家是在昆明的茶馆里泡出来的。

一九八四年五月十三日

水 母

在中国的北方，有一股好水的地方，往往会有一座水母宫，里面供着水母娘娘。这大概是因为北方干旱，人们对水有一种特殊的感情。为了表达这种感情，于是建了宫，并且创造出一个女性的水之神。水神之为女性，似乎是很自然的事，因为水是温柔的。虽然河伯也是水神，他是男的，但他惯会兴风作浪，时常跟人们捣乱，不是好神。可以另当别论。我在南方就很少看到过水母宫。南方多的是龙王庙。因为南方是水乡，不缺水，倒是常常要大水为灾，故多建龙王庙，让龙王来把水“治”住。

水母娘娘是一个很有特点的女神。

中国的女神的形象大都是一些贵妇人。神是人按照自己的样子创造出来的。女神该是什么样子呢？想象不出。于是从富贵人家的宅眷中取样，这原本也是很自然的事。这些女神大都是宫样盛装，衣裙华丽，体态丰盈，皮肤细嫩。若是少女或少妇，则往往在端丽之中稍带一点妖冶。《封神榜》里的女娲圣像，“容貌端丽，瑞彩翩翩，国色天姿，宛然如生：真是蕊宫仙子临凡，月殿嫦娥下世”，竟至使“纣王一见，神魂飘荡，陡起淫心”，可见是并不冷若冰霜。圣像如此，也就不能单怪纣王。作者在描绘时笔下就流露出几分遐想，用语不免轻薄，很不得体的。《水浒传》里的九天玄女也差不多：“头绾九龙飞凤髻，身穿金缕绛绡衣。蓝田玉带曳长裾，白玉圭璋擎彩袖。脸如莲萼，天然眉目映云鬟；唇似樱桃，自在规模端雪体。犹如王母宴蟠桃，却似嫦娥居月殿。”虽然作者在最后找补了两句：“正大仙容描不就，威严形象画难成”，也还是挽回不了妖艳的印象。——这二位长得都像嫦娥，真是不谋而合！倾慕中包藏着亵渎，这是中国的平民对于女神也即是对于大家宅眷的微妙的心理。有人见麻姑爪长，想到如果让她来搔搔背一定很舒服。这种非分的异想，是不难理解的。至于中年以上的女神，就不会引起膜拜者的隐隐约约的性冲动了。她们大都长得很富态，一脸的福相，低垂着眼皮，眼观鼻、鼻观心，毫无表情地端端正正地坐着，手里捧着“圭”，圭下有一块蓝色的绸帕垫着，绸帕耷拉下来，我想是不让人看见她的胖手。这已经完全是一位命妇甚至是皇娘了。太原晋祠正殿所供的那位晋之开国的国母，就是这样。泰山的碧霞元君，朝山进香的没有知识的乡下女人称之为“泰山老奶奶”，这称呼实在是非常之准确，因为她的模样就像一个呼奴使婢的很阔的老奶奶，只不过不知为什么成了神罢了。——总而言之，这些女神的“成分”都是很高的。“文化大革命”中，有一位农民出身当了造反派的头头的干部。带头打碎了很多神像，其中包括一些女神的像。他的理由非常简单明了：“她们都是地主婆！”不能说他毫无道理。

水母娘娘异于这些女神。

水母宫一般都很小，比一般的土地祠略大一些。“宫”门也矮，身材高大一些的，要低了头才能进去。里面塑着水母娘娘的金身，大概只有二尺来高。这位娘娘的装束，完全是一个农村小媳妇：大襟的布袄，长裤，布鞋。她的神座不是什么“八宝九龙床”，却是一口水缸，上面扣着一个锅盖，她就盘了腿用北方妇女坐炕的姿势坐在锅盖上。她是半侧着身子坐的，不像一般的神坐北朝南面对“观众”。她高高地举起手臂，在梳头。这“造型”是很美的。这就是在华北农村到处可以看见的一个俊俊俏俏的小媳妇，完全不是什么“神”！

她为什么会成了神？华北很多村里都流传着这样的故事：

有一家，有一个小媳妇。这地方没水，没有河，也没有井。她每天要到很远的地方去担水。一天，来了一个骑马的过路人，进门要一点水喝。小媳妇给他舀了一瓢。过路人一口气就喝掉了。他还想喝，小媳妇就由他自己用瓢舀。不想这过路人咕咚咕咚把半缸水全喝了！小媳妇想：这人大概是太渴了。她今天没水做饭了，这咋办？心里着急，脸上可没露出来。过路人喝够了水，道了谢。他倒还挺通情理，说：“你今天没水做饭了吧？”“嗯哪！”——“你婆婆知道了，不骂你吗？”——“再说吧！”过路人说：“你这人——心好！这么着吧：

我送给你一根马鞭子,你把鞭子插在水缸里。要水了,就把鞭往上提提,缸里就有水了。要多少,提多高。要记住,不能把马鞭子提出缸口!记住,记住,千万记住!"说完了话,这人就不见了。这是个神仙!从此往后,小媳妇就不用走老远的路去担水了。要用水,把马鞭子提一提,就有了。这可真是"美扎"啦!

一天,小媳妇住娘家去了。她婆婆做饭,要用水。她也照着样儿把马鞭子往上提。不想提过了劲。把个马鞭子一下提出缸口了。这可了不得了,水缸里的水哗哗地往外涌,发大水了。不大会儿工夫,村子淹了!

小媳妇在娘家,早上起来,正梳着头,刚把头发打开,还没有挽上纂儿,听到有人报信,说她婆家村淹了,小媳妇一听:坏了!准是婆婆把马鞭子拔出缸外了!她赶忙往回奔。到家了,急中生智,抓起锅盖往缸口上一扣,自己腾地一下坐到锅盖上。嘿!水不涌了!

后来,人们就尊奉她为水母娘娘,照着她当时的样子,塑了金身:盘腿坐在扣在水缸上的锅盖上,水退了,她接着梳头。她高高举起手臂,是在挽纂儿哪!

这个小媳妇是值得被尊奉为神的。听到婆家发了大水,急忙就往回奔,何其勇也。抓起锅盖扣在缸口,自己腾地坐了上去,何其智也。水退之后,继续梳头挽纂儿,又何其从容不迫也。

水母的塑像,据我见到过的,有两种。一种是凤冠霞帔作命妇装束的,俨然是一位"娘娘";一种是这种小媳妇模样的。我喜欢后一种。

这是农民自己的神,农民按照自己的模样塑造的神。这是农民心目中的女神:一个能干善良且俊俏的小媳妇。农民对这样的水母不缺乏崇敬,但是并不畏惧。农民对她可以平视,甚至可以谈谈家常。这是他们想出来的,他们要的神,——人,不是别人强加给他们头上的一种压力。

有一点是我不明白的。这小媳妇的功德应该是制服了一场洪水,但是她的"宫"却往往在一股好水的源头,似乎她是这股水的赐予者,这到底是怎么回事呢?这个故事很美,但是这个很美的故事和她被尊奉为"水母"又有什么必然的关系呢?但是农民似乎不对这些问题深究。他们觉得故事就是这样的故事,她就是水母娘娘,无需讨论。看来我只好一直糊涂下去了。

中国的百姓——主要是农民,对若干神圣都有和统治者不尽相同的看法,并且往往编出一些对诸神不大恭敬的故事,这是很有意思的事。比如灶王爷,汉朝不知道为什么把“祀灶”搞得那样乌烟瘴气,汉武帝相信方士的鬼话,相信“祀灶可以致物”(致什么“物”呢?),而且“黄金可成,不死之药可至”。这纯粹是胡说八道。后来不知道怎么一来,灶王爷又和人的生死搭上了关系,成了“东厨司命定福灶君”。但是民间的说法殊不同。在北方的农民的传说里,灶王爷是有名有姓的,他姓张,名叫张三(你听听这名字!),而且这人是没出息的,他因为做了什么见不得人的事(什么事,我忘了)钻进灶火里,弄得一身一脸乌漆墨黑,这才成了灶王。可惜我记性不好,对这位张三灶王爷的全部事迹已经模糊了。异日有暇,当来研究研究张三兄。

或曰:研究这种题目有什么意义,这和四个现代化有何关系?有的!我们要了解我们这个民族。

一九八四年六月二十三日

童歌小议

少年谐谑

我的孩子(他现在已经当了爸爸了)曾在一个"少年之家""上"过。有一次唱歌比赛,几个男孩子上了台。指挥是一个姓肖的孩子,"预备——齐!"几个孩子放声歌唱:

排起队,
唱起歌,
拉起大粪车。
花园里,
花儿多,
马蜂蜇了我!

表情严肃,唱得很齐。

少年之家的老师傻了眼了:这是什么歌?

一个时期,北京的孩子(主要是女孩子)传唱过一首歌:

小孩小孩你别哭,
前面就是你大姑。
你大姑罗圈腿,
走起路来扭屁股,

——扭屁股哎嗨哟哦……

这首歌是用山东柳琴的调子唱的，歌词与曲调结合得恰好，而且有山东味儿。

这些歌是孩子们“胡编”出来的。如果细心搜集，单是在北京，就可以搜集到不少这种少年儿童信口胡编的歌。

对于孩子们自己编出来的这样的歌，我们持什么态度？

一种态度是鼓励。截至现在为止，还没有听到一位少儿教育专家提出应该鼓励孩子们这样的创造性。

第二种态度是禁止。禁止不了，除非禁止人没有童年。

第三种态度是不管，由它去。少年之家的老师对淘气的男孩子唱那样的歌，不知如何是好，只是傻了眼。“傻了眼”不失为一种明智的态度。

第四种态度是研究它，我觉得孩子们编这样的歌反映了一种逆反心理，甚至是对于强加于他们的过于严肃的生活规范，包括带有教条意味的过于严肃的歌曲的抗议。这些歌是他们自己的歌。

第五种态度是向他们学习。作家应该向孩子学习。学习他们的信口胡编。第一是信口。孩子对于语言的韵律有一种先天的敏感。他们自己编的歌都非常“顺”，非常自然，一听就记得住。现在的新诗多不留意韵律，朦胧诗尤其是这样。我不懂，是不是朦胧诗就非得排斥韵律不可？我以为朦胧诗尤其需要韵律。李商隐的不少诗很难“达诂”，但是听起来很美。戴望舒的《雨巷》说的是什么？但听起来很美。听起来美，便受到感染，于是似乎是懂了。不懂之懂，是为真懂。其次，是“胡编”。就是说，学习孩子们的滑稽感，学习他们对于生活的并不恶毒的嘲谑态度。直截了当地说：学习他们的胡闹。

但是胡闹是不易学的。这需要才能，我们的胡闹才能已经被孔夫子和教条主义者敲打得一干二净。我们只有正经文学，没有胡闹文学。再过二十年，也许会有。

儿歌的振兴

近些天楼下在盖房子,电锯的声音很吵人。电锯声中,想起有关儿歌的问题。

拉大锯,
扯大锯。
姥姥家,
唱大戏。
接闺女,
请女婿。
小外孙子也要去,
……

这是流传于河北一带的儿歌。流传了不知有几百年了。

拉锯,
送锯。
你来,
我去。
拉一把,
推一把,
哗啦哗啦起风啦
……

这首歌是有谱,可以唱的。我在幼儿园时就唱过,我上幼儿园是五岁,今年六十六了。我的孙女现在还唱这首歌。这首歌也至少有了六十多年的历史了。

这两首儿歌都是“写”得很好的。音节好听，很形象。前一首“拉大锯”是“兴也”，只是起个头，主要情趣在“姥姥家，唱大戏……”后一首则是“赋也”，更具体地描绘了拉大锯的动作。拉大锯是过去常常可以见到的。两根短木柱，搭起交叉的架子，上面卡放了一根圆木，圆木的一头搭在地上；圆木上弹了墨线；两个人，一个站在圆木上，两腿一前一后，一个盘腿坐在下面，两人各持大锯的木把，“噌、噌、噌”地锯起来，锯末飞溅，墨线一寸一寸减短，圆木“解”成了板子。“拉大锯，扯大锯”，“拉锯，送锯，你来，我去”，如果不对拉锯做过仔细的观察，是不能“写”得如此生动准确的。

但是现在至少在大城市已经难得看见拉大锯的了。现在从外地到北京来给人家打家具的木工，很多都自带了小电锯，解起板子来比鲁班爷传下来的大锯要快得多了。总有一天，大锯会绝迹的。我的孙女虽然还唱、念我曾经唱、念过的儿歌，但已经不解歌词所谓。总有一天，这样的儿歌会消失的。

旧日的儿歌无作者，大都是奶奶、姥姥、妈妈顺口编出来的，也有些是幼儿自己编的，是所谓“天籁”，所以都很美。美在有意无意之间，富于生活情趣，而皆朗朗上口。儿歌引导幼儿对于生活的关心，有助于他们发挥想象，启发他们对语言的欣赏，使他们得到极大的美感享受。儿歌是一个人最初接触的并且影响到他毕生的艺术气质的纯诗。

“拉锯，送锯”可能原有一首只念不唱的儿歌的底子，但也可能是某一关心幼儿教育的作家的作品。如果是专业作家的作品，那么这位作家是了不起的作家。旧儿歌消亡了，将有新儿歌来代替。现在的儿歌大都是创作的。我读了不少我的孙女的“幼儿读物”，觉得新编的儿歌好的不多。政治性太强，过分强调教育意义，概念化，语言不美，声音不好听。看来有些儿歌作者缺乏艺术感，语言功力不够，我希望新儿歌的作者能熟读几百首旧儿歌。我希望有兼富儿童心和母性的大诗人能写写儿歌。

载一九八七年第一期《民间文学论坛》

严子陵钓台

我小时即对桐庐向往，因为看过影印的黄子久的《富春山居图》，知道那里有个严子陵钓台，还听过一个饶有情趣的故事：严子陵和汉光武帝同榻，把脚丫子放在刘秀的肚子上，弄得观察天文的太史大惊失色，次日奏道："昨天晚上客星犯帝座"……因此，友人约作桐庐小游，便欣然同意。

桐庐确实很美。吴均《与宋元思书》是古今写景名作。"自富阳至桐庐一百里许，奇山异水，天下独绝"，并非虚语。严子陵是余姚人，为什么会跑到桐庐来钓鱼？我想大概是因为这里的风景好。蔡襄说："清风敦薄俗，岂是爱林泉"。恐怕"敦薄俗"是客观效果，"爱林泉"是主观愿望。

中国叫钓鱼台的地方很多，钓鱼为什么要有个台？据我的经验，钓鱼无一定去处，随便哪里一蹲即可，最多带一个马扎子坐坐，没见过坐在台上钓鱼的。"钓鱼台"多半是假的。严子陵钓台在富春江边山上，山有东西两台。西台是谢翱恸哭文天祥处，东台即子陵钓台。严子陵怎么会到山顶上钓鱼呢？那得多长的钓竿，多长的钓丝？袁宏道诗："路深六七寻，山高四五里，纵有百尺钩，岂能到潭底？"诗有哲理，也很幽默。唐人崔儒《严先生钓台记》就提出："吕尚父不应饵鱼，任公子未必钓鳌，世人名之耳。钓台之名，亦犹是乎？"这是很有见地的话。死乞白赖地说这里根本不是严子陵钓台，或者死乞白赖地去考证严子陵到底在哪里垂钓，这两种人都是"傻帽"。

对严子陵这个人到底该怎么看？

中国历史上有两个有名的钓鱼人，一个是姜太公，一个是严子陵。王世贞《钓台赋》说"渭水钓利，桐江钓名"，这说得有点刻薄。不过严子陵确是有争议的人物。

他的事迹很简单，《后汉书》有传。大略谓：“严光……少有高名，与光武同游学。及光武即位，乃变姓名，隐身不见。帝思其贤，令物色访之，后齐国上言，有一男子，披羊裘钓泽中，帝疑是光……”《后汉书》未说明这是什么季节，但后来写诗的大都认为这是夏天。盛暑披裘，是因为没有钱，换不下季来？还是“心静自然凉”，不怕热？无从猜测。于是，“乃备安车元纁遣使聘之，三反而后至，舍北军。”他是住在警备部队营房里的。刘秀派了司徒侯霸去看他，希望他晚上进宫去和刘秀说说话。严光不答，只口授了一封给刘秀的信，信只两句：“怀仁辅义天下悦，阿谀顺旨要领绝。”刘秀说“狂奴故态也”。于是，当天就亲自去看他。严光躺着不起来，刘秀就在他的卧所，摸摸严光的肚子，说：“咄咄子陵，不可相助为理耶？”严光不应，过了好一会儿，才张开眼睛看了光武帝，说：“昔唐尧著德，巢父洗耳，士故有志，何至相迫乎？”帝曰：“子陵，我竟不能下汝耶！”于是叹息而去。过两天，又带严子陵进宫叙旧，这回倒是聊了很长时间，聊困了，“因共偃卧。光以足加帝腹。”刘秀则抚摸严子陵的肚子，严子陵以足加帝腹，他们确实到了忘形的地步，君臣之间如此，很不容易。

刘秀封了严子陵一个官，谏议大夫。他不受。乃耕于富春山。建武十七年复特征，不至。年八十，终于家。

刘秀有《与严子陵书》，不知是哪一年写的，文章实在写得好，“古大有为之君，必有不召之臣，朕何敢臣子陵哉，惟此鸿业，若涉春冰，疮痏须杖而行。若绮里不少高皇，奈何子陵少朕也。箕山颍水之风，非朕所敢望。”汉人文章多短峭而情致宛然。光武此书，亦足以名世。

对于严子陵，有不以为然的。说得直截了当的是元代的贡师泰：“百战山河血未干，汉家宗社要重安。当时尽著羊裘去，谁向云台画里看？”说得很清楚，都像你们似的反穿皮袄当隐士，这个国家谁来管呢？刘基的诗前两句比较委婉：“伯夷请节太公功，出处行藏岂必同。”后两句即讽刺得很深刻：“不是云台兴帝业，桐江无用一丝风！”刘伯温是帮助朱元璋打天下的，他当然不赞成严子陵的做法。

对严子陵颂扬的诗文甚多，不具引。最有名的是范仲淹的《严先生祠堂记》。范仲淹有两篇有名的“记”，一篇是《岳阳楼记》，一篇便是《严先生祠堂记》。此记最后的四句歌尤为千载传诵：“云山苍苍，江水泱泱。先生之风，山高水长。”范仲淹是政治家，功业甚著，他主张“先天下之忧而忧，后天下之乐而乐”，是很入世的，为什么又这样称颂严子陵这样出世的隐士呢？想了一下，觉得这是范仲淹衡量读书人的两种尺度，也是中国知识分子的两面。这两面常常同时存在于一个人的身上：立功与隐逸，或者各偏于一面，也无不可。范仲淹认为严子陵的风格可以使“贪夫廉，懦夫立，是大有功于名教也。”我想即到今天，这对人的精神还是有作用的。

林肯的鼻子

我们到伊里诺明州斯泼凌菲尔德市参观林肯故居。林肯居住过的房子正在修复。街道和几家邻居的住宅倒都已经修好了。街道上铺的是木板。几家邻居的房子也是木结构,样子差不多。一位穿了林肯时代服装(白洋布印黑色小碎花的膨起的长裙,同样颜色短袄,戴无指手套,手上还套一个线结的钱袋)的中年女士给我们作介绍。她的声音有点尖厉,话说得比较快,说得很多,滔滔不绝。也许林肯时代的妇女就是这样说话的。她说了一些与林肯无关的话,老是说她们姊妹的事。有一个林肯旧邻的后代也出来作了介绍。他也穿了林肯时代的服装,本色毛布的长过膝盖的外套,皮靴也是牛皮本色的,不上油。领口系了一条绿色的丝带。此人的话也很多,一边说,一边老是向右侧扬起脑袋,有点兴奋,又像有点愤世嫉俗。他说了一气,最后说:“我是学过心理学的,我一看你的眼睛,就知道你说的是不是真话!——日安!”用一句北京话来说:这是哪儿跟哪儿呀?此人道罢日安,翩然而去,由印花布女士继续介绍。她最后说:“林肯是伟大的政治家,但在生活上是个无赖。”我真有点怀疑我的耳朵。

第二天上午,参观林肯墓,墓的地点很好,很空旷,墓前是一片草坪,更前是很多高大的树。

这天步兵一一四旅特地给国际写作计划的作家们表演了升旗仪式。两个穿了当年的蓝色薄呢制服的队长模样的军人在旗杆前等着。其中一个挎了红缎子的值星带,佩指挥刀。在军鼓和小号声中走来一队士兵,也都穿蓝呢子制服。所谓一队,其实只有七个人。前面两个,一个打着美国国旗,一个打着州旗。当中三个背着长枪。最后两个,一个打鼓,一个吹号。走得很有节拍，但是轻轻松松的。立定之后，向左转，架好长枪。喊口令的就是那个吹小号的，他的军帽后边露着雪白的头发，大概岁数不小了。口令声音很轻，并不大声怒喝。——中国军队大声喊口令，大概是受了日本或德国的影响。口令是要练的。我在昆明时，每天清晨听见第五军校的学生练口令，那么多人一同怒吼，真是惊天动地。一声“升旗”后，老兵自己吹了号，号音有点像中国的“三环号”。那两个队长举手敬礼，国旗和州旗升上去。一会儿工夫，仪式就完了，士兵列队走去，小号吹起来，吹的是“光荣光荣哈里鲁亚”。打鼓的这回不是打的鼓面，只是用两根鼓棒敲着鼓边。这个升旗仪式既不威武雄壮，也并不怎么庄严肃穆。说是形同儿戏，那倒也不是。只能说这是美国式的仪式，比较随便。

林肯墓是一座白花岗石的方塔形的建筑，墓前有林肯的立像。两侧各有一组内战英雄的群像。一组在举旗挺进；一组有扬蹄的战马。墓基前数步，石座上还有一个很大的铜铸的林肯的头像。

我觉得林肯墓是好看的，清清爽爽，干干净净。一位法国作家说他到过南京，看过中山陵，说林肯墓和中山陵不能相比。——中山陵有气魄。我说：“不同的风格。”——“对，完全不同的风格！”他不知道林肯墓是“墓”，中山陵是“陵”呀。

我们到墓里看一圈。这里葬着林肯，林肯的夫人，还有他的三个儿子。正中还有一个林肯坐在椅子里的铜像。他的三个儿子都有一个铜像，但较小。林肯的儿子极像林肯。纪念林肯，同时纪念他的家属，这也是一种美国式的思想。——这里倒没有林肯的“亲密战友”的任何名字和形象。

走出墓道，看到好些人去摸林肯的鼻子——头像的鼻子。有带着孩子的，把孩子举起来，孩子就高高兴兴地去摸。林肯的头像外面原来是镀了一层黑颜色的，他的鼻子被摸得多了，露出里面的黄铜，锃亮锃亮的。为什么要去摸林肯的鼻子？我想原来只是因为林肯的鼻子很突出，后来就成了一种迷信，说是摸了会有好运气。好几位作家握着林肯的鼻子照了相。他们叫我也照一张，我笑了笑，摇摇头。

归途中路过诗人艾德加·李·马斯特的故居。马斯特对林肯的一些观点是不同意的。我问接待我们的一位女士：马斯特究竟不同意林肯的哪些观点，她说她也不清楚，只知道他们关系不好。我说："你们不管他们观点有什么分歧，都一样地纪念，是不是？"她说："只要是对人类文化有过贡献的，我们都纪念，不管他们的关系好不好。"我说："这大概就是美国的民主。"她说："你说的很好。"我说："我不赞成大家去摸林肯的鼻子。"她说："我也不赞成！"

途次又经桑德堡故居。对桑德堡，中国的读者比较熟悉，他的短诗《雾》是传诵很广的。桑德堡写过长诗《林肯——在战争年代》。他是赞成林肯观点的。

回到住处，我想：摸林肯的鼻子，到底要得要不得？最后的结论是：这还是要得的。谁的鼻子都可以摸，林肯的鼻子也可以摸。没有一个人的鼻子是神圣的。林肯有一句名言："All men are created egual.(所有的人生来都是平等的)"我还想到，自由、平等、博爱，是不可分割的概念。自由，是以平等为前提的。在中国，现在，很需要倡导这种"created egual"的精神。

让我们平等地摸别人的鼻子，也让别人摸。

一九八七年十月一日爱荷华

悬空的人

黑人学者赫伯特约我去谈谈。这是一个很有教养的人。他在爱荷华大学读了十年,得过四个学位,学过哲学,现在在教历史,但是他的兴趣在研究戏剧,——美国戏剧和别的国家的戏剧。我在一个酒会上遇见他。他说他对许多国家的戏剧都有所了解,唯独对中国戏剧不了解。他问我中国的丧服是不是白色的,我说:是的。他说欧洲的丧服是黑的,只有中国和黑人的丧服是白的。他觉得这有某种联系。

赫伯特很高大,长眉毛,大眼睛,阔唇,结实的白牙齿。说话时声音不高,从从容容,带着深思。听人说话时很专注,每有解悟,频频点头,或露出明亮的微笑。

和他住在一起的另一个黑人叫安东尼,比较瘦小,很文静,话很少,神情有点忧郁。他在南朝鲜研究过造纸、印刷和绘画,他想把这三者结合起来。他给我看了他的一张近作。纸是他自己造的,很厚,先印刷了一遍,再用中国毛笔画出来的。画的是《爱丽斯漫游奇境》里的镜中景象。当然,是抽象的。我觉得画的是痛苦的思维。他点点头。他现在在爱荷华大学美术馆负责。

赫伯特讲了他准备写的一个戏的构思。开幕是一个教堂,正在举行一个人的丧礼,大家都穿了白衣服。不一会,抬上来一具棺材。死者从棺材里爬了出来。别人问他:"你是来演戏的,还是来看戏的?"以下的一场,一些人在打篮球(当然是虚拟动作),剧情在球赛中进行。因为他的构思还没有完成,无法谈得很具体,我只能建议他把戏里存在的两个主题拧在一起,赋予打篮球以一个象征的意义。

以后就谈起美国的黑人问题。

赫伯特说:美国人都能说出他们是从哪里来的。从英格兰来的,苏格兰来的,荷兰来的,德国来的。我们说不出。我的来历,可以追溯到我的曾祖父。再往上,就不知道了。都是奴隶。我们不知道自己叫什么。Black People, nigro,都是白人叫我们的。我们是从非洲来的,但是是从哪个国家、哪个部族来的?不知道。我们只能把整个非洲当做我们的故乡,但是非洲很大,这个故乡是渺茫的。非洲人也不承认我们,说"你们是美国人!"我们没有文化传统,没有历史。

我说:这是一种很深刻的悲哀。

赫伯特和安东尼都说:很深刻的悲哀!

赫伯特说:美国政府希望我们接受美国文化,但是这不是我们的文化。

我说美国现在的种族歧视好像不那么厉害。

赫伯特说:"有些州还有,有些州好些,比如爱荷华。所以我们愿意住在这里。取消对黑人的歧视,约翰逊起了作用。我出去当了四年兵,回来一看:这是怎么回事?——黑人可以和白人同坐一列车,在一个饭馆里吃饭了。但是实际上还是有差别的。黑人杀了白人,要判很重的刑,常常是终身监禁;白人杀了黑人,关几年,很快就放出来了;黑人杀黑人,美国政府不管,——让你们杀去吧!"

赫伯特承认,黑人犯罪率高(纽约哥伦比亚大学附近的一个公园、芝加哥的黑人区,晚上没有人敢去),脏。这应该主要由制度负责,还是应该黑人自己负责?

赫伯特说,主要是制度问题。二百年了,黑人没有好的教育,居住条件差,吃得不好,——黑人吃的东西和白人不一样。这不是一朝一夕能改变的。

(我想到改善人民的饮食和居住条件是直接和提高民族素质有关的事。住高楼大厦和大杂院,吃精米白面高蛋白和吃窝头咸菜的人就是不一样。)

我知道美国政府近年对黑人的政策有很大的改变,有意在黑人中培养出一部分中产阶级。美国的大学招生,政府规定黑人要占一定的百分比。完成不了比率,要受批评,甚至会削减学校的经费。黑人比较容易得到奖学金(美国奖学金很高,得到奖学金,学费、生活费可不成问题)。赫伯特、安东尼都在大学教书，爱荷华大学的副教务长(是一个诗人)是黑人。在芝加哥街头可以看到很多穿戴得相当讲究的黑人妇女(浑身珠光宝气，比有些白人妇女还要雍容华贵)。我问：是不是这样？

是这样，但是美国的大企业主没有一个是黑人。

这样，美国的黑人就发生了分化：中产阶级的黑人和贫穷的黑人。

我问赫伯特和安东尼：你们的意识，你们的心态，是接近白人，还是接近贫穷的黑人？他们都说：接近白人。

因此，赫伯特说，贫穷的黑人也不承认我们。他们说：你们和我们不一样。

赫伯特说：他们希望我们替他们讲话，但是——我们不能。鞋子掉了，只能由自己提(他做一个提鞋的动作)。只能由他们当中产生领袖，出来说话。我们，只能写他们。

在我起身告辞的时候，赫伯特问我：我们没有历史，你说我们应该怎么办？

我说，既然没历史，那就：从我开始！

赫伯特说：很对！

没有历史，是悲哀的。

一个人有祖国，有自己的民族，有文化传统，不觉得这有什么。一旦没有这些，你才会觉得这有多么重要，多么珍贵。

我在美国，听说有一个留学生说："我宁愿在美国做狗，不愿意做中国人。"岂有此理！

载一九八八年六月三日台湾《中时晚报》

寻常茶话

袁鹰编《清风集》约稿。我对茶实在是个外行。茶是喝的，而且喝得很勤，一天换三次叶子。每天起来第一件事，便是坐水，沏茶。但是毫不讲究。对茶叶不挑剔。青茶、绿茶、花茶、红茶、沱茶、乌龙茶，但有便喝。茶叶多是别人送的，喝完了一筒，再开一筒，喝完了碧螺春，第二天就可以喝蟹爪水仙。但是不论什么茶，总得是好一点的。太次的茶叶，便只好留着煮茶叶蛋。《北京人》里的江泰认为喝茶只是“止渴生津利小便”，我以为还有一种功能，是：提神。《陶庵梦记》记闵老子茶，说得神乎其神。我则有点像董日铸，以为“浓、热、满三字尽茶理”。我不喜欢喝太烫的茶，沏茶也不爱满杯。我的家乡认为客人斟茶斟酒“酒要满，茶要浅”，茶斟得太满是对客人不敬，甚至是骂人。于是就只剩下一个字：浓。我喝茶是喝得很酽的。曾在机关开会，有个女同志尝了我的一口茶，说是“跟药一样”。因此，写不出关于茶的文章。要写，也只是些平平常常的话。

我读小学五年级那年暑假，我的祖父不知怎么忽然高了兴，要教我读书。“穿堂”的左侧有两间空屋。里间是佛堂，挂了一幅丁云鹏画的佛像，佛的袈裟是朱红的。佛像下，是一尊乌斯藏铜佛。我的祖母每天早晚来烧一炷香。外间本是个贮藏室，房梁上挂着干菜，干的粽叶。靠墙有一缸“臭卤”，面筋、百叶、笋头、苋菜秸都放在里面臭。临窗设一方桌，便是我的书桌。祖父每天早晨来讲《论语》一章，剩下的时间由我自己写大小字各一张。大字写《圭峰碑》，小字写《闲邪公家传》，都是祖父从他的藏帖里拿来给我的。隔日作文一篇。还不是正式的八股，是一种叫做“义”的文体，只是解释《论语》的内容。题目是祖父出的。我共做了多少篇“义”，已经不记得了。只记得有一题是“孟子反不伐义”。

祖父生活俭省，喝茶却颇考究。他是喝龙井的，泡在一个深栗色的扁肚子的宜兴砂壶里，用一个细瓷小杯倒出来喝。他喝茶喝得很酽，一次要放多半壶茶叶。喝得很慢，喝一口，还得回味一下。

他看看我的字，我的“义”，有时会另拿一个杯子，让我喝一杯他的茶。真香。从此我知道龙井好喝，我的喝茶浓酽，跟小时候的熏陶也有点关系。

后来我到了外面，有时喝到龙井茶，会想起我的祖父，想起孟子反。

我的家乡有“喝早茶”的习惯，或者叫做“上茶馆”。上茶馆其实是吃点心、包子、蒸饺、烧麦、千层糕……茶自然是要喝的。在点心未端来之前，先上一碗干丝。我们那里原先没有煮干丝，只有烫干丝。干丝在一个敞口的碗里堆成塔状，临吃，堂倌把装在一个茶杯里的作料——酱油、醋、麻油浇入。喝热茶、吃干丝，一绝！

抗日战争时期，我在昆明住了七年，几乎天天泡茶馆。“泡茶馆”是西南联大学生特有的说法。本地人叫做“坐茶馆”，“坐”，本有消磨时间的意思，“泡”则更胜一筹。这是从北京带过去的一个字，“泡”者，长时间地沉溺其中也，与“穷泡”、“泡蘑菇”的“泡”是同一语源。联大学生在茶馆里往往一泡就是半天。干什么的都有。聊天、看书、写文章。有一位教授在茶馆里读梵文。有一位研究生，可称泡茶馆的冠军。此人姓陆，是一怪人。他曾经徒步旅行了半个中国，读书甚多，而无所著述，不爱说话。他简直是“长”在茶馆里。上午、下午、晚上，要一杯茶，独自坐着看书。他连漱洗用具都放在一家茶馆里，一起来就到茶馆里洗脸刷牙。听说他后来流落四川，穷困潦倒而死，悲夫！

昆明茶馆里卖的都是青茶，茶叶不分等次，泡在盖碗里。文林街后来开了家“摩登”茶馆，用玻璃杯卖绿茶、红茶——滇红、滇绿。滇绿色如生青豆，滇红色似“中国红”葡萄酒，茶叶都很厚。滇红尤其经泡，三开之后，还有茶色。我觉得滇红比祁(门)红、英(德)红都好，这也许是我的偏见。当然比斯里兰卡的“利普顿”要差一些——有人喝不来“利普顿”，说是味道很怪。人之好恶，不能勉强。我在昆明喝过大烤茶。把茶叶放在粗陶的烤茶罐里，放在炭火上烤得半焦，倾入滚水，茶香扑人。几年前在大理街头看到有烤茶缸卖，犹豫一下，没有买。买了，放在煤气灶上烤，也不会有那样的味道。

一九四六年冬，开明书店在绿杨村请客。饭后，我们到巴金先生家喝工夫茶。几个人围着浅黄色的老式圆桌，看陈蕴珍（萧珊）“表演”濯器、炽炭、注水、淋壶、筛茶。每人喝了三小杯。我第一次喝工夫茶，印象深刻。这茶太酽了，只能喝三小杯。在座的除巴先生夫妇，有靳以、黄裳。一转眼，四十三年了。靳以、萧珊都不在了。巴老衰病，大概没有喝一次工夫茶的兴致了。那套紫砂茶具大概也不在了。

我在杭州喝过一杯好茶。

一九四七年春，我和几个在一个中学教书的同事到杭州去玩。除了“西湖景”，使我难忘的两样方物，一是醋鱼带把。所谓“带把”，是把活草鱼的脊肉剔下来，快刀切为薄片，其薄如纸，浇上好秋油，生吃。鱼肉发甜，鲜脆无比。我想这就是中国古代的“切脍”。一是在虎跑喝的一杯龙井。真正的狮峰龙井雨前新芽，每蕾皆一旗一枪，泡在玻璃杯里，茶叶皆直立不倒，载浮载沉，茶色颇淡，但入口香浓，直透肺腑，真是好茶！只是太贵了。一杯茶，一块大洋，比吃一顿饭还贵。狮峰茶名不虚，但不得虎跑水不可能有这样的味道。我自此才知道，喝茶，水是至关重要的。

我喝过的好水有昆明的黑龙潭泉水。骑马到黑龙潭，疾驰之后，下马到茶馆里喝一杯泉水泡的茶，真是过瘾。泉就在茶馆檐外地面，一个正方的小池子，看得见泉水咕嘟咕嘟往上冒。井冈山的水也很好，水清而滑。有的水是“滑”的，“温泉水滑洗凝脂”并非虚语。井冈山水洗被单，越洗越白；以泡“狗古脑”茶，色味俱发，不知道水里含了什么物质。天下第一泉、第二泉的水，我没有喝出什么道理。济南号称泉城，但泉水只能供观赏，以泡茶，不觉得有什么特点。

有些地方的水真不好。比如盐城。盐城真是“盐城”，水是咸的。中产以上人家都吃“天落水”。下雨天，在天井上方张了布幕，以接雨水，存在缸里，备烹茶用。最不好吃的水是菏泽。菏泽牡丹甲天下，因为菏泽土中含碱，牡丹喜碱性土。我们到菏泽看牡丹，牡丹极好，但茶没法喝。不论是青茶、绿茶，沏出来一会儿就变成红茶了，颜色深如酱油，入口咸涩。由菏泽往梁山，住进招待所后，第一件事便是赶紧用不带碱味的甜水沏一杯茶。

老北京早起都要喝茶，得把茶喝“通”了，这一天才舒服。无论贫富，皆如此。一九四八年我在午门历史博物馆工作。馆里有几位看守员，岁数都很大了。他们上班后，都是先把带来的窝头片在炉盘上烤上，然后轮流用水氽坐水沏茶。茶喝足了，才到午门城楼的展览室里去坐着。他们喝的都是花茶。北京人爱喝花茶，以为只有花茶才算是茶（很多人把茉莉花叫做“茶叶花”）。我不太喜欢花茶，但好的花茶例外，比如老舍先生家的花茶。

老舍先生一天离不开茶。他到莫斯科开会，苏联人知道中国人爱喝茶，倒是特意给他预备了一个热水壶。可是，他刚沏了一杯茶，还没喝几口，一转脸，服务员就给倒了。老舍先生很愤慨地说：“他妈的！他不知道中国人喝茶是一天喝到晚的！”一天喝茶喝到晚，也许只有中国人如此。外国人喝茶都是论“顿”的，难怪那位服务员看到多半杯茶放在那里，以为老先生已经喝完了，不要了。

龚定庵以为碧螺春天下第一。我曾在苏州东山的“雕花楼”喝过一次新采的碧螺春。“雕花楼”原是一个华侨富商的住宅，楼是进口的硬木造的，到处都雕了花，八仙庆寿、福禄寿三星、龙、凤、牡丹……真是集恶俗之大成。但碧螺春真是好。不过茶是泡在大碗里的，我觉得这有点煞风景。后来问陆文夫，文夫说碧螺春就是讲究用大碗喝的。茶极细，器极粗，亦怪！

在湖南桃源喝过一次擂茶。茶叶、老姜、芝麻、米、加盐放在一个擂钵里，用硬木的擂棒“擂”成细末，用开水冲开，便是擂茶。我在《湘行二记》中对擂茶有较详细的叙述，为省篇幅，不再抄引。

茶可入馔，制为食品。杭州有龙井虾仁，想不恶。裘盛戎曾用龙井茶包饺子，可谓别出心裁。日本有茶粥。《俳人的食物》说俳人小聚，食物极简单，但“唯茶粥一品，万不可少”。茶粥是啥样的呢？我曾用粗茶叶煎汁，加大米熬粥，自以为这便是“茶粥”了。有一阵子，我每天早起喝我所发明的茶粥，自以为很好喝。四川的樟茶鸭子乃以柏树枝、樟树叶及茶叶为熏料，吃起来有茶香而无茶味。曾吃过一块龙井茶心的巧克力，这简直是恶作剧！用上海人的话说：巧克力与龙井茶实在完全“弗搭界”。

一九八九年九月十六日

七十书怀

六十岁生日，我曾经写过一首诗：

冻云欲湿上元灯，
漠漠春阴柳未青。
行过玉渊潭畔路，
去年残叶太分明。

这不是“自寿”，也没有“书怀”，“即事”而已。六十岁生日那天一早，我按惯例到所居近处的玉渊潭遛了一个弯，所写是即目所见。为什么提到上元灯？因为我的生日是旧历的正月十五。据说我是日落酉时诞生，那么正是要“上灯”的时候。沾了元宵节的光，我的生日总不会忘记。但是小时不做生日，到了那天，我总是鼓捣一个很大的，下面安四个轱辘的兔子灯，晚上牵了自制的兔子灯，里面插了蜡烛，在家里厅堂过道里到处跑，有时还要牵到相熟的店铺中去串门。我没有“今天是我的生日”的意识，只是觉得过“灯节”（我们那里把元宵叫做“灯节”）很好玩。十九岁离乡，四方漂泊，过什么生日！后来在北京安家，孩子也大了，家里人对我的生日渐渐重视起来，到了那天，总得“表示”一下。尤其是我的孙女和外孙女，她们对我的生日比别人更为热心，因为那天可以吃蛋糕。六十岁是个整寿，但我觉得无所谓。诗的后两句似乎有些感慨，因为这时“文化大革命”过去不久，容易触景生情，但是究竟有什么感慨，也说不清。那天是阴天，好像要下雪，天气其实是很舒服的，诗的前两句隐隐约约有一点喜悦。总之，并不衰瑟，更没有过一年少一年这样的颓唐的心情。

一晃，十年过去了，我七十岁了。七十岁生日那天写了一首《七十书怀出律不改》：

悠悠七十犹耽酒，
唯觉登山步履迟。
书画萧萧余宿墨，
文章淡淡忆儿时。
也写书评也作序，
不开风气不为师。
假我十年闲粥饭，
未知留得几囊诗。

这需要加一点注解。

中国人的平均寿命比以前增高多了。我记得小时候看家里大人和亲戚，过了五十，就是“老太爷”了。我祖父六十岁生日，已经被称为“老寿星”。“人生七十古来稀”，现在七十岁不算稀奇了。不过七十总是个“坎儿”。不知从什么时候起，别人对我的称呼从“老汪”改成了“汪老”。我并无老大之感。但从去年下半年，我一想我再没有六十几了，不免有一点紧张。我并不太怕死，但是进入七十，总觉得去日苦多，是无可奈何的事。所幸者，身体还好。去年年底，还上了一趟武夷山。武夷山是低山，但总是山。我一度心肌缺氧，一般不登山。这次到了武夷绝顶仙游，没有感到心脏有负担。看来我的身体比前几年还要好一些，再工作几年，问题不大。当然，上山比年轻人要慢一些。因此，去年下半年偶尔会有的紧张感消失了。

我的写字画画本是遣兴自娱而已，偶尔送一两件给熟朋友。后来求字求画者渐多。大概求索者以为这是作家的字画，不同于书家画家之作，悬之室中，别有情趣耳，其实，都是不足观的。我写字画画，不暇研墨，只用墨汁。写完画完，也不洗砚盘色碟，连笔也不涮。下次再写、再画，加一点墨汁。“宿墨”

是记实。今年(一九九〇年)一月十五日,画水仙金鱼,题了两句诗:

宜入新春未是春,
残笺宿墨隔年人。

这幅画的调子是灰的,一望而知用的是宿墨。用宿墨,只是懒,并非追求一种风格。

有一个文学批评用语我始终不懂是什么意思,叫做“淡化”。淡化主题、淡化人物、淡化情节,当然,最终是淡化政治。“淡化”总是不好的。我是被有些人划入淡化一类了的。我所不懂的是:淡化,是本来是浓的,不淡的,或应该是不淡的、硬把它化得淡了。我的作品确实是比较淡的,但它本来就是那样,并没有经过一个“化”的过程。我想了想,说我淡化,无非是说没有写重大题材,没有写性格复杂的英雄人物,没有写强烈的、富于戏剧性的矛盾冲突。但这是我的生活经历,我的文化素养,我的气质所决定的。我没有经历过太多的波澜壮阔的生活,没有见过叱咤风云的人物,你叫我怎么写?我写作,强调真实,大都有过亲身感受,我不能靠材料写作。我只能写我所熟悉的平平常常的人和事,或者如姜白石所说“世间小儿女”。我只能用平平常常的思想感情去了解他们,用平平常常的方法表现他们。这结果就是淡。但是“你不能改变我”,我就是这样,谁也不能下命令叫我照另外一种样子去写。我想照你说的那样去写,也办不到。除非把我回一次炉,重新生活一次。我已经七十岁了,回炉怕是很难。前年《三月风》杂志发表我一篇随笔,请丁聪同志画了我一幅漫画头像,编辑部要我自己题几句话,题了四句诗:

近事模糊远事真,
双眸犹幸未全昏。
衰年变法谈何易,
唱罢莲花又一春。

《绣襦记·教歌》两个叫花子唱的“莲花落”有句“一年春尽又是一年春”，我很喜欢这句唱词。七十岁了，只能一年又一年，唱几句莲花落。

《七十书怀出律不改》，“出律”指诗的第五六两句失黏，并因此影响最后两句平仄也颠倒了。我写的律诗往往有这种情况，五六两句失黏。为什么不改？因为这是我要说的主要两句话，特别是第六句，所书之怀，也仅此耳。改了，原意即不妥帖。

我是赞成作家写评论的，也爱看作家所写的评论。说实在的，我觉得评论家所写的评论实在有点让人受不了。结果是作法自毙。写评论的差事有时会落到我的头上。我认为评论家最让人受不了的，是他们总是那样自信。他们像我写的小说《鸡鸭名家》里的陆长庚一样，一眼就看出这只鸭是几斤几两，这个作家该打几分。我觉得写评论是非常冒险的事：你就能看得那样准？我没有这样的自信。人到一定岁数，就有为人写序的义务。我近年写了一些序。去年年底就写了三篇，真成了写序专家。写序也很难，主要是分寸不好掌握，深了不是，浅了不是。像周作人写序那样，不着边际，是个办法。但是，一、我没有那样大的学问；二、丝毫不涉及所序的作品，似乎有欠诚恳。因此，临笔踌躇，煞费脑筋。好像是法郎士说过：“关于莎士比亚，我所说的只是我自己。”写书评、写序，实际上是写写书评、写序的人自己。借题发挥，拿别人来“说事”，当然不太好，但是书评和序里总会流露出本人的观点，本人的文学主张。我不太希望我的观点、主张被了解，愿意和任何人保持一定的距离；但是自设屏障，拒人千里，把自己藏起来，完全不让人了解，似也不必。因此，“也写书评也作序”。

“不开风气不为师”，是从龚定庵的诗里套出来的。龚定庵的原句是：“但开风气不为师”。龚定庵的诗貌似谦虚，实很狂傲。——龚定庵是谦虚的人么？但是龚定庵是有资格说这个话的。他确实是个“开风气”的。他的带有浓烈的民主色彩的个性解放思想撼动了一代人，他的宗法公羊家的奇崛矫矢的文体对于当时和后代都起了很大的影响。他的思想不成体系，不立门户，说是“不为师”倒也是对的。近四五年，有人说我是这个那个流派的始作俑者，这很出乎我的意外。我从来没有想到提倡什么，我绝无“来吾导乎先路”

的气魄，我只是“悄没声地”自己写一点东西而已。有一些青年作家受了我的影响，甚至有人有意地学我，这情况我是知道的。我要诚恳地对这些青年作家说：不要这样。第一，不要“学”任何人。第二，不要学我。我希望青年作家在起步的时候写得新一点，怪一点，朦胧一点，荒诞一点，狂妄一点，不要过早地归于平淡。三四十岁就写得很淡，那，到我这样的年龄，怕就什么也没有了。这个意思，我在几篇序文中都说到，是真话。

看相的说我能活九十岁，那太长了！不过我没有严重的器质性的病，再对付十年，大概还行。我不愿当什么“离休干部”，活着，就还得做一点事。我希望再出一本散文集，一本短篇小说集，把《聊斋新义》写完，如有可能，把酝酿已久的长篇历史小说《汉武帝》写出来。这样，就差不多了。

七十书怀，如此而已。

一九九〇年二月二十四日

写字

写字总得从临帖开始。我比较认真地临过一个时期的帖，是在十多岁的时候，大概是小学五年级、六年级和初中一年级的暑假。我们那里，那样大的孩子“过暑假”的一个主要内容便是读古文和写字。一个暑假，我从祖父读《论语》，每天上午写大、小字各一张，大字写《圭峰碑》，小字写《闲邪公家传》，都是祖父给我选定的。祖父认为我写字用功，奖给了我一块猪肝紫的端砚和十几本旧拓的字帖：我印象最深的是一本褚河南的《圣教序》。这些字帖是一个败落的世家夏家卖出来的。夏家藏帖很多，我的祖父几乎全部买了下来。一个暑假，从一个姓韦的先生学桐城派古文、写字。韦先生是写魏碑的，他让我临的却是《多宝塔》。一个暑假读《古文观止》、唐诗，写《张猛龙》。这是我父亲的主意。他认为得写写魏碑，才能掌握好字的骨力和间架。我写《张猛龙》，用的是一种稻草做的纸——不是解大便用的草纸，很大，有半张报纸那样大，质地较草纸紧密，但是表面相当粗。这种纸市面上看不到卖，不知道父亲是从什么地方买来的。用这种粗纸写魏碑是很合适的，运笔需格外用力。其实不管写什么体的字，都不宜用过于平滑的纸。古人写字多用麻纸，是不平滑的。像澄心堂纸那样细腻的，是不多见的。这三部帖，给我的字打了底子，尤其是《张猛龙》。到现在，从我的字里还可以看出它的影响，结体和用笔。

临帖是很舒服的，可以使人得到平静。初中以后，我就很少有整桩的时间临帖了。读高中时，偶尔临一两张，一曝十寒。二十岁以后，读了大学，极少临帖。曾在昆明一家茶叶店看到一副对联：“静对古碑临黑女，闲吟绝句比红儿”。这副对联的作者真是一个会享福的人。《张黑女》的字我很喜欢，但是没有临过，倒是借得过一本，反反复复“读”了好多遍。《张黑女》北书而有南意，我以为是从魏碑到二王之间的过渡。这种字体很难把握，五十年来，我还没有见过一个书家写《张黑女》而能得其仿佛的。

写字，除了临帖，还需“读帖”。包世臣以为读帖当读真迹，石刻总是形似，失去原书精神，看不出笔意，固也。试读《三希堂法帖·快雪时晴》，再到故宫看看原件，两者比较，相去真不可以道里计。看真迹，可以看出纸、墨、笔之间的关系。尤其是“运墨”；“纸墨相得”，是从拓本上感觉不出来的。但是真迹难得看到，像《快雪时晴》《奉橘帖》那样的稀世国宝，故宫平常也不拿出来展览。隔着一层玻璃，也不便揣摩谛视。求其次，则可看看珂罗版影印的原迹。多细的珂罗版也是有网纹的，印出来的字多浅淡发灰，不如原书的沉着入纸。但是，毕竟慰情聊胜无，比石刻拓本要强得多。读影印的《祭侄文》，才知道颜真卿的字是从二王来的，流畅潇洒，并不都像《麻姑仙坛》那样见棱见角的“方笔”；看《兴福寺碑》，觉赵子昂的用笔也是很硬的，不像坊刻应酬尺牍那样柔媚。再其次，便只好看看石刻拓本了。不过最好要旧拓。从前旧拓字帖并不很贵，逛琉璃厂，夹两本旧帖回来，不是难事。现在可不得了了！前十年，我到一家专卖碑帖的铺子里，见有一部《淳化阁帖》，我请售货员拿下来看看，售货员站着不动，只说了个价钱。他的意思我明白：你买得起吗？我只好向他道歉：“那就不麻烦你了！”现在比较容易得到的丛帖是北京日报出版社影印的《三希堂法帖》。乾隆本的《三希堂法帖》是浓墨乌金拓。我是不喜欢乌金拓的，太黑，且发亮。北京日报出版社用重磅铜版纸印，更显得油墨堆浮纸面，很“暴”。而且分装四大厚册，很重，展玩极其不便。不过能有一套《三希堂法帖》已属幸事，还有什么话可说呢？

《三希堂法帖》收宋以后的字很多。对于中国书法的发展，一向有两种对立的意见。一种以为中国的书法，一坏于颜真卿，二坏于宋四家。一种以为宋人书是一个重要的突破。宋人宗法二王，而不为二王所囿，用笔洒脱，显出各自的个性和风格。有人一辈子写晋人书体，及读宋人帖，方悟用笔。我觉两种意见都有道理。但是。二王书如清炖鸡汤，宋人书如棒棒鸡。清炖鸡汤是真味，但是吃惯了麻辣的川味，便觉得什么菜都不过瘾。一个人多“读”宋人字，便会终身摆脱不开，明知趣味不高，也没有办法。话又说回来，现在书家中标榜写二王的，有几个能不越雷池一步的？即便是沈尹默，他的字也明显地看出有米字的影响。

“宋四家”指苏（东坡）、黄（山谷）、米（芾）、蔡。“蔡”本指蔡京，但因蔡京人品不好，遂以蔡襄当之。早就有人提出这个排列次序不公平。就书法成就说，应是蔡、米、苏、黄。我同意。我认为宋人书法，当以蔡京为第一。北京日报出版社《三希堂法帖与书法家小传》（卷二），称蔡京“字势豪健，痛快沉着，严而不拘，逸而不外规矩。比其从兄蔡襄书法，飘逸过之，一时各书家，无出其左右者”“……但因人品差，书名不为世人所重。”我以为这评价是公允的。

这里就提出一个多年来缠杂不清的问题：人品和书品的关系。一种很有势力的意见以为，字品即人品，字的风格是人格的体现。为人刚毅正直，其书乃能挺拔有力。典型的代表人物是颜真卿。这不能说是没有道理，但是未免简单化。有些书法家，人品不能算好，但你不能说他的字写得不好，如蔡京，如赵子昂，如董其昌，这该怎么解释？历来就有人贬低他们的书法成就。看来，用道德标准、政治标准代替艺术标准，是古已有之的。看来，中国的书法美学、书法艺术心理学，得用一个新的观点，新的方法来重新开始研究。简单从事，是有害的。

蔡京字的好处是放得开，《与节夫书帖》、《与宫使书帖》可以为证。写字放得开并不容易。书家往往于酒后写字，就是因为酒后精神松弛，没有负担，较易放得开。相传王羲之的《兰亭序》是醉后所写。苏东坡说要“酒气拂拂从指间出”，才能写好字，东坡《答钱穆父诗》书后自题是“醉书”。万金跋此帖后云：

右军兰亭，醉时书也。东坡答钱穆父诗，其后亦题曰醉书。较之常所见帖大相远矣。岂醉者神全，故挥洒纵横，不用意于布置，而得天成之妙欤？不然则兰亭之传何其独盛也如此。

说得是有道理的。接连写几张字，第一张大都不好，矜持拘谨。大概第三四张较好，因为笔放开了。写得太多了，也不好，容易“野”。写一上午字，有一张满意的，就很不错了。有时一张都不好，也很别扭。那就收起笔砚，出去遛个弯儿去。写字本是遣兴，何必自寻烦恼。

一九九〇年七月十二日

多年父子成兄弟

这是我父亲的一句名言。

父亲是个绝顶聪明的人。他是画家，会刻图章，画写意花卉。图章初宗浙派，中年后治汉印。他会摆弄各种乐器，弹琵琶，拉胡琴，笙箫管笛，无一不通。他认为乐器中最难的其实是胡琴，看起来简单，只有两根弦，但是变化很多，两手都要有功夫。他拉的是老派胡琴，弓子硬，松香滴得很厚——现在拉胡琴的松香都只滴了薄薄的一层，他的胡琴音色刚亮。胡琴码子都是他自己刻的，他认为买来的不中使。他养蟋蟀养金铃子，他养过花，他养的一盆素心兰在我母亲病故那年死了，从此他就不再养花。我母亲死后，他亲手给她做了几箱子冥衣——我们那里有烧冥衣的风俗。按照母亲生前的喜好，选购了各种花素色纸作衣料，单夹皮棉，四时不缺。他做的皮衣能分得出小麦穗、羊羔、灰鼠、狐肷。

父亲是个很随和的人，我很少见他发过脾气，对待子女，从无疾言厉色。他爱孩子，喜欢孩子，爱跟孩子玩，带着孩子玩。我的姑妈称他为“孩子头”。春天，不到清明，他领一群孩子到麦田里放风筝。放的是他自己糊的蜈蚣（我们那里叫“百脚”），是用染了色的绢糊的。放风筝的线是胡琴的老弦。老弦结实而轻，这样风筝可笔直地飞上去，没有“肚儿”。用胡琴弦放风筝，我还未见过第二人。清明节前，小麦还没有“起身”，是不怕践踏的，而且越踏会越长得旺。孩子们在屋里闷了一冬天，在春天的田野里奔跑跳跃，身心都极其畅快。他用钻石刀把玻璃裁成不同形状的小块，再一块一块斗拢，接缝处用胶水粘牢，做成小桥、小亭子、八角玲珑水晶球。桥、亭、球是中空的，里面养了金铃子。从外面可以看到金铃子在里面自在爬行，振翅鸣叫。他会做各种灯。用浅绿透明的“鱼鳞纸”扎了一只纺织娘，栩栩如生。用西洋红染了色，上深下浅，通草做花瓣，做了一个重瓣荷花灯，真是美极了。用小西瓜(这是拉秧的小瓜，因其小，不中吃，叫做“打瓜”或“笃瓜”)上开小口挖净瓜瓤，在瓜皮上雕镂出极细的花纹，做成西瓜灯。我们在这些灯里点了蜡烛，穿街过巷，邻居的孩子都跟过来看，非常羡慕。

父亲对我的学业是关心的，但不强求。我小时候，国文成绩一直是全班第一。我的作文，时得佳评，他就拿出去到处给人看。我的数学不好，他也不责怪，只要能及格，就行了。他画画，我小时也喜欢画画，但他从不指点我。他画画时，我在旁边看，其余时间由我自己乱翻画谱，瞎抹。我对写意花卉那时还不太会欣赏，只是画一些鲜艳的大桃子，或者我从来没有见过的瀑布。我小时字写得不错，他倒是给我出过一点主意。在我写过一阵《圭峰碑》和《多宝塔》以后，他建议我写写《张猛龙》。这建议是很好的，到现在我写的字还有《张猛龙》的影响。我初中时爱唱戏，唱青衣，我的嗓子很好，高亮甜润。在家里，他拉胡琴，我唱。我的同学有几个能唱戏的。学校开园乐会，他应我的邀请，到学校去伴奏。几个同学都只是清唱，有一个姓费的同学借到一顶纱帽，一件蓝官衣，扮起来唱“朱砂井”，但是没有配角，没有衙役，没有犯人，只是一个赵廉，摇着马鞭在台上走了两圈，唱了一段“郡坞县在马上心神不定”便完事下场。父亲那么大的人陪着几个孩子玩了一下午，还挺高兴。我十七岁初恋，暑假里，在家写情书，他在一旁瞎出主意。我十几岁就学会了抽烟喝酒。他喝酒，给我也倒一杯。抽烟，一次抽出两根他一根我一根。他还总是先给我点上火。我们的这种关系，他人或以为怪。父亲说：“我们是多年父子成兄弟。”

我和儿子的关系也是不错的。我戴了“右派分子”的帽子下放张家口农村劳动，他那时从幼儿园刚毕业，刚刚学会汉语拼音，用汉语拼音给我写了第一封信。我也只好赶紧学会汉语拼音，好给他写回信。“文化大革命”期间，我被打成“黑帮”，送进“牛棚”。偶尔回家，孩子们对我还是很亲热。我的老伴告诫他们“你们要和爸爸‘划清界限’”，儿子反问母亲：“那你怎么还给他打酒？”只有一件事，两代之间，曾有分歧。他下放山西忻县“插队落户”，按规定，春节可以回京探亲。我们等着他回来。不料他同时带回了一个同学。他这个同学的父亲是一位正受林彪迫害，搞得人因家破的空军将领。这个同学在北京已经没有家。按照大队的规定是不能回北京的，但是孩子很想回北京，在一伙同学的秘密帮助下，我的儿子就偷偷地把他带回来了。他连“临时户口”也不能上，是个“黑人”，我们留他在家住，等于“窝藏”了他。公安局随时可以来查户口，街道办事处的大妈也可能举报。当时人人自危，自顾不暇，儿子惹了这么一个麻烦，使我们非常为难。我和老伴把他叫到我们的卧室，对他的冒失行为表示不满，我责备他：“怎么事前也不和我们商量一下！”我的儿子哭了，哭得很委屈，很伤心。我们当时立刻明白了：他是对的，我们是错的。我们这种怕担干系的思想是庸俗的。我们对儿子和同学之间义气缺乏理解，对他的感情不够尊重。他的同学在我们家一直住了四十多天，才离去。

对儿子的几次恋爱，我采取的态度是“闻而不问”。了解，但不干涉。我们相信他自己的选择，他的决定。最后，他悄悄和一个小学时期女同学好上了，结了婚。有了一个女儿，已近七岁。

我的孩子有时叫我“爸”，有时叫我“老头子！”连我的孙女也跟着叫。我的亲家母说这孩子“没大没小”。我觉得一个现代化的，充满人情味的家庭，首先必须做到“没大没小”。父母叫人敬畏，儿女“笔管条直”最没有意思。

儿女是属于他们自己的。他们的现在，和他们的未来，都应由他们自己来设计。一个想用自己理想的模式塑造自己的孩子的父亲是愚蠢的，而且，可恶！另外作为一个父亲，应该尽量保持一点童心。

一九九〇年九月一日

城隍·土地·灶王爷

城隍,《辞海》“城隍”条等云:“护城河”,引班固《两都赋序》:“京师修宫室,浚城隍,起苑囿,以备制度。”既说是浚,当有水。但同书“隍”字条又注云:“没有水的护城壕”。到底是有水没有水?姑且不去管它。反正,城隍后来已经成为神。说是守护城池的神也可以,更准确一点,应说是坐镇一方之神。据《辞海》,最早见于记载的为芜湖城隍,建于三国吴赤乌二年。北齐慕容俨在郢城建城隍神祠一所。唐代以来郡县皆祭城隍。后唐清泰元年封城隍为王。宋以后祀城隍习俗更为普遍。明太祖洪武三年正式规定各府州县的城隍神,并加以祭祀。为什么历代这样重视城隍,以至朱元璋于立国之初就为此特别下了一个红头文件?

乾隆十七年,郑板桥在知潍县知事任内曾修葺过潍县的城隍庙,撰过一篇《城隍庙碑记》。我曾见过拓本。字是郑板桥自己写的,写得很好,虽仍有“六分半书”笔意,但是是楷书,很工整,不似“乱石铺阶”那样狂气十足。这篇碑文实在是绝妙文章:

……故仰而视之,苍然者天也;俯而临之,块然者地也。其中耳目口鼻手足而能言,衣冠揖让而能礼者,人也。岂有苍然之天而又耳目口鼻而人者哉?自周公以来,称为上帝,而俗世又呼为玉皇。于是耳目口鼻手足冕旒执玉而人之;而又写之以金,范之以土,刻之以木,琢之以玉,而又从之以妙龄之官,陪之以武毅之将。天下后世,遂褎褎然从而人之,俨在其上,俨在其左右矣。至如府州县邑皆有城,如环无端,啮者是也;城之外有隍,抱城而流,汤汤汩汩者是也。又何必乌纱袍笏而人之乎?而四海之大,九州之众，莫不以人祀之；而又予之以祸福之权，授之以死生之柄；而又两廊森肃，陪以十殿之王；而又有刀花、剑树、铜蛇、铁狗、黑风、蒸钖以俱之。而人亦褎褎然从而惧之矣。非唯人惧之，吾亦惧之矣。每至殿庭之后，寝宫之前，其窗阴阴，其风吸吸，吾亦毛发竖慄，状如有鬼者，乃知古帝王神道设教不虚也。……

这是一篇写得曲曲折折的无神论。城，城也；隍，河也，“又何必乌纱袍笏而人之乎？”这已经说得很清楚。然而大家都“以人祀之，而又予之以祸福之权，授之以死生之柄”，“与之”、“授之”，很可玩味。神本无权，唯人授之，这种“神权人授”的思想很有进步意义。谁授予神这样的权柄呢？下文自明。不但授之以权，而且把城隍庙搞得那样恐怖，人亦褎褎然从而惧之。“非唯人惧之，吾亦惧之矣”，这句话说得很幽默。郑板桥是真的害怕了吗？城隍庙总是阴森森的，“吾亦毛发竖慄，状如有鬼者”，郑板桥是真觉得有鬼么？答案在下面：“乃知古帝王神道设教不虚也”，郑板桥对古帝王的用心是一清二楚。但是郑板桥并未正面揭穿（这怎么可能呢），而且潍县的城隍庙是在他的倡议下，谋于士绅而葺新的，这真是最大的幽默！我们对于明清之后的名士的思想和行事，总要于其曲曲折折处去寻绎。不这样，他们就无法生存。我一向觉得板桥的思想很通达，不图其通达有如此。

我们县里的城隍庙的历史是颇久的，有两棵粗可合抱的白果（银杏）树为证。庙相当大，两进大殿，前殿和后殿。前殿面南坐着城隍老爷，也称城隍菩萨，——这与佛教的“菩提萨埵”无关，中国的老百姓是把一切的神都可称为菩萨的，叫“老爷”时多。发亮的油白大脸，长眉细目，五绺胡须。大红缎地平金蟒袍。按说他只是县团级，但是派头却比县知事大得多，县官怎么能穿蟒袍呢。而且封了爵，而且爵位甚高，“敕封灵应侯”。如此僭越，实在很怪。他们职权是管生死和祸福。人死之后，即须先到城隍那里挂一个号。京剧《琼林宴》范仲禹的唱词云：“在城隍庙内挂了号，在土地祠内领了回文”。城隍庙正殿上有几块匾，除了“威灵显赫”之类外，有一块白话文的特大的匾，写的是“你也来了”。我的二伯母（我是过继给她的）病重，她的母亲（我应该叫她外婆)有一天半夜里把我叫起来,把我带到城隍庙去。我迷迷糊糊地去了。干什么?去“借寿”,即求城隍老爷把我的寿借几年(好像是十年)给二伯母。半夜里到城隍庙里去,黑咕隆咚的,真有点怕人。我那时还小,借几年就借几年吧,无所谓,而且觉得这是应该的。到城隍老爷那里去借寿,我想这是古已有之的习俗,不是我的外婆首创,因为所有仪注好像都有成规。不过借寿并不成功,我的二伯母过了两天还是死了。

我们那里的城隍庙有一个特别处,即后殿还有一个神像,也是五绺长须,但穿着没有城隍那样阔气。这位神也许是城隍的副手。他的名称很奇怪,叫“老戴”。城隍和老戴之间好像有个什么故事的,我忘了。

正殿前的两廊塑着各种酷刑行刑时的景象,即板桥碑记中所说的“刀花、剑树……”我们那里的城隍庙所塑的是上刀山、下油锅、锯人、磨人等等,一共七十二种酷刑,谓之“七十二司”,这“司”是阴司的意思。七十二司分为十个相通连的单间,左廊右廊各五间。每一间有一个阎王,即板桥所说的“十王”。阎王是“王”,应该是“南面而王”,坐在正面。《聊斋·陆判》所说的十王殿的十王大概是坐在正面的,但多数的十王都是屈居在两廊,变成了陪客,甚至是下属了,我们县里的城隍庙、泰山庙都是这样。中国诸神的品级官阶也乱得很。十王中我只记得一个秦广王,其余的,对不起,全忘了。《玉历宝钞》上好像有十王的全部称号,且各有像(虽然都长得差不多),不难查到的。

城隍庙正殿的对面,照例有一座戏台。郑板桥碑记云:“岂有神而好戏者乎?是又不然。《曹娥碑目》云:‘盱能抚节安歌,婆娑乐神’,则歌舞迎神,古人已累有之矣。诗云:‘琴瑟击鼓,以迓田祖’,夫田果有祖,田祖果爱琴瑟,谁则闻之?不过因人心之报称,以致其重叠爱媚于尔大神尔。今城隍既以人道祀之,何必不以歌舞之事娱之哉!”郑板桥这里说得有点不够准确。歌舞最初是乐神的,因为他是神,才以歌舞乐之,这是“神道”,并不是因为以人道祀之。才以歌舞之事娱之。到了后来,戏才是演给人看的,但还是假借了乐神的名义。很多地方的戏台都在庙里,都是“神台”。我们县城隍庙的戏台是演戏的重要场地,我小时看的许多戏都是站在戏台与正殿之间的砖地上看的。看的都是“大戏”,即京剧。但有一次在这个戏台上也演过梅花歌舞团那样的歌舞，这种节目演给城隍老爷看，颇为滑稽。

每年七月半，城隍要出巡，即把城隍的大驾用八抬大轿抬出来，在城里的主要街道上游一游。城隍出巡，前面是有许多文艺表演的节目，叫做“会”，许多地方叫“赛会”，“出会”，我们那里叫“迎会”。参与迎会的，谓之“走会”。我乡迎会的情形，我在小说《故里三陈·陈四》中有较详细的描述，不赘。各地赛会，节目有同有异，高跷，旱船，南北皆有。北京的“中幡”、“五虎棍”，我们那里没有。我们那里的“站高肩”，北方没有。

城隍的姓名大都无可稽考，但也有有案可查的。张岱《西湖梦寻·城隍庙》载：“吴山城隍庙，宋以前在皇山，旧名永固，绍兴九年徙建于此。宋初，封其神，姓孙名本。永乐时封其神为周新。”周新本是监察御史，弹劾敢言，被永乐杀了。“一日上见绯而立者，叱之，问为谁，对曰：‘臣新也，上帝谓臣刚直，使臣城隍浙江，为陛下治奸贪吏。’言已不见，遂封为浙江都城隍。”这当然只是传说，永乐帝不会白日见鬼。但这记载说明一个问题，即城隍由上帝任命后，还得由人间的皇帝加封，否则大概是无效的。“都城隍”之名他书未见。周新是个省级城隍，比州、府、县的城隍要大，相当于一个巡抚了。都城隍不是各省都有。

《聊斋志异》以《考城隍》为全书第一篇，评书者都以为有深意焉，我看这只是寓言，寄托蒲松龄认为所有的官都应该考一考的愤慨耳。他说这是“予姊夫之祖宋公讳焘”的事情，宋焘亦未必有其人。

土地即社神。《风俗编·神鬼》：“凡今社神，俱呼土地。”其所管的地面是不大的，大体相当于明清的坊——凡土地都称为“当坊土地”，解放前的一个保。我家所住的一条街上街的中段和东段即有两座土地祠。《聊斋·王六郎》后为招远县邬镇土地，管一个镇，也差不多。到了乡下，则随便哪个田头，都可立一个土地庙。《王六郎》是一篇写得很美的小说，文长，不具引。土地本也应是有名有姓的，但人都不知道。王六郎只名王六郎，那倒是因为他本没有名字。只是姓王，叫人“相见可呼王六郎”。他当了土地，仍叫王六郎么？这不免有失官体。有一位土地的名字倒是为人所知的，是北京国子监的土地，此人非别，乃韩愈也！韩愈当过国子祭酒，与国子监有点老关系，但让他当国子监的土地爷，实在有点不大像话。我曾看过国子监的土地祠。比一架自鸣钟大不了多少。

河北农村有句俗话："别拿土地爷不当神仙！"事实上人们对土地爷是不大尊重的。土地祠(或亦称庙)很简陋，香火冷落，乡下给土地爷上供的只是一块豆腐。《西游记》孙悟空到了一处，遇到妖怪，不知是什么来头，便把土地召来，二话不说，叫土地老儿先把孤拐伸出来教老孙打五百棍解闷。孙悟空对土地的态度实际是吴承恩对土地的态度，也是老百姓对土地的态度：不当一回事。因为，他是最小的神，或神里最小的官。

我们县别有都土地，那可不一样了。都土地祠亦称都天庙，连庙所在的那条巷子也叫都天庙巷。都天庙和城隍庙不能相比，小得多，但也有殿有廊。殿上坐着都土地，比城隍小一号，亦红蟒亦面长圆而白亮，无五绺须。我的家乡把长圆而肥白的脸叫做"都天脸"，此专指女人的面相，男人这样的脸很少，不知道为什么没有人说"城隍脸"。都土地管辖地界大致相当于一个区。他的封爵次于城隍一等，是"灵显伯"。父老相传，我所住在的北城的都土地是张巡。张巡怎么会跑到我的家乡来当一个区长级的都土地呢？这里既不是他的家乡(河南南阳)，又不是他战死的地方(河南睢阳)？说北城都土地是张巡，根据的是什么？有这样一个在安史之乱时和安禄山打仗，城破而死的有名的忠臣当都土地，我们那一区的居民是觉得很光荣的。都土地也不是每个区都有。

土地城隍属于一个系统，他们的关系是上下级，如图：

土地→都土地→城隍→都城隍

都城隍的上面是什么呢？没有了，好像是一直通到玉皇大帝。土地的下面呢？也没有了，因为土地祠里并未塑有衙役皂隶。他们是上下级，是不是要布置任务，汇报工作？也许要的，但是咱们不知道。

祭灶的起源盖甚早。

《史记·孝武本纪》:“是时而李少君亦以祠灶、谷道、却老方见上,上尊之。”《索隐》:“如淳云:‘祠灶可以致福。’案:礼灶者,老妇之祭,盛于盆,尊于瓶。”这最初本是“老妇之祭”。晋代宗懔《荆楚岁时记》:“按礼器,灶者老妇之祭,‘尊于瓶,盛于盆’,言以瓶为樽,用盆盛馔也。”意思是拿瓶子当酒樽,盆盛食物。老妇大概没钱。用不起正儿八经的器皿,只好这样马马虎虎,因陋就简。

祭灶本是求福,是很朴素的愿望,到了方士的手里,就变得神乎其神起来。《史记·孝武本纪》:“少君言于上曰:‘祠灶则致物,致物而丹沙可化为黄金,黄金成以为饮食器则益寿,益寿而海中蓬莱仙者可见,见之以封禅则不死,黄帝是也。”从祠灶到不死,绕了这样大一个圈子,汉代的方士真能胡说八道!而汉武帝偏偏就相信这种胡说八道!

祭灶的礼俗一直相沿不替。唐、五代的材料我没有来得及查,宋代则讲风俗的书几乎没有一本不提到祭灶的。

《东京梦华录》:“十二月……二十四日交年,都人至夜请僧道看经,备酒果送神,烧合家替代钱纸,贴灶马于灶上,以酒糟涂抹灶门,谓之‘醉司命’。”

《梦粱录》:“十二月……二十四日,不以穷富,皆备蔬食饧豆祀灶。”

《武林旧事》:“……二十四日,谓之‘交年’,祀灶用花饧米饵,及烧替代及作糖豆粥,谓之‘口数’。”

祭灶的祭品不拘,但有一样东西是必有的:饧。饧是古糖字,指用麦芽或谷芽熬成的糖,熬干了,就成了关东糖。我们那里就叫做“灶糖”。为什么要请灶王爷吃关东糖?《抱朴子·微旨》:“月晦之夜,灶神亦上天白人罪状。”原来灶王爷既是每一家的守护神,又是玉皇大帝的情报员,——一个告密者。人在家里,不是在公开场合,总难免说点错话,办点错事,灶王爷一天到晚窃听监视,这受得了吗!人于是想出一个高招,塞他一嘴关东糖,叫他把牙粘住,使他张不开嘴,说不出人的坏话。不过灶王爷二十三或二十四上天,到除夕才回来,在天上要呆一个星期,在玉皇大帝面前一句话也不说,玉皇大帝不觉得奇怪么?

以酒糟涂抹灶门，其用意与祭之以饧同，让他醉里咕咚的，他还能打小报告么？

灶王爷上天，是骑马去的。《东京梦华录》云："贴灶马于灶上"。我们那里是用红纸折一个小孩子折手工的纸马，祭毕烧掉。折纸马照例是我的一个堂姐的事。这实在有点儿戏。

我们那里的孩子捉蜻蜓，红蜻蜓是不捉的。说这是灶王爷的马。灶王爷骑了这样的马——蜻蜓，上天？

把灶王爷送上天，谓之"送灶"。送灶的日期各地不一样。我们那里一般人家是腊月二十四。俗话说："君（或军）三，民四，龟五。"按规定，娼妓家送灶应是二十五，不过妓女都不遵守。二十五送灶，这不等于告诉别人：我们家是妓女？北京送灶。则都在二十三。

到除夕，把灶王爷接回来，或谓之"迎灶"，我们那里叫做"接灶"。

谁参加祭灶？各地，甚至各家不一样。有的人家只许男的参加，女的不参加；有的人家则只有女的跪拜，男人不参与；我们家则男女都拜，先由男的拜，后由女的拜。我觉得应该由女的祭拜合适。女人一天围着锅台转，与灶王爷关系密切，而且，这本是"老妇之祭"，不关老爷们儿的事！

灶王爷是什么长相？《庄子·达生》："灶有髻"，司马彪注："髻，灶神，著赤衣，状如美女。"我见过木刻彩印的灶王像，面孔略圆，有二三十根稀稀疏疏的胡子，并不像美女，倒像个有福气的老封翁。我们家灶王龛里则只贴了一张长方的红纸，上写"东厨司命定福灶君"。

灶王爷姓什么，叫什么？《荆楚岁时记》说他"姓苏名吉利"。不单他，连他老婆都有名字："妇姓王名搏颊"。但我曾看过一个华北的民间故事，说他名叫张三，因为做了见不得人的事，钻进了灶膛里，弄得一脸乌七抹黑，于是成了灶王。北京俗曲亦云："灶王爷本姓张"。他到底叫什么？吁，鬼神之事，难言之矣。

城隍、土地、灶君是和中国人民大众生活关系最密切的神。

这些神是"古帝王"造出来的神话，是谣言，目的是统一老百姓的思想，是"神道设教"。

老百姓也需要这样的神。这些神的意象一旦为老百姓所掌握，就会变成一种自觉的、宗教性的、固执的力量。没有这些神，他们就会失去伦理道德的标准、是非善恶的尺度，失去心理平衡，惶惶然不可终日。我们县的城隍，在北伐的时候曾由以一个姓黄的党部委员为首的一帮热血青年用粗绳拉倒，劈成碎片。这触怒了城乡的许多道婆子。我们县有很多的道婆子，她们没有任何文化，只会念一句“南无阿弥陀佛”，是神就拜，念“南无阿弥陀佛”，不管这神是什么教的神。不管哪个庙的香期，她们都去，一坐一大片，叫做“坐经”。她们的凝聚力很大，心很齐。她们听说城隍老爷被毁了，“哈！这还行！”她们一人拿了一炷香，要把姓黄的党部委员的家烧掉。黄某事先听到消息，越墙逃走，躲藏了好多天。这帮道婆子捐钱募化，硬是重新造了一个城隍老爷，和原来的一样。她们的道理很简单：“怎么可以没有城隍老爷！”

愚昧是一种伟大的力量。

大多数人对城隍、土地、灶王爷的态度是“诚惶诚恐，不胜屏营待命之至”，但是也有人不是这样，有的时候不是这样。很多地方戏的“三小戏”都有《打城隍》、《打灶王》，和城隍老爷、灶王爷开了点小小玩笑，使他们不能老是那样俨乎其然，那样严肃。送灶时的给灶王喂点关东糖，实在表现了整个民族的幽默感。

也许正是这点幽默感，使我们这个民族不至被信仰的铁板封死。

一九九〇年十二月八日

随遇而安

我当了一回右派，真是三生有幸。要不然我这一生就更加平淡了。

我不是一九五七年打成右派的，是一九五八年“补课”补上的，因为本系统指标不够。划右派还要有“指标”，这也有点奇怪。这指标不知是一个什么人所规定的。

一九五七年我曾经因为一些言论而受到批判，那是作为思想问题来批判的。在小范围内开了几次会，发言都比较温和，有的甚至可以说很亲切。事后我还是照样编刊物，主持编辑部的日常工作，还随单位的领导和几个同志到河南林县调查过一次民歌。那次出差，给我买了一张软席卧铺车票，我才知道我已经享受“高干”待遇了。第一次坐软卧，心里很不安。我们在洛阳吃了黄河鲤鱼，随即到林县的红旗渠看了两三天。凿通了太行山，把漳河水引到河南来，水在山腰的石渠中活活地流着，很叫人感动。收集了不少民歌。有的民歌很有农民式的浪漫主义的想象，如想到将来渠里可以有“水猪”、“水羊”，想到将来少男少女都会长得很漂亮。上了一次中岳嵩山。这里运载石料的交通工具主要是用人力拉的排子车，特别处是在车上装了一面帆，布帆受风，拉起来轻快得多。帆本是船上用的，这里却施之陆行的板车上，给我十分新鲜的印象。我们去的时候正是桐花盛开的季节，漫山遍野摇曳着淡紫色的繁花，如同梦境。从林县出来，有一条小河。河的一面是峭壁，一面是平野，岸边密植杨柳，河水清澈，沁人心脾。我好像曾经见过这条河，以后还会看到这样的河。这次旅行很愉快，我和同志们也相处得很融洽，没有一点隔阂，一点别扭。这次批判没有使我觉得受了伤害，没有留下阴影。

一九五八年夏天，一天（我这人很糊涂，不记日记，许多事都记不准时间),我照常去上班,一上楼梯,过道里贴满了围攻我的大字报。要拔掉编辑部的“白旗”,措辞很激烈,已经出现“右派”字样。我顿时傻了。运动,都是这样:突然袭击。其实背后已经策划了一些日子,开了几次会,做了充分的准备,只是本人还蒙在鼓里,什么也不知道。这可以说是暗算。但愿这种暗算以后少来,这实在是很伤人的。如果当时量一量血压,一定会猛然增高。我是有实际数据的。“文化大革命”中我一天早上看到一批侮辱性的大字报,到医务所量了量血压, 低压110, 高压170。平常我的血压是相当平稳正常的,90—130。我觉得卫生部应该发一个文件:为了保障人民的健康,不要再搞突然袭击式的政治运动。

开了不知多少次批判会。所有的同志都发了言。不发言是不行的,我规规矩矩地听着,记录下这些发言。这些发言我已经完全都忘了,便是当时也没有记住,因为我觉得这好像不是说的我,是说的另外一个别的人,或者是一个根本不存在的,假设的,虚空的对象。有两个发言我还留下印象。我为一组义和团故事写过一篇读后感,题目是“仇恨·轻蔑·自豪”。这位同志说:“你对谁仇恨?轻蔑谁?自豪什么?”我发表过一组极短的诗,其中有一首《早春》,原文如下:

(新绿是朦胧的,飘浮在树梢,完全不像是叶子……)

远树绿色的呼吸。

批判的同志说:连呼吸都是绿的了,你把我们的社会主义社会污蔑到了什么程度?!听到这样的批判,我只有停笔不记,愣在那里。我想辩解两句,行么?当时我想:鲁迅曾说费厄泼赖应该缓行,现在本来应该到了可行的时候,但还是不行。中国大概永远没有费厄的时候。所谓“大辩论”,其实是“大辩认”,他辩你认。稍微辩解,便是“态度问题”。态度好,问题可以减轻;态度不好,加重。问题是问题,态度是态度,问题大小是客观存在,怎么能因为态度如何而膨大或收缩呢?许多错案都是因为本人为了态度好而屈认,而造成的。假如再有运动(阿弥陀佛,但愿真的不再有了),对实事求是、据理力争的同志应予表扬。

开了多次会,批判的同志实在没有多少可说的了。那两位批判“仇恨·轻蔑·自豪”和“绿色的呼吸”的同志当然也知道这样的批判是不能成立的。批判“绿色的呼吸”的同志本人是诗人,他当然知道诗是不能这样引申解释的。他们也是没话找话说,不得已。我因此觉得开批判会对被批判者是过关,对批判者也是过关。他们也并不好受。因此,我当时就对他们没有怨恨,甚至还有点同情。我们以前是朋友,以后的关系也不错。我记下这两个例子,只是说明批判是一出荒诞戏剧,如莎士比亚说,所有上场的人都只是角色。

我在一篇写右派的小说里写过:“写了无数次检查,听了无数次批判,……她不再觉得痛苦,只是非常的疲倦。她想:定一个什么罪名,给一个什么处分都行,只求快一点,快一点过去,不要再开会,不要再写检查。”这是我的亲身体会。其实,问题只是那一些,只要写一次检查,开一次会,甚至一次会不开,就可以定案。但是不,非得开够了“数”不可。原来运动是一种疲劳战术,非得把人搞得极度疲劳,身心交瘁,丧失一切意志,瘫软在地上不可。我写了多次检查,一次比一次更没有内容,更不深刻,但是我知道,就要收场了,因为大家都累了。

结论下来了:定为一般右派,下放农村劳动。

我当时的心情是很复杂的。我在那篇写右派的小说里写道:“……她带着一种奇怪的微笑。”我那天回到家里,见到爱人说,“定成右派了”,脸上就是带着这种奇怪的微笑的。我也不知道我为什么要笑。

我想起金圣叹。金圣叹在临刑前给人写信,说:“杀头,至痛也,而圣叹于无意中得之,亦奇。”有人说这不可靠。金圣叹给儿子的信中说:“字谕大儿知悉,花生米与豆腐干同嚼,有火腿滋味”,有人说这更不可靠。我以前也不大相信,临刑之前,怎能开这种玩笑?现在,我相信这是真实的。人到极其无可奈何的时候,往往会生出这种比悲号更为沉痛的滑稽感,鲁迅说金圣叹“化屠夫的凶残为一笑”,鲁迅没有被杀过头,也没有当过右派,他没有这种体验。

另一方面，我又是真心实意地认为我是犯了错误，是有罪的，是需要改造的。我下放劳动的地点是张家口沙岭子。离家前我爱人单位正在搞军事化，受军事训练，她不能请假回来送我。我留了一个条子："等我五年，等我改造好了回来。"就背起行李，上了火车。

右派的遭遇各不相同，有幸有不幸。我这个右派算是很幸运的，没有受多少罪，我下放的单位是一个地区性的农业科学研究所。所里有不少技师、技术员，所领导对知识分子是了解的，只是在干部和农业工人的组长一级介绍了我们的情况（和我同时下放到这里的还有另外几个人），并没有在全体职工面前宣布我们的问题。不少农业工人（也就是农民）不知道我们是来干什么的，只说是毛主席叫我们下来锻炼锻炼的。因此，我们并未受到歧视。

初干农活，当然很累。像起猪圈、刨冻粪这样的重活，真够一戗。我这才知道"劳动是沉重的负担"这句话的意义。但还是咬着牙挺过来了。我当时想：只要我下一步不倒下来，死掉，我就得拼命地干。大部分的农活我都干过，力气也增长了，能够扛一百七十斤重的一麻袋粮食稳稳地走上和地面成四十五度角那样陡的高跳。后来相对固定在果园上班。果园的活比较轻松，也比"大田"有意思。最常干的活是给果树喷波尔多液，硫酸铜加石灰，兑上适量的水，便是波尔多液，颜色浅蓝如晴空，很好看。喷波尔多液是为了防治果树病害，是常年要喷的。喷波尔多液是个细致活。不能喷得太少，太少了不起作用；不能太多，太多了果树叶子挂不住，流了。叶面、叶背都得喷到。许多工人没这个耐心，于是喷波尔多液的工作大部分落在我的头上。我成了喷波尔多液的能手。喷波尔多液次数多了，我的几件白衬衫都变成了浅蓝色。

我们和农业工人干活在一起，吃住在一起。晚上被窝挨着被窝睡在一铺大炕上。农业工人在枕头上和我说了一些心里话，没有顾忌。我这才比较切近地观察了农民，比较知道中国的农村，中国的农民是怎么一回事。这对我确立以后的生活态度和写作态度是很有好处的。

我们在下面也有文娱活动。这里兴唱山西梆子（中路梆子），工人里不少都会唱两句。我去给他们化妆。原来唱旦角的都是用粉妆，——鹅蛋粉、胭脂、黑锅烟子描眉。我改成用戏剧油彩，这比粉妆要漂亮得多。我勾的脸谱比张家口专业剧团的“黑”(山西梆子谓花脸为“黑”)还要干净讲究。遇春节,沙岭子堡(镇)闹社火,几个年轻的女工要去跑旱船,我用油底浅妆把她们一个个打扮得如花似玉,轰动一堡,几个女工高兴得不得了。我们和几个职工还合演过戏,我记得演过的有小歌剧《三月三》、崔巍的独幕话剧《十六条枪》。一年除夕,在“堡”里演话剧,海报上特别标出一行字:

台上有布景

这里的老乡还没有见过个布景。这布景是我们指导着一个木工做的。演完戏,我还要赶火车回北京。我连妆都没卸干净,就上了车。

一九五九年底给我们几个人作鉴定。参加的有工人组长和部分干部。工人组长一致认为:老汪干活不藏奸,和群众关系好,“人性”不错,可以摘掉右派帽子。所领导考虑,才下来一年,太快了,再等一年吧。这样,我就在一九六〇年在交了一个思想总结后,经所领导宣布:摘掉右派帽子,结束劳动。暂时无接收单位,在本所协助工作。

我的“工作”主要是画画。我参加过地区农展会的美术工作(我用多种土农药在展览牌上粘贴出一幅很大的松鹤图,色调古雅,这里的美术中专的一位教员曾特别带着学生来观摩);我在所里布置过“超声波展览馆”(“超声波”怎样用图像表现?声波是看不见的,没有办法,我就画了农林牧副渔多种产品,上面一律用圆规蘸白粉画了一圈又一圈同心圆)。我的“巨著”,是画了一套《中国马铃薯图谱》。这是所里给我的任务。

这个所有一个下属单位“马铃薯研究站”,设在沽源。为什么设在沽源?沽源在坝上,是高寒地区(有一年下大雪,沽源西门外的积雪跟城墙一般高)。马铃薯本是高寒地带的作物。马铃薯在南方种几年,就会退化,需要到坝上调种。沽源是供应全国薯种的基地,研究站设在这里,理所当然。这里集中了全国各地、各个品种的马铃薯,不下百来种,我在张家口买了纸、颜色、笔,带了在沙岭子新华书店买得的《癸巳类稿》、《十驾斋养新录》和两册《容斋随笔》(沙岭子新华书店进了这几种书也很奇怪,如果不是我买,大概永远也卖不出去)。就坐长途汽车,奔向沽源,其时在八月下旬。

我在马铃薯研究站画《图谱》,真是神仙过的日子。没有领导,不用开会,就我一个人,自己管自己。这时正是马铃薯开花,我每天蹚着露水,到试验田里摘几丛花,插在玻璃杯里,对着花描画。我曾经给北京的朋友写过一首长诗,叙述我的生活。全诗已忘,只记得两句:

坐对一丛花,
眸子炯如虎。

下午,画马铃薯的叶子。天渐渐凉了,马铃薯陆续成熟,就开始画薯块。画一个整薯,还要切开来画一个剖面,一块马铃薯画完了,薯块就再无用处,我于是随手埋进牛粪火里,烤烤,吃掉。我敢说,像我一样吃过那么多品种的马铃薯的,全国盖无第二人。

沽源是绝塞孤城。这本来是一个军台。清代制度,大臣犯罪,往往由皇帝批示"发往军台效力",这处分比充军要轻一些(名曰"效力",实际上大臣自己并不去,只是闲住在张家口,花钱雇一个人去军台充数)。我于是在《容斋随笔》的扉页上,用朱笔画了一方图章,文曰:

效力军台

白天画画,晚上就看我带去的几本书。

一九六二年初,我调回北京,在北京京剧团担任编剧,直至离休。

摘掉右派分子帽子,不等于不是右派了。"文革"期间,有人来外调,我写了一个旁证材料。人事科的同志在材料上加了批注:

该人是摘帽右派。所提供情况,仅供参考。

我对“摘帽右派”很反感，对“该人”也很反感。“该人”跟“该犯”差不了多少。我不知道我们的人事干部从什么地方学来的这种带封建意味的称谓。

“文化大革命”，我是本单位第一批被揪出来的。因为有“前科”。

“文革”期间给我贴的大字报，标题是：

老右派，新表演

我搞了一些时期“样板戏”，江青似乎很赏识我，于是忽然有一天宣布：“汪曾祺可以控制使用。”这主要当然是因为我曾是右派。在“控制使用”的压力下搞创作，那滋味可想而知。

一直到一九七九年给全国绝大多数右派分子平反，我才算跟右派的影子告别。我到原单位去交材料，并向经办我的专案的同志道谢：“为了我的问题的平反，你们做了很多工作，麻烦你们了，谢谢！”那几位同志说：“别说这些了吧！二十年了！”

有人问我：“这些年你是怎么过来的？”他们大概觉得我的精神状态不错，有些奇怪，想了解我是凭仗什么力量支持过来的。我回答：

“随遇而安。”

丁玲同志曾说她从被划为右派到北大荒劳动，是“逆来顺受”。我觉得这太苦涩了，“随遇而安”，更轻松一些。“遇”，当然是不顺的境遇，“安”，也是不得已。不“安”，又怎么着呢？既已如此，何不想开些。如北京人所说：“哄自己玩儿。”当然，也不完全是哄自己。生活，是很好玩的。

随遇而安不是一种好的心态，这对民族的亲和力和凝聚力是会产生消极作用的。这种心态的产生，有历史的原因（如受老庄思想的影响），本人气质的原因（我就不是具有抗争性格的人），但是更重要的是客观，是“遇”，是环境的，生活的，尤其是政治环境的原因。中国的知识分子是善良的。曾被打成右派的那一代人，除了已经死掉的，大多数都还在努力地工作。他们的工作的动力，一是要证实自己的价值。人活着，总得做一点事。二是对生我养我的故国未免有情。但是，要恢复对在上者的信任，甚至轻信，恢复年轻时的天真的热情，恐怕是很难了。他们对世事看淡了，看透了，对现实多多少少是疏离的。受过伤的心总是有璺的。人的心，是脆的。

这是没有办法的事。

为政临民者，可不慎乎。

一九九一年一月三十一日

烟赋

中国人抽烟，大概开始于明朝，是从外国传入的。从前的中国书里称烟草为淡巴菰，是Tobacco的译音。我年轻时，上海人还把雪茄叫做“吕宋”。吸烟成风，盖在清代。现存的几种烟草谱，都是清人的著作。纪晓岚就是“嗜食淡巴菰”的。我的高中国文老师史先生说，纪晓岚总纂四库全书时，叫人把书页平摊在一个长案上。他一边吸烟，一边校读，围着大案走一圈，一篇《四库全书总目提要》就出来了。这可能是传闻，但乾隆年间，抽烟的人已经颇多，是可以肯定的。

小说《异秉》里的张汉轩说，烟有五种：水、旱、鼻、雅、潮。雅（鸦片）不是烟草所制，潮州烟其实也是旱烟之一种，中国人以前抽的烟实只有旱烟、水烟两大类。旱烟，南方多切成丝，北方则是揉碎了，都是用烟袋，摁在烟锅里抽的。北方人把烟叶都称为关东烟。关东烟里的上品是蛟河烟。这是贡品。据说西太后抽的即是蛟河烟。真正的蛟河烟只产在那么一两亩地里。我在吉林抽过真蛟河烟，名不虚传！其次则“亚布力”也还可以，这是从苏联引进的品种。河北省过去种“易县小叶”。旱烟袋，讲究白铜锅、乌木杆、翡翠嘴。烟袋有极长的。南方老太太用的烟袋，银嘴五寸，乌木杆长至八尺，抽烟时得由别人点火，自己是够不着的。有极短的。可以插在靴掖里，称为“京八寸”。这种烟袋亦称骚胡子烟袋，说是公公抽烟，叫儿媳妇点火，瞅着没人看见，可以乘机摸一下儿媳妇的手。潮州的烟袋是用竹根做的，在一头挖一窟窿，嵌一小铜胎，以装烟，不另安锅。我一九五〇年在江西土改，那里的农民抽的就是这种烟，谓之“吃黄烟”。山西、内蒙人用羊腿做烟袋。抽这种烟得点一盏灯，因为一次只装很小的一撮烟，抽一口就把烟灰吹掉，叫做“一口香”，要不停地点火。云、贵、川抽叶子烟，烟叶剪成二寸许长，裹成小指粗细的烟支，可以说是自制小雪茄，但多数是插在烟锅里抽，也可算是旱烟类。我在鄂温克族地区抽过达斡尔人用香蒿子窨制的烟，一层烟叶，一层香蒿子，阴干，烟味极佳。是用纸卷了抽的。广东的“生切”也是用纸卷了抽的。新疆的“莫合烟”，即苏联翻译小说里常常见到的“马霍烟”，也是用纸卷了抽的。莫合烟是用烟梗磨碎制成的，不用烟叶。抽水烟应该是最卫生的，烟从水里滤过，有害物质减少了。但抽水烟很麻烦。每天涮水烟袋就很费事。水烟袋要保持洁净，抽起来才香。我有个远房舅舅，到人家做客，都由他的车夫一次带了五支水烟袋，换着抽，此人真是个会享福的人！水烟的烟丝极细，叫做“皮丝”，出在甘肃的兰州和福建的福州。一在西北，一在东南，制法质量也极相似，奇怪！云南人抽水烟筒，那得会抽，否则嘬不出烟来。若论过瘾，应当首推水烟筒。旱烟、水烟，吸时都要在口腔内打一回旋，烟筒的烟则是直灌入肺，毫无缓冲。

卷烟，或称纸烟，北京人叫做烟卷儿，上海一带人叫做香烟。也有少数地方叫做洋烟的。早年的东北评剧《雷雨》里的四凤夸赞周平的唱词道：“穿西服，抽洋烟，梳的本是那个偏分。”可以为证。大概在东北人眼中这些都是很时髦的。东北是“十八岁的大姑娘叼着大烟袋”的地方，卷烟曾经是稀罕东西。现在卷烟已经通行全国。抽旱烟的还有，大都是上了年纪的人，但也相对地减少了。抽水烟的就更少了，白铜镂花的水烟袋已经成为古玩，年轻人都不知道这玩意是干什么用的了。说卷烟是洋烟，是有道理的。因为它本是从外国（主要是英国）输入的。上海一带流行的上等烟茄立克、白炮台、555……销行最广的中等烟红锡包（北方叫小粉包）、老刀牌（北方叫强盗牌）都是英国货。世界上的烟卷原分两大系。一类是海洋型，英国烟为其代表。英国烟的烟丝很细，有些烟如白炮台的烟盒上标明是NAVY CUT，大概和海军有点关系。一类是大陆型，典型的代表是埃及烟、法国烟、苏联的白海牌（东北人叫它“大白杆”），以及阿尔巴尼亚等烟属之。抽大陆型烟的人数不多。现在卷烟分为两大派系，一类是烤烟型，即英国烟型，一类是混合型。是一半海洋型、一半大陆型的烟丝的混合,美国烟大都是混合型。英国型的烟烟丝金黄,比较柔和,有烟草的自然的香味,比较为中国人所喜欢。

后来有外商和华侨在中国设厂制烟,比较重要的是英美烟草有限公司和南洋兄弟烟草公司。大前门为南洋兄弟烟草公司所出,美丽牌好像就是英美烟草公司出的。也有较小的厂出烟,大联珠、紫金山……大概是本国的烟厂所出。

我到昆明后抽过很多种杂牌烟。有一种烟叫仙岛牌,不记得是什么地方出的,烟味极好,是英国烤烟型,价钱也不贵。后来就再不见了,可能是因为日本兵占领了越南,滇越铁路一断,没有来源了,有一种烟,叫"白姑娘",硬盒扁支的,烟味很冲。有一种从湖南来的烟,抽起来有牙粉味。最便宜的烟是鹦鹉牌,十支装,呛得不得了,不知是什么树叶或草叶做的,肯定不是烟叶!

从陈纳德的飞虎队至美国空军到昆明后,昆明市面上到处是美国烟,多是从美国军用物资仓库中流出的。骆驼牌、老金、LUCKY STRIKE CHESTERFIELD、PHILIPMORRIS……一时抽美国烟的人很多,因为并不太贵。

云南烟业的兴起盖在四十年代初。那里的农业专家和实业家,经过研究,认为云南土壤、气候适于种烟,于是引进美国弗吉尼亚的大金叶,试种成功。随即建厂生产卷烟。所出的牌子有两种:重九和七七。重九当时算是高档烟,这个牌子沿用至今。七七是中档烟,后来不生产了。

五十年代后,云南制烟业得到很大发展,云南烟的质量得到全国公认,把许多省市的卷烟都甩到后面去了。云南卷烟的三大名牌:云烟牌、红山茶、红塔山。最近几年,红塔山的声誉日隆,俨然夺得云南名烟的首席。说它已经是国产烟的第一,也不为过分。

对于抽烟,我可以说是个内行。

打开烟盒,抽出一支,用手指摸一摸,即可知道工艺水平如何。要松紧合度。既不是紧得吸不动,也不是松得跺一跺就空了半截,没有挺硬的烟梗,抽起来不会"放炮",溅出火星,烧破衣裤。

放在鼻子底下闻一闻,就知道是什么香型。若是烤烟型,即应有微甜略酸的自然烟香。

最重要的当然就是入口、经喉、进肺的感觉。抽烟，一要过瘾，二要绵软。这本来是一对矛盾，但是配方得当，却可以兼顾。如果要对卷烟加以评品，我于“红塔山”得一字，曰：“醇”。

当年生产的烟叶，不能当年就用，得存放一个时期，这样杂质异味才会挥发掉。据闻英国的名牌烟的烟叶都要存放三年。二次世界大战，存烟用尽，质量也不如以前了。玉溪烟厂的烟叶都要存放二年至二年半。这是像中药店配制丸散一样“修合虽无人见，存心自有天知”的事。这个“天”就是抽烟的人。烟叶存放了多久，抽烟的人是看不到的，但是抽得出来。他们不知其所以然，但是知其然，能分辨出烟的好坏。

对烟的评价是最具群众性的，最公平的。卷烟不能像酒一样搞评比。我们国家是不允许卷烟做广告的。现在既不能像过去的美丽牌在《申报》和《新闻报》上做整幅的广告：“有美皆备，无丽弗臻”，也不能像克莱文·A一样借重梅兰芳的声誉，宣传这种烟对嗓音无害。卷烟的声誉，全靠质量，靠“烟民”们的口碑。北京人有言：“人叫人千声不语，货叫人点手就来。”这是假不得的。桃李不言，下自成蹊，红塔山之赢得声誉，岂虚然哉！

我十八岁开始抽烟，今年七十一岁，从来没有戒过，可谓老烟民矣。到了玉溪烟厂，坚定一个信念，一抽到底，决不戒烟。吸烟是有害的。有人甚至说吸一支烟，少活五分钟，不去管它了！写了一首五言诗：

玉溪好风日，
兹土偏宜烟。
宁减十年寿，
不忘红塔山。

诗是打油诗，话却是真话，在家人也不打诳语。

一九九一年五月二十一日北京

泰山片石

序

我从泰山归，
携归一片云，
开匣忽相视，
化作雨霖霖。

泰山很大

泰即太，太的本字是大，段玉裁以为太是后起的俗字，太字下面的一点是后人加上去的。金文、甲骨文的大字下面如果加上一点，也不成个样子，很容易让人误解，以为是表示人体上的某个器官。

因此描写泰山是很困难的。它太大了，写起来没有抓挠。三千年来，写泰山的诗里最好的，我以为是诗经的《鲁颂》："泰山岩岩，鲁邦所詹。""岩岩"究竟是一种什么感觉，很难捉摸，但是登上泰山，似乎可以体会到泰山是有那么一股劲儿。詹即瞻。说是在鲁国，不论在哪里，抬起头来就能看到泰山。这是写实，然而写出了一个大境界。汉武帝登泰山封禅，对泰山简直不知道怎么说才好，只好发出一连串的感叹："高矣！极矣！大矣！特矣！壮矣！赫矣，感矣！"完全没说出个所以然。这倒也是一种办法，人到了超经验的景色之前，往往找不到合适的语言，就只好狗一样地乱叫。杜甫诗《望岳》，自是绝唱，"岱宗夫何如？齐鲁青未了"，一句话就把泰山概括了。杜甫真是一个深受儒家思想影响的伟大的现实主义者，这一句诗表现了他对祖国山河的无比的忠悃。相比之下，李白的“天门一长啸，万里清风来”，就有点洒狗血，李白写了很多好诗，很有气势，但有时底气不足，便只好洒狗血，装疯。他写泰山的几首诗都让人有底气不足之感。杜甫的诗当然受了《鲁颂》的影响，“齐鲁青未了”，当自“鲁邦所詹”出。张岱说：“泰山元气浑厚，绝不以玲珑小巧示人。”这话是说得对的。大概写泰山，只能从宏观处着笔。郦道元写三峡可以取法，柳宗元的《永州八记》刻琢精深，以其法写泰山即不大适用。

写风景，是和个人气质有关的。徐志摩写泰山日出，用了那么多华丽鲜明的颜色，真是“浓得化不开”。但我有点怀疑，这是写泰山日出，还是写徐志摩自己？我想周作人就不会这样写。周作人大概根本不会去写日出。

我是写不了泰山的，因为泰山太大。我对泰山不能认同。我对一切伟大的东西总有点格格不入。我十年间两登泰山，可谓了不相干。泰山既不能进入我的内部，我也不能外化为泰山。山自山，我自我，不能达到物我同一，山即是我，我即是山。泰山是强者之山，我自以为这个提法很合适，我不是强者，不论是登山还是处世。我是生长在水边的人，一个平常的、平和的人。我已经过了七十岁，对于高山，只好仰止。我是个安于竹篱茅舍、小桥流水的人。以惯写小桥流水之笔而写高大雄奇之山，殆矣。人贵有自知之明，不要“小鸡吃绿豆——强努”。

同样，我对一切伟大的人物也只能以常人视之。泰山的出名，一半由于封禅。封禅史上最突出的两个人物是秦皇、汉武。唐玄宗作《纪泰山铭》，文词华缛而空洞无物。宋真宗更是个沐猴而冠的小丑。对于秦始皇，我对他统一中国的丰功，不大感兴趣。他是不是“千古一帝”，与我无关。我只从人的角度来看他，对他的“蜂目豺声”印象很深。我认为汉武帝是个极不正常的人，是个妄想型精神病患者，一个变态心理的难得的标本。这两位大人物的封禅，可以说是他们的人格的夸大。看起来这两位伟大人物的封禅的实际效果都不怎么样，秦始皇上山，上了一半，遇到暴风雨，吓得退下来了。按照秦始皇的性格，暴风雨算什么呢？他横下心来，是可以不顾一切地上到山顶的。然而他害怕了，退下来了。于此可以看出，伟大人物也有虚弱的一面。汉武帝要封禅，召集群臣讨论封禅的制度。因无旧典可循，大家七嘴八舌瞎说一气。汉武帝恼了，自己规定了照祭东皇太乙的仪式，上山了。却谁也不让同去，只带了霍去病的儿子一个人。霍去病的儿子不久即得暴病而死。他的死因很可疑，于是汉武帝究竟在山顶上鼓捣了什么名堂，谁也不知道。封禅是大典，为什么要这样保密？看来汉武帝心里也有鬼，很怕他的那一套名堂不灵验，为人所讥。

但是，又一次登了泰山，看了秦刻石和无字碑（无字碑是一个了不起的杰作），在乱云密雾中坐下来，冷静地想想，我的心态比较透亮了。我承认泰山很雄伟，尽管我和它不能水乳交融，打成一片；承认伟大的人物确实是伟大的，尽管他们所做的许多事不近人情。他们是人里头的强者，这是毫无办法的事。在山上呆了七天，我对名山大川，伟大人物的偏激情绪有所平息。

同时我也更清楚地认识到我的微小，我的平常，更进一步安于微小，安于平常。

这是我在泰山受到的一次教育。

从某个意义上说，泰山是一面镜子，照出每个人的价值。

碧霞元君

泰山牵动人的感情，是因为它关系到人的生死。人死后，魂魄都要到蒿里集中。汉代挽歌有《薤露》、《蒿里》两曲。或谓本是一曲，李延年裁之为二，《薤露》送王公贵人，《蒿里》送大夫士庶。我看二曲词义，各成首尾，似本即二曲。《蒿里》词云：

> 蒿里谁家地？
> 聚敛魂魄无贤愚。
> 鬼伯亦何相催迫，
> 人命不得少踟蹰。

写得不如《薤露》感人，但如同说话，亦自悲切。十年前到泰山，就想到蒿里去看看，因为路不顺，未果。蒿里山才多大的地方，天下的鬼魂都聚在那里，怎么装得下呢？也许鬼有形无质，挤一点不要紧，后来不知怎么又出来个酆都城。这就麻烦了，鬼们将无所适从，是上山东呢，还是到四川？我看，随便吧。

泰山神是管死的。这位神不知是什么来头。或说他是金氏，或说是《封神榜》上的黄飞虎。道教的神多是随意瞎编出来的。编的时候也不查查档案，于是弄得乱七八糟。历代帝王对泰山神屡次加封，老百姓则称之为东岳大帝。全国各地几乎都有一座东岳庙，亦称泰山庙。我们县的泰山庙离我家很近。我对这位大帝是很熟悉的(一张油白发亮的长圆脸，疏眉细眼，五绺胡须)。我小小年纪便知道大帝是黄飞虎，并且小小年纪就觉得这很滑稽。

中国人死了，变成鬼，要经过层层转关系，手续相当麻烦。先由本宅灶君报给土地，土地给一纸“回文”，再到城隍那里“挂号”，最后转到东岳大帝那里听候发落。好人，登银桥。道教好人上天，要经过一道桥(我想象倒是颇美的)，这桥就叫“升仙桥”。我是亲眼看见过的，是纸扎的。道士诵经后，桥即烧去。这个死掉的人升天是不是经过东岳大帝批准了，不知道。不过死者的家属要给道士一笔劳务费，我是知道的。坏人，下地狱。地狱设各种酷刑：上刀山、下油锅、锯人、磨人……这些都塑在东岳庙的两廊，叫做“七十二司”。听说泰山蒿里祠也有“司”，但不是七十二，而是七十五，是个单数，不知是何道理。据我的印象，人死了，登桥升天的很少，大部分都在地狱里受罪。人都不愿死，尤其不愿在七十二司里受酷刑——七十二司是很恐怖的，我小时即不敢多看，因此，大家对东岳大帝都没什么好感。香，还是要烧的，因为怕他。而泰山香火最盛处，为碧霞元君祠。

碧霞元君，或说是泰山神的侍女、女儿，或说是玉皇大帝的女儿，又说是玉皇大帝的妹妹。道教诸神的谱系很乱，差一辈不算什么。又一说是东汉人石守道之女。这个说法不可取。这把元君的血统降低了，从贵族降成了平民。封之为“天仙玉女碧霞元君”的，是宋真宗。老百姓则称之为泰山娘娘，或泰山老奶奶。碧霞元君实际上取代了东岳大帝，成为泰山的主神。“礼岱者皆祷于泰山娘娘祠庙。而弗旅岳神久矣。”(福格《听雨丛谈》)泰安百姓“终日仰对泰山，而不知有泰山，名之曰奶奶山。”(王照《行脚山东记》)

泰山神是女神,为什么?这很容易让人联想原始社会母性崇拜的远古隐秘心理的回归,想到母系社会,这不是没有道理的。我们不管活得多大,在深层心理中都封藏着不止一代人对母亲的记忆。母亲,意味着生。假如说东岳大帝是司死之神,那么,碧霞元君就是司生之神,是滋生繁衍之神。或者直截了当地说,是母亲神。人的一生,在残酷的现实生活之中,艰难辛苦,受尽委屈,特别需要得到母亲的抚慰。明万历八年,山东巡抚何起鸣登泰山,看到"四方以进香来谒元君者,辄号泣如赤子久离父母膝下者"。这里的"父"字可删。这种现象使这位巡抚大为震惊,"看出了群众这种感情背后隐藏着对冷酷现实强烈否定。"(车锡伦《泰山女神的神话信仰与宗教》)这位何巡抚是个有头脑、能看问题的人。对封建统治者来说,这种如醉如痴的半疯狂的感情,是一种可怕的力量。

碧霞元君当然被蒙上世俗宗教的唯利色彩,如各种人来许愿、求子。

车锡伦同志在他的《泰山女神的神话信仰与宗教》的最后提出一个很有意思的问题,即对碧霞元君"净化"的问题。怎样"净化"?我们不能把碧霞元君祠翻造成巴黎圣母院那样的建筑,也不能请巴赫那样的作曲家来写像《圣母颂》一样的《碧霞元君颂》。但是好像也不是一点办法都没有。比如能不能组织一个道教音乐乐队,演奏优美的道教乐曲,调集一些有文化的炼师诵唱道经,使碧霞元君在意象上升华起来,更诗意化起来?

任何名山都应该提高自己的文化层次,都有责任提高全民的文化素质。我希望主管全国旅游的当局,能思索一下这个问题。

泰山石刻

第一次看见经石峪字,是在昆明一个旧家,一副四言的集字对联,厚纸浓墨,是较早的拓本。百年老屋,光线晦暗,而字字神气俱足,不能忘。

经石峪在泰山中路的岔道上。这地方的地形很奇怪,在崇山峻岭之中,怎么会出现一片一亩大的基本平整的石坪呢?泰山石为花岗岩,多为青色,而这片石坪的颜色是姜黄的。四周都没有这样的石头,很奇怪。是一个什么人发现了这片石坪,并且想起在石坪上刻下一部《金刚经》呢?经字大径一尺半。摩崖大字，一般都是刻在直立的石崖上，这是刻在平铺的石坪上的，很少见。这样的字体，他处也极少见。

经石峪的时代，众说纷纭。说这是从隶书过渡到楷书之间的字体，则多数人都无异议。

有人以为经石峪与瘗鹤铭的时代差不多，是有见地的。经石峪保存较多隶书笔意，但无蚕头雁尾，笔圆而体稍扁，可以上接石门铭，但不似石门铭的放肆。有人说经石峪和瘗鹤铭都是王羲之写的，似无据，王羲之书多以偏侧取势。经石峪不也。瘗鹤铭结体稍长，用笔瘦劲，秀气扑人，说这近似二王书，还有几分道理(我以为应早于王羲之)。书法自晋唐以后，都贵瘦硬。杜甫诗"书贵瘦硬方通神"，是一时风气。经石峪字颇肥重，但是骨在肉中，肥而不痴，笔笔送到，而不板滞。假如用一个字评经石峪字，曰：稳。这是一个心平而志坚的学佛的人所写的字。这不是废话么，《金刚经》还能是不学佛的人写的？不，经字有佛性。

这样的字和泰山才相称。刻在他处，无此效果。十年前，我在经石峪呆了好大一会，觉得两天的疲劳，看了经石峪，也就值了。"经石峪"是"泰山"不可分离的一部分。泰山即使没有别的东西，没有碧霞元君祠，没有南天门，只有一个经石峪，也还是值得来看看的。

我很希望有人能拓印一份经石峪字的全文（得用好多张纸拼起来），在北京陈列起来，即便专为它盖一个大房子，也不为过。

名山之中，石刻最多也最好的，似为泰山。大观峰真是大观，那么多块摩崖大字，大都写得很好，这好像是摩崖大字大赛，哪一块都不寒碜，这块地场(这是山东话)也选得好。石岩壁立，上无遮盖，而石壁前有一片空地，看字的人可以在一个距离之外看，收其全貌，不必像壁虎似的趴在石壁上。其他各处的摩崖石碑的字也都写得不错。摩崖字多是真书，体兼颜柳，是得这样，才压得住(蔡襄平日写行草，鼓山的大字题名却是真书。董其昌字甚飘逸，但写大字则用颜体)。看大字碑刻题名，很多都是山东巡抚。大概到山东来当巡抚，先得练好大字。

有些摩崖石刻，是当代人手笔。较之前人，不逮也。有的字甚至明显地看得出是用铅笔或圆珠笔写在纸上放大的。是乌可哉。

很奇怪，泰山上竟没有一块韩复榘写的碑。这位老兄在山东呆了那么久，为什么不想到泰山来留下一点字迹？看来他有点自知之明。

韩复榘在他的任内曾大修过泰山一次，竣工后，电令泰山各处："嗣后除奉令准刊外，无论何人不准题字、题诗。"我准备投他一票。随便刻字，实在是糟蹋了泰山。

担山人

我在泰山遇了一点险，在由天街到神憩宾馆的石级上，叫一个担山人的扁担的铁尖在右眼角划了一下，当时出了血。这位担山人从我的后边走上来，在我身边换肩。担山人说："你注意一点。"话倒是挺和气，不过有点岂有此理，他在我后面，倒是我不注意！我看他担着重担，没有说什么（我能说什么呢？揪住他不放？这种事我还做不出来）。这个担山人年纪比较轻，担山、做人，都还少点经验。他担了四块正方形的水泥砖，一头两块（为什么不把原材料运到山上，在山上做砖，要这样一趟一趟担？）。我看了别的担山人，担什么的都有。有担啤酒的，不用筐箱，啤酒瓶直立着，缚紧了，两层。一担也就是担个五六十瓶吧。我们在山上喝啤酒，有时开了一瓶，没喝完，就扔下了，往后可不能这样，这瓶酒来之不易。

泰山担山人有个特别处，担物不用绳系，直接结缚在扁担两头。这样重心就很高，有什么好处？大概因为用绳系，爬山级时易于碰腿。听泰山管理处的路宗元同志说，担山人一般能担一百四五十斤，多的能担一百八。他们走得不快，一步一步，脚脚落在实处，很稳，呼吸调得很匀，不出粗气。冯玉祥诗《上山的挑夫》说担山人"腿酸气喘，汗如雨滴"，要是这样，那算什么担山的呢？

泰山担山人的扁担较他处为长，当中宽厚。两头稍翘，一头有铁尖（这种带有铁尖的扁担湖南也有，谓之钎担）。扁担作紫黑色，不知是什么木料，看起来很结实，又有绵性，既能承重，也不压肩。

我的那点轻伤不算什么。到了宾馆，血就止了。大夫用酒精擦了擦，晚上来看看，说：“没有感染。”（我还真有点怕万一感染了破伤风什么的）又说：“你扎的那个地方可不好！如果再往下一点，扎得深一点……”“那就麻烦了！”

扇子崖下

泰山散文笔会的作家去登扇子崖。我和斤澜没有上去。叶梦为了陪我们，上了一截又下来了。路宗元同志叫我们在下面随便走走，等登山的人下来。

这也是一个景区，竹林寺风景管理区，但竹林寺只存其名，寺已不存在。这里属泰山西路，不是登山的正路，游人很少。除了特意来登扇子崖的，几乎没有人来。这不大像风景区，倒像山里的一个村子。稍远处有农家。地里种着地瓜（即白薯）。一个树林里有近百只羊。一色是黑山羊。泰山的山羊和别处不大一样，毛色浓黑，眼圈和嘴头是棕黄色的——别处的黑山羊眼、嘴都是浅灰色。这些羊分散在石块上，或立或卧，都一动不动，只有嘴不停地磨动，在倒嚼。这些羊的样子很“古”。有一个小庙，叫无极庙。庙外有老妇人卖汽水。无极庙极小。正殿上塑着无极娘娘，两旁配殿一边塑送生娘娘，一边塑眼光娘娘，比碧霞元君祠简陋。中国人不知道为什么对眼光娘娘那样重视，很多庙里都有，是中国害眼的特多？无极庙小，没人来，亦无主持僧道，庭中有树两株，石凳一，很安静。在石凳上坐坐，舒服得很。出门时问卖汽水的老妇人：“有人买汽水么？”答曰：“有！”

出无极庙，沿山路徐行。路也有点起伏，石级崎岖处得由叶梦扶我一把，但基本上是平缓的。半山有石亭，在亭外坐下，眺望近处的长寿桥，远处的黑龙潭，如王旭《西溪》诗所说“一川烟景合，三面画屏开”，很美。许安仁《游泰山竹林》诗云：“客来总说游山好，不道山僧却厌山”，在游山诗中别开生面。我在泰山，虽不到“厌山”的程度，但连日上上下下，不免疲乏，能于雄、伟、奇、险之外得一幽境（王旭《游竹林寺》：“竹林开幽境”）偷闲半日，也是很好的休息。

薄暮，登山诸公下来，全都累得够戗，我与斤澜皆深以不登扇子崖为得计。

临走时。卖汽水的老妇人已经走了，无极庙的门开着。

回来翻翻资料，无极庙的来历原来是这样：一九二五年张宗昌督鲁时，兖州镇守使张培荣封其夫人为“无极真人”，并在竹林寺旧址建无极庙，不禁失笑。一个镇守使竟然“封”自己的老婆为“真人”，亦是怪事。这种事大概只有张宗昌的部下才干得出来。

中溪宾馆

中溪宾馆在中天门，一径通幽，两层楼客房，安安静静。楼外有个长长的庭院，种着小灌木，豆板黄杨、小叶冬青、日本枫。庭院两端有一石造方亭，突出于山岩之外，下临虚谷，不安四壁，亭中有桌凳。坐在亭子里，觉山色皆来相就，用四川话说，真是“安逸”。

伙食很好，餐餐有野菜吃。十年前我到泰山，就吃过野菜，但不如这次多。泰山可吃的野菜有一百多种，主要的有三十一种。野菜不外是两种吃法，一是开水焯后凉拌，一是裹了蛋清面糊油炸。我们这次吃过的野菜有这些：

灰菜（亦名雪里青，略焯，凉拌。亦可炒食，或裹面蒸食）

野苋菜（凉拌或炒）

马齿苋（凉拌或炒）

蕨菜（即藜，焯后凉拌）

黄花菜（泰山顶上的黄花菜淡黄色，与他处金黄者不同，瓣亦较厚而嫩，甚香。凉拌或炒，亦可做汤）

藿香（即做藿香正气丸的藿香。山东人读“藿”音如“河”，初不知“河香”为何物，上桌后方知是一味中药。藿香叶裹面油炸）

薄荷（野生者。油炸，入口不凉，细嚼后有薄荷香味）

紫苏（本地叫苏叶，与南京女作家苏叶名字相同，但南京的苏叶不能裹面油炸了吃耳）

椿叶（香椿已经无嫩芽，但其叶仍可炸食）

木槿花（整朵油炸，炸出后花形不变，一朵一朵开在瓷盘里。吃起来只是

酥脆，亦无特殊味道，好玩而已）

宾馆经理朱正伦把野菜移栽在食堂外面的空地上，要吃，由炊事员现采，故皆极新鲜。朱经理说港台客人对中溪宾馆的野菜宴非常感兴趣。那是，香港咋能吃到野菜呢！

宾馆的服务员都是小姑娘。对人很亲切，没有星级宾馆的服务员那样过多的职业性的礼貌。她们对“散文笔会”的十八位作家的底细大体都摸清了。一个叫米峰的姑娘戴一副眼镜，我戏称她为学者型的服务员。她拿了一本《蒲桥集》来让我签名，说是今年一月在泰安买的，说她最喜欢《昆明的雨》那几篇，说没想到我会来，看到了我，真高兴。我在扉页上签了名，并写了几句话。

山中七日，除了在山顶的神憩宾馆住过一晚上外，六天都住在中溪宾馆。早晨出发，薄暮归来。人真是怪，宾馆，宾馆耳，但踏进大门，即觉得是回家了。

我问朱正伦同志，这地方为什么叫中溪，他指指对面的山头，说山上有一条溪水，是泰山的主溪，因为在泰山之中，故名中溪。听人说，泰山山有多高，水有多高，信然。

写了两个晚上的字。为中溪宾馆写了一幅四尺横幅：溪流崇岭上，人在乱云中。

临走，宾馆人员全体出动，一直把我们送下山坡上汽车。桑下三宿，未免有情。再来泰山，我还住中溪。

泰山云雾

宿中溪宾馆第二天，我起得很早，推开客房楼门，到院里一看，大雾。雾在峰谷间缓缓移动，忽浓忽淡。远近诸山皆作浅黛。忽隐忽现。早饭后，雾渐散，群山皆如新沐。

登玉皇顶，下来，到探海石旁，不由常路，转到后山。后山小路狭窄，未经斫治，有些地方仅能容足，颇险。我四月间在云南曾崴过一次脚，因有旧伤，所以格外小心。但是后山很值得一看。山皆壁立，直上直下，岩块皆数丈，笔致粗豪，如大斧劈。忽然起了大雾，回头看玉皇顶，完全没有了，只闻鸟啼。从鸟声中知道所从来的山岭松的方位，知道就在不远处。然而极目所见，但浓雾而已。

宿神憩宾馆，晚上，和张抗抗出宾馆大门看看，只见白茫茫一片，不辨为云为雾。想到天街走走，服务员劝我们不要去，危险，只好伏在石栏上看看。云雾那样浓，似乎扔一个鸡蛋下去也不会沉底。老是白茫茫一片，看到什么时候？回去吧。抗抗说她小时候看见云流进屋里，觉得非常神奇。不想我们回去，拉开了玻璃大门，云雾抢在我们前面先进来了，一点不客气，好像谁请了它似的。

离泰山的那天夜晚，雾特大，开了车灯，能见度只有二尺。司机在泰山开了十年车，是老泰山了。他说外地司机，这天气不敢开车。我们就这样云里雾里，糊里糊涂地离开泰山了。

在车里，我想：泰山那么多的云雾，为什么不种茶？史载：中国的饮茶，始于泰山的灵岩寺，那么，泰山原来是有茶树的。泰山的水那样好（本地人云：泰山有三美，白菜、豆腐、水），以泰山水泡泰山茶，一定很棒。我想向泰山管委会作个建议：试种茶树。也许管委会早已想到了，下次再来泰山，希望能喝到泰山岩茶，或“碧霞新绿”。

一九九一年七月末，北京

悔不当初

我一生最大的遗憾是没有把英文学好。

小学六年级就有英文课，但是我除了book、pen之类少数的单词外什么也没有记住。初中原来教英文的是我的一个远房舅舅，行六，是个近视眼，人称“杨六瞎子”，据说他的英文是很好的。但是我进初中时他已经在家享福，不教书了。后来的英文教员都不怎么样。初中三年级教英文的是校长耿同霖，用的课本却是《英文三民主义》——他是国民党党部的什么委员，教学的效果可想而知。因此全校学生的英文被白白地耽误了三年。我读的高中是江阴的南菁中学。南菁中学的数、理、化和英文的程度在江苏省是很有名的。教我们英文的是吴锦棠先生。他是圣约翰大学毕业的，英文很好，能够把《英汉四用辞典》背下来。吴先生原来是西装笔挺很洋气，很英俊的，他的夫人是个美人。夫人死后，吴先生的神经受了刺激，变得很邋遢，脑子也有点糊涂了。他上课是很有趣的。讲《李白大梦》，模仿李白的老婆在李白失踪后到处寻找李白，尖声呼叫；讲《澳洲人打袋鼠》，他会模仿袋鼠的样子，四脚朝天躺在讲桌上。高中一、二年级的英文课本是相当深的，除了兰姆的散文，还有《为什么经典是经典》这样的难懂的论文，有一课是《恺撒大帝》剧本中恺撒遇刺后安东尼在他的尸体前的演讲！除了课本以外，还要背扬州中学编的单页的《英文背诵五百篇》。如果我能把这两册课本学好，把“五百篇”背熟，我的英文会是很不错的。但是我没有做到。原因是：一、我的初中英文基础太差；二、我不用功；三、吴先生糊涂。考试时，他给上一班出的题目都忘了，给下一班出的还是那几道题。月考、大考（学期考试）都是这样。学生知道了，就把上一班的试题留下来，到时候总可以应付。而且吴先生心肠特好，学生的答卷即便文不对题，只要能背下一段来，他也给分。主要还是要怪我自己，不能怪吴先生。这样好的老师，教出了我这么个学生！——我的同班同学有不少是英文很好的。我到现在还常怀念吴先生，并且觉得有点对不起他。

一九三七年暑假后，江阴失陷，我在淮安中学、私立扬州中学、盐城临时中学辗转“借读”，简直没有读什么书。淮安中学教英文的姓过，无锡人，他教的英文实在太浅了，还不到初中一年级程度。我们已经高三了，他却从最起码的拼音教起：d-a，da；d-o，do；d-u，du！

参加大学入学考试时我的英文不知道得了几分，反正够戗。我记得很清楚，有一道题是中翻英，是一段日记：“我刷了牙，刮了脸……”我不知“刮脸”怎么翻，就翻成“把胡子弄掉”！

大一英文是连滚带爬，凑合着及格的。

大二英文，教我们那个班的是一个俄国老太太，她一句中文也不会说，我对她的英文也莫名其妙。期终考试那天，我睡过了头（我任何课上课都不记笔记，到期终借了别的同学的笔记本看，接连开了几个夜车，实在太困了），没有参加考试。因此我的大二英文是零分。

不会英文，非常吃亏。

作为一个作家，有时难免和外国人见面座谈，宴会，见面握手寒暄，说不了一句整话，只好傻坐着，显得非常愚蠢。

偶尔出国，尤其不便。我曾到美国爱荷华参加国际写作计划。几乎所有的外国作家都能说英语，我不会，离不开翻译一步。或作演讲，翻译得不大准确，也没有办法。我曾作过一个关于中国艺术的“留白”特点的演讲，提到中国画的构图常不很满，比如马远，有些画只占一个角，被称为“马一角”，翻译的女士翻成了“一只角的马”（美国有一种神话传说中的马，额头有一只角），我知道她翻得不对，但也没有纠正。因为我也不知道“马一角”在英语中该怎么说。有些外国作家，尤其是拉丁美洲的作家，不知道为什么对我很感兴趣，但只通过翻译，总不能直接交流感情。有一位女士眼睛很好看，我说她的眼睛像两颗黑李子，大陆去的翻译也没有办法，他不知道英语的黑李子该怎么说。后来是一位台湾诗人替我翻译了告诉她，她才非常高兴地说：“喔！谢谢你！”台湾的作家英文都不错，这一点，优于大陆作家。

最别扭的是：不能读作品的原著。外国作品，我都是通过译文看的。我所接受的西方文学的影响，其实是译文的影响。六朝高僧译经，认为翻译是“嚼饭哺人”，我吃的其实是别人嚼过的饭。我很喜欢海明威的风格，但是海明威的风格究竟是怎么回事，我真说不上来，我没有读过他的一本原著。我有时到鲁迅文学院等处讲课，也讲到海明威，但总是隔靴搔痒，说不到点子上。

再有就是对用英文翻译的自己的作品看不懂，更不用说是提意见。我有一篇小说《受戒》译成英文。这篇小说里有四副对联，我想：这怎么翻呢？后来看看译文，译者用了一个干净绝妙的主意：把对联全部删去了。我有个英文很棒的朋友，说是他是能翻的。我如果自己英文也很棒，我也可以自己翻！

我觉得不会外文（主要是英文）的作家最多只能算是半个作家。这对我说起来，是一个惨痛的、无可挽回的教训。我已经七十二岁，再从头学英文，来不及了。

我诚恳地奉劝中青年作家，学好英文。

学英文，得从中学抓起。一定要选择好的英文教员。如果英文教员不好，将贻误学生一辈子。

希望教育部门一定要重视这个问题。

一九九二年

第二辑　交　游

沈从文的寂寞*

一九八一年湖南人民出版社出了沈先生的散文选。选集中所收文章，除了一篇《一个传奇的故事》、一篇《张八寨二十分钟》，其余的《从文自传》、《湘行散记》、《湘西》，都是三十年代写的。沈先生写这些文章时才三十几岁，相隔已经半个世纪了。我说这些话，只是点明一下时间，并没有太多感慨。四十年前，我和沈先生到一个图书馆去，站在一架一架的图书面前，沈先生说："看到有那么多人写了那么多书，我真是什么也不想写了！"古往今来，那么多人写了那么多书，书的命运，盈虚消长，起落兴衰，有多少道理可说呢。不过一个人被遗忘了多年，现在忽然又来出他的书，总叫人不能不想起一些问题。这有什么历史的和现实的意义？这对于今天的读者——主要是青年读者的品德教育、美感教育和语言文字的教育有没有作用？作用有多大？……

这些问题应该由评论家、文学史家来回答。我不想回答，也回答不了。我是沈先生的学生，却不是他的研究者(已经有几位他的研究者写出了很好的论文)。我只能谈谈读了他的散文后的印象。当然是很粗浅的。

文如其人。有几篇谈沈先生的文章都把他的人品和作品联系起来。朱光潜先生在《花城》上发表的短文就是这样。这是一篇好文章。其中说到沈先生是寂寞的，尤为知言。我现在也只能用这种办法。沈先生用手中一支笔写了一生，也用这支笔写了他自己。他本人就像一个作品，一篇他自己所写的作品那样的作品。

---

* 沈从文(1902—1988)，现代著名作家、文学家、物质文化史专家。1939 年至 1943 年，沈从文在西南联大讲授写作课时，汪曾祺作为学生与其过从颇多。

我觉得沈先生是一个热情的爱国主义者，一个不老的抒情诗人，一个顽强的不知疲倦的语言文字的工艺大师。

这真是一个少见的热爱家乡，热爱土地的人。他经常来往的是家乡人，说的是家乡话，谈的是家乡的人和事。他不止一次和我谈起棉花坡的渡船，谈起枫树坳，秋天，满城飘舞着枫叶。一九八一年他回凤凰一次，带着他的夫人和友人看了他的小说里所写过的景物，都看到了，水车和石碾子也终于看到了，没有看到的只是那个大型榨油坊。七十九岁的老人，说起这些，还像一个孩子。他记得的那样多，知道的那样多，想过的那样多，写了的那样多，这真是少有的事。他自己说他最满意的小说是写一条延长千里的沅水边上的人和事的。选集中的散文更全部是写湘西的。这在中国的作家里不多，在外国的作家里也不多。这些作品都是有所为而作的。

沈先生非常善于写风景。他写风景是有目的的。正如他自己所说：

一首诗或者仅仅二十八个字，一幅画大小不过一方尺，留给后人的印象，却永远是清新壮丽，增加人对于祖国大好河山的感情。(《张八寨二十分钟》)

风景不殊，时间流动。沈先生常在水边，逝者如斯，他经常提到的一个名词是“历史”。他想的是这块土地，这个民族的过去和未来。他的散文不是晋人的山水诗，不是要引人消沉出世，而是要人振作进取。

读沈先生的作品常令人想起鲁迅的作品，想起《故乡》、《社戏》(沈先生最初拿笔，就是受了鲁迅以农村回忆为题材的小说的影响，思想上也必然受其影响)。他们所写的都是一个贫穷而衰弱的农村。地方是很美的，人民勤劳而朴素，他们的心灵也是那样高尚美好，然而却在一种无望的情况中辛苦麻木地生活着。鲁迅的心是悲凉的。他的小说就混和着美丽与悲凉。湘西地方偏僻，被一种更为愚昧的势力以更为野蛮的方式统治着。那里的生活是“怕人”的，所出的事情简直是离奇的。一个从这种生活里过来的青年人，跑到大城市里，接受了“五四”以来的民主思想，转过头来再看看那里的生活，不能不感到痛苦。《新与旧》里表现了这种痛苦，《菜园》里表现了这种痛苦，《丈夫》、《贵生》里也表现了这种痛苦，他的散文也到处流露了这种痛苦。土著军阀随便地杀人，一杀就是两三千。刑名师爷随便地用红笔勒那么一笔，又急忙提着长衫，拿着白铜水烟袋跑到高坡上去欣赏这种不雅观的游戏。卖菜的周家小妹被一个团长抢去了。"小婊子"嫁了个老烟鬼。一个矿工的女儿，十三岁就被驻防军排长看中，出了两块钱引诱破了身，最后咽了三钱烟膏，死掉了。……说起这些，能不叫人痛苦？这都是谁的责任？"浦市地方屠户也那么瘦了，是谁的责任？"——这问题看似提得可笑，实可悲。便是这种诙谐语气，也是从一种无可奈何的痛苦心境中发出的。这是一种控诉。在小说里，因为要"把道理包含在现象中"，控诉是无言的。在散文中有时就明明白白地说了出来。"读书人的同情，专家的调查，对这种人有什么用？若不能在调查和同情以外有一个'办法'，这种人总永远用血和泪在同样情形中打发日子。地狱俨然就是为他们而设的。他们的生活，正说明'生命'在无知与穷困包围中必然的种种。"(《辰谿的煤》)沈先生是一个不习惯于大喊大叫的人，但这样的控诉实不能说是十分"温柔敦厚"。不知道为什么他的这些话很少有人注意。

沈从文不是一个悲观主义者。个人得失事小，国家前途事大。他曾经明确提出："民族兴衰，事在人为。"就在那样黑暗腐朽(用他的说法是"腐烂")的时候，他也没有丧失信心。他总是想激发青年的自尊心和自信心。"在事业上有以自现，在学术上有以自立。"他最反对愤世嫉俗，玩世不恭。在昆明，他就跟我说过："千万不要冷嘲。"一九四六年，我到上海，失业，曾想过要自杀，他写了一封长信把我大骂了一通，说我没出息。信中又提到"千万不要冷嘲"。他在《〈长河〉题记》中说："横在我们面前的许多事都使人痛苦，可是却不用悲观。社会还正在变化中，骤然而来的风风雨雨，说不定把许多人的高尚理想，卷扫摧残，弄得无踪无迹，然而一个人对于人类前途的热忱，和工作的虔敬态度，是应当永远存在，且必然能给后来者以极大鼓励的！"事情真奇怪，沈先生这些话是一九四二年说的，听起来却好像是针对"文化大革命"而说的。我们都经过那十年"痛苦怕人"的生活，国家暂时还有许多困难，有许多问题待解决。有一些青年，包括一些青年作家，不免产生冷嘲情绪，觉得世事一无可取，也一无可为。你们是不是可以听听一个老作家四十年前所说的这些很迂执的话呢?

我说这些话好像有点岔了题。不过也还不是离题万里。我的目的只是想说说沈先生的以民族兴亡为己任的爱国热情。

沈先生关心的是人,人的变化,人的前途。他几次提家乡人的品德性格被一种“大力”所扭曲、压扁。“去乡已十八年,一入辰河流域,什么都不同了。表面上看来,事事物物自然都有了极大进步,试仔细注意注意,便见出在变化中的一种堕落趋势。最明显的事,即农村社会所保有那点正直朴素的人情美,几乎快要消失无余,代替而来的却是近二十年实际社会培养成功的一种唯实唯利的庸俗人生观。敬鬼神畏天命的迷信固然已经被常识所摧毁,然而做人时的义利取舍是非辨别也随同泯没了。”(《〈长河〉题记》)他并没有想把时间拉回去,回到封建宗法社会,归真返璞。他明白,那是不可能的。他只是希望能在一种新的条件下,使民族的热情、品德,那点正直朴素的人情美能够得到新的发展。他在回忆了划龙船的美丽情景后,想到“我们用什么方法,就可使这些人心中感觉一种对‘明天’的‘惶恐’,且放弃过去对自然的和平态度,重新来一股劲儿,用划龙船的精神活下去?这些人在娱乐上的狂热,就证明这种狂热能换个方向,就可使他们还配在世界上占据一片土地,活得更愉快更长久一些。不过有什么方法,可以改造这些人的狂热到一件新的竞争方面去,可是个费思索的问题。”(《箱子岩》)“希望到这个地面上,还有一群精悍结实的青年,来驾驭钢铁征服自然,这责任应当归谁?”——“一时自然不会得到任何结论。”他希望青年人能活得“庄严一点,合理一点”,这当然也只是“近乎荒唐的理想”。不过他总是希望着。

他把希望寄托在几个明慧温柔,天真纯粹的小儿女身上。寄托在翠翠身上,寄托在《长河》里的三姊妹身上,也寄托在“一个多情水手与一个多情妇人”身上。——这是一篇写得很美的散文。牛保和那个不知名字的妇人的爱,是一种不正常的爱(这种不正常不该由他们负责),然而是一种非常淳朴真挚,非常美的爱。这种爱里闪耀着一种悠久的民族品德的光。沈先生在《〈长河〉题记》中说:“在《〈边城〉题记》上,曾提起一个问题,即拟将‘过去’和‘当前’对照,所谓民族品德的消失与重造,可能从什么地方着手。《边城》中人物的正直和热情,虽然已经成为过去陈迹了，应当还保留些本质在年轻人的血里或梦里，相宜环境中，即可重新燃起年轻人的自尊心和自信心。”提起《边城》和沈先生的许多其他作品，人们往往愿意和“牧歌”这个词联在一起。这有一半是误解。沈先生的文章有一点牧歌的调子。所写的多涉及自然美和爱情，这也有点近似牧歌。但就本质来说，和中世纪的田园诗不是一回事，不是那样恬静无为。有人说《边城》写的是一个世外桃源，更全部是误解（沈先生在《桃源与沅州》中就把来到桃源县访幽探胜的“风雅”人狠狠地嘲笑了一下）。《边城》（和沈先生的其他作品）不是挽歌，而是希望之歌。民族品德会回来么？

这个人也许永远不回来了，也许明天回来！

回来了！你看看张八寨那个弄船女孩子！

令我显得慌张的，并不是渡船的摇动，却是那个站在船头，嘱咐我不必慌张，自己却从从容容在那里当家作事的弄船女孩子。我们似乎相熟又十分陌生。世界上就真有这种巧事，原来她比我二十四年写到的一个小说中人翠翠，虽晚生十来岁，目前所处环境却仿佛相同，同样在这么青山绿水中摆渡，青春生命在慢慢长成。不同处是社会变化大，见世面多，虽对人无机心，而对自己生存却充满信心。一种“从劳动中得到快乐增加幸福成功”的信心。这也正是一种新型的乡村女孩子共同的特征。目前一位有一点与众不同，只是所在背景环境。

沈先生的重造民族品德的思想，不知道为什么，多年来不被理解。“我作品能够在市场上流行，实际上近于买椟还珠，你们能欣赏我故事的清新，照例那作品背后蕴藏的热情却忽略了，你们能欣赏我文字的朴实，照例那作品背后隐伏的悲痛也忽略了。”“寄意寒星荃不察”，沈先生不能不感到寂寞。他的散文里一再提到屈原，不是偶然的。

寂寞不是坏事。从某个意义上，可以说寂寞造就了沈从文。寂寞有助于深思，有助于想象。“我有自己的生活与思想，可以说是皆从孤独中得来的。我的教育，也是从孤独中得来的。”他的四十本小说，是在寂寞中完成的。他所希望的读者，也是“在多种事业里低头努力，很寂寞的从事于民族复兴大业的人”。(《〈长河〉题记》)安于寂寞是一种美德。寂寞的人是充实的。

寂寞是一种境界，一种很美的境界。沈先生笔下的湘西，总是那么安安静静的。边城是这样，长河是这样，鸭窠围、杨家岨也是这样。静中有动，静中有人。沈先生擅长用一些颜色、一些声音来描绘这种安静的诗境。在这方面，他在近代散文作家中可称圣手。

黑夜占领了全个河面时，还可以看到木筏上的火光，吊脚楼窗口的灯光，以及上岸下船在河岸大石间飘忽动人的火炬红光。这时节岸上船上都有人说话，吊脚楼上且有妇人在黯淡灯光下唱小曲的声音，每次唱完一支小曲时，就有人笑嚷。什么人家吊脚楼下有只小羊叫，固执而且柔和的声音，使人听来觉得忧郁。

这些人房子窗口既一面临河，可以凭了窗口呼喊河下船中人，当船上人过了瘾，胡闹已够，下船时，或者尚有些事情嘱托，或者其他原因，一个晃着火炬停顿在大石间，一个便凭立在窗口，“大老你记着，船下行时又来！”“好，我来的，我记着的。”“你见了顺顺就说：‘会呢，完了；孩子大牛呢，脚膝骨好了；细粉带三斤，冰糖或片糖带三斤。’”“记得到，记得到，大娘你放心，我见了顺顺大爷就说：‘会呢，完了。大牛呢，好了。细粉来三斤，冰糖来三斤。’”“杨氏，杨氏，一共四吊七，莫错账！”“是的，放心呵，你说四吊七就四吊七，年三十夜莫会多要你的！你自己记着就是了。”这样那样的说着，我一一都可听到，而且一面还可以听着在黑暗中某一处咩咩的羊鸣。(《鸭窠围的夜》)

真是如闻其声。这样的河上河下喊叫着的对话，我好像在别一处也曾听到过。这是一些多么平常琐碎的话呀，然而这就是人世的生活。那只小羊固执而柔和地叫着，使沈先生不能忘记，也使我多年不能忘记，并且如沈先生常说的，一想起就觉得心里“很软”。

不多久，许多木筏皆离岸了，许多下行船也拔了锚，推开篷，着手荡桨摇橹了。我卧在船舱中，就只听到水面人语声，以及橹桨激水声，与橹桨本身被扳动时咿咿哑哑声。河岸吊脚楼上妇人在晓气迷濛中锐声的喊人，正如同音乐中的笙管一样，超越众声而上。河面杂声的综合，交织了庄严与流动，一切真是一个圣境。

岸上吊脚楼前枯树边，正有两个妇人，穿了毛蓝布衣服，不知商量些什么，幽幽的说着话。这里雪已极少，山头皆裸露作深棕色，远山则为深紫色。地方静得很，河边无一只船，无一个人，无一堆柴。河边某一个大石后面，有人正在捶捣衣服，一下一下的捣。对河也有人说话，却看不清楚人在何处。(《一个多情水手与一个多情妇人》)

“空山不见人，但闻人语响”，“竹喧归浣女，莲动下渔舟”，静中有动，以动为静，这是中国文学的一个长久的传统。但是这种境界只有一个摆脱浮世的营扰，习惯于寂寞的人方能于静观中得之。齐白石题画云：“白石老人心闲气静时一挥”，寂寞安静，是艺术创作所必需的气质。一个热衷于利禄，心气浮躁的人，是不能接近自然，也不能接近生活的。沈先生“习静”的方法是写字。在昆明，有一阵，他常常用毛笔在竹纸上书写的两句诗是“绿树连村暗，黄花入麦稀”。我就是从他常常书写的这两句诗(当然不止这两句)里解悟到应该怎样用少量文字描写一种安静而活泼，充满生气的“人境”的。

我就是个不想明白道理却永远为现象所倾心的人。我看一切，却并不把那个社会价值掺加进去，估定我的爱憎。我不愿问价钱上的多少来为万物作一个好坏批评，却愿意考查他在我官觉上使我愉快不愉快的分量。我永远不厌倦的是“看”一切。宇宙万汇在动作中，在静止中，在我印象里，我都能抓定它的最美丽与最调和的风度，但我的爱好显然却不能同一般目的相合。我不明白一切同人类生活相联结时的美恶，另外一句话来说，就是我不大领会伦理的美。接近人生时我永远是个艺术家的感情，却不是所谓道德君子的感情。(《自传·女难》)

沈先生五十年前所作的这个"自我鉴定"是相当准确的。他的这种诗人气质，从小就有，至今不衰。

《从文自传》是一本奇特的书。这本书可以从各种角度去看。你可以看到从辛亥革命到"五四"湘西一隅的怕人生活，了解一点中国历史；可以看到一个人"生活陷于完全绝望中，还能充满勇气与信心始终坚持工作，他的动力来源何在"，从而增加一点自己对生活的勇气与信心。沈先生自己说这是一本"顽童自传"。我对这本书特别感兴趣，是因为这是一本培养作家的教科书，它告诉我人是怎样成为诗人的。一个人能不能成为一个作家，童年生活是起决定作用的。首先要对生活充满兴趣，充满好奇心，什么都想看看。要到处看，到处听，到处闻嗅，一颗心"永远为一种新鲜颜色，新鲜声音，新鲜气味而跳"，要用感官去"吃"各种印象。要会看，看得仔细，看得清楚，抓得住生活中"最美的风度"；看了，还得温习，记着，回想起来还异常明朗，要用时即可方便地移到纸上。什么都去看看，要在平平常常的生活里看到它的美，它的诗意，它的亚细亚式残酷和愚昧。比如，熔铁，这有什么看头呢？然而沈先生却把这过程写了好长一段，写得那样生动！一个打豆腐的，因为一件荒唐的爱情要被杀头，临刑前柔弱的笑笑，"我记得这个微笑，十余年来在我印象中还异常明朗"。(《清乡所见》)沈先生的这本《自传》中记录了很多他从生活中得到的美的深刻印象和经验。一个人的艺术感觉就是这样从小锻炼出来的。有一本书叫做《爱的教育》，沈先生这本书实可称为一本"美的教育"。我就是从这本薄薄的小书里学到很多东西，比读了几十本文艺理论书还有用。

沈先生是个感情丰富的人，非常容易动情，非常容易受感动(一个艺术家若不比常人更为善感，是不成的)。他对生活，对人，对祖国的山河草木都充满感情，对什么都爱着，用一颗蔼然仁者之心爱着。

山头一抹淡淡的午后阳光感动我，水底各色圆如棋子的石头也感动我。我心中似乎毫无渣滓，透明烛照，对万汇百物，对拉船人与小小船只，一切都那么爱着，十分温暖的爱着！（一九三四年一月十八日）

因为充满感情，才使《湘行散记》和《湘西》流溢着动人的光彩。这里有些篇章可以说是游记或报告文学，但不同于一般的游记或报告文学，它不是那样冷静，那样客观。有些篇，单看题目，如《常德的船》、《沅陵的人》，尤其是《辰谿的煤》，真不知道这会是一些多么枯燥无味的东西，然而你看下去，你就会发现，一点都不枯燥！它不同于许多报告文学，是因为作者生于斯，长于斯，在这里生活过（而且是那样的生活过），它是凭作者自己的生活经验，凭亲历的第一手材料写的；不是凭采访调查材料写的。这里寄托了作者的哀戚、悲悯和希望，作者与这片地，这些人是血肉相关的，感情是深沉而真挚的，不像许多报告文学的感情是空而浅的，——尽管装饰了好多动情的词句。因为作者对生活熟悉且多情，故写来也极自如，毫无勉强，有时不厌其烦，使读者也不厌其烦；有时几笔带过，使读者悠然神往。

和抒情诗人气质相联系的，是沈先生还很富于幽默感。《一个爱惜鼻子的朋友》是一篇非常有趣的妙文。我每次看到：“姓印的可算得是个球迷。任何人邀他去踢球，他皆高兴奉陪，球离他不管多远，他总得赶去踢那么一脚。每到星期天，军营中有人往沿河下游四里的教练营大操场同学兵玩球时，这个人也必参加热闹。大操场里极多牛粪，有一次同人争球，见牛粪也拼命一脚踢去，弄得另一个人全身一塌糊涂”，总难免失声大笑。这个人大概就是《自传》里提到的印鉴远。我好像见过这个人。黑黑，瘦瘦的，说话时爱往前探着头。而且无端地觉得他的脚背一定很高。细想想，大概是没有见过，我见过他的可能性极小。因为沈先生把他写得太生动，以至于使他在我印象里活起来了。沅陵的阙五老，是个多有风趣的妙人！沈先生的幽默是很含蓄蕴藉的。他并不存心逗笑，只是充满了对生活的情趣，觉得许多人，许多事都很好玩。只有一个心地善良，与人无忤，好脾气的人，才能有这种透明的幽默感。他是用微笑来看这个世界的，经常总是很温和地笑着，很少生气着急的时候。——当然也有。

仁者寿。因为这种抒情气质,从不大计较个人得失荣辱,沈先生才能经受了各种打击磨难,依旧还好好地活了下来。八十岁了,还是精力充沛,兴致勃勃。他后来“改行”搞文物研究,乐此不疲,每日孜孜,一坐下去就是十几个小时,也跟这点诗人气质有关。他搞的那些东西,陶瓷、漆器、丝绸、服饰,都是“物”,但是他看到的是人,人的聪明,人的创造,人的艺术爱美心和坚持不懈的劳动。他说起这些东西时那样兴奋激动,赞叹不已,样子真是非常天真。他搞的文物工作,我真想给它起一个名字,叫做“抒情考古学”。

沈先生的语言文字功力,是举世公认的。所以有这样的功力,一方面是由于读书多。“由《楚辞》、《史记》、曹植诗到‘挂枝儿’曲,什么我都欢喜看看。”我个人觉得,沈先生的语言受魏晋人文章影响较大。试看:“由沅陵南岸看北岸山城,房屋接瓦连椽,较高处露出雉堞,沿山围绕,丛树点缀其间,风光入眼,实不俗气。由北岸向南望,则河边小山间,竹园、树木、庙宇、高塔、民居,仿佛各个位置都在最适当处。山后较远处群峰罗列,如屏如障,烟云变幻,颜色积翠堆蓝。早晚相对,令人想象其中必有帝子天神,驾螭乘蜺,驰骤其间。绕城长河,每年三四月春水发后,洪江油船颜色鲜明,在摇橹歌呼中联翩下驶。长方形大木筏,数十精壮汉子,各据筏上一角,举桡激水,乘流而下。就中最令人感动处,是小船半渡,游目四瞩,俨然四围皆山,山外重山,一切如画。水深流速,弄船女子,腰腿劲健,胆大心平,危立船头,视若无事。”(《沅陵的人》)这不令人想到郦道元的《水经注》?我觉得沈先生写得比郦道元还要好些,因为《水经注》没有这样的生活气息,他多写景,少写人。另外一方面,是从生活学,向群众学习。“我文字风格,假若还有些值得注意处,那只因为我记得水上人的言语太多了。”(《我的写作与水的关系》)沈先生所用的字有好些是直接从生活来,书上没有的。比如:“我一个人坐在灌满冷气的小小船舱中”的“灌”字(《箱子岩》),“把鞋脱了还不即睡,便镶到水手身旁去看牌”的“镶”字(《鸭窠围的夜》)。这就同鲁迅在《高老夫子》里“我辈正经人犯不上酱在一起”的“酱”字一样,是用得非常准确的。这样的字,在生活里,群众是用着的，但在知识分子口中，在许多作家的笔下，已经消失了。我们应当在生活里多找找这种字。还有一方面，是不断地实践。

沈先生说："本人学习用笔还不到十年，手中一支笔，也只能说正逐渐在成熟中，慢慢脱去矜持、浮夸、生硬、做作，日益接近自然。"（《从文自传·附记》）沈先生写作，共三十年。头一个十年，是试验阶段，学习使用文字阶段。当中十年，是成熟期。这些散文正是成熟期所写。成熟的标志，是脱去"矜持、浮夸、生硬、做作"。

沈先生说他的作品是一些"习作"，他要试验用各种不同方法来组织铺陈。这几十篇散文所用的叙事方法就没有一篇是雷同的！

"一切作品都需要个性，都必须浸透作者人格和感情，想达到这个目的，写作时要独断，彻底的独断！（文学在这时代虽不免被当做商品之一种，便是商品，也有精粗，且即在同一物品上，制作者还可匠心独运，不落窠臼，社会上流行的风格，流行的款式，尽可置之不问。）"（《从文小说习作选·代序》）这在今天，对许多青年作家，也不失为一种忠告。一个作家，要有自己的风格，经得起时间的考验，必须耐得住寂寞，不要赶时髦，不要追求"票房价值"。

"虽然如此，我还预备继续我这个工作，且永远不放下我一点狂妄的想象，以为在另外一时，你们少数的少数，会越过那条间隔城乡的深沟，从一个乡下人的作品中，发现一种燃烧的感情，对于人类智慧与美丽永远的倾心，康健诚实的赞颂，以及对愚蠢自私极端憎恶的感情。这种感情且居然能刺激你们，引起你们对人生向上的憧憬，对当前一切的怀疑。先生，这打算在目前近于一个乡下人的打算，是不是。然而到另外一时，我相信有这种事。"（《从文小说习作选·代序》）莫非这"另外一时"已经到了么？

一九八二年十一月三日上午写完

沈从文先生在西南联大

沈先生在联大开过三门课：各体文习作、创作实习和中国小说史。三门课我都选了，——各体文习作是中文系二年级必修课，其余两门是选修。西南联大的课程分必修与选修两种。中文系的语言学概论、文字学概论、文学史(分段)……是必修课，其余大都是任凭学生自选。诗经、楚辞、庄子、昭明文选、唐诗、宋诗、词选、散曲、杂剧与传奇……选什么，选哪位教授的课都成。但要凑够一定的学分(这叫“学分制”)。一学期我只选两门课，那不行。自由，也不能自由到这种地步。

创作能不能教？这是一个世界性的争论问题。很多人认为创作不能教。我们当时的系主任罗常培先生就说过：大学是不培养作家的，作家是社会培养的。这话有道理。沈先生自己就没有上过什么大学。他教的学生后来成为作家的，也极少。但是也不是绝对不能教。沈先生的学生现在能算是作家的，也还有那么几个。问题是由什么样的人来教，用什么方法教。现在的大学里很少开创作课的，原因是找不到合适的人来教。偶尔有大学开这门课的，收效甚微，原因是教得不甚得法。

教创作靠“讲”不成。如果在课堂上讲鲁迅先生所讥笑的“小说作法”之类，讲如何作人物肖像，如何描写环境，如何结构，结构有几种——攒珠式的、橘瓣式的……那是要误人子弟的，教创作主要是让学生自己“写”。沈先生把他的课叫做“习作”、“实习”，很能说明问题。如果要讲，那“讲”要在“写”之后，就学生的作业，讲他的得失。教授先讲一套，让学生照猫画虎，那是行不通的。

沈先生是不赞成命题作文的，学生想写什么就写什么。但有时在课堂上也出两个题目。沈先生出的题目都非常具体。我记得他曾给我的上一班同学出过一个题目:“我们的小庭院有什么”,有几个同学就这个题目写了相当不错的散文,都发表了。他给比我低一班的同学曾出过一个题目:“记一间屋子里的空气”!我的那一班出过些什么题目,我倒不记得了。沈先生为什么出这样的题目?他认为:先得学会车零件,然后才能学组装。我觉得先做一些这样的片段的习作,是有好处的,这可以锻炼基本功。现在有些青年文学爱好者,往往一上来就写大作品,篇幅很长,而功力不够,原因就在零件车得少了。

沈先生的讲课,可以说是毫无系统。前已说过,他大都是看了学生的作业,就这些作业讲一些问题。他是经过一番思考的,但并不去翻阅很多参考书。沈先生读很多书,但从不引经据典,他总是凭自己的直觉说话,从来不说亚里斯多德怎么说、福楼拜怎么说、托尔斯泰怎么说、高尔基怎么说。他的湘西口音很重,声音又低,有些学生听了一堂课,往往觉得不知道听了一些什么。沈先生的讲课是非常谦抑,非常自制的。他不用手势,没有任何舞台道白式的腔调,没有一点哗众取宠的江湖气。他讲得很诚恳,甚至很天真。但是你要是真正听“懂”了他的话,——听“懂”了他的话里并未发挥罄尽的余意,你是会受益匪浅,而且会终生受用的。听沈先生的课,要像孔子的学生听孔子讲话一样:“举一隅而三隅反”。

沈先生讲课时所说的话我几乎全都忘了(我这人从来不记笔记)!我们有一个同学把闻一多先生讲唐诗课的笔记记得极详细,现已整理出版,书名就叫《闻一多论唐诗》,很有学术价值,就是不知道他把闻先生讲唐诗时的“神气”记下来了没有。我如果把沈先生讲课时的精辟见解记下来,也可以成为一本《沈从文论创作》。可惜我不是这样的有心人。

沈先生关于我的习作讲过的话我只记得一点了,是关于人物对话的。我写了一篇小说(内容早已忘记干净),有许多对话。我竭力把对话写得美一点,有诗意,有哲理。沈先生说:“你这不是对话,是两个聪明脑壳打架!”从此我知道对话就是人物所说的普普通通的话,要尽量写得朴素。不要哲理,不要诗意。这样才真实。

沈先生经常说的一句话是:“要贴到人物来写。”很多同学不懂他的这句话是什么意思。我以为这是小说学的精髓。据我的理解，沈先生这句极其简略的话包含这样几层意思：小说里，人物是主要的，主导的；其余部分都是派生的，次要的。环境描写、作者的主观抒情、议论，都只能附着于人物，不能和人物游离，作者要和人物同呼吸、共哀乐。作者的心要随时紧贴着人物。什么时候作者的心“贴”不住人物，笔下就会浮、泛、飘、滑，花里胡哨，故弄玄虚，失去了诚意。而且，作者的叙述语言要和人物相协调。写农民，叙述语言要接近农民；写市民，叙述语言要近似市民。小说要避免“学生腔”。

我以为沈先生这些话是浸透了淳朴的现实主义精神的。

沈先生教写作，写的比说的多，他常常在学生的作业后面写很长的读后感，有时会比原作还长。这些读后感有时评析本文得失，也有时从这篇习作说开去，谈及有关创作的问题，见解精到，文笔讲究。——一个作家应该不论写什么都写得讲究。这些读后感也都没有保存下来，否则是会比《废邮存底》还有看头的。可惜！

沈先生教创作还有一种方法，我以为是行之有效的，学生写了一个作品，他除了写很长的读后感之外，还会介绍你看一些与你这个作品写法相近似的中外名家的作品看。记得我写过一篇不成熟的小说《灯下》，记一个店铺里上灯以后各色人的活动，无主要人物、主要情节，散散漫漫。沈先生就介绍我看了几篇这样的作品，包括他自己写的《腐烂》。学生看看别人是怎样写的，自己是怎样写的，对比借鉴，是会有长进的。这些书都是沈先生找来，带给学生的。因此他每次上课，走进教室里时总要夹着一大摞书。

沈先生就是这样教创作的。我不知道还有没有别的更好的方法教创作。我希望现在的大学里教创作的老师能用沈先生的方法试一试。

学生习作写得较好的，沈先生就做主寄到相熟的报刊上发表。这对学生是很大的鼓励。多年以来，沈先生就干着给别人的作品找地方发表这种事。经他的手介绍出去的稿子，可以说是不计其数了。我在一九四六年前写的作品，几乎全都是沈先生寄出去的。他这辈子为别人寄稿子用去的邮费也是一个相当可观的数目了。为了防止超重太多，节省邮费，他大都把原稿的纸边裁去，只剩下纸芯。这当然不大好看。但是抗战时期，百物昂贵，不能不打这点小算盘。

沈先生教书，但愿学生省点事，不怕自己麻烦。他讲《中国小说史》，有些资料不易找到，他就自己抄，用夺金标毛笔，筷子头大的小行书抄在云南竹纸上。这种竹纸高一尺，长四尺，并不裁断，抄得了，卷成一卷。上课时分发给学生。他上创作课夹了一摞书，上小说史时就夹了好些纸卷。沈先生做事，都是这样，一切自己动手，细心耐烦。他自己说他这种方式是“手工业方式”。他写了那么多作品，后来又写了很多大部头关于文物的著作，都是用这种手工业方式搞出来的。

沈先生对学生的影响，课外比课堂上要大得多。他后来为了躲避日本飞机空袭，全家移住到呈贡桃园新村，每星期上课，进城住两天。文林街二十号联大教职员宿舍有他一间屋子。他一进城，宿舍里几乎从早到晚都有客人。客人多半是同事和学生，客人来，大都是来借书，求字，看沈先生收到的宝贝，谈天。

沈先生有很多书，但他不是“藏书家”，他的书，除了自己看，也是借给人看的，联大文学院的同学，多数手里都有一两本沈先生的书，扉页上用淡墨签了“上官碧”的名字。谁借了什么书，什么时候借的，沈先生是从来不记得的。直到联大“复员”，有些同学的行装里还带着沈先生的书，这些书也就随之而漂流到四面八方了。沈先生书多，而且很杂，除了一般的四部书、中国现代文学、外国文学的译本，社会学、人类学、黑格尔的《小逻辑》、弗洛伊德、亨利·詹姆斯、道教史、陶瓷史、《髹饰录》、《糖霜谱》……兼收并蓄，五花八门。这些书，沈先生大都认真读过。沈先生称自己的学问为“杂知识”。一个作家读书，是应该杂一点的。沈先生读过的书，往往在书后写两行题记。有的是记一个日期，那天天气如何，也有时发一点感慨。有一本书的后面写道：“某月某日，见一大胖女人从桥上过，心中十分难过。”这两句话我一直记得，可是一直不知道是什么意思。大胖女人为什么使沈先生十分难过呢？

沈先生对打扑克简直是痛恨。他认为这样地消耗时间，是不可原谅的。他曾随几位作家到井冈山住了几天。这几位作家成天在宾馆里打扑克，沈先生说起来就很气愤：“在这种地方打扑克！”沈先生小小年纪就学会掷骰子，各种赌术他也都明白，但他后来不玩这些。沈先生的娱乐，除了看看电影，就是写字。他写章草，笔稍偃侧，起笔不用隶法，收笔稍尖，自成一格。他喜欢写窄长的直幅，纸长四尺，阔只三寸。他写字不择纸笔，常用糊窗的高丽纸。他说："我的字值三分钱！"从前要求他写字的，他几乎有求必应。近年有病，不能握管，沈先生的字变得很珍贵了。

沈先生后来不写小说，搞文物研究了，国外、国内，很多人都觉得很奇怪。熟悉沈先生历史的人，觉得并不奇怪。沈先生年轻时就对文物有极其浓厚的兴趣。他对陶瓷的研究甚深，后来又对丝绸、刺绣、木雕、漆器……都有广博的知识。沈先生研究的文物基本上是手工艺制品。他从这些工艺品看到的是劳动者的创造性。他为这些优美的造型、不可思议的色彩、神奇精巧的技艺发出的惊叹，是对人的惊叹。他热爱的不是物，而是人，他对一件工艺品的孩子气的天真激情，使人感动。我曾戏称他搞的文物研究是"抒情考古学"。他八十岁生日，我曾写过一首诗送给他，中有一联："玩物从来非丧志，著书老去为抒情"，是记实。他有一阵在昆明收集了很多耿马漆盒。这种黑红两色刮花的圆形缅漆盒，昆明多的是，而且很便宜。沈先生一进城就到处逛地摊，选买这种漆盒。他屋里装甜食点心、装文具邮票……的，都是这种盒子。有一次买得一个直径一尺五寸的大漆盒，一再抚摩，说："这可以作一期《红黑》杂志的封面！"他买到的缅漆盒，除了自用，大多数都送人了。有一回，他不知从哪里弄到很多土家族的挑花布，摆得一屋子，这间宿舍成了一个展览室。来看的人很多，沈先生于是很快乐。这些挑花图案天真稚气而秀雅生动，确实很美。

沈先生不长于讲课，而善于谈天。谈天的范围很广，时局、物价……谈得较多的是风景和人物。他几次谈及玉龙雪山的杜鹃花有多大，某处高山绝顶上有一户人家，——就是这样一户！他谈某一位老先生养了二十只猫。谈一位研究东方哲学的先生跑警报时带了一只小皮箱，皮箱里没有金银财宝，装的是一个聪明女人写给他的信。谈徐志摩上课时带了一个很大的烟台苹果，一边吃，一边讲，还说："中国东西并不都比外国的差，烟台苹果就很好！"谈梁思成在一座塔上测绘内部结构，差一点从塔上掉下去。谈林徽因发着高烧，还躺在客厅里和客人谈文艺。他谈得最多的大概是金岳霖。金先生终生未娶，长期独身。他养了一只大斗鸡。这鸡能把脖子伸到桌上来，和金先生一起吃饭。他到处搜罗大石榴、大梨。买到大的，就拿去和同事的孩子的比，比输了，就把大梨、大石榴送给小朋友，他再去买！……沈先生谈及的这些人有共同特点。一是都对工作、对学问热爱到了痴迷的程度；二是为人天真到像一个孩子，对生活充满兴趣，不管在什么环境下永远不消沉沮丧，无机心，少俗虑。这些人的气质也正是沈先生的气质。“闻多素心人，乐与数晨夕”，沈先生谈及熟朋友时总是很有感情的。

文林街文林堂旁边有一条小巷，大概叫做金鸡巷，巷里的小院中有一座小楼。楼上住着联大的同学：王树藏、陈蕴珍（萧珊）、施载宣（萧荻）、刘北汜。当中有个小客厅。这小客厅常有熟同学来喝茶聊天，成了一个小小的沙龙。沈先生常来坐坐。有时还把他的朋友也拉来和大家谈谈。老舍先生从重庆过昆明时，沈先生曾拉他来谈过“小说和戏剧”。金岳霖先生也来过，谈的题目是“小说和哲学”。金先生是搞哲学的，主要是搞逻辑的，但是读很多小说，从普鲁斯特到《江湖奇侠传》。“小说和哲学”这题目是沈先生给他出的。不料金先生讲了半天，结论却是：小说和哲学没有关系。他说《红楼梦》里的哲学也不是哲学。他谈到兴浓处，忽然停下来，说：“对不起，我这里有个小动物！”说着把右手从后脖领伸进去，捉出了一只跳蚤，甚为得意。有人问金先生为什么搞逻辑，金先生说：“我觉得它很好玩！”

沈先生在生活上极不讲究。他进城没有正经吃过饭，大都是在文林街二十号对面一家小米线铺吃一碗米线。有时加一个西红柿，打一个鸡蛋。有一次我和他上街闲逛，到玉溪街，他在一个米线摊上要了一盘凉鸡，还到附近茶馆里借了一个盖碗，打了一碗酒。他用盖碗盖子喝了一点，其余的都叫我一个人喝了。

沈先生在西南联大是一九三八年到一九四六年。一晃，四十多年了！

一九八六年一月二日上午

星斗其文，赤子其人

沈先生逝世后，傅汉斯、张充和从美国电传来一幅挽辞。字是晋人小楷，一看就知道是张充和写的。词想必也是她拟的。只有四句：

不折不从　亦慈亦让
星斗其文　赤子其人

这是嵌字格，但是非常贴切，把沈先生的一生概括得很全面。这位四妹对三姐夫沈二哥真是非常了解。——荒芜同志编了一本《我所认识的沈从文》，写得最好的一篇，我以为也应该是张充和写的《三姐夫沈二哥》。

沈先生的血管里有少数民族的血液。他在填履历表时，“民族”一栏里填土家族或苗族都可以，可以由他自由选择。湘西有少数民族血统的人大都有一股蛮劲，狠劲，做什么都要做出一个名堂。黄永玉就是这样的人。沈先生瘦瘦小小（晚年发胖了），但是有用不完的精力。他小时是个顽童，爱游泳（他叫“游水”）。进城后好像就不游了。三姐（师母张兆和）很想看他游一次泳，但是没有看到。我当然更没有看到过。他少年当兵，漂泊转徙，很少连续几晚睡在同一张床上。吃的东西，最好的不过是切成四方的大块猪肉（煮在豆芽菜汤里）。行军、拉船，锻炼出一副极富耐力的体魄。二十岁冒冒失失地闯到北平来，举目无亲。连标点符号都不会用，就想用手中一枝笔打出一个天下。经常为弄不到一点东西“消化消化”而发愁。冬天屋里生不起火，用被子围起来，还是不停地写。我一九四六年到上海，因为找不到职业，情绪很坏，他写信把我大骂了一顿，说：“为了一时的困难，就这样哭哭啼啼的，甚至想到要自杀，真是没出息！你手中有一枝笔，怕什么！”他在信里说了一些他刚到北京时的情形。——同时又叫三姐从苏州写了一封很长的信安慰我。他真的用一枝笔打出了一个天下了。一个只读过小学的人，竟成了一个大作家，而且积累了那么多的学问，真是一个奇迹。

沈先生很爱用一个别人不常用的词：“耐烦”。他说自己不是天才（他应当算是个天才），只是耐烦。他对别人的称赞，也常说“要算耐烦”。看见儿子小虎搞机床设计时，说“要算耐烦”。看见孙女小红做作业时，也说“要算耐烦”。他的“耐烦”，意思就是锲而不舍，不怕费劲。一个时期，沈先生每个月都要发表几篇小说，每年都要出几本书，被称为“多产作家”，但是写东西不是很快的，从来不是一挥而就。他年轻时常常日以继夜地写。他常流鼻血。血液凝聚力差，一流起来不易止住，很怕人。有时夜间写作，竟致晕倒，伏在自己的一摊鼻血里，第二天才被人发现。我就亲眼看到过他的带有鼻血痕迹的手稿。他后来还常流鼻血，不过不那么厉害了。他自己知道，并不惊慌。很奇怪，他连续感冒几天，一流鼻血，感冒就好了。他的作品看起来很轻松自如，若不经意，但都是苦心刻琢出来的。《边城》一共不到七万字，他告诉我，写了半年。他这篇小说是《国闻周报》上连载的，每期一章。小说共二十一章，21×7=147，我算了算，差不多正是半年。这篇东西是他新婚之后写的，那时他住在达子营。巴金住在他那里。他们每天写，巴老在屋里写，沈先生搬个小桌子，在院子里树阴下写。巴老写了一个长篇，沈先生写了《边城》。他称他的小说为“习作”，并不完全是谦虚。有些小说是为了教创作课给学生示范而写的，因此试验了各种方法。为了教学生写对话，有的小说通篇都用对话组成，如《若墨医生》；有的，一句对话也没有。《月下小景》确是为了履行许给张家小五的诺言“写故事给你看”而写的。同时，当然是为了试验一下“讲故事”的方法（这一组“故事”明显地看得出受了《十日谈》和《一千零一夜》的影响）。同时，也为了试验一下把六朝译经和口语结合的文体。这种试验，后来形成一种他自己说是“文白夹杂”的独特的沈从文体，在四十年代的文字（如《烛虚》）中尤为成熟。他的亲戚，语言学家周有光曾说“你的语言是古英语”，甚至是拉丁文。沈先生讲创作，不大爱说“结构”，他说是“组织”。我也比较喜欢

"组织"这个词。"结构"过于理智,"组织"更带感情,较多作者的主观。他曾把一篇小说一条一条地裁开,用不同方法组织,看看哪一种形式更为合适。沈先生爱改自己的文章。他的原稿,一改再改,天头地脚页边,都是修改的字迹,蜘蛛网似的,这里牵出一条,那里牵出一条。作品发表了,改。成书了,改。看到自己的文章,总要改。有时改了多次,反而不如原来的,以致三姐后来不许他改了(三姐是沈先生文集的一个极其细心,极其认真的义务责任编辑)。沈先生的作品写得最快,最顺畅,改得最少的,只有一本《从文自传》。这本自传没有经过冥思苦想,只用了三个星期,一气呵成。

他不大用稿纸写作。在昆明写东西，是用毛笔写在当地出产的竹纸上的,自己折出印子。他也用钢笔,蘸水钢笔。他抓钢笔的手势有点像抓毛笔(这一点可以证明他不是洋学堂出身)。《长河》就是用钢笔写的,写在一个硬面的练习簿上,直行,两面写。他的原稿的字很清楚,不潦草,但写的是行书。不熟悉他的字体的排字工人是会感到困难的。他晚年写信写文章爱用秃笔淡墨。用秃笔写那样小的字,不但清楚,而且顿挫有致,真是一个功夫。

他很爱他的家乡。他的《湘西》、《湘行散记》和许多篇小说可以作证。他不止一次和我谈起棉花坡，谈起枫树坳,—— 一到秋天满城落了枫树的红叶。一说起来,不胜神往。黄永玉画过一张凤凰沈家门外的小巷,屋顶墙壁颇零乱,有大朵大朵的红花——不知是不是夹竹桃,画面颜色很浓,水气泱泱。沈先生很喜欢这张画,说:"就是这样!"八十岁那年,和三姐一同回了一次凤凰,领着她看了他小说中所写的各处,都还没有大变样。家乡人闻知沈从文回来了,简直不知怎样招待才好。他说:"他们为我捉了一只锦鸡!"锦鸡毛羽很好看,他很爱那只锦鸡,还抱着它照了一张相,后来知道竟作了他的盘中餐,对三姐说"真煞风景!"锦鸡肉并不怎么好吃。沈先生说及时大笑,但也表现出对乡人的殷勤十分感激。他在家乡听了傩戏,这是一种古调犹存的很老的弋阳腔。打鼓的是一位七十多岁的老人,他对年轻人打鼓失去旧范很不以为然。沈先生听了,说:"这是楚声,楚声!"他动情地听着"楚声",泪流满面。

沈先生八十岁生日,我曾写了一首诗送他,开头两句是:

犹及回乡听楚声，

此身虽在总堪惊。

端木蕻良看到这首诗，认为“犹及”二字很好。我写下来的时候就有点觉得这不大吉利，没想到沈先生再也不能回家乡听一次了！他的家乡每年有人来看他，沈先生非常亲切地和他们谈话，一坐半天。每当同乡人来了，原来在座的朋友或学生就只有退避在一边，听他们谈话。沈先生很好客，朋友很多。老一辈的有林宰平、徐志摩。沈先生提及他们时充满感情。没有他们的提挈，沈先生也许就会当了警察，或者在马路旁边“瘪了”。我认识他后，他经常来往的有杨振声、张奚若、金岳霖、朱光潜诸先生、梁思成林徽因夫妇。他们的交往真是君子之交，既无朋党色彩，也无酒食征逐。清茶一杯，闲谈片刻。杨先生有一次托沈先生带信，让我到南锣鼓巷他的住处去，我以为有什么事。去了，只是他亲自给我煮一杯咖啡，让我看一本他收藏的姚茫父的册页。这册页的芯子只有火柴盒那样大，横的，是山水，用极富金石味的墨线勾轮廓，设极重的青绿，真是妙品。杨先生对待我这个初露头角的学生如此，则其接待沈先生的情形可知。杨先生和沈先生夫妇曾在颐和园住过一个时期，想来也不过是清晨或黄昏到后山谐趣园一带走走，看看湖里的金丝莲，或写出一张得意的字来，互相欣赏欣赏，其余时间各自在屋里读书做事，如此而已。沈先生对青年的帮助真是不遗余力。他曾经自己出钱为一个诗人出了第一本诗集。一九四七年，诗人柯原的父亲故去，家中拉了一笔债，沈先生提出卖字来帮助他。《益世报》登出了沈从文卖字的启事，买字的可定出规格，而将价款直接寄给诗人。柯原一九八〇年去看沈先生，沈先生才记起有这回事。他对学生的作品细心修改，寄给相熟的报刊，尽量争取发表。他这辈子为学生寄稿的邮费，加起来是一个相当可观的数字。抗战时期，通货膨胀，邮费也不断涨，往往寄一封信，信封正面反面都得贴满邮票。为了省一点邮费，沈先生总是把稿纸的天头地脚页边都裁去，只留一个稿芯，这样分量轻一点。稿子发表了，稿费寄来，他必为亲自送去。李霖灿在丽江画玉龙雪山，他的画都是寄到昆明，由沈先生代为出手的。我在昆明写的稿子，几乎无一篇不是他寄出去的。一九四六年，郑振铎、李健吾先生在上海创办《文艺复兴》，沈先生把我的《小学校的钟声》和《复仇》寄去。这两篇稿子写出已经有几年，当时无地方可发表。稿子是用毛笔楷书写在学生作文的绿格本上的，郑先生收到，发现稿纸上已经叫蠹虫蛀了好些洞，使他大为激动。沈先生对我这个学生是很喜欢的。为了躲避日本飞机空袭，他们全家有一阵住在呈贡新街，后迁跑马山桃源新村。沈先生有课时进城住两三天。他进城时，我都去看他，交稿子，看他收藏的宝贝，借书。沈先生的书是为了自己看，也为了借给别人看的。“借书一痴，还书一痴”。借书的痴子不少，还书的痴子可不多。有些书借出去一去无踪。有一次，晚上，我喝得烂醉，坐在路边，沈先生到一处演讲回来，以为是一个难民，生了病，走近看看，是我！他和两个同学把我扶到他住处，灌了好些酽茶，我才醒过来。有一回我去看他，牙疼，腮帮子肿得老高。沈先生开了门，一看，一句话没说，出去买了几个大橘子抱着回来了。沈先生的家庭是我见到的最好的家庭，随时都在亲切和谐气氛中。两个儿子，小龙小虎，兄弟怡怡。他们都很高尚清白，无丝毫庸俗习气，无一句粗鄙言语，——他们都很幽默，但幽默得很温雅。一家人于钱上都看得很淡。《沈从文文集》的稿费寄到，九千多元，大概开过家庭会议，又从存款中取出几百元，凑成一万，寄到家乡办学。沈先生也有生气的时候，也有极度烦恼痛苦的时候，在昆明，在北京，我都见到过，但多数时候都是笑眯眯的。他总是用一种善意的、含情的微笑，来看这个世界的一切。到了晚年，喜欢放声大笑，笑得合不拢嘴，且摆动双手作势，真像一个孩子。只有看破一切人事乘除，得失荣辱，全置度外，心地明净无渣滓的人，才能这样畅快地大笑。

沈先生五十年代后放下写小说散文的笔（偶然还写一点，笔下仍极活泼，如写纪念陈翔鹤文章，实写得极好），改业钻研文物，而且钻出了很大的名堂，不少中国人、外国人都很奇怪。实不奇怪。沈先生很早就对历史文物有很大兴趣。他写的关于展子虔游春图的文章，我以为是一篇重要文章，从人物服装颜色式样考订图画的年代和真伪，是别的鉴赏家所未注意的方法。他关于书法的文章，特别是对宋四家的看法，很有见地。在昆明，我陪他去遛街，总要看看市招，到裱画店看看字画。昆明市政府对面有一堵大照壁，写满了一壁字(内容已不记得,大概不外是总理遗训),字有七八寸见方大,用二爨掺一点北魏造像题记笔意,白墙蓝字,是一位无名书家写的,写得实在好。我们每次经过,都要去看看。昆明有一位书法家叫吴忠荩,字写得极多,很多人家都有他的字,家家裱画店都有他的刚刚裱好的字。字写得很熟练,行书,只是用笔枯扁,结体少变化。沈先生还去看过他,说"这位老先生写了一辈子字!"意思颇为他水平受到限制而惋惜。昆明碰碰撞撞都可见到黑漆金字抱柱楹联上钱南园的四方大颜字,也还值得一看。沈先生到北京后即喜欢搜集瓷器。有一个时期,他家里的餐具都是很名贵的旧瓷器,只是不配套,因为是一件一件买回来的。他一度专门搜集青花瓷。买到手,过一阵就送人。西南联大好几位助教、研究生结婚时都收到沈先生送的雍正青花的茶杯或酒杯。沈先生对陶瓷赏鉴极精,一眼就知是什么朝代的。一个朋友送我一个梨皮色釉的粗瓷盒子,我拿去给他看,他说:"元朝东西,民间窑!"有一阵搜集旧纸,大都是乾隆以前的。多是染过色的,瓷青的、豆绿的、水红的,触手细腻到像煮熟的鸡蛋白外的薄皮,真是美极了。至于茧纸、高丽发笺,那是凡品了。(他搜集旧纸,但自己舍不得用来写字。晚年写字用糊窗户的高丽纸,他说:"我的字值三分钱。")

在昆明,搜集了一阵耿马漆盒。这种漆盒昆明的地摊上很容易买到,且不贵。沈先生搜集器物的原则是"人弃我取"。其实这种竹胎的,涂红黑两色漆,刮出极繁复而奇异的花纹的圆盒是很美的。装点心,装花生米,装邮票杂物均合适,放在桌上也是个摆设。这种漆盒也都陆续送人了。客人来,坐一阵,临走时大都能带走一个漆盒。有一阵研究中国丝绸,弄到许多大藏经的封面,各种颜色都有:宝蓝的、茶褐的、肉色的,花纹也是各式各样。沈先生后来写了一本《中国丝绸图案》。有一阵研究刺绣。除了衣服、裙子,弄了好多扇套、眼镜盒、香袋。不知他是从哪里"寻摸"来的。这些绣品的针法真是多种多样。我只记得有一种绣法叫"打子",是用一个一个丝线疙瘩缀出来的。他给我看一种绣品,叫"七色晕",用七种颜色的绒绣成一个团花,看了真叫人发晕。他搜集、研究这些东西,不是为了消遣,是从发现、证实中国历史文化的优越这个角度出发的,研究时充满感情。我在他八十岁生日写给他的诗里有一联：

玩物从来非丧志，
著书老去为抒情。

这全是纪实。沈先生提及某种文物时常是赞叹不已。马王堆那副不到一两重的纱衣，他不知说了多少次。刺绣用的金线原来是盲人用一把刀，全凭手感，就金箔上切割出来的。他说起时非常感动。有一个木俑(大概是楚俑)一尺多高，衣服非常特别：上衣的一半(连同袖子)是黑色，一半是红的；下裳正好相反，一半是红的，一半是黑的。沈先生说："这真是现代派！"如果照这样式(一点不用修改)做一件时装，拿到巴黎去，由一个长身细腰的模特儿穿起来，到表演台上转那么一转，准能把全巴黎都"镇"了！他平生搜集的文物，在他生前全都分别捐给了几个博物馆、工艺美术院校和工艺美术工厂，连收条都不要一个。

沈先生自奉甚薄。穿衣服从不讲究。他在《湘行散记》里说他穿了一件细毛料的长衫，这件长衫我可没见过，我见他时总是一件洗得褪了色的蓝布长衫，夹着一摞书，匆匆忙忙地走。解放后是蓝卡其布或涤卡的干部服，黑灯芯绒的"懒汉鞋"。有一年做了一件皮大衣(我记得是从房东手里买的一件旧皮袍改制的，灰色粗线呢面)，他穿在身上，说是很暖和，高兴得像一个孩子。吃得很清淡。我没见他下过一次馆子。在昆明，我到文林街二十号他的宿舍去看他，到吃饭时总是到对面米线铺吃一碗一角三分钱的米线。有时加一个西红柿，打一个鸡蛋，超不过两角五分。三姐是会做菜的，会做八宝糯米鸭，炖在一个大砂锅里，但不常做。他们住在中老胡同时，有时张充和骑自行车到前门月盛斋买一包烧羊肉回来，就算加了菜了。在小羊宜宾胡同时，常吃的不外是炒四川的菜头，炒茨菇。沈先生爱吃茨菇，说"这个好，比土豆'格'高"。他在《自传》中说他很会炖狗肉，我在昆明，在北京都没见他炖过一次。有一次他到他的助手王亚蓉家去，先来看看我（王亚蓉住在我们家马路对面，——他七十多了，血压高到二百多，还常为了一点研究资料上的小事到处跑），我让他过一会儿来吃饭。他带来一卷画，是古代马戏图的摹本，实在是很精彩。他非常得意地问我的女儿："精彩吧？"那天我给他做了一只烧羊腿，一条鱼。他回家一再向三姐称道："真好吃。"他经常吃的荤菜是：猪头肉。

他的丧事十分简单。他凡事不喜张扬，最反对搞个人的纪念活动。反对"办生做寿"。他生前累次嘱咐家人，他死后，不开追悼会，不举行遗体告别。但火化之前，总要有一点仪式。新华社消息的标题是"沈从文告别亲友和读者"，是合适的。只通知少数亲友。——有一些景仰他的人是未接通知自己去的。不收花圈，只有约二十多个布满鲜花的花篮，很大的白色的百合花、康乃馨、菊花、菖兰。参加仪式的人也不戴纸制的白花，但每人发给一枝半开的月季，行礼后放在遗体边。不放哀乐，放沈先生生前喜爱的音乐，如贝多芬的"悲怆"奏鸣曲等。沈先生面色如生，很安详地躺着。我走近他身边，看着他，久久不能离开。这样一个人，就这样地去了。我看他一眼，又看一眼，我哭了。

沈先生家有一盆虎耳草，种在一个椭圆形的小小钧窑盆里。很多人不认识这种草。这就是《边城》里翠翠在梦里采摘的那种草，沈先生喜欢的草。

一九八八年五月二十六日

沈从文转业之谜

沈先生忽然改了行。他的一生分成了两截。一九四九年以前，他是作家，写了四十几本小说和散文；一九四九年以后，他变成了一个文物研究专家，写了一些关于文物的书，其中最重大（真是又重又大）的一本是《中国古代服饰研究》。近十年沈先生的文学作品重新引起注意，尤其是青年当中，形成了"沈从文热"。一些读了他的小说的年轻一些的读者觉得非常奇怪：他为什么不再写了呢？国外有些研究中国现代文学的学者也为之大惑不解。我是知道一点内情的，但也说不出个究竟。在他改业之初，我曾经担心他能不能在文物研究上搞出一个名堂，因为从我和他的接触（比如讲课）中，我觉得他缺乏"科学头脑"。后来发现他"另有一功"，能把抒情气质和科学条理完美地结合起来，搞出了成绩，我松了一口气，觉得"这样也好"。我就不大去想他的转业的事了。沈先生去世后，沈虎雏整理沈先生遗留下来的稿件、信件。我因为刊物约稿，想起沈先生改行的事，要找虎雏谈谈。我爱人打电话给三姐（师母张兆和），三姐说："叫曾祺来一趟，我有话跟他说。"我去了，虎雏拿出几封信。一封是给一个叫吉六的青年作家的退稿信（一封很重要的信），一封是沈先生在一九六一年二月二日写给我的很长的信（这封信真长，是在练习本撕下来的纸上写的，钢笔小字，两面写，共十二页，估计不下六千字，是在医院里写的；这封信，他从医院回家后用毛笔在竹纸上重写了一次寄给我，这是底稿；其时我正戴了右派分子帽子，下放张家口沙岭子劳动；沈先生寄给我的原信我一直保存，"文化大革命"中遗失了），还有一九四七年我由上海寄给沈先生的两封信。看了这几封信，我对沈先生转业的前因后果，逐渐形成一个比较清晰的轮廓。

从一个方面说，沈先生的改行，是“逼上梁山”，是他多年挨骂的结果。左、右都骂他。沈先生在写给我的信上说：

“我希望有些人不要骂我，不相信，还是要骂。根本连我写什么也不看，只图个痛快。于是骂倒了。真的倒了。但是究竟是谁的损失？”

沈先生的挨骂，以前的，我不知道。我知道的，对他的大骂，大概有三次。

一次是抗日战争时期，约在一九四二年顷，从桂林发动，有几篇很锐利的文章。我记得有一篇是聂绀弩写的。聂绀弩我后来认识，是一个非常好的人。他后来也因黄永玉之介去看过沈先生，认为那全是一场误会。聂和沈先生成了很好的朋友，彼此毫无芥蒂。

第二次是一九四七年，沈先生写了两篇杂文，引来一场围攻。那时我在上海，到巴金先生家，李健吾先生在座。李健吾先生说，劝从文不要写这样的杂论，还是写他的小说。巴金先生很以为然。我给沈先生写的两封信，说的便是这样的意思。

第三次是从香港发动的。一九四八年三月，香港出了一本《大众文艺丛刊》，撰稿人为党内外的理论家。其中有一篇郭沫若写的《斥反动文艺》，文中说沈从文“一直是有意识地作为反动派而活动着”。这对沈先生是致命的一击。可以说，是郭沫若的这篇文章，把沈从文从一个作家骂成了一个文物研究者。事隔三十年，沈先生的《中国古代服饰研究》却由前科学院院长郭沫若写了序。人事变幻，云水悠悠，逝者如斯，谁能逆料？这也是历史。

已经有几篇文章披露了沈先生在解放前后神经混乱的事（我本来是不愿意提及这件事的），但是在这以前，沈先生对形势的估计和对自己前途的设想是非常清醒，非常理智的。他在一九四八年十二月七日写给吉六君的信中说：

“大局玄黄未定……一切终得变。从大处看发展，中国行将进入一个崭新时代，则无可怀疑。”

基于这样的信念，才使沈先生在北平解放前下决心留下来。留下来不走的，还有朱光潜先生、杨振声先生。朱先生和沈先生同住在中老胡同，杨先生也常来串门。对于“玄黄未定”之际的行止，他们肯定是多次商量过的。他们决定不走，但是心境是惶然的。

一天，北京大学贴出了一期壁报，大字全文抄出了郭沫若的《斥反动文艺》。不知道这是地下党的授意，还是进步学生社团自己干的。在那样的时候，贴出这样的大字报，是什么意思呢？这不是"为渊驱鱼"，把本来应该争取，可以争取的高级知识分子一齐推出去么？这究竟是谁的主意，谁的决策？

这篇壁报对沈先生的压力很大，沈先生由神经极度紧张，到患了类似迫害狂的病症（老是怀疑有人监视他，制造一些尖锐声音来刺激他），直接的原因，就是这张大字壁报。

沈先生在精神濒临崩溃的时候，脑子却又异常清楚，所说的一些话常有很大的预见性。四十年前说的话，今天看起来还是很准确。

"一切终得变"，沈先生是竭力想适应这种"变"的。他在写给吉六君的信上说：

"用笔者求其有意义，有作用，传统写作方式以及对社会的态度，值得严肃认真加以检讨，有所抉择。对于过去种种，得决心放弃，从新起始来学习。这个新的起始，并不一定即能配合当前需要，惟必能把握住一个进步原则来肯定，来完成，来促进。"

但是他又估计自己很难适应：

"人近中年，情绪凝固，又或因情绪内向，缺乏适应能力，用笔方式，二十年三十年统统由一个'思'字出发，此时却必需用'信'字起步，或不容易扭转。过不多久，即未被迫搁笔，亦终得把笔搁下。这是我们一代若干人必然结果。"

不幸而言中。沈先生对自己搁笔的原因分析得再清楚不过了。不断挨骂，是客观原因；不能适应，有主观成分，也有客观因素。解放后搁笔的，在沈先生一代人中不止沈先生一个人，不过不像沈先生搁得那样彻底，那样明显，其原因，也不外是"思"与"信"的矛盾。三十多年来，直到"文化大革命"结束，中国文艺的主要问题也是强调"信"，忽略"思"。十一届三中全会以后，新时期十年文学的转机，也正是由"信"回复到'思"，作家可以真正地独立思考，可以用自己的眼睛观察生活，用自己的脑和心思索生活，用自己的手表现生活了。

北平一解放，我们就觉得沈先生无法再写作，也无法再在北京大学教书。教什么呢？在课堂上他能说些什么话呢？他的那一套肯定是不行的。

沈先生为自己找到一条出路,也可以说是一条退路:改行。

沈先生的改行并不是没有准备、没有条件的。据沈虎雏说,他对文物的兴趣比对文学的兴趣产生得更早一些。他十八岁时曾在一个统领官身边作书记。这位统领官收藏了百来轴自宋至明清的旧画,几十件铜器及古瓷,还有十来箱书籍,一大批碑帖。这些东西都由沈先生登记管理。由于应用,沈先生学会了许多知识。无事可做时,就把那些古画一轴一轴地取出,挂到壁间独自欣赏,或翻开《西清古鉴》、《薛氏彝器钟鼎款识》来看。"我从这方面对于这个民族在一段长长的年份中,用一片颜色,一把线,一块青铜或一堆泥土,以及一组文字，加上自己生命作成的种种艺术，皆得了一个初步普遍的认识。由于这点初步知识,使一个以鉴赏人类生活与自然现象为生的乡下人,进而对人类智慧光辉的领会,发生了极宽泛而深切的兴味。"(见《从文自传·学历史的地方》)沈先生对文物的兴趣,自始至终,一直是从这一点出发的,是出于对于民族,对于民族的历史和文化的深爱。他的文学创作、文物研究,都浸透了爱国主义的感情。从热爱祖国这一点上看,也可以说沈先生并没有改行。我心匪石,不可转也,爱国爱民,始终如一,只是改变了一下工作方式。

沈先生的转业并不是十分突然的,是逐渐完成的。北平解放前一年,北大成立了博物馆系,并设立一个小小的博物馆。这个博物馆是在杨振声、沈从文等几位热心的教授的赞助下搞起来的，馆中的陈列品很多是沈先生从家里搬去的。历史博物馆成立以后,因与馆长很熟,时常跑去帮忙。后来就离开北大,干脆调过去了。沈先生改行,心情是很矛盾的,他有时很痛苦,有时又觉得很轻松。他名心很淡,不大计较得失。沈先生到了历史博物馆,除了鉴定文物，还当讲解员。常书鸿先生带了很多敦煌壁画的摹本在午门楼上展览,他自告奋勇,每天都去。我就亲眼看见他非常热情兴奋地向观众讲解。一个青年问我:"这人是谁?他怎么懂得这么多?"从一个大学教授到当讲解员,沈先生不觉有什么"丢份"。他那样子不但是自得其乐,简直是得其所哉。只是熟人看见他在讲解,心里总不免有些凄然。

沈先生对于写作也不是一下就死了心。“跛者不忌履”,一个人写了三十年小说,总不会彻底忘情,有时是会感到手痒的。他对自己写作是很有信心的。在写给我的信上说:“拿破仑是伟人,可是我们羡慕也学不来。至于雨果、莫里哀、托尔斯泰、契诃夫等等的工作,想效法却不太难(我初来北京还不懂标点时,就想到这并不太难)。”直到一九六一年写给我的长信上还说,因为高血压,馆(历史博物馆)中已决定“全休”,他想用一年时间“写本故事”(一个长篇),写三姐家堂兄三代闹革命。他为此两次到宣化去,“已得到十万字材料,估计写出来必不会太坏……”想重新提笔,反反复复,经过多次。终于没有实现,一是客观环境不允许,他自己心理障碍很大。他在写给我的信上说:“幻想……照我的老办法,呆头呆脑用契诃夫作个假对象,竞赛下去,也许还会写个十来个本本的。……可是万一有个什么人在刊物上寻章摘句,以为这是什么‘修正主义’,如此或如彼的一说,我还是招架不住,也可说不费吹灰之力,一切努力,即等于白费。想到这一点,重新动笔的勇气,不免就消失一半。”二是,他后来一头扎进了文物,“越陷越深”,提笔之念,就淡忘了。他手里有几十个研究选题待完成,他有很大的责任感和紧迫感,时间精力全为文物占去,实在顾不上再想写作了。

从写小说到改治文物,而且搞出丰硕的成果,失之东隅,收之桑榆,就沈先生个人说,无所谓得失。就国家来说,失去一个作家,得到一个杰出的文物研究专家,也许是划得来的。但是从一个长远的历史角度来看,这算不算损失?如果是损失,那么,是谁的损失?谁为为之?孰令致之?这问题还是很值得我们深思的。我们应该从沈从文的转业得出应有的历史教训。

一九八八年八月二十四日

致朱德熙*

(一)

德熙:

那天李荣打电话给我,约我到唐先生那里去看铜器。我因为当时要改剧本,没去成。本来我倒是想见见你们,看看唐先生的。

前寄《瞎虻》诗一首,想当达览。这首诗我还想再加加工。主要是把最后一句改下,把"脑袋上的触须好像更短了"改成"短短的触须更短了"。偶然翻了一下《辞海》,这东西的触角果然很短,只有三截,我的印象不错。既然如此,何不索性点出。还想加一个小序。等定稿后寄给你看。

近日又写了一首《水马儿》。另纸抄录奉上。我不知怎么有了写这种诗的兴趣了。① 这也是一种娱乐,一种休息。不然一天到晚写"跨腿"、"翻身"、"蹦子"(我们最近所谓"改剧本"就是把这样一些玩意补写在舞台提示里)也乏味得很。那,我的娱乐除了写字以外,又多了一种了。我倒是觉得并非言之无物,但是不能拿出去发表,那是要我倒霉的。我准备写若干首,总名曰《草木虫鱼》,不也是怪好玩的么?

---

* 朱德熙(1920—1992),著名语言学家、古文字学家。汪曾祺在西南联大就读时的同学,一生挚友。

① 大概跟读了一些普利什文的散文有关。高尔基非常钦佩他的文体,我也很喜欢。我是在一本《世界文学》上看到的。你能不能找到他的散文的较全译本或小说译本?——作者原注。

下一首,准备写花大姐,即瓢虫。这玩意你一定看见过,像半拉滴溜圆的涂了磁漆的小圆球,小脑袋,小眼睛,小脚,形如:甲虫状,有各种颜色,橘黄的,橙红的,大红的……我在沙岭子劳动了一阵,才知道这玩意有两大类,一类吃马铃薯等作物的幼芽,是大害虫;一类专吃某种害虫(如蚜虫),是此种害虫的天敌,是大益虫。看起来,都是差不多的,都挺好看,好玩。区别主要是在于鞘翅上有多少黑点(昆虫学家叫做“星”),这数目是有一定的。这首诗的意思是很明白的:外表相似的东西,实质常常大不相同,凡事不可粗枝大叶,这是应得的结论。所以还没有动笔，是因为遇到一点困难，我记不清著名的害虫背上有多少星，著名的益虫有多少星了。还有，细分起来这有多少类……你附近有没有治昆虫学或“植物保护”的专家？能不能为我打听一下？

如果能找到一本或一篇附图的瓢虫著作来看看,那才好。

近日菜市上有鲜蘑菇卖,如买到,我可以教你做一个很精彩的汤,叫“金必度汤”,乃西菜也。法如下:将菜花(掰碎)、胡萝卜(切成小丁)、马铃薯(也切成小丁,没有,就拉倒)、鲜蘑(如是极小如钱大者可一切为二或不切,如较大近一两左右者则切为片,大概平均一个人有一两即够)、洋火腿(鲜肉、香肠均可)加水入锅煮,盐适量,俟熟,加茨粉,大开后,倒一瓶牛奶下去,加味精,再开,即得。如有奶油,则味道更为丰腴。吃时下胡椒末。上述诸品,除土豆外,均易得。且做法极便,不须火候工夫。偶有闲裕,不妨一试。

文物出版社原有一门市部在王府井,现在还有没有？在哪里？我想去看看有没有新印的字帖。汪朗来信,忽想习字,要帖。我到琉璃厂一看,帖价真是吓煞人,一部淳化阁要三百元,一本争座位,八十!

即问孔敬及全家好!

曾祺

十六日晚

瞎　虻

牛虻,“虻”当读méng,读做“牛忙”是错误的。我的故乡叫它“牛蜢蜢”,是因为它的鸣声很低，与调值的上声相近。北方或谓之“瞎虻”，“虻”读阴平。这东西的眼神是真不好，老是瞎碰乱撞。有时竟会笔直地撞到人脸上来。至于头触玻璃窗，更是司空见惯，不是诬赖它。雄牛虻吸植物液汁，雌牛虻刺吸人畜血，都不是好东西。讽刺它们一下，是可以的。

瞎虻笔直地飞向花丛，
却不料——咚！碰得脑袋生疼。
“唔？”它摸摸额角，鼓鼓眼睛，
“这是，这是怎么回事情？”

好天气，真带劲，香扑扑，热哄哄，
“再来，再来！”打个转，鼓鼓劲，
“一二，你看咱瞎虻飞得多冲！”——咚！
“嗯？这空气咋这么硬，这么平？”

捉摸不透是什么原因，
瞎虻可傻了眼了：
“我往日多么聪明，
今儿可成老赶了！”
接连几次向玻璃猛冲，
累得它腰酸腿软了。
越想越觉得气不平，
短短的触角更短了。

一九七二年十月写
十一月十六日改

这两天有一只虻类的昆虫（非蝇非蜂）在我办公室的玻璃窗上爬着。它老是碰壁,碰碰又爬爬,爬爬又碰碰。我仔细观察了它很久,核实了我的记忆准确无误。世间固执的经验主义者,牛虻可称为典型了。

又,《水马儿》第四节第三句"它们可觉得触目惊心",请改为"可它们已觉得漂得太远"。原文太轻浮。对水马儿还是应该敦厚些。

十六日夜十二时又半记

水马儿

水马,当我还是孩子的时候,我的故乡的孩子叫它"海里蹦"。一名水黾。《本草纲目·虫部四》引陈藏器曰:"水黾群游水上,水涸即飞,长寸许,四脚。"韩琦《凉榭池上二阕》:"游鳞惊触绿荷香,水马成群股脚长。"善状其外形特征。苏东坡《二虫诗》称之为"水马儿",大概是四川的乡音了,今从之。苏东坡对它的习性观察得很精到,令人惊喜佩服。诗里还提到一种昆虫"鹟滥堆",不知是何物。东坡诗录如下:

君不见水马儿,
岁岁逆流水。
大江东去日千里,
此虫趯趯长在此。
君不见鹟滥堆,
决起随冲风,
随风一去落何许?
逆风还落蓬蒿中。
二虫愚智皆莫测,
江边一笑无人识。

雨后的小水沟多么平静,

水底下倒映着天光云影。
平静的沟中水可并不停留，
你看那水马儿在缓缓移动。
水马儿有一种天生的本领，
能够在水面上立足存身。
浑身铁黑，四脚伶仃，
不飞不舞，也没有声音。

它们全都是逆水栖息，
没一个倒站横行。
好半天一动不动，
听流水把它们带过了一程。

听流水把它们带过了一程，
量一量过不了七寸八寸，
它们可觉得这有点触目惊心，
就赶紧向上游连蹦几蹦。

天上的白云变红云，
晌午过了到黄昏，
你看看这一群水马儿，
依然是停留在原地不动。

你们这是干什么？
漂一程，蹦几蹦，既不退，又不进。
单调的反复有什么乐趣可言，
为什么白送走一天的光阴？

水马儿之一答曰:“你管得着吗?
这是我们水马儿的习俗秉性!”
说话间又漂过短短一程,
它赶忙向原地连蹦几蹦。

一九七二年十一月十六日

(二)

德熙:

今天我们那儿停电,我难得偷空回了一趟家。一个人(老伴上夜班,女儿去洗澡)炒了二三十个白果,喝了多半斤黄酒,读了一本妙书。吃着白果,就想起了“阿要吃糖炒熟白果,香是香来糯是糯……”,想起你们老二和老四,并且想起松卿前几个月就说过的“你应该看看朱德熙的母亲去”。我老早就想过这件事,什么时候合适,你陪我一同去一趟。但看来要到新年以后,因为我们的戏准备新年拿出来,这以前是突击阶段,已经宣布:没有星期天。

所读妙书是赵元任的《国语罗马字对话戏戏谱最后五分钟一出独折戏附北平语调的研究》。这书是我今天上午在中国书店的乱书堆中找到,为剧团资料室购得的。你看过没有?这真是一本妙书!比他译的《爱丽斯漫游奇境记》还要好玩儿。他这个戏谱和语调研究,应该作为戏剧学校台词课的读本。这本书应当翻印一下,发到每个剧团。你如没看过,等资料室登记落账后我即借出寄来给你。如已看过或北大有这本书,那就算了。

读了赵书,我又想起过去多次有过的感想,那时候,那样的人,做学问,好像都很快乐,那么有生气,那么富于幽默感,怎么现在你们反倒没有了呢?比如:“没有读物,全凭着演绎式的国音教学法来教是——多数人学不会的,就是有少数的特别脑子的人这么样学会它了,他没有书报看,他学它干嘛?”(序)你们为什么都不这样写文章呢?现在多提倡这样的文风啊,比如:“这样长的文章,谁看?”多好!语言学家的文章要有“神气”,这样就可逼一下作家,将作家一军。此事有关一代文风,希望你带头闯一下。

关于“花大姐”的书,你不要去找了,我已经借得《中国经济昆虫志·鞘翅目·瓢虫科》一种。读了一遍。有很多地方应该很有趣味但写得很枯涩。这叫我怀念法布尔甚至贾祖璋。今天我还为剧团买了一套吴其濬的《植物名实图考》及其长编。那里的说明都是一段可读的散文。你说过:“中国人从来最会写文章”,怎么现在这么不行了?对于文章,我寄希望于科学家,不寄希望于文学家,因为文学家大都不学无术。

《文物》这一期也收到了。你和唐先生的文章都翻了一遍,不懂!这玩意,太专门了。我首先想到的是盟誓是咋回事,那些赌咒发誓血嗤呼拉的话管用吗?这有什么仪式?有音乐吗?有鼓声吗?是像郭老那样拉长了声音朗诵吗?……我希望出这么一种刊物:《考古学——抒情的和戏剧的》,先叫我们感奋起来,再给我们学问。

听脚步声,女儿已经回来,就此打住!

安好

曾祺

十二月一日夜(一九七二年)

(三)

德熙:

问一家新年好。

《战国文字研究》收到。这回我倒是读得很有兴趣,虽然还未读完。我觉得逻辑很严谨,文体清峻。

不知是不是你有一次问我,古代女人搽脸的粉是不是米做的,仿佛这跟马王堆老太太的随葬品有点什么关系。近日每在睡前翻看吴其濬的《植物名实图考长编》以催眠，卷二“谷类·稻”（一四六页）云：“……米部曰：粉，傅面者也，可澄也。许不言何粉，大郑云豆屑是也。”又“蘖米”：“此正是以米为蘖尔，非别米名也。末其米，脂和傅面，亦使皮肤悦泽……”看来，说中国古代（汉以前？）妇女以米涂面（我疑惑古人是以某种油脂或草木的“泽”和着粉而涂在脸上，非为后来似的用粉扑子扑上去）是不错的。沈公有一次说中国本用蛤粉，不知有何根据。蛤蜊这玩意本来是很不普遍的。记不清是《梦溪笔谈》还是《容斋随笔》里有一条，北人庖馔，惯用油炸，有馈蛤蜊一篚，大师傅亦以油（连壳）炸之至焦黑。蛤肉尚不解吃，蛤粉之用岂能广远？蛤粉后世唯中药店有卖，大概有止泻的作用，搽脸则似乎无论大家小户悉用铅粉了。铅粉不知起于何代，《洛神赋》已有“芳泽无加，铅华弗御”，李善注：“铅华，粉也。”又偶翻《太平御览》果木门·荔枝条，引后汉书云：“胡粉傅面，搔首弄姿。”所谓“胡粉”，我想乃是铅粉。不过，这是想当然耳，还没有查到文献根据。以上这些，不知对你有没有一点用处。

吴其濬的这本书你不妨找来看看。它里面有许多杂七杂八的材料，有很多是关系训诂名物的，可以根据它的线索再检读原书，省些力气。你要搞老太太或老爷子的食谱，可能有点用处。《本草纲目》、《救荒本草》也可找来翻翻，这些书都挺好玩的。

我们的戏彩排了一次，外面反应很强烈。领导上还没有看，不知看后会怎么说。等戏稍定型，当请你们看看。现在还在待命，星期天不知能否放假，看来还得过些日子才能订个日子去看伯母。

问孔敬、朱眉、朱襄、朱蒙好。

曾祺

一月四日下午（一九七三年）

（四）

德熙：

《文物》收到。这一期比较有意思。

你的发言我看了。临时想到一点小意见。

“员付篓二盛印副”的“付”，我觉得可能是扁矮的竹器，即“箁”。黄山谷与人帖云：“青州枣一箁”（见《故宫周刊》某期）。今上海人犹云水果一小篓曰：“一箁”，你问问伯母和别的老上海看。

“居女”——“粔籹”是不是就是麮？麦甘鬻谓之麮。鬻，熬也，就是炒。《方言》曰秦晋之间或谓之聚（详见《植物名实图考长编》卷一，47页）。麮从麦，粔籹从米，也许粔籹是干煎的大米，那么，这就是如今的炒米？凡炒米皆先蒸，正是所谓“有汁而干”。

“仆䊦”、“餺飥”“餢飳”，“餺飥”大概是一物，也许就是“薄壮”。这是“饼”一类的东西。但古人“饼”的概念跟我们不一样，不限于烙饼之类那样一个扁平的东西，凡是和了面做成的都叫饼。和了面而下在水（或汤）里的叫做汤饼。汤饼是面条类的总称。上述四物恐系汤饼类。“餺飥”《朱子语类》谓之“馎托”，云“巧媳妇做不出没面的“馎托”（此是记忆，手边无书，可能有错）。我怀疑“不托”是状声，觉得可能是刀削面，以刀削面，落于水中，“不托不托”地响也。这要看它是“笾实”的还是“豆实”的。若是“豆实”的，装在汤碗里，就有几分像。若是“笾实”，则当是不带汤的面食了。束皙《饼赋》：“夏宜薄壮”，马王堆老太太死在夏天，以此随葬，正合适。（餺飥、餢飳、馎托，均见《图考长编》卷一，45页）

我怀疑“餺飥”这种东西是可以冷吃的。中国人清前是常有些东西冷吃的，不像后来人总是热腾腾地送进嘴。《东京梦华录》餺飥与什么槐叶冷淘常相靠近，可能有点关系。——中国人的大吃大喝，红扒白炖，我觉得是始于明朝，看宋朝人的食品，即皇上御宴，尽管音乐歌舞，排场很大，而供食则颇简单，也不过类似炒肝爆肚那样的小玩意。而明以前的人似乎还不忌生冷。

食忌生冷，可能与明人的纵欲有关。

炙字的前后置是有道理的。这也查查《东京梦华录》看，可能得到佐证。

我以上的意见，近似学匪派考古，信口胡说而已，聊资一笑。

我很想退休之后，搞一本《中国烹饪史》，因为这实在很有意思，而我又还颇有点实践，但这只是一时浮想耳。

六日或八日能否休假，仍不可知。据说在中央首长看戏之前，不准备给整日的假了。且看吧。

即问孔敬和孩子们春节好。

曾祺

二月一日中午（一九七三年）

（五）

德熙：

前天在路上碰见木偶剧团的葛翠琳。她说剧团搞人事的为了朱襄的问题反复问过文化局。上星期天才给了答复。说是病退、病留的只能在集体所有制单位工作，不能转到全民所有制单位来，除非本人确有专长，单位确实需要，经市委特别批准。看来此事算是吹了。这样一件事，要拖这样长的时间，亦可笑也。朱襄的作品在我这里，什么时候送来。

我近无甚事，每日看笔记小说消遣，亦颇不恶。估计最近会让我写剧本，我无此心思。葛翠琳再三劝我写小说、散文，一时既无可写，也不想写。

最近发明了一种吃食：买油条两三根，劈开，切成一寸多长一段，于窟窿内塞入拌了碎剁的榨（此字似应写作鲊）菜及葱丝肉末，入油回锅炸焦，极有味。又近来有木耳菜卖，煮汤后，极滑，似南京的冬苋菜（也有点像莼菜）。据作植物图考的吴其濬说，冬苋菜就是葵，而菜市场上的木耳菜有时在标价牌子上也写作什么葵，可见吴其濬的话是不错的。“采葵持作羹”，只要有点油盐，并略下虾皮味精，是不难吃的。汪朗前些日子在家，有一天买了三只活的笋鸡，无人敢宰，结果是我操刀而割。生来杀活物，此是第一次，觉得也无啥。鸡很嫩，做的是昆明的油淋鸡。我三个月来每天做一顿饭，手艺遂见长进。何时有暇，你来喝一次酒。

听吴祖光说黄永玉被选为毛主席纪念堂工地的特等劳动模范（主席雕像后面衬的那张《祖国大地》是他画的），此公近年来可谓哀乐过人矣。

问全家好！

曾祺

九月七日（约一九七七年）

致黄裳*

（一）

黄裳：

我已安抵天津。也许是天气特别好，也许我很"进步"了，居然没有晕船。但此刻又觉得宁可是晕船还好些，可以减少一点寂寞。刚才旅馆茶房来，让他给我沏壶茶来，他借故搭讪上来，"茶给您沏，我看您怪寂寞的，给您叫个人来陪陪罢。"我不相信他叫来的人可以解除我的寂寞，于是不让他叫，倒留着他陪我聊了一会儿。很简单，拆开一包骆驼牌，给他倒杯茶，他即很乐意地留了下来。这家伙光得发亮的脑袋，一身黑中山服，胖胖答答的，很像个中委。似乎他的道德观比我还强得多。他问我结了婚没有，我告诉他刚准备结婚，太太死了（这是说瞎话）。他于是很同情，说"刚才真不该跟您说那个胡话。"我说我离开这儿八九年没有回来了（这也是瞎话，我从未到过天津），他就大跟我聊"日本"时候情形，问我当初怎么逃出去的。他又告诉我旅馆里住了几个做五金的，几个做玻璃、做颜料的，谁半年赚了四十亿，谁赔了。最后很关心地问我上海白面多少钱一袋。我这才发现在上海实应当打听打听面粉价钱，这儿简直遇到人就问这个。天津的行市我倒知道了，一百八，一百九的样子。北平一袋贵个十万光景。那位中委茶房再三为我不带货来而惋惜，说不管带什么来，抢着有人要，"那我就可以跟您托出去，半个钟头就托出去，这儿哪个不带货呀！"可是假如我带的是骆驼牌呢！这儿骆驼牌才卖四万

---

* 黄裳，1919 年出生。著名散文家。是汪曾祺的好友。

八，上海已经卖到五万六了。加立克也才三十二万，我在上海买的是三十四，有的铺子标价还是三十六万！

天津房子还是不太挤，我住的这间，若在上海，早就分为两间或三间了。据说这一带旅馆房间本来定价很低，不过得从姑娘手里买。现在算是改了，把姑娘撵出去，还是两三年的事情，很不容易。这儿大概不会像苏州一样会有姑娘们破门而入罢，我倒希望有，可以欣赏一下我的窘态也。有故友过××，他的未婚妻曾竭力怂恿他叫××妓女，该未婚妻实在是有点道理！

这儿饭馆里已经卖"春菜"了。似乎节令比上海还早些。所谓春菜是毛豆、青椒、晃虾等等。上开三色，我都吃了。这儿馆子里吃东西比上海便宜，连吃带喝还不上二十万。天津白干比上海没有问题要好得多。因为甫下船，又是一个人，只喝了四两。否则一定来半斤。你在天津时恐还是小孩子，未必好好地喝过酒，此殊可惜。

我住的旅馆是"惠中"，你知不知道。在上海未打听，又未读指南之类，一个旅馆也不晓得，但想来"交通"、"国际"之类一定有的吧。于是雇了三轮车而随便说了个名字，他拉到"交通"，"交通"没有"房子"，一拐弯就到这儿来了。地近劝业场。各处走了走，所得印象第一是这里橱窗里的女鞋都粗粗笨笨，毫无"意思"。我测量一个都市的文化，差不多是以此为首项的。几家书店里看了看，以《凯旋门》和《秋天里的春天》最为触目。有京派人民所编类乎"观察"型的周刊(？)，撰稿为胡适、贺麟、张印堂等人，本拟买来带回旅馆里一读，而店里已经"在打烊中"了。以后若遇此种刊物，必当买来，看过，奉寄阁下也。

鸭梨尚未吃，水果店似写着"京梨"，那么北京的也许更好些么？倒吃了一个很大的萝卜。辣不辣且不管他，切得那么小一角一角的，殊不合我这个乡下人口味也。——我对于土里生长而类似果品的东西，若萝卜，若地瓜，若山芋，都极有爱好，爱好有过桃李柿杏诸果，此非矫作，实是真情。而天下闻名的天津萝卜实在教我得不着乐趣。我想你是不喜欢吃的，吃康料底亚巧克力的人亦必无兴趣，我只有说不出什么。

旅馆里的被窝叫我不想睡觉，然而现在又没有什么地方可去了。附近有个游艺场，贴的是《雷雨》和《千里送京娘》，这是什么玩意儿呢？一到，马上就买票，许还听得着童芷苓，然而听不听童芷苓我本来就无所谓。这儿票价顶贵才六万多。据说北平也如此，还更便宜些。那么以后我听戏与看电影的机会将会均等了。中委茶房说得好，“北京就是听戏！”

然而我到北京怎么样还不知道呢，想起孙伏园的“北京乎？”

我还是叫中委给我弄盆水洗洗脚罢，在那个看着教人心里不大明亮的床上睡一夜罢，明儿到北京城的垃圾堆上看放风筝去。

曾祺

三月九日（一九四八年）

（二）

黄裳兄：

同学有研究语言学者，前曾嘱为代请上海熟人打听《外来语大辞典》，天马书店出版。上海现在不知还买不买得到。当时回答他说，问问人大概是可以的。说完了记着记着就忘了。今天他来问，有消息么，觉得非常不好意思，实在该写一封信了。我的上海熟人适宜于代办这一宗差事的除了阁下还有谁呢？劳您驾，若是串书店，顺便问问他们掌柜的。若是遇到，请先垫款代买了。见书界权威唐弢氏，代为致候之余亦请便问问此事，我准备更大的佩服他。他的地址是不是仍是从前那一个？前两天有汉学研究所赵君编《一千五百个中国小说和戏剧》，附作者小传，有他一条，他想寄一份表之类的东西请他填一填。希望我告诉他的不错。

桌上二表，一正指三点，一则已三点一刻，鸡鸣肚饿，只说事务，无法抒情矣。待把两篇劳什子文章赶好的时候再畅叙幽怀一番如何。

黄永玉言六月底必离台湾，要到上海开展览会，不知其近在何所否？我自他离沪后尚未有信到他，居常颇不忘，很想知道他现在怎样了。少年羁旅，可念也。

我仍是那样，近来忽然有了从未有过的胃病，才吃便饱，放下筷子就饿，饱起来不停打嗝，饿起来不可当，浑身一点气力也无，可能此是一时现象，若竟长此下去，不亦糟乎！身体不能随意使用，那就真是毫无希望了。

林徽因已能起床走走，已催沈公送纸去，会当再往促之。

此处找事似无望，不得已时只有再到别处逛逛去。我甚寂寞，得便望写信说琐屑事，问候诸相识人。

曾祺候安

一九四八年六月廿八日

（三）

黄裳：

刚才在一纸夹中检出阁下五月一日来函，即有“北平甚可爱，望不给这个城市所吞没。事实上有很多人到北平只剩下晒太阳听鸽子哨声的闲情了”者，觉得很有趣味。

而我今天写的是前两天要写的信。今日所写之信非前两天之信矣。唯写信之意是前两天即有的耳。即在上次信发了之后的一天，事情真有想不到的！我所写的《赵四》一文阁下不知以为如何？或者不免觉得其平淡乎？实在是的。因所写的完全是事实。自然主义有时是没有办法的事。我对于所写的东西有时有一种也许是不够的同情，觉得有义务似的要把它写出来。（阁下能因其诚实而不讥笑之乎？）因此觉得没有理由加添或是加深一点东西。而，在我正在对我的工作怀疑起来（这也许是我寄“出”的原因）的时候，警察来谈天，说赵四死了！——我昨天还看见他的？（即我文章最后一段所记）——是的，一觉睡过来。不知道为什么！死了。警察去埋他的。明华春掌柜的倒了霉，花了钱，二百多块。我又从警察口中得知他到明华春去，最初是说让他们吃剩下的给他一点吃，最后掌柜的见他挺不错的，就让他一起吃了，还跟大家一块分零钱。德启说:没造化！——吃不得好的。我想我的文章势必得加一句了。而我对我的文章忽然没有兴趣起来，我想不要它了。我觉得我顶好是没有写。而我又实是写了。我不能释然于此事。我觉得应当先告诉你一下。你把它搁着吧，或者得便什么时候(过一阵子)退给我。或者发表了也可行。反正这是无法十全的事。

若不太麻烦，请在《赵四》原稿上有所增改：

(一)第十一页第一段最后，“德启自以为……”以下，加一句“德启很乐天”。

(二)第三或四(？)页，“赵四回来打千道谢”后，写赵四的模样“小小的”……一段最后“他体格结构有一种精巧”两句抹去，改作“他骨骼很文弱，体重不过几十磅。满面风霜，但本来面目一定颇清秀。——小时他一定是很得人怜爱的孩子。……”

若不及改动，亦无所谓耳。

阁下对此事件作何种态度？——我简直是麻烦你。

前信说“下次旅行的事”，但此刻我心中实无“旅行”。大概还是那个样子。旅行是一种心理，是内在的，不具体，不成为一个事件，除非成为事件的时候，忽然来了，此间熟人近有动身者，类多是突然的。盖今日人被决定得太厉害，每有所动，往往突然耳。突然者，突忽其然，着重在这个“突”字。来上海若重到致远中学教书，亦无甚不可耳。然而又觉得有许多说不通处！这算干嘛呢。黄永玉曾有信让我上九龙荔枝角乡下去住，说是可以洗海水浴，香港稿费一千字可买八罐到十罐鹰牌炼乳云。我去洗海水澡么，哈哈，有意思得很。而且牛乳之为物，不是很蛊惑人的。然我不是一定不去九龙耳。信至今尚未复他。他最近的木刻似乎无惊人之进步。我的希望只有更推远一点了。我最近似乎有点跟自己闹着玩儿。但也许还是对浮动的心情加一道封条为愈乎？你知道这个大院子里，晚上怪静的，真是静得“慌”。近复无书可读，唯以写作限制自己耳。

北平已入零下，颇冷。有人送我冰鞋一双，尚未试过大小，似乎忒大了。

那好,可以转送大脚人也。物价大跳,但不大碍事,弟已储足一月粮食,两月的烟。前言连烟卷也没的抽了,言之过于惨切。“中国烟丝”一共买过一包耳,所屯积者盖“华丰”牌也,这在北平,颇为奢侈,每一抽上,恒觉不安。婆婆妈妈性情亦难改也。

昨睡过晚,今天摹了一天的漆器铭文,颇困顿,遂不复书。颇思得佳字笔为阁下书王维与裴迪秀才书一过也。下次信或可一聊北平文人之情绪。如何?然大盼阁下便惠一书以慰焦渴也。

此候安适,弟曾祺顿首。

十一月卅日(一九四八年)

昨写信未寄,今日乃得廿九日的复信,觉得信去的实在是快,有如面对矣,为之一欣然。拙作的观感已得知矣,不须另说了。阁下评语甚普通,然甚为弟所中意,唯盼真是那样的耳。稿不发表皆无所谓,然愿不烦及巴公。烦及巴公,总觉得不大好似的。弟盖于许多事上仍是未放得开,殊乡气可笑耳。或送交范泉如何?其应加之一句,一时尚不能得,以原稿不在手头,觉得是写在空虚里一样。或请阁下代笔如何?弟相信得过,当无异议。如能附记两句,为一结束,是更佳耳。

巴公想买的性与性之崇拜已问不到。该书由文澂阁伙友携来,是替人代买的,现已不知转向何处去矣。唯当再往问之。

P家打麻将,阁下其如何?仍强持对于麻将之洁癖乎?弟于此甚有阅历,觉得是一种令人痛苦的东西。他们打牌,你干吗呢?在一旁抽烟,看报,翻弄新买的残本(勿怪)宋明版书耶?甚念念。意不尽,容当续书。

弟祺顿首

一日

遥寄爱荷华

——怀念聂华苓和保罗·安格尔

一九八七年九月，我应安格尔和聂华苓之邀，到爱荷华去参加爱荷华大学“国际写作计划”，认识了他们夫妇，成了好朋友。安格尔是爱荷华人。他是爱荷华城的骄傲。爱荷华的第一国家银行是本城最大的银行，和“写作计划”的关系很密切（“国际写作计划”作家的存款都在第一银行开户），每一届“国际写作计划”，第一银行都要举行一次盛大的招待酒会。第一银行的墙壁上挂了一些美国伟人的照片或图像。酒会那天，银行特意把安格尔的巨幅淡彩铅笔图像也摆了出来，画像画得很像，很能表现安格尔的神情：爽朗，幽默，机智。安格尔拉了我站在这张画像的前边拍了一张照片。可惜我没有拿到照相人给我加印的一张。

江迪尔是一家很大的农机厂。这家厂里请亨利摩尔做了一个很大的抽象的铜像，特意在一口湖当中造了一个小岛，把铜像放在岛上。江迪尔农机厂是“国际写作计划”的赞助者之一，每年要招待国际作家一次午宴。在宴会上，经理致辞，说安格尔是美国文学的巨人。

我不熟悉美国文学的情况，尤其是诗，不能评价安格尔在美国当代文学中的位置。我只读过一本他的诗集《中国印象》，是他在中国旅行之后写的，很有感情。他的诗是平易的，好懂的，是自由诗。有一首诗的最后一段只有一行：

中国也有萤火虫吗？

我忽然非常感动。

我真想给他捉两个中国的萤火虫带到美国去。

我三天两头就要上聂华苓家里去，有时甚至天天去。有两天没有去，聂华苓估计我大概一个人在屋里，就会打电话来。我们住在五月花公寓，离聂华苓家很近，五分钟就到了。

聂华苓家在爱荷华河边的一座小山半麓。门口有一块铜牌，竖写了两个隶书:“安寓”。这大概是聂华苓的主意。这是一所比较大的美国中产阶级的房子，买了已经有些年了。木结构。美国的民居很多是木结构，没有围墙，一家一家不挨着。这种木结构的房子也是不能挨着，挨在一起，一家着火，会烧成一片。我在美国看了几处遭了火灾的房子，都不殃及邻舍。和邻舍保持一段距离，这也反映出美国人的以个人主义为基础的文化心理。美国人不愿意别人干扰他们的生活，不讲什么“处街坊”，不讲“闻多素心人，乐与数晨夕”。除非得到邀请，美国人不随便上人家“串门儿”。

是一座两层的房子。楼下是聂华苓的书房，有几张中国字画。我给她带去一个我自己画的小条幅，画的是一丛秋海棠，一个草虫，题了两句朱自清先生的诗:“解得夕阳无限好，不须惆怅近黄昏”。第二天她就挂在书桌的左侧，以示对我的尊重。

楼上是卧室、厨房、客厅。一上楼梯，对面的墙上在一块很大的印第安人的壁衣上挂满了各个民族、各个地区、各色各样的面具，是安格尔搜集来的。安格尔特别喜爱这些玩意。他的书架上、壁炉上，到处都是这一类东西(包括一个黄铜敲成的狗头鸟脚的非洲神像，一些东南亚的皮影戏人形……)。

餐厅的一壁横挂了一柄船桨，上面写满了字，想是安格尔在大学划船比赛获奖的纪念。

一个书柜里放了一张安格尔的照片，坐在一块石头上，很英俊，一个典型的美国年轻绅士。聂华苓说:“我认识他的时候，他就是这个样子！”

南面和西面的墙顶牵满了绿萝。美国很多人家都种这种植物，有的店铺里也种。这玩意只要一点土，一点水，就能陆续抽出很长的条，不断生出心形的浓绿肥厚的叶子。

白色羊皮面的大沙发是可以移动的。一般是西面、北面各一列，成直角。

有时也可以拉过来，在小圆桌周围围成一圈。人多了，可以坐在地毯上。台湾诗人蒋勋好像特爱坐在地毯上。

客厅的一角散放着报纸、刊物、画册。

这是一个舒适、随便的环境，谁到这里都会觉得无拘无束。美国有的人家过于整洁，进门就要脱鞋，又不能抽烟，真是别扭。

安格尔和聂华苓都非常好客。他们家几乎每个晚上都是座上客常满，杯中酒不空。爱荷华是个安静、古板的城市（城市人口六万，其中三万是大学生），没有夜生活。有一个晚上，台湾诗人郑愁予喝了不少酒，说他知道有一家表演脱衣舞的地方，要带几个男女青年去看看。不大一会，回来了！这家早就关闭了。爱荷华原来有一家放色情片子的电影院，让一些老头儿、老太太轰跑了。夜间无事，因此，家庭聚会就比较多。

"国际写作计划"会期三个月，聂华苓星期六大都要举行晚宴，招待各国作家。分拨邀请。这一拨请哪些位，那一拨请哪些位，是用心安排的。她邀请中国作家（包括大陆的、台湾的、香港的，和在美国的华人作家）次数最多。有些外国作家（主要是说西班牙语的南美作家）有点吃醋，说聂华苓对中国作家偏心。聂华苓听到了，说"那是！"我跟她说："我们是你的娘家人。"——"没错！"

美国的习惯是先喝酒，后吃饭。大概六点来钟，就开始喝。安格尔很爱喝酒，喝威士忌。我去了，也都是喝苏格兰威士忌或伯尔本（美国威士忌）。伯尔本有一点苦味，别具特色。每次都是吃开心果就酒。聂华苓不知买了多少开心果，随时待客，源源不断。有时我去早了，安格尔在他自己屋里，聂华苓在厨房忙着，我就自己动手，倒一杯先喝起来。他们家放酒和冰块的地方我都知道。一边喝加了冰的威士忌，一边翻阅一大摞华文报纸，蛮惬意。我在安格尔家喝的威士忌加在一起，大概不止一箱。我一辈子没有喝过那样多威士忌。有两次，聂华苓说我喝得说话舌头都直了！临离爱荷华前一晚，聂华苓还在我的外面包着羊皮的不锈钢扁酒壶里灌了一壶酒。

晚饭烤牛排的时候多。我爱吃烤得很嫩的牛排。聂华苓说："下次来，我给你一块生牛排你自己切了吃！"

吃过一次核桃树枝烤的牛肉。核桃树枝是从后面小山上捡的。

美国火锅吃起来很简便。一个长方形的锅子，各人自己涮鸡片、鱼片、肉片……

聂华苓表演了一次豆腐丸子。这是湖北菜。

聂华苓在美国二十多年了，但从里到外，都还是一个中国人。

她有个弟弟也在美国，我听到她和弟弟打电话，说的是地地道道的湖北话！

有一次中国作家聚会，合唱了一支歌"我的家在东北松花江上"。聂华苓是抗战后到台湾的，她会唱相当多这样的救亡歌曲。台湾小说家陈映真、诗人蒋勋，包括年轻的小说家李昂也会唱这支歌。唱得大家心里酸酸的。聂华苓热泪盈眶。

聂华苓是个很容易动感情的人。有一次她和在美的华人友好欢聚，在将近酒阑人散（有人已经穿好外衣）的时候，她忽然感伤起来，失声痛哭，招得几位女士陪她哭了一气。

有一次陈映真的父亲坐一天的汽车，特意到爱荷华来看望中国作家。老先生年轻时在台湾教学，曾把鲁迅的小说改成戏剧在台演出，大概是在台湾最早介绍鲁迅的学人之一。老先生对祖国怀了极深的感情。陈映真之成为台湾"统派"的代表人物之一，与幼承庭训有关。陈老先生在席间作了热情洋溢的讲话。我听了，一时非常激动，不禁和老先生抱在一起，哭了。聂华苓陪着我们流泪，一面攥着我的手说："你真好！你真好！你真可爱！"

我跟聂华苓说："我已经好多年没有哭过了。"

聂华苓原来叫我"汪老"，有一天，对我说："我以后不叫你'汪老'了，把你都叫老了！我叫你汪大哥！"我说："好！"不过似乎以后她还是一直叫我"汪老"。

中国人在客厅里高谈阔论，安格尔是不参加的，他不会汉语。他会说的中国话大概只有一句："够了！太够了！"一有机会，在给他分菜或倒酒时，他就爱露一露这一句。但我们在聊天时，他有时也在一边听着，而且好像很有兴趣。我跟他不能交谈。但彼此似乎很能交流感情，能够互相欣赏。有一天我去得稍早，用英语跟他说了一句极其普通的问候的话:“你今天看上去气色很好”,他大叫:“华苓！他能说完整的英语！”

安格尔在家时衣著很随便,总是穿一件宽大的紫色睡袍,软底的便鞋,跑来跑去,一会儿回他的卧室,一会儿又到客厅里来。我说他是个无事忙。聂华苓说:“就是,就是！整天忙忙叨叨,busy！busy！不知道他忙什么！”

他忙活的事情之一，是伺候他的那群鹿和浣熊。有一群鹿和浣熊住在“安寓”后山的杂木林里,是野生的,经常到他的后窗外来做客。鹿有时两三只,有时七八只;浣熊一来十好几只,他得为它们准备吃的。鹿吃玉米粒。爱荷华是产玉米的州,玉米粒多的是,鹿都站在较高的山坡上,低头吃玉米粒,忽然又扬起头来很警惕地向窗户里看一眼。浣熊吃面包。浣熊憨头憨脑,长得有点像熊猫,胆小,但是在它们专心吃面包片时,就不顾一切了,美国面包隔了夜,就会降价处理,很便宜。聂华苓隔一两天就要开车去买面包。“浣熊吃,我们也吃！”鹿和浣熊光临,便是神圣的时刻。安格尔深情地注视窗外,一面伸出指头示意:不许作声！鄂温克族作家乌热尔图是猎人,看着窗外的鹿,说:“我要是有一杆枪,一枪就能打倒一只。”安格尔瞪着灰蓝色的眼睛说:“你要是拿枪打它,我就拿枪打你！”

安格尔是个心地善良,脾气很好,快乐的老人,是个老天真,他爱大笑,大喊大叫,一边叫着笑着,一边还要用两只手拍着桌子。

他很爱聂华苓,老是爱说他和聂华苓恋爱的经过:他在台北举行酒会,聂华苓在酒会上没有和他说话。聂华苓要走了,安格尔问她:“你为什么不理我？”聂华苓说:“你是主人,你不主动找我说话,我怎么理你？”后来,安格尔约聂华苓一同到日本去,聂华苓心想:一个外国人,约我到日本去？她还是同意了。到了日本,又到了新加坡、菲律宾……后来呢？后来他们就结婚了。他大概忘了,他已经跟我说过一次他的罗曼史。我告诉蒋勋,我已经听他说过了，蒋勋说:“我已经听过五次！”他一说起这一段，聂华苓就制止他:“No more！no more！”

聂华苓从客厅走回她的卧室,安格尔指指她的背影,悄悄地跟我说:

“她是一个了不起的女人！”

十二月中旬,我到纽约、华盛顿、费城、波士顿走了一圈。走的时候正是爱荷华的红叶最好的时候,橡树、元宝树、日本枫……层层叠叠,如火如荼。

回到爱荷华,红叶已经落光,这么快!

我是年底回国的。离开爱荷华那天下了大雪,爱荷华一点声音没有。

一九八八年,安格尔和聂华苓访问了大陆一次。作协外联部不知道是哪位出了一个主意,不在外面宴请他们,让我在家里亲手给他们做一顿饭,我说"行!"聂华苓在美国时就一直希望吃到我做的菜(我在她家里只做过一次炸酱面),这回如愿以偿了。我给他们做了几个什么菜,已经记不清了,只记得有一碗扬州煮干丝、一个炝瓜皮,大概还有一盘干煸牛肉丝,其余的,想不起来了。那天是蒋勋和他们一起来的。聂华苓吃得很开心,最后端起大碗。连煮干丝的汤也喝得光光的。安格尔那天也很高兴,因为我还有一瓶伯尔本,他到大陆,老是茅台酒、五粮液,他喝不惯。我给他斟酒时,他又找到机会亮了他的唯一的一句中国话:

"够了!太够了!"

一九九〇年初秋,我有个亲戚到爱荷华去(他在爱荷华大学读书),我和老伴请他带两件礼物给聂华苓,一个仿楚器云纹朱红漆盒,一件彩色扎花印染的纯棉衣料。她非常喜欢,对安格尔说:"这真是汪曾祺!"

安格尔因心脏病突发,在芝加哥去世。大概是一九九一年初。

安格尔去世后,我和聂华苓没有通过信。她现在怎么生活呢?前天给她寄去一张贺年卡,写了几句话,信封上写的是她原来的地址,也不知道她能不能收到。

一九九一年十二月二十日

铁凝印象*

“我对给他人写印象记一直持谨慎态度，我以为真正理解一个人是困难的，通过一篇短文便对一个人下结论则更显得滑稽。[①]”铁凝说得很对。我接受了让我写写铁凝的任务，但是到快交卷的时候，想了想，我其实并不了解铁凝。也没有更多的时间温习一下一些印象的片段，考虑考虑。文章发排在即，只好匆匆忙忙把一枚没有结熟的“生疙瘩”送到读者面前，——张家口一带把不熟的瓜果叫做“生疙瘩”。

四次作代会期间，有一位较铁凝年长的作家问铁凝：“铁凝，你是姓铁吗？”她正儿八经地回答：“是呀。”这是一点小狡狯。她不姓铁，姓屈，屈原的屈。我不知道她为什么不告诉那年纪稍长的作家实话。姓屈，很好嘛！她父亲作画署名“铁扬”，她们姊妹就跟着一起姓起铁来。铁凝有一个值得叫人羡慕的家庭，一个艺术的家庭。铁凝是在一个艺术的环境长大的。铁扬是个“不凡”的画家。——铁凝拿了我在石家庄写的大字对联给铁扬看，铁扬说了两个字：“不凡”。我很喜欢这个高度概括，无可再简的评语，这两个字我可以回赠铁扬，也同样可以回赠给他的女儿。铁凝的母亲是教音乐的。铁扬夫妇是更叫人羡慕的，因他们生了铁凝这样的女儿。“生子当如孙仲谋”，生女当如屈铁凝。上帝对铁扬一家好像特别钟爱。且不说别的，铁凝每天要供应父亲一瓶啤酒。一瓶啤酒，能值几何？但是倒在啤酒杯里的是女儿的爱！

上帝在人的样本里挑了一个最好的，造成了铁凝。又聪明，又好看。四次

---

* 铁凝，当代著名女作家。现为中国作家协会主席。

①《铁凝文集·5·写在卷首》。

作代会之后，作协组织了一场晚会，让有模有样的作家登台亮相。策划这场晚会的是疯疯癫癫的张辛欣和《人民文学》的一个胖胖乎乎的女编辑，——对不起，我忘了她叫什么。二位一致认为，一定得让铁凝出台。那位小胖子也是小疯子的编辑说："女作家里，我认为最漂亮的是铁凝！"我准备投她一票，但我没有表态，因为女作家选美，不干我这大老头什么事。

铁凝长得不高不矮，不胖不瘦，两腿修长，双足秀美，行步动作都很矫健轻快。假如要用最简练的语言形容铁凝的体态，只有两个最普通的字：挺拔。她面部线条清楚，不是圆乎乎地像一颗大香白杏儿。眉浓而稍直，眼亮而略狭长。不论什么时候都是精精神神，清清爽爽的，好像是刚刚洗了一个澡。我见过铁凝的一些照片。她的照片大致可分为两类。一类是露齿而笑的。不是"巧笑倩兮"那样自我欣赏也叫人欣赏的"巧笑"，而是坦率真诚，胸无渣滓的开怀一笑。一类是略带忧郁地沉思。大概这是同时写在她的眉宇间的性格的两个方面。她有时表现出有点像英格丽·褒曼的气质，天生的纯净和高雅。有一张放大的照片，梳着蓬松的鬈发(铁凝很少梳这样的发型)，很像费雯丽。我当面告诉铁凝，铁凝笑了，说："又说我像费雯丽，你把我越说越美了。"她没有表示反对。但是铁凝不是英格丽·褒曼，也不是费雯丽，铁凝就是铁凝，世间只有一个铁凝。

铁凝胆子很大。我没想到她爱玩枪，而且枪打得不错。她大概也敢骑马！她还会开汽车。在她挂职到涞水期间，有一次乘车回涞水，从驾驶员手里接过方向盘，呼呼就开起来。后排坐着两个干部，一个歪着脑袋睡着了，另一个推醒了他，说："快醒醒！你知道谁在开车吗？——铁凝！"睡着了的干部两眼一睁，睡意全消。把性命交给这么个姑奶奶手上，那可太玄乎了！她什么都敢干。她写东西也是这样：什么都敢写。

铁凝爱说爱笑。她不是腼腆的，不是矜持渊默的，但也不是家雀一样叽叽喳喳，哨起来没个完。有一次我说了一个嘲笑河北人的有点粗俗的笑话：一个保定老乡到北京，坐电车，车门关得急，把他夹住了。老乡大叫："夹住俺腚了！夹住俺腚了！"售票员问："怎么啦！"——"夹住俺腚了！"售票员明白了，说："北京这不叫腚。"——"叫什么？"——"叫屁股。"——"哦！"——"老大爷你买票吧。您到哪儿呀。”——“安屁股门！”铁凝大笑，她给续了一段：“车开了，车上人多，车门被挤开了，老乡被挤下去了，——‘哦，自动的！’”铁凝很有幽默感。这在女作家里是比较少见的。

关于铁凝的作品，我不想多谈，因为我只看过一部分，没有时间通读一遍。就印象言，铁凝的小说也可以大致分为两类。一类《哦，香雪》一样清新秀润的。“清新”二字被人用滥了，其实这是很不容易做到的。河北省作家当得起清新二字的，我看只有两个人，一是孙犁，一是铁凝。这一类作品抒情性强，笔下含蓄。另一类，则是社会性较强的，笔下比较老辣。像《玫瑰门》里的若干章节，如“生吃大黄猫”，下笔实可谓带着点残忍，惊心动魄。王蒙深为铁凝丢失了清新而惋惜，我见稍有不同。现实生活有时是梦，有时是严酷的、粗粝的。对粗粝的生活只能用粗粝的笔触写之。即便是女作家，也不能一辈子只是写“女郎诗”。我以为铁凝小说有时亦有男子气，这正是她在走向成熟的路上迈出的坚实的一步。

我很希望能和铁凝相处一段时间，仔仔细细读一遍她的全部作品，好好地写一写她，但是恐怕没有这样的机遇。而且一个人感觉到有人对她跟踪观察，便会不自然起来。那么到哪儿算哪儿吧。

一九九七年五月八日凌晨

第三辑　写　作

我的小说*

——《汪曾祺短篇小说选》自序

近年来有人称我为老作家了，这对我是新鲜事。老则老矣，已经六十一岁；说是作家，则还很不够。我多年来不觉得我是个作家。我写得太少了。

我写小说，是断断续续、一阵一阵的。开始写作的时间倒是颇早的。第一篇作品大约是一九四〇年发表的。那是沈从文先生所开“各体文习作”课上的作业，经沈先生介绍出去的。大学时期所写，都已散失。此集中所收的第一篇《复仇》，可作为那一时期的一个代表，虽然写成时我已经离开大学了。一九四六、一九四七年在上海，写了一些，编成一本《邂逅集》。此集的前四篇即选自《邂逅集》。这次编集时都作了一些修改，但基本上保留了原貌。解放后长期担任编辑，未写作。一九五七年偶然写了一点散文和散文诗。一九六一年写了《羊舍一夕》。因为少年儿童出版社约我出一个小集子(听说是萧也牧同志所建议)，我又接着写了两篇。一九七九年到一九八一年写得多一些，这都是几个老朋友怂恿的结果。没有他们的鼓励、催迫，甚至责备，我也许就不会再写小说了。深情厚谊，良可感念，于此谢之。

我的一些小说不大像小说，或者根本就不是小说。有些只是人物素描。我不善于讲故事。我也不喜欢太像小说的小说。即故事性很强的小说。故事性太强了，我觉得就不大真实。我的初期的小说，只是相当客观地记录对一些人的印象，对我所未见的，不了解的，不去以意为之做过多的补充。后来稍稍展开一些，有较多的虚构，也有一点点情节。

---

* 题目为编者所加。

有人说，小说跟散文很难区别，是的。我年轻时曾想打破小说、散文和诗的界限。《复仇》就是这种意图的一个实践。后来在形式上排除了诗，不分行了，散文的成分是一直明显地存在着的。所谓散文，即不是直接写人物的部分。不直接写人物的性格、心理、活动。有时只是一点气氛。但我以为气氛即人物。一篇小说要在字里行间都浸透了人物。作品的风格，就是人物性格。

我的小说的另一个特点是：散。这倒是有意为之。我不喜欢布局严谨的小说，主张信马由缰，为文无法。苏轼说："大略如行云流水，初无定质，但常行于所当行，常止于所不可不止。文理自然，姿态横生"(《答谢民师书》；又说："吾文如万斛泉源，不择地而出，在平地滔滔汩汩，虽一日千里无难。及其与山石曲折，随物赋形而不可知也"(《文说》)。虽不能至，心向往之。

我的小说的题材，大都是不期然而遇，因此我把第一个集子定名为"邂逅"。因此，我的创作无计划可言。今后写什么，一点不知道。但如果身体还好，总还能再写一点吧。恐怕也还是断断续续，一阵一阵的。

是为序。

一九八一年四月二十二日

“揉　面”

——谈语言

语言是艺术

语言本身是艺术,不只是工具。

写小说用的语言,文学的语言,不是口头语言,而是书面语言。是视觉的语言,不是听觉的语言。有的作家的语言离开口语较远,比如鲁迅;有的作家的语言比较接近口语,比如老舍。即使是老舍,我们可以说他的语言接近口语,甚至是口语化,但不能说他用口语写作,他用的是经过加工的口语。老舍是北京人,他的小说里用了很多北京话。陈建功、林斤澜、中杰英的小说里也用了不少北京话。但是他们并不是用北京话写作。他们只是吸取了北京话的词汇,尤其是北京人说话的神气、劲头、“味儿”。他们在北京人说话的基础上创造了各自的艺术语言。

小说是写给人看的,不是写给人听的。

外国人有给自己的亲友读自己的作品的习惯。普希金给老保姆读过诗。屠格涅夫给托尔斯泰读过自己的小说。效果不知如何。中国字不是拼音文字。中国的有文化的人,与其说是用汉语思维,不如说是用汉字思维。汉字的同音字又非常多。因此,很多中国作品不太宜于朗诵。

比如鲁迅的《高老夫子》:

他大吃一惊,至于连《中国历史教科书》也失手落在地上了,因为脑壳上突然遭到了什么东西的一击。他倒退两步,定睛看时,一枝夭斜的树枝横在他的面前,已被他的头撞得树叶都微微发抖。他赶紧弯腰去拾书本,书旁边竖着一块木牌,上面写道——

桑
桑　科

看小说看到这里,谁都忍不住失声一笑。如果单是听,是觉不出那么可笑的。

有的诗是专门写来朗诵的。但是有的朗诵诗阅读的效果比耳听还更好一些。比如柯仲平的诗:

人在冰上走,
水在冰下流……

这写得很美。但是听朗诵的都是识字的,并且大都是有一定的诗的素养的,他们还是把听觉转化成视觉的(人的感觉是相通的),实际还是在想象中看到了那几个字。如果叫一个不识字的,没有文学素养的普通农民来听,大概不会感受到那样的意境,那样浓厚的诗意。“老妪都解”不难,叫老妪都能欣赏就不那么容易。“离离原上草”,老妪未必都能击节。

我是不太赞成电台朗诵诗和小说的,尤其是配了乐。我觉得这常常限制了甚至损伤了原作的意境。听这种朗诵总觉得是隔着袜子挠痒痒,很不过瘾,不若直接看书痛快。

文学作品的语言和口语最大的不同是精练。高尔基说契诃夫可以用一个字说了很多意思。这在说话时很难办到,而且也不必要。过于简练,甚至使人听不明白。张寿臣的单口相声,看印出来的本子,会觉得很啰唆,但是说相声就得那么说,才明白。反之,老舍的小说也不能当相声来说。

其次还有字的颜色、形象、声音。

中国字原来是象形文字,它包含形、音、义三个部分。形、音,是会对义产生影响的。中国人习惯于望“文”生义。“浩瀚”必非小水,“涓涓”定是细流。木玄虚的《海赋》里用了许多三点水的字,许多摹拟水的声音的词,这有点近于魔道。但是中国字有这些特点，是不能不注意的。

说小说的语言是视觉语言，不是说它没有声音。前已说过，人的感觉是相通的。声音美是语言美的很重要的因素。一个有文学修养的人，对文字训练有素的人，是会直接从字上“看”出它的声音的。中国语言因为有“调”，即“四声”，所以特别富于音乐性。一个搞文字的人，不能不讲一点声音之道。“前有浮声，则后有切响”，沈约把语言声音的规律概括得很扼要。简单地说，就是平仄声要交错使用。一句话都是平声或都是仄声，一顺边，是很难听的。京剧《智取威虎山》里有一句唱词，原来是“迎来春天换人间”，毛主席给改了一个字，把“天”字改成“色”字。有一点旧诗词训练的人都会知道，除了“色”字更具体之外，全句声音上要好听得多。原来全句六个平声字，声音太飘，改一个声音沉重的“色”字，一下子就扳过来了。写小说不比写诗词，不能有那样严的格律，但不能不追求语言的声音美，要训练自己的耳朵。一个写小说的人，如果学写一点旧诗、曲艺、戏曲的唱词，是有好处的。

外国话没有四声，但有类似中国的双声叠韵。高尔基曾批评一个作家的作品，说他用“咝”音的字太多，很难听。

中国语言里还有对仗这个东西。

中国旧诗用五七言，而文章中多用四六字句。骈体文固然是这样，骈四俪六；就是散文也是这样。尤其是四字句。四字句多，几乎成了汉语的一个特色。没有一篇文章找不出大量的四字句。如果有意避免四字句，便会形成一种非常奇特的拗体，适当地运用一些四字句，可以造成文章的稳定感。

我们现在写作时所用的语言，绝大部分是前人已经用过，在文章里写过的。有的语言，如果知道它的来历，便会产生联想，使这一句话有更丰富的意义。比如毛主席的诗：“落花时节读华章”，如果不知出处，“落花时节”，就只是落花的时节。如果读过杜甫的诗：“歧王宅里寻常见，崔九堂前几度闻。正是江南好风景，落花时节又逢君”，就会知道“落花时节”就包含着久别重逢的意思，就可产生联想。《沙家浜》里有两句唱词：“垒起七星灶，铜壶煮三江”，是从苏东坡的诗“大瓢贮月归春瓮，小杓分江入夜瓶”脱胎出来的。我们许多的语言，自觉或不自觉地，都是从前人的语言中脱胎而出的。如果平日留心，积学有素，就会如有源之水，触处成文。否则就会下笔枯窘，想要用一个词句，一时却找它不出。

语言是要磨炼，要学的。

怎样学习语言？——随时随地。

首先是向群众学习。

我在张家口听见一个饲养员批评一个有点个人英雄主义的组长：

“一个人再能，当不了四堵墙。旗杆再高，还得有两块石头夹着。”

我觉得这是很好的语言。

我刚到北京京剧团不久，听见一个同志说：

“有枣没枣打三杆，你知道哪块云彩里有雨啊？”

我觉得这也是很好的语言。

一次，我回乡，听家乡人谈过去运河的水位很高，说是站在河堤上可以“踢水洗脚”，我觉得这非常生动。

我在电车上听见一个幼儿园的孩子念一首大概是孩子们自己编的儿歌：

山上有个洞，
洞里有个碗，
碗里有块肉，
你吃了，我尝了，
我的故事讲完了！

他翻来覆去地念，分明从这种语言的游戏里得到很大的快乐。我反复地听着，也能感受到他的快乐。我觉得这首几乎是没有意义的儿歌的音节很美。我也捉摸出中国语言除了押韵之外还可以押调。“尝”、“完”并不押韵，但是同是阳平，放在一起，产生一种很好玩的音乐感。

《礼记》的《月令》写得很美。

各地的“九九歌”是非常好的诗。

只要你留心，在大街上，在电车上，从人们的谈话中，从广告招贴上，你每天都能学到几句很好的语言。

其次是读书。

我要劝告青年作者，趁现在还年轻，多背几篇古文，背几首诗词，熟读一些现代作家的作品。

即使是看外国的翻译作品，也注意它的语言。我是从契诃夫、海明威、萨洛扬的语言中学到一些东西的。

读一点戏曲、曲艺、民歌。

我在《说说唱唱》当编辑的时候，看到一篇来稿，一个小戏，人物是一个小炉匠，上场念了两句对子：

风吹一炉火，
锤打万点金。

我觉得很美。

一九四七年，我在上海翻看一本老戏考，有一段滩簧，一个旦角上场唱了一句：

春风弹动半天霞。

我大为惊异：这是李贺的诗！

二十多年前，看到一首傣族的民歌，只有两句，至今忘记不了：

斧头砍过的再生树
战争留下的孤儿。

巴甫连柯有一句名言："作家是用手思索的。"得不断地写，才能扪触到语言。老舍先生告诉过我，说他有的写，没的写，每天至少要写五百字。有一次我和他一同开会，有一位同志作了一个冗长而空洞的发言，老舍先生似听不听，他在一张纸上把几个人的姓名连缀在一起，编了一副对联：

伏园焦菊隐

老舍黄药眠

一个作家应该从语言中得到快乐，正像电车上那个念儿歌的孩子一样。

董其昌见一个书家写一个便条也很用心，问他为什么这样，这位书家说："即此便是练字。"作家应该随时锻炼自己的语言，写一封信，一个便条，甚至是一个检查，也要力求语言准确合度。

鲁迅的书信，日记，都是好文章。

语言学中有一个术语，叫做"语感"。作家要锻炼自己对于语言的感觉。

王安石曾见一个青年诗人写的诗，绝句，写的是在宫廷中值班，很欣赏。其中的第三句是："日长奏罢长杨赋"，王安石给改了一下，变成"日长奏赋长杨罢"，且说："诗家语必此等乃健。"为什么这样一改就"健"了呢？写小说的，不必写"日长奏赋长杨罢"这样的句子，但要能体会如何便"健"。要能体会峭拔、委婉、流利、安详、沉痛……

建议青年作家研究研究老作家的手稿，捉摸他为什么改两个字，为什么要把那两个字颠倒一下。

"如鱼饮水，冷暖自知"，语言艺术有时是可以意会，难于言传的。

揉　面

使用语言，譬如揉面。面要揉到了，才软熟，筋道，有劲儿。水和面粉本来是两不相干的，多揉揉，水和面的分子就发生了变化。写作也是这样，下笔之前，要把语言在手里反复抟弄。我的习惯是，打好腹稿。我写京剧剧本，一段唱词，二十来句，我是想得每一句都能背下来，才落笔的。写小说，要把全篇大体想好。怎样开头，怎样结尾，都想好。在写每一段之间，我是想得几乎能背下来，才写的(写的时候自然会又有些变化)。写出后，如果不满意，我就把原稿扔在一边,重新写过。我不习惯在原稿上涂改。在原稿上涂改,我觉得很别扭,思路纷杂,文气不贯。

曾见一些青年同志写作,写一句,想一句。我觉得这样写出来的语言往往是松的,散的,不成“个儿”,没有咬劲。

有一位评论家说我的语言有点特别,拆开来看,每一句都很平淡,放在一起,就有点味道。我想谁的语言不是这样?拆开来,不都是平平常常的话?

中国人写字,除了笔法,还讲究“行气”。包世臣说王羲之的字,看起来大大小小,单看一个字,也不见怎么好,放在一起,字的笔画之间,字与字之间,就如“老翁携带幼孙,顾盼有情,痛痒相关”。安排语言,也是这样。一个词,一个词;一句,一句;痛痒相关,互相映带,才能姿势横生,气韵生动。

中国人写文章讲究“文气”,这是很有道理的。

自铸新词

托尔斯泰称赞过这样的语言:“菌子已经没有了,但是菌子的气味留在空气里”,以为这写得很美。好像是屠格涅夫曾经这样描写一棵大树被伐倒:“大树叹息着,庄重地倒下了。”这写得非常真实。“庄重”真好!我们来写,也许会写出“慢慢地倒下”,“沉重地倒下”,写不出“庄重”。鲁迅的《药》这样描写枯草:“枯草支支直立,有如铜丝”。大概还没有一个人用“铜丝”来形容过稀疏瘦硬的秋草。《高老夫子》里有这样几句话:“我没有再教下去的意思。女学堂真不知道要闹成什么样子。我辈正经人,确乎犯不上酱在一起……”“酱在一起”,真是妙绝(高老夫子是绍兴人。如果写的是北京人,就只能说“犯不上一块掺和”,那味道可就差远了)。

我的老师沈从文在《边城》里两次写翠翠拉船,所用字眼不一样。一次是:

有时过渡的是从川东过茶峒的小牛,是羊群,是新娘子的花轿,翠翠必争着作渡船夫,站在船头,懒懒的攀引缆索,让船缓缓的过去。

又一次：

翠翠斜睨了客人一眼，见客人正盯着她，便把脸背过去，抿着嘴儿，不声不响，很自负的拉着那条横缆。

“懒懒的”、“很自负的”，都是很平常的字眼，但是没有人这样用过。要知道盯着翠翠的客人是翠翠所喜欢的傩送二老，于是“很自负的”四个字在这里就有了很多很深的意思了。

我曾在一篇小说里描写过火车的灯光：“车窗蜜黄色的灯光连续地映在果园东边的树墙子上，一方块，一方块，川流不息地追赶着”；在另一篇小说里描写过夜里的马：“正在安静地、严肃地咀嚼着草料”，自以为写得很贴切。“追赶”、“严肃” 都不是新鲜字眼，但是它表达了我自己在生活中捕捉到的印象。

一个作家要养成一种习惯，时时观察生活，并把自己的印象用清晰的、明确的语言表达出来。写下来也可以。不写下来，就记住(真正用自己的眼睛观察到的印象是不易忘记的)。记忆里保存了这种常用语言固定住的印象多了，写作时就会从笔端流出，不觉吃力。

语言的独创，不是去杜撰一些“谁也不懂的形容词之类”。好的语言都是平平常常的，人人能懂，并且也可能说得出来的语言——只是他没有说出来。人人心中所有，笔下所无。“红杏枝头春意闹”，“满宫明月梨花白”都是这样。“闹”字、“白”字，有什么稀奇呢？然而，未经人道。

写小说不比写散文诗，语言不必那样精致。但是好的小说里总要有一点散文诗。

语言要和人物贴近

我初学写小说时喜欢把人物的对话写得很漂亮，有诗意，有哲理，有时甚至很“玄”。沈从文先生对我说：“你这是两个聪明脑壳打架！”他的意思是说这不像真人说的话。托尔斯泰说过：“人是不能用警句交谈的。”

尼采的“苏鲁支语录”是一个哲人的独白。吉伯维的《先知》讲的是一些箴言。这都不是人物的对话。《朱子语类》是讲道德，谈学问的，倒是谈得很自然，很亲切，没有那么多道学气，像一个活人说的话。我劝青年同志不妨看看这本书，从里面可以学习语言。

《史记》里用口语记述了很多人的对话，很生动。“伙颐，涉之为王沉沉者！”写出了陈涉的乡人乍见皇帝时的惊叹（“伙颐”历来的注家解释不一，我以为这就是一个状声的感叹词，用现在的字写出来就是：“嗬咦！”）。《世说新语》里记录了很多人的对话，寥寥数语，风度宛然。张岱记两个老者去逛一处林园，婆娑其间，一老者说：“真是蓬莱仙境了也！”另一个老者说：“个边哪有这样！”生动之至，而且一听就是绍兴话。《聊斋志异·翩翩》写两个少妇对话：“一日，有少妇笑入！曰：‘翩翩小鬼头快活死！薛姑子好梦几时做得？’女迎笑曰：‘花城娘子，贵趾久弗涉，今日西南风紧，吹送来也——小哥子抱得未？’曰：‘又一小婢子。’女笑曰：‘花娘子瓦窨哉！——那弗将来？’曰：‘方呜之，睡却矣。’”这对话是用文言文写的，但是神态跃然纸上。

写对话就应该这样，普普通通，家常理短，有一点人物性格、神态，不能有多少深文大义。——写戏稍稍不同，戏剧的对话有时可以“提高”一点，可以讲一点“字儿话”，大篇大论，讲一点哲理，甚至可以说格言。

可是现在不少青年同志写小说时，也像我初学写作时一样，喜欢让人物讲一些他不可能讲的话，而且用了很多辞藻。有的小说写农民，讲的却是城里的大学生讲的话，——大学生也未必那样讲话。

不单是对话，就是叙述、描写的语言，也要和所写的人物“靠”。

我最近看了一个青年作家写的小说，小说用的是第一人称，小说中的“我”是一个才入小学的孩子，写的是“我”的一个同桌的女同学，这未尝不可。但是这个“我”对他的小同学的印象却是：“她长得很纤秀。”这是不可能的。小学生的语言里不可能有这个词。

有的小说，是写农村的。对话是农民的语言，叙述却是知识分子的语言，叙述和对话脱节。

小说里所描写的景物，不但要是作者眼中所见，而且要是所写的人物的眼中所见。对景物的感受,得是人物的感受。不能离开人物,单写作者自己的感受。作者得设身处地,和人物感同身受。小说的颜色、声音、形象、气氛,得和所写的人物水乳交融,浑然一体。就是说,小说的每一个字,都渗透了人物。写景,就是写人。

契诃夫曾听一个农民描写海,说:"海是大的"。这很美。一个农民眼中的海也就是这样。如果在写农民的小说中,有海,说海是如何苍茫、浩瀚、蔚蓝……统统都不对。我曾经坐火车经过张家口坝上草原,有几里地,开满了手掌大的蓝色的马兰花,我觉得真是到了一个童话的世界。我后来写一个孩子坐牛车通过这片地,本是顺理成章,可以写成:他觉得到了一个童话的世界。但是我不能这样写,因为这个孩子是个农村的孩子,他没有念过书,在他的语言里没有"童话"这样的概念。我只能写:他好像在一个梦里。我写一个从山里来的放羊的孩子看一个农业科学研究所的温室,温室里冬天也结黄瓜,结西红柿:西红柿那样红,黄瓜那样绿,好像上了颜色一样。我只能这样写。"好像上了颜色一样",这就是这个放羊娃的感受。如果稍为写得华丽一点,就不真实。

有的作者有鲜明的个人风格,可以不用署名,一看就知是某人的作品。但是他的各篇作品的风格又不一样。作者的语言风格每因所写的人物、题材而异。契诃夫写《万卡》和写《草原》、《黑修士》所用的语言是很不相同的。作者所写的题材愈广泛,他的风格也是愈易多样。

我写《徙》里用了一些文言的句子,如"呜呼,先生之泽远矣","墓草萋萋,落照昏黄,歌声犹在,斯人邈矣"。因为写的是一个旧社会的国文教员。写《受戒》、《大淖记事》,就不能用这样的语言。

作者对所写的人物的感情、态度,决定一篇小说的调子,也就是风格。鲁迅写《故乡》、《伤逝》和《高老夫子》、《肥皂》的感情很不一样。对闰土、涓生有深浅不同的同情,而对高尔础、四铭则是不同的厌恶。因此,调子也不同。高晓声写《拣珍珠》和《陈奂生上城》的调子不同,王蒙的《说客盈门》和《风筝飘带》几乎不像是一个人写的。我写的《受戒》、《大淖记事》,抒情的成分多一些,因为我很喜爱所写的人,《异秉》里的人物很可笑,也很可悲悯,所以文体上也就亦庄亦谐。

我觉得一篇小说的开头很难，难的是定全篇的调子。如果对人物的感情、态度把握住了，调子定准了，下面就会写得很顺畅。如果对人物的感情、态度把握不稳，心里没底，或是有什么顾虑，往往就会觉得手生荆棘，有时会半途而废。

作者对所写的人、事，总是有个态度，有感情的。在外国叫做“倾向性”，在中国叫做“褒贬”。但是作者的态度、感情不能跳出故事去单独表现，只能融化在叙述和描写之中，流露于字里行间，这叫做“春秋笔法”。

正如恩格斯所说：倾向性不要特别地说出。

一九八二年一月八日

《大淖记事》是怎样写出来的

一个作品写出来了，作者要说的话都说了。为什么要写这个作品，这个作品是怎么写出来的，都在里面。再说，也无非是重复，或者说些题外之言。但是有些读者愿意看作者谈自己的作品的文章，——回想一下，我年轻时也喜欢读这样的文章，以为比读评论更有意思，也更实惠，因此，我还是来写一点。

大淖是有那么一个地方的。不过，我敢说，这个地方是由我给它正了名的。去年我回到阔别了四十余年的家乡，见到一位初中时期教过我国文的张老师，他还问我："你这个淖字是怎样考证出来的？"我们小时做作文、记日记，常常要提到这个地方，而苦于不知道该怎样写。一般都写作"大脑"，我怀疑之久矣。这地方跟人的大脑有什么关系呢？后来到了张家口坝上，才恍然大悟：这个字原来应该这样写！坝上把大大小小的一片水都叫做"淖儿"。这是蒙古话。坝上蒙古人多，很多地名都是蒙古话。后来到内蒙走过不少叫做"淖儿"的地方，越发证实了我的发现。我的家乡话没有儿化字，所以径称之为淖。至于"大"，是状语。"大淖"是一半汉语，一半蒙语，两结合。我为什么念念不忘地要去考证这个字，为什么在知道淖字应该怎么写的时候，心里觉得很高兴呢？是因为我很久以前就想写写大淖这地方的事。如果写成"大脑"，在感情上是很不舒服的——三十多年前我写的一篇小说里提到大淖这个地方，为了躲开这个"脑"字，只好另外改变了一个说法。

我去年回乡，当然要到大淖去看看。我一个人去走了几次。大淖已经几乎完全变样了。一个造纸厂把废水排到这里，淖里是一片铁锈颜色的浊流。我的家人告诉我，我写的那个沙洲现在是一个种鸭场。我对着一片红砖的建筑(我的家乡过去不用红砖,都是青砖),看了一会。不过我走过一些依河而筑的不整齐的矮小房屋,一些才可通人的曲巷,觉得还能看到一些当年的痕迹。甚至某一家门前的空气特别清凉,这感觉,和我四十年前走过时也还是一样。

我的一些写旧日家乡的小说发表后,我的乡人问过我的弟弟:“你大哥是不是从小带一个本本,到处记?——要不他为什么能记得那么清楚呢?”我当然没有一个小本本。我那时才十几岁,根本没有想到过我日后会写小说。便是现在,我也没有记笔记的习惯。我的笔记本上除了随手抄录一些所看杂书的片断材料外,只偶尔记下一两句只有我自己看得懂的话——一点印象。有时只有一个单独的词。

小时候记得的事是不容易忘记的。

我从小喜欢到处走,东看看,西看看(这一点和我的老师沈从文有点像)。放学回来,一路上有很多东西可看。路过银匠店,我走进去看老银匠在模子上敲打半天,敲出一个用来钉在小孩的虎头帽上的小罗汉。路过画匠店,我歪着脑袋看他们画“家神菩萨”或玻璃油画福禄寿三星。路过竹厂,看竹匠把竹子一头劈成几岔,在火上烤弯,做成一张一张草筢子……多少年来,我还记得从我的家到小学的一路每家店铺、人家的样子。去年回乡,一个亲戚请我喝酒,我还能清清楚楚把他家原来的布店的店堂里的格局描绘出来,背得出白色的屏门上用蓝漆写的一副对子。这使他大为惊奇,连说:“是的是的。”也许是这种东看看西看看的习惯,使我后来成了一个“作家”。

我经常去“看”的地方之一,是大淖。

大淖的景物,大体就是像我所写的那样。居住在大淖附近的人,看了我的小说,都说“写得很像”。当然,我多少把它美化了一点。比如大淖的东边有许多粪缸(巧云家的门外就有一口很大的粪缸),我写它干什么呢?我这样美化一下,我的家乡人是同意的。我并没有有闻必录,是有所选择的。大淖岸上有一块比通常的碾盘还要大得多的扁圆石头,人们说是“星”——陨石,因与故事无关,我也割爱了(去年回乡,这个“星”已经不知搬到哪里去了)。如果写这个星,就必然要生出好些文章。因为它目标很大,引人注目,结果又与人事毫不相干，岂非“冤”了读者一下？

小锡匠那回事是有的。像我这个年龄的人都还记得。我那时还在上小学，听说一个小锡匠因为和一个保安队的兵的“人”要好，被保安队打死了，后来用尿碱救过来了。我跑到出事地点去看，只看见几只尿桶。这地方是平常日子也总有几只尿桶放在那里的，为了集尿，也为了方便行人。我去看了那个“巧云”（我不知道她的真名叫什么），门半掩着，里面很黑，床上坐着一个年轻女人，我没有看清她的模样，只是无端地觉得她很美。过了两天，就看见锡匠们在大街上游行。这些，都给我留下很深的印象，使我很向往。我当时还很小，但我的向往是真实的。我当时还不懂“高尚的品质、优美的情操”这一套，我有的只是一点向往。这点向往是朦胧的，但也是强烈的。这点向往在我的心里存留了四十多年，终于促使我写了这篇小说。

大淖的东头不大像我所写的一样。真实生活里的巧云的父亲也不是挑夫。挑夫聚居的地方不在大淖而在越塘。越塘就在我家的巷子的尽头。我上小学、初中时每天早晨、傍晚都要经过那里。星期天，去钓鱼。暑假时，夹了一个画夹子去写生。这地方我非常熟。挑夫的生活就像我所写的那样。街里的人对挑夫是看不起的，称之为“挑箩把担”的。便是现在，也还有这个说法。但是我真的从小没有对他们轻视过。

越塘边有一个姓戴的轿夫，得了血丝虫病——象腿病。抬轿子的得了这种最不该得的病，就算完了，往后的日子还怎么过呢？他的老婆，我每天都看见，原来是个有点邋遢的女人，头发黄黄的，很少有梳得整齐的时候，她大概身体不太好，总不大有精神。丈夫得了这种病，她怎么办呢？有一天我看见她，真是焕然一新！她完全变成了另外一个人，头发梳得光光的，衣服很整齐，显得很挺拔，很精神。尤其使我惊奇的，是她原来还挺好看。她当了挑夫了！一百五十斤的担子挑起来嚓嚓地走，和别的男女挑夫走在一列，比谁也不弱。

这个女人使我很惊奇。经过四十多年，神差鬼使，终于使我把她的品行性格移到我原来所知甚少的巧云身上（挑夫们因此也就搬了家）。这样，原来比较模糊的巧云的形象就比较充实，比较丰满了。

这样，一篇小说就酝酿成熟了。我的向往和惊奇也就有了着落。至于这篇小说是怎样写出来的，那真是说不清，只能说是神差鬼使，像鲁迅所说“思想中有了鬼似的”。我只是坐在沙发里东想想，西想想，想了几天，一切就比较明确起来了，所需用的语言、节奏也就自然形成了。一篇小说已经有在那里，我只要把它抄出来就行了。但是写出来的契因，还是那点向往和那点惊奇。我以为没有那么一点东西是不行的。

各人的写作习惯不一样。有人是一边写一边想，几经改删，然后成篇。我是想得相当成熟了，一气写成。当然在写的过程中对原来所想的还会有所取舍，如刘彦和所说：“殆乎篇成，半折心始。”也还会写到那里，涌出一些原来没有想到的细节，所谓“神来之笔”，比如我写到：“十一子微微听见一点声音，他睁了睁眼。巧云把一碗尿碱汤灌进了十一子的喉咙”之后，忽然写了一句：

“不知道为什么，她自己也尝了一口。”

这是我原来没有想到的。只是写到那里，出于感情的需要，我迫切地要写出这一句(写这一句时，我流了眼泪)。我的老师沈从文教我们写作，常说“要贴到人物来写”，很多人不懂他这句话。我的这一个细节也许可以给沈先生的话作一注脚。在写作过程中要随时紧紧贴着人物，用自己的心，自己的全部感情。什么时候自己的感情贴不住人物，大概人物也就会“走”了，飘了，不具体了。

几个评论家都说我是一个风俗画作家。我自己原来没有想过。我是很爱看风俗画。十六七世纪的荷兰画派的画，日本的浮世绘，中国的货郎图、踏歌图……我都爱看。讲风俗的书，《荆楚岁时记》、《东京梦华录》、《一岁货声》……我都爱看。我也爱读竹枝词。我以为风俗是一个民族集体创作的生活抒情诗。我的小说里有些风俗画成分，是很自然的。但是不能为写风俗而写风俗。作为小说，写风俗是为了写人。有些风俗，与人的关系不大，尽管它本身很美，也不宜多写。比如大淖这地方放过荷灯，那是很美的。纸制的荷花，当中安一段浸了桐油的纸捻，点着了，七月十五的夜晚，放到水里，慢慢地漂着，经久不熄，又凄凉又热闹，看的人疑似离开真实生活而进入一种缥缈的梦境。但是我没有把它写入《记事》，——除非我换一个写法，把巧云和十一子的悲喜和放荷灯结合起来，成为故事不可缺少的部分，像沈先生在《边城》里所写的划龙船一样。这本是不待言的事,但我看了一些青年作家写风俗的小说,往往与人物关系不大,所以在这里说一句。

对这篇小说的结构,有两种不同的意见。一种以为前面(不是直接写人物的部分)写得太多,有比例失重之感。另一种意见,以为这篇小说的特点正在其结构,前面写了三节,都是记风土人情,第四节才出现人物。我于此有说焉。我这样写,自己是意识到的。所以一开头着重写环境,是因为“这里的一切和街里不一样”,“这里的人也不一样。他们的生活,他们的风俗,他们的是非标准、伦理道德观念和街里的穿长衣念过‘子曰’的人完全不同”。只有在这样的环境里,才有可能出现这样的人和事。有个青年作家说:“题目是‘大淖记事’,不是‘巧云和十一子的故事’,可以这样写。”我倾向同意她的意见。

我的小说的结构并不都是这样的。比如《岁寒三友》,开门见山,上来就写人。我以为短篇小说的结构可以是各式各样的。如果结构都差不多,那也就不成其为结构了。

一九八二年五月二十六日

回到现实主义，回到民族传统

我愿意悄悄写东西，悄悄发表，不大愿意为人所注意。二十几岁起，我就没怎么读文学理论方面的书了，已经不习惯用理论用语表达思想。我对自己很不了解，现在也还在考虑我算不算作家？从开始写作到现在，写的小说大概不超过四十篇，怎么能算作家呢？

下面谈几点感想。

关于评论家与作家的关系。昨天，我去玉渊潭散步，一点风都没有，湖水很平静，树的倒影显得比树本身还清楚，我想，这就是作家与评论家的关系。对于作家的作品，评论家比作家看得还清楚，评论是镜子，而且多少是凸镜，作家的面貌是被放大了的，评论家应当帮助作家认识自己，把作家还不很明确的东西说得更明确。明确就意味着局限。一个作家明确了一些东西，就必须在此基础上，去寻找他还不明确的东西，模糊的东西。这就是开拓。评论家的作用就是不断推动作家去探索，去追求。评论家对作家来说是不可缺少的。

关于主流与非主流的问题。这是我自己提出来的，用的是一般的习惯的概念。比如蒋子龙的作品对时代发生直接的作用，一般的看法，这当然是主流。我反映四十年代生活，不可否认它有美感作用，认识作用，也有间接的教育作用。我不希望我这一类作品太多，我也希望多写一点反映现实的作品。为什么我反映旧社会的作品比较多，反映当代的比较少？我现在六十多岁了，旧社会三十年，新社会三十年。过去是定型的生活，看得比较准；现在变动很大，一些看法不一定抓得很准。一个人写作时要有创作自由，“创作自由”不是指政策的宽严，政治气候的冷暖；指的是作家自己想象的自由，虚构的自由，概括集中的自由。对我来说，对旧社会怎样想象概括都可以，对新生活还未达到这种自由的地步。比如，社会主义新人，如果你看到了，可以随心所欲挥洒自如，怎样写都行；可惜在我的生活里接触到这样的人不多。我写的人大都有原型，这就有个问题，褒了贬了都不好办。我现在写的旧社会的人物的原型，大都是死掉了的，怎么写都行。当然，我也要发现新的人，做新的努力。当然，有些新生活，我也只好暂时搁搁再写。对新生活我还达不到挥洒自如的程度。

今天评论有许多新的论点引起我深思。比如季红真同志说，我写的旧知识分子有传统的道家思想，过去我没听到过这个意见，值得我深思。又说，我对他们同情较多，批评较少，这些知识分子都有出世思想，她的说法是否正确，我不敢说。但这是一个新的研究角度。从传统的文化思想来分析小说人物，这是一个新的方法，很值得探索。在中国，不仅是知识分子，就是劳动人民身上也有中国传统的文化思想，有些人尽管没有读过老子、庄子的书，但可能有老庄的影响。一个真正有中国色彩的人物与中国的传统文化是不能分开的。比如我写的《皮凤三楦房子》，高大头、皮凤三用滑稽玩世的办法对付不合理的事情，这些形象，可以一直上溯到东方朔。我对这样的研究角度很感兴趣。

有人说，用习惯的西方文学概念套我是套不上的。我这几年是比较注意传统文学的继承问题。我自小接触的两个老师对我的小说是很有影响的。中国传统的文论、画论是很有影响的。我初中有个老师，教我归有光的文章。归有光用清淡的文笔写平常的人情，对我是有影响的。另一个老师每天让我读一篇“桐城派”的文章，“桐城派”是中国古文集大成者，不能完全打倒。他们讲文气贯通，注意文章怎样起怎样落，是有一套的。

中国散文在世界上是独特的。“气韵生动”是文章内在的规律性的东西。庄子是大诗人、大散文家，说我的结构受他一些影响，我是同意的。又比如，李卓吾的“为文无法”，怎么写都行，我也是同意的。应当研究中国作品中的规律性的东西，用来解释中国作品，甚至可以用来解释外国作品。就拿画论来说，外国的印象派的画是很符合中国的画论的。传统的文艺理论是很高明的，年轻人只从翻译小说、现代小说学习写小说，忽视中国的传统的文艺理论，是太可惜了。我最喜欢读画论、读游记。讲文学史的同志能不能把文学史与当代创作联系起来讲？不要谈当代就是当代，谈古代就是古代。

现实主义问题。有人说我是新现实主义，这问题我说不清，我给自己提出的要求是回到现实主义、回到民族传统。我也曾经接受过外国文学的影响，包括“意识流”的作品的影响，就是现在的某些作品也有外国文学影响的蛛丝马迹。但是，总的来说，我还是要回到现实主义，回到民族传统。这种现实主义是容纳各种流派的现实主义；这种民族传统是对外来文化的精华兼收并蓄的民族传统。路子应当更宽一些。

抒情的现实主义*

——《晚饭花集》自序

一九八一年下半年至一九八三年下半年所写的短篇小说都在这里了。

集名“晚饭花集”，是因为集中有一组以“晚饭花”为题目的小说。不是因为我对这一组小说特别喜欢，而是觉得其他各篇的题目用作集名都不太合适。我对自己写出的作品都还喜欢，无偏爱。读过我的作品的熟人，有人说他喜欢哪一两篇，不喜欢哪一两篇；另一个人的意见也许正好相反。他们问我自己的看法，我常常是笑而不答。

我对晚饭花这种花并不怎么欣赏。我没有从它身上发现过“香远益清”、“出淤泥而不染”之类的品德，也绝对到不了“不可一日无此君”的地步。这是一种很低贱的花，比牵牛花、凤仙花以及北京人叫做“死不了”的草花还要低贱。凤仙花、“死不了”，间或还有卖的。谁见过花市上卖过晚饭花？这种花公园里不种，画家不画，诗人不题咏。它的缺点一是无姿态，二是叶子太多，铺铺拉拉，重重叠叠，乱乱哄哄地一大堆，颜色又是浓绿的。就算是需要进行光合作用，取得养分，也用不着生出这样多的叶子呀，这真是一种毫无节制的浪费！三是花形还好玩，但也不算美，一个长柄的小喇叭。颜色以深胭脂红的为多，也有白的和黄的。这种花很易串种。黄花、白花的瓣上往往有不规则的红色细条纹。花多，而细碎。这种花用“村”、“俗”来形容，都不为过。最恰当的还是北京人爱用一个字：“怯”。北京人称晚饭花为野茉莉，实在是抬举它了。它跟茉莉可以说毫不相干。也一定不会是属于同一科，枝、叶、花形都不

---

* 题目为编者所加。

相似。把它和茉莉拉扯在一起,可能是因为它有一点淡淡的清香,——然而也不像茉莉的气味。只有一个“野”字它倒是当之无愧的。它是几乎不用种的。随便丢几粒种子到土里,它就会赫然地长出了一大丛。结了籽,落进土中,第二年就会长出更大的几丛,只要有一点空地,全给你占得满满的,一点也不客气。它不怕旱,不怕涝,不用浇水,不用施肥,不得病,也没见它生过虫。这算是什么花呢?然而不是花又是什么呢?你总不能说它是庄稼,是蔬菜,是药材。虽然吴其濬说它的种子的黑皮里有一囊白粉,可食;叶可为蔬,如马兰头;俚医用其根治吐血,但我没有见到有人吃过,服用过。那就还算它是一种花吧。

我的小说和晚饭花无相似处,但其无足珍贵则同。

我对于晚饭花还有一点好感,是和我的童年的记忆有关系的。我家的荒废的后园的一个旧花台上长着一丛晚饭花。晚饭以后,我常常到废园里捉蜻蜓,一捉能捉几十只。选两只放在帐子里让它吃蚊子(我没见过蜻蜓吃蚊子,但我相信它是吃的),其余的装在一个大鸟笼里,第二天一早又把他们全放了。我在别的花木枝头捉,也在晚饭花上捉。因此我的眼睛里每天都有晚饭花。看到晚饭花,我就觉得一天的酷暑过去了,凉意暗暗地从草丛里生了出来,身上的痱子也不痒了,很舒服;有时也会想到又过了一天,小小年纪,也感到一点惆怅,很淡很淡的惆怅。而且觉得有点寂寞,白菊花茶一样的寂寞。

我的儿子曾问过我:“《晚饭花》里的李小龙是你自己吧?”我说:“是的。”我就像李小龙一样,喜欢随处流连,东张西望。我所写的人物都像王玉英一样,是我每天要看的一幅画。这些画幅吸引着我,使我对生活产生兴趣,使我的心柔软而充实。而当我所倾心的画中人遭到命运的不公平的簸弄时,我也像李小龙那样觉得很气愤。便是现在,我也还常常为一些与我无关的事而发出带孩子气的气愤。这种倾心和气愤,大概就是我自己称之为抒情现实主义的心理基础。

这一集,从形式上看,如果说有什么特点,是有一些以三个小短篇为一组的小说。数了数,竟有六组。这些小短篇的组合,有的有点外部的或内部的联系。比如《故里三陈》写的三个人都姓陈;《钓人的孩子》所写的都是与钱有关的小故事。有的则没有联系,不能构成"组曲",如《小说三篇》,其实可以各自成篇。至于为什么总是三篇为一组,也没有什么道理,只是因一篇太单,两篇还不足,三篇才够"一卖"。"事不过三",三请诸葛亮,三戏白牡丹,都是三。一二三,才够意思。

我写短小说,一是中国本有用极简的笔墨摹写人事的传统,《世说新语》是突出的代表。其后不绝如缕。我爱读宋人的笔记甚于唐人传奇。《梦溪笔谈》、《容斋随笔》记人事部分我都很喜欢。归有光的《寒花葬志》、龚定庵的《记王隐君》,我觉得都可当小说看。

第二是我过去就曾经写过一些记人事的短文。当时是当做散文诗来写的。这一集中的有些篇,如《钓人的孩子》、《职业》、《求雨》,就还有点散文诗的味道。散文诗和小说的分界处只有一道篱笆,并无墙壁(阿索林和废名的某些小说实际上是散文诗)。我一直以为短篇小说应该有一点散文诗的成分。把散文诗编入小说集,并非自我作古,我看到有些外国作家就这样办过。

第三,这和作者的气质有关。倪云林一辈子只能画平远小景,他不能像范宽一样气势雄豪,也不能像王蒙一样烟云满纸。我也爱看金碧山水和工笔重彩人物,但我画不来。我的调色碟里没有颜色,只是墨,从渴墨焦墨到浅得像清水一样的淡墨。有一次以矮纸尺幅画初春野树,觉得需要一点绿,我就挤了一点菠菜汁在上面。我的小说也像我的画一样,逸笔草草,不求形似。又我的小说往往是应刊物的急索,短稿较易承命。书被催成墨未浓,殊难计其工拙。

这一集里的小说和《汪曾祺短篇小说选》(北京出版社一九八二年出版),在思想上和方法上有些什么不同?很难说。几年的工夫,很难看出一个作者的作品有多少明显的变化。到了我这样的年龄,很难像青年作家一样会产生飞跃。我不像毕加索那样多变。不过比较而言,也可以说出一些。

从思想情绪上说,前一集更明朗欢快一些。那一集小说明显地受了三中全会的间接影响。三中全会一开,全国人民思想解放,情绪活跃,我的一些作品(如《受戒》、《大淖记事》)的调子是很轻快的。现在到了扎扎实实建设社会主义的时候了,现在是为经济的全面起飞做准备的阶段,人们都由欢欣鼓舞转向深思。我也不例外,小说的内容渐趋沉着。如果说前一集的小说较多抒情性,这一集则较多哲理性。我的作品和政治结合得不紧，但我这个人并不脱离政治。我的感怀寄托是和当前社会政治背景息息相关的。必须先论世，然后可以知人。离开了大的政治社会背景来分析作家个人的思想，是说不清楚的。我想，这是唯物主义的方法。当然，说不同，只是相对而言。如果把这一集的小说编入上一集，或把上一集的编入这一集，皆无不可。大体上，这两集都可以说是一个不乏热情，还算善良的中国作家八十年代初期的思想的记录。

在文风上，我是更有意识地写得平淡的。但我不能一味地平淡。一味平淡，就会流于枯瘦。枯瘦是衰老的迹象。我还不太服老。我愿意把平淡和奇崛结合起来。我的语言一般是流畅自然的，但时时会跳出一两个奇句、古句、拗句，甚至有点像是外国作家写出来的带洋味儿的句子。老夫聊发少年狂，诸君其能许我乎？另一点，我是更有意识地吸收民族传统的，在叙述方法上有时简直有点像旧小说，但是有时忽然来一点现代派的手法，意象、比喻，都是从外国移来的。这一点和前一点其实是一回事。奇，往往就有点洋。但是，我追求的是和谐。我希望融奇崛于平淡，纳外来于传统，能把它们揉在一起。奇和洋为了"醒脾"，但不能瞧着扎眼，"硌生"。

我已经六十三岁，不免有"晚了"之感，但思想好像还灵活，希望能抓紧时间，再写出一点。曾为友人画冬日菊花，题诗一首：

新沏清茶饭后烟，
自搔短发负晴暄。
枝头残菊开还好，
留得秋光过小年。

愿以自勉，且慰我的同代人。

如果继续写下去，应该写出一点更深刻，更有分量的东西。

是为序。

一九八三年九月一日

我的散文*

——《蒲桥集》自序

我写散文，是搂草打兔子，捎带脚。不过我以为写任何形式的文学，都得首先把散文写好。因此陆陆续续写了一些。

中国是个散文的大国，历史悠久。《世说新语》记人事，《水经注》写风景，精彩生动，世无其匹。唐宋以文章取士。会写文章，才能做官，别的国家，大概无此制度。唐宋八家，在结构上，语言上，试验了各种可能性。宋人笔记，简洁潇洒，读起来比典册高文更为亲切，《容斋随笔》可为代表。明清考八股，但要传世，还得靠古文。归有光、张岱，各有特点。“桐城派”并非都是谬种，他们总结了写散文的一些经验，不可忽视。龚定庵造语奇崛，影响颇大。“五四”以后，散文是兴旺的。鲁迅、周作人，沉郁冲淡，形成两支。朱自清的《背影》现在读起来还是非常感人。但是近二三十年，散文似乎不怎么发达，不知是什么原因。其实，如果一个国家的散文不兴旺，很难说这个国家的文学有了真正的兴旺。散文如同布帛麦菽，是不可须臾离开的。

“五四”以后的新文学的形式，如新诗、戏剧，是外来的。小说也受了外国很大的影响。独有散文，却是土产。那时翻译了一些外国的散文，如法国蒙田的、挪威别伦·别尔生的、英国兰姆的，但是影响不大，很少人摹仿他们那样去写。屠格涅夫和波特莱尔的散文诗译过来了，有影响。但是散文诗是诗，不是散文。近十年文学，相当一部分努力接受西方影响，被称为新潮或现代派。但是，新潮派的诗、小说、戏剧，我们大体知道是什么样子，新潮派的散文是

* 题目为编者所加。

什么样子呢，想象不出。新潮派的诗人、戏剧家、小说家，到了他们写散文的时候，就不大看得出怎么新潮了，和不是新潮的人写的散文也差不多。这对于新潮派作家，是无可奈何的事。看来所有的人写散文，都不得不接受中国的传统。事情很糟糕，不接受民族传统，简直就写不好一篇散文。不过话说回来，既然我们自己的散文传统这样深厚，为什么一定要拒绝接受呢？我认为二三十年来散文不发达，原因之一，可能是对于传统重视不够。包括我自己。到我意识到的时候，已经晚了。老年读书，过目便忘。水过地皮湿，吸入不多，风一吹，就干了。假我十年以学，我的散文也许会写得好一些。

二三十年来的散文的一个特点，是过分重视抒情。似乎散文可以分为两大类:抒情散文和非抒情散文。即便是非抒情散文中，也多少要有点抒情成分，似乎非如此即不足以称散文。散文的天地本来很广阔，因为强调抒情，反而把散文的范围弄得狭窄了。过度抒情，不知节制，容易流于伤感主义。我觉得伤感主义是散文(也是一切文学)的大敌。挺大的人，说些小姑娘似的话，何必呢。我是希望把散文写得平淡一点，自然一点，“家常”一点的，但有时恐怕也不免“为赋新词强说愁”，感情不那么真实。

我写散文，是捎带脚，写的时候，没有想到要出一个集子，发表之后，剪存了一些，但是随手乱塞，散佚了不少。承作家出版社的好意，要我自己编一本散文集，只能将找得到的归拢归拢，成了现在的这样。我还会写写散文，如有机会出第二个集子，也许会把旧作找补一点回来。但这不知是哪年的事了。

我的住处在东蒲桥边，故将书名定为“蒲桥集”。东蒲桥在修立交桥，修成后是不是还叫东蒲桥，不知道。不过好赖总还是有一座桥的。即使桥没有了，叫做“蒲桥集”，也无妨。

一九八八年六月十日

捡石子儿

承人民文学出版社的好意，要出我一本选集，我很高兴。我出过的几本书，印数都很少，书店里买不到。很多人到我这里来要。我的存书陆续送人，所剩无几，已经见了缸底了。有一本新书，可以送送人。当然，还可以有一点稿费。

一本二十多万字的书，好像总得有一篇序什么的，不然就太秃了，因此，写几句。都是与本书有关的，不准备扯得太远。

都是些平平常常的话。

我以前外出，喜欢捡一些石头子儿。在海边，在火山湖畔，在沙滩上、沙漠上，倒是精心挑选的，当时觉得很新鲜。但是带回来之后看看，就失去了新鲜感，都没有多大意思。后来，我的孙女拿去过家家了。剩几颗，压水仙头。最后，都不知下落，没有了。也并不可惜。我的这篇代序里的话也就像那些石头子儿，没有什么保留价值。

关于空灵和平实

我的一些作品是写得颇为空灵的，比如《复仇》、《昙花·鹤和鬼火》、《天鹅之死》。空灵不等于脱离现实。《复仇》是现实生活的折射。这是一篇寓言性的小说。只要联系一九四四年前后的中国的现实生活背景，不难寻出这篇小说的寓意。台湾佛光出版社把这篇小说选入《佛教小说选》，我起初很纳闷。去年读了一点佛经，发现我写这篇小说是不很自觉地受了佛教的“冤亲平等”思想的影响的。但是，最后两个仇人共同开凿山路，则是我对中国乃至人类所寄予的希望。我写《天鹅之死》，是对现实生活有很深的沉痛感的。《汪曾祺自选集》的这篇小说后面有两行附注：

一九八〇年十二月二十九日清晨

一九八七年六月七日校，泪不能禁。

我的感情是真实的。一些写我的文章每每爱写我如何恬淡、潇洒、飘逸，我简直成了半仙！你们如果跟我接触得较多，便知道我不是一个不食人间烟火的人。

在一次北京作协组织的我的作品座谈会上，最后，我作了一个简短的发言，题目是“回到现实主义，回到民族传统”，这可以说是我的文学主张。我说我所说的“现实主义”是能容纳各种流派的现实主义。现实主义不应该排斥、拒绝非现实主义。现实主义的作品，或多或少，都要掺进一点非现实主义的成分。这样的现实主义才能接收一点新的血液，获得生机。否则现实主义就会干枯，老化，乃至死亡。但是，我的作品的本体，是现实主义的。我对生活的态度是执著的。我不认为生活本身是荒谬的。不认为世间无一可取，亦无一可言。我所用的方法，尤其是语言，是平易的，较易为读者接受的。我的小说基本上是直叙。偶有穿插，但还是脉络分明的。我不想把事件程序弄得很乱。有这个必要么？我不大运用时空交错。我认为小说是第三人称的艺术。我认为小说如果出现“你”，只能是接受对象，不能作为人物。“我”作为读者，和作品总是有个距离的。不管怎么投入，总不能变成小说中本来应该用“他”来称呼的人物，感觉到他的感觉。这样的做法不但使读者眼花缭乱，而且阻碍读者进入作品。至少是我，对这样的写法是反感的。有这个必要么？小说是写给读者看的，不能故意跟读者为难，使读者读起来过于费劲。修辞立其诚，对读者要诚恳一些，尽可能地写得老实一些。

但是，我最近写的一篇小说《小芳》引起了我对我的写作方法的一番思索。

《中国作家》有位编辑约我写一篇小说，写完了，我在电话里告诉他：“这篇小说写得非常平实。”我的女儿看了，说她不喜欢。“一点才华没有！这不像是你写的！”我也不知道我怎么会写出这样一篇如此平铺直叙的小说。我负气地说:“我就是要写得没有一点才华！”但是我禁不住要想一想:我七十一岁了,写了这样平实的小说,这说明了什么？是不是我在写作方法上发生了某些变化？以后,我的小说将会是什么样子的？

想了几天,似乎有所开悟(这些问题过去也不是没有想过):作品的空灵、平实,是现实主义,还是非现实主义,决定于作品所表现的生活。生活的样子,就是作品的样子。一种生活,只能有一种写法。《天鹅之死》的跳芭蕾舞的演员白蕤和天鹅,本来是两条线,只能交织着写。《小芳》里的小芳,是一个真人,我只能直叙其事。虚构、想象、夸张,我觉得都是不应该的,好像都对不起这个小保姆。一种生活,用一种方法写,这样,一个作家的作品才能多样化。我想我以后再写小说，不会都像《小芳》那样。都是那样,就说明确实是老了。

关于民族传统和外来影响

我的写作受过一些什么影响？古今中外,乱七八糟。

我在大学念的是中文系，但是课余时间看的多是中国的当代文学作品和外国文学的译本。俄国的、东欧的、英国的、法国的、美国的、西班牙的。如果不看这些外国作品,我不会成为作家。

我对一种说法很反感,说年轻人盲目学习西方,赶时髦。说西方有什么新的学说,新的方法,他们就赶快摹仿。说有些东西西方已经过时了,他们还当着宝贝捡起来,比如意识流。有些青年作家摹仿西方,这有什么不好呢？我们年轻时还不都是这样过来的？有些方法,不是那样容易过时的,比如意识流。意识流是对古典现实主义一次重大的突破。普鲁斯特的作品现在也还有人看。指责年轻人的权威是在维护文学的正统,还是维护什么别的东西,大家心里明白。

有一种说法我不理解:越是民族的,就越是世界的。虽然这话最初大概是鲁迅说的。这在逻辑上讲不通。现在抬出这样的理论的中老年作家的意思我倒是懂得的。他们具有强烈的排他性,排斥外来的影响,排斥受外来影响较大的青年作家，以为自己的作品是最民族的，也是最世界的，是最好的，别的，都不行。

钱钟书先生提出一个说法："打通。"他说他这些年所做的工作，主要是打通。他所说的打通指的是中西文学之间的打通。我很欣赏打通说，中国当代文学和西方文学需要打通，不应该设障。

另一种打通是当代文学与古典文学（民族传统）之间的打通。毋庸讳言，中国当代文学和古典文学之间是相当隔阂的。这有两方面的原因。一方面，当代作家对古典文学重视得不够；另一方面，研究、教授古典文学的先生又极少考虑古典文学对当代创作的作用，——推动当代创作，应该是研究、教学古典文学的最终目的。

还有一种打通，是当代文学、古典文学和民间文学之间的打通。我曾在湖南桑植读到一首民歌：

姐的帕子白又白，
你给小郎分一截。
小郎拿到走夜路，
好比天上峨眉月。

不知道为什么，我当时立刻想到王昌龄的《长信秋词》：

玉颜不及寒鸦色，
犹带昭阳日影来。

两者设想的超迈，有其相通处。这样的民歌，我想对于当代诗歌，乃至小说、散文的写作应该是有影响的。

《阿诗玛》说："吃饭，饭不到肉里；喝水，水不到血里。"我们读了西方文学、古典文学、民间文学。当然不能确指这进入哪一块肉，变成哪一滴血，但是多方吸收，总是好的。

我对古典、西方、民间都不很通。但是我以为，一个当代中国作家，应该是一个文学的通人。

关于笔记体小说

我的一些小说，在投寄刊物时自己就标明是笔记小说。笔记体小说是近年出来的文学现象。我好像成了这种文体的倡导者之一。但是我对笔记体小说的概念并不清楚。

中国古代小说有两个传统，唐人传奇和宋人笔记。唐人传奇本多是投之当道的“行卷”。因为要使当道者看得有趣，故情节曲折，引人入胜；又因为要使当道者赏识其才华，故文辞美丽。是有意为文。宋人笔记无此功利的目的，多是写给朋友们看看的，聊助谈资。有的甚至是写给自己看的。《梦溪笔谈》云“所与谈者，唯笔砚耳”。是无意为文。因此写得清淡自然，但，自有情致。我曾在一篇序言里说过我喜欢宋人笔记胜于唐人传奇，以此。

两种传统，绵延不绝，《阅微草堂笔记》可以说是继承了笔记传统，《聊斋志异》则是传奇、笔记兼而有之。纪晓岚对蒲松龄很不满意，指责他：

> 今燕昵之词、媟狎之态，细微曲折，摹绘如生。使出自言，似无此理；使出作者代言，则何从而闻见之？

这问题其实很好回答：想象。

一般认为，所写之事是目击或亲闻的，是笔记，想象成分稍多者，即不是。这也有理。

按照这个标准，则我的《桥边小说三篇》的《茶干》是笔记小说；《詹大胖子》不完全是，张蕴之到王文蕙屋里去，并非我亲眼得见；《幽冥钟》更不是，地狱里的女鬼听到幽冥钟声，看到一个一个淡金色的光圈，我怎么能看到呢？这完全是想象，是诗。

我觉得这样的区分没有多大意思。

凡是不以情节胜，比较简短，文字淡雅而有意境的小说，不妨都称之为笔记体小说。

我并不主张有人专写笔记体小说，只写笔记体小说。也不认为这是最好的小说文体。只是有那么一小块生活，适合或只够写成笔记体小说，便写成笔记体，而已。我并没有“倡导”过什么。

关于中国魔幻小说

我看了几篇拉丁美洲的魔幻小说，第一个感想是：人家是把这样的东西也叫做小说的；第二个感想是：这样的小说中国原来就有过。所不同的是拉丁美洲的魔幻小说是当代作品，中国的魔幻小说是古代作品。我于是想改写一些中国古代魔幻小说，注入当代意识，使它成为新的东西。

中国是一个魔幻小说的大国，从六朝志怪到《聊斋》，乃至《夜雨秋灯录》，真是浩如烟海，可资改造的材料是很多的。改写魔幻小说，至少可以开拓一个新的写作领域。

有人会问：改写魔幻小说有什么意义？我们也可以反问一句：你所说的“意义”是什么意义？

关于本书体例

我以前出的几本书，在编排上都是以作品写作或发表的时间先后为序的。这回不这样，我把作品大体上归了归类。小说部分以地方背景分。我生活过的地方是：江苏高邮、昆明、北京、张家口。小说也就把以这几个地方为背景的归在一起。有些篇不能确指其背景是什么地方，就只好单独放着，如《复仇》、《小芳》。散文部分是这样分的：记人的，写风景的，和人生杂论。

这样的编排说不上有什么道理，只是为了一般读者阅读的方便。这对研究者可能造成一些困难。我不大赞成用“系年”的方法研究一个作者。我活了一辈子，我是一条整鱼（还是活的），不要把我切成头、尾、中段。何况，我是不值得“研究”的。“研究”这个词儿很可怕。

一九九一年十二月二日

西窗雨

很多中国作家是吃狼的奶长大的。没有外国文学的影响,中国文学不会像现在这个样子,很多作家也许不会成为作家。即使有人从来不看任何外国文学作品,即使他一辈子住在连一条公路也没有的山沟里,他也是会受外国文学的影响的,尽管是间接又间接的。没有一个作家是真正的“土著”,尽管他以此自豪,以此标榜。

高中三年级的时候,我为避战乱,住在乡下的一个小庵里,身边所带的书,除为了考大学用的物理化学教科书外,只有一本《沈从文选集》。一本屠格涅夫的《猎人笔记》。可以说,是这两本书引我走上文学道路的。屠格涅夫对人的同情,对自然的细致的观察给我很深的影响。

我在大学里读的是中文系,但是课外所看的,主要是翻译的外国文学作品。

我喜欢在气质上比较接近我的作家。不喜欢托尔斯泰。一直到一九五八年我被划成右派下放劳动,为了找一部耐看的作品,我才带了两大本《战争与和平》,费了好大的劲才看完。不喜欢陀思妥耶夫斯基那样沉重阴郁的小说。非常喜欢契诃夫。托尔斯泰说契诃夫是一个很怪的作家,他好像把文字随便丢来丢去,就成了一篇作品。我喜欢他的松散自由、随便、起止自在的文体;喜欢他对生活的痛苦的思索和一片温情。我认为契诃夫是一个真正的现代作家。从契诃夫后,俄罗斯文学才进入一个新的时期。

苏联文学里,我喜欢安东诺夫。他是继承契诃夫传统的。他比契诃夫更现代一些,更西方一些。我看了他的《在电车上》,有一次在文联大楼开完会出来,在大门台阶上遇到萧乾同志,我问他:“这是不是意识流?”萧乾说:

“是。但是我不敢说！”五十年代，在中国提起意识流都好像是犯法的。

我喜欢苏克申，他也是继承契诃夫的。苏克申对人生的感悟比安东诺夫要深，因为这时的苏联作家已经摆脱了斯大林的控制，可以更自由地思索了。

法国文学里，最使当时的大学生着迷的是A.纪德。在茶馆里，随时可以看到一个大学生捧着一本纪德的书在读，从优雅的、抒情诗一样的情节里思索其中哲学的底蕴。影响最大的是《纳蕤思解说》、《田园交响乐》。《窄门》、《伪币制造者》比较枯燥。在《地粮》的文体影响下，不少人写起散文诗日记。

波特莱尔的《恶之花》、《巴黎之烦恼》是一些人的袋中书——这两本书的开本都比较小。

我不喜欢莫泊桑，因为他做作，是个“职业小说家”。我喜欢都德，因为他自然。

我始终没有受过《约翰·克里斯朵夫》的诱惑，我宁可听法朗士的怀疑主义的长篇大论。

英国文学里，我喜欢弗·伍尔夫。她的《到灯塔去》、《浪》写得很美。我读过她的一本很薄的小说《狒拉西》，是通过一只小狗的眼睛叙述伯朗宁和伯朗宁夫人的恋爱过程，角度非常别致。《狒拉西》似乎不是用意识流方法写的。

我很喜欢西班牙的阿索林，阿索林的意识流是覆盖着阴影的，清凉的，安静透亮的溪流。

意识流有什么可非议的呢？人类的认识发展到一定阶段，就会发现人的意识是流动的，不是那样理性，那样规整，那样可以分切的。意识流改变了作者和人物的关系。作者对人物不再是旁观，俯视，为所欲为。作者的意识和人物的意识同时流动。这样，作者就更接近人物，也更接近生活，更真实了。意识流不是理论问题，是自然产生的。林徽因显然就是受了弗·伍尔夫的影响，废名原来并没有看过伍尔夫的作品，但是他的作品却与伍尔夫十分相似。这怎么解释？

意识流造成传统叙述方法的解体。

我年轻时是受过现代主义、意识流方法的影响的。

太阳晒着港口，把盐味敷到坞边的杨树的叶片上。海是绿的，腥的。

一只不知名的大果子，有头颅那样大，正在腐烂。

贝壳在沙粒里逐渐变成石灰。

浪花的白沫上飞着一只鸟，仅仅一只，太阳落下去了。

黄昏的光映在多少人的额头上，在他们的额头上涂了一半金。

多少人逼向三角洲的尖端。又转身分散。

人看远处如烟。

自在烟里，看帆篷远去。

来了一船瓜，一船颜色和欲望。

一船是石头，比赛着棱角。也许——

一船鸟，一船百合花。

深巷卖杏花。骆驼。

骆驼的铃声在柳烟中摇荡。鸭子叫，一只通红的蜻蜓。

惨绿的雨前的磷火。

一城灯！

——《复仇》

这是什么？大概是意识流。

我的文艺思想后来有所发展。八十年代初，我宣布过“回到现实主义，回到民族传统”。但是立即补充了一句：“我所说的现实主义是能容纳各种流派的现实主义，我所说的民族传统是能吸收任何外来影响的民族传统。”

抗日战争时期。昆明小西门外。

米市，菜市，肉市。柴驮子，炭驮子。马粪。粗细瓷碗，沙锅铁锅。焖鸡米线，烧饵块。金钱片腿，牛干巴。炒菜的油烟，炸辣子呛人的气味。红黄蓝白黑，酸甜苦辣咸。

每个人带着一生的历史，半个月的哀乐，在街上走。……

——《钓人的孩子》

这大概不能算是纯粹的民族传统。中国虽然也有"鸡声茅店月，人迹板桥霜"，有"古道西风瘦马，枯藤老树昏鸦"，但是堆砌了一连串的名词，无主语，无动词，是少见的。这也可以说是意识流。有人说这是意象主义，也可以吧。总之，这样的写法是外来的。

有一种说法：越是民族的，就越是世界的。这话我不知道是什么意思。如果说越写出民族的特点，就越有世界意义，可以同意。如果用来作为拒绝外来影响的借口，以为越土越好，越土越洋，我觉得这会害了自己，也害了别人。

我想对《外国文学评论》提几点看法。

希望能研究一下外国文学研究的最终目的是什么？我以为应该是推动、影响、刺激中国的当代创作。要考虑刊物的读者是什么人，我以为应是中国作家、中国的文学爱好者，当然，也包括中国的外国文学研究者。不要为了研究而研究，不要脱离中国文学的实际，要有的放矢，顾及社会的和文学界的效应。

评论要和鉴赏结合起来，要更多介绍一点外国作家和作品，不要空谈理论。现在发表的文章多是从理论到理论。评介外国的作家和作品，得是一个中国的研究者的带独创性的意见，不宜照搬外国人的意见。可以考虑开一个栏目：外国作家对中国作家的影响，比如魏尔兰之于艾青，T.S.艾略特、奥登之于九叶派诗人……这似乎有点跨进了比较文学的范围。但是我觉得一个外国文学研究者多多少少得是一个比较文学研究者，否则易于架空。

最后，希望文章不要全是理论语言，得有点文学语言。要有点幽默感。完全没有幽默感的文章是很烦人的。

一九九二年二月九日

万寿宫丁丁响

冯思纯同志编出了他的父亲废名的小说选集，让我写一篇序，我同意了。我觉得这是义不容辞的事，因为我曾经很喜欢废名的小说，并且受过他的影响。但是我把废名的小说反复看了几遍，就觉得力不从心，无从下笔，我对废名的小说并没有真的看懂。

我说过一些有关废名的话：

废名这个名字现在几乎没有人知道了。国内出版的中国现代文学史没有一本提到他。这实在是一个真正很有特点的作家。他在当时的读者就不是很多，但是他的作品曾经对三十年代、四十年代的青年作家，至少是北京的青年作家，产生过颇深的影响。这种影响现在看不到了，但是它并未消失。它像一股泉水，在地下流动着。也许有一天，会汩汩地流到地面上来的。他的作品不多，一共大概写了六本小说，都很薄。他后来受了佛教思想的影响，作品中有见道之言，很不好懂。《莫须有先生传》就有点令人莫名其妙，到了《莫须有先生坐飞机以后》就不知所云了。但是他早期的小说，《桥》、《枣》、《桃园》和《竹林的故事》写得真是很美。他把晚唐诗的超越理性，直写感觉的象征手法移到小说里来了。他用写诗的办法写小说，他的小说实际上是诗。他的小说不注重写人物，也几乎没有故事。《竹林的故事》算是长篇，叫做“故事”。实无故事，只是几个孩子每天生活的记录。他不写故事，写意境。但是他的小说是感人的，使人得到一种不同寻常的感动。因为他对于小儿女是那样富于同情心。他用儿童一样明亮而敏感的眼睛观察周围世界，用儿童一样简单而准确的笔墨来记录，他的小说是天真的，具有天真的美。因为他善于捕捉儿童的思想和情绪，他运用了意识流，他的意识流是从生活里发现的，不是从外国的理论或作品里搬来的。……因为他追随流动的意识，因此他的行文也和别人不一样。周作人曾说废名是一个讲究文章之美的小说家。又说他的行文好比一溪流水，遇到一片草叶都要去抚摸一下，然后又汪汪地向前流去。这说得实在非常好。

我的一些说法其实都是从周作人那里来的，谈废名的文章谈得最好的是周作人。周作人对废名的文章喻之为水，喻之为风。他在《莫须有先生传》的序文中说：

这好像是一道流水，大约总是向东去朝宗了海，他流过的地方，凡有什么汊港弯曲，总得灌注潆洄一番，有什么岩石水草，总要披拂抚弄一下子，再往前走去，再往前去，这都不是他的行程的主脑，但除去了这些，也就别无行程了。

周作人的序言有几句写得比较吃力，不像他的别的文章随便自然。“灌注潆洄”、“披拂抚弄”，都有点着力太过。有意求好，反不能好，虽在周作人亦不能免。不过他对意识流的描绘却是准确贴切且生动的。他的说法具有独创性，在他以前还没有人这样讲过。那时似还没有“意识流”这个说法，周作人、废名都不曾使用过这个词。这个词是从外国迻译进来的。但是没有这个名词不等于没有这个东西。中国自有中国的意识流，不同于普鲁斯特，也不同于弗·伍尔夫，但不能否认那是意识流，晚唐的温（飞卿）李（商隐）便是。比较起来，李商隐更加天马行空，无迹可求。温则不免伤于轻艳。废名受李的影响更大一些。有人说废名不是意识流，不是意识流又是什么？废名和《尤利西斯》的距离诚然较大，和伍尔夫则较为接近。废名的作品有一种女性美，少女的美。他很喜欢“摘花赌身轻”，这是一句“女郎诗”！

冯健男同志（废名的侄儿）在《我的叔父废名》一书中引用我的一段话，说我说废名的小说“具有天真的美”以为“这是说得新鲜的，道别人之所未道”。其实这不是“道别人之所未道”。废名喜欢儿童(少年),也非常善于写儿童,这个问题周作人就不止一次地说过。我第一次读废名的作品大概是《桃园》。读到王老大和他的害病女儿阿毛说:“阿毛,不说话,一睡就睡着了”,忽然非常感动。这一句话充满一个父亲对一个女儿的感情。“这个地方太空旷吗?不,阿毛睁大的眼睛叫月亮装满了”,这种写法真是特别。真是美。读《万寿宫》,至程林写在墙上的字:“万寿宫丁丁响”,我也异常的感动,本来丁丁响的是四个屋角挂的铜铃,但是孩子们觉得是万寿宫在丁丁响。这是孩子的直觉。孩子是不大理智的,他们总是直觉地感受这个世界,去“认同”世界。这些孩子是那样纯净,与世界无欲求,无争竞,他们对世界是那洋充满欢喜,他们最充分地体会到人的善良,人的高贵,他们最能把握周围环境的颜色、形体、光和影、声音和寂静,最能完美地捕捉住诗。这大概就是周作人所说的“仙境”。

另一位真正读懂废名,对废名的作品有深刻独到的见解的美学家,我以为是朱光潜。朱先生的论文说:“废名先生不能成为一个循规蹈矩的小说家,因为他在心境原型上是一个极端的内倾者。小说家须得把眼睛朝外看,而废名的眼睛却老是朝里看;小说家须把自我沉没到人物性格里面去,让作者过人物的生活,而废名的人物却都沉没在作者的自我里面,处处都是过作者的生活。”朱先生的话真是打中了废名的“要害”。

前几年中国的文艺界(主要是评论家)闹了一阵“向内转、向外转”之争。“向内转、向外转”与“向内看、向外看”含义不尽相同,但有相通处。一部分具有权威性的理论家坚决反对向内,坚持向外,以为文学必须如此,这才叫文学,才叫现实主义;而认为向内是离经叛道,甚至是反革命。我们不反对向外的文学,并且认为这曾经是文学的主要潮流。但是为什么对向内的文学就不允许其存在,非得一棍子打死不可呢?

废名作品的不被接受,不受重视,原因之一,是废名的某些作品确实不好懂。朱光潜先生就写过:“废名的诗不容易懂,但是懂得之后,你也许要惊叹它真好。”这是对一般人而言,对平心静气,不缺乏良知的读者,对具有对文学的敏感的人而言的。对于另一种人则是另一回事。他们感觉到废名的文学对他们是一种潜在的威胁，会危及他们的左派正宗，一统天下。他们的武器是沉默，用不理代替批判，他们可以视若无睹，不赞一辞，仿佛废名根本不存在。他们用沉默来掩饰对废名，对一切高雅文学的刻骨的仇恨。他们是一些粗俗的人，一群能写恶札的文艺官。但是他们能够窃据要津，左右文运。废名的价值被认识，他在中国现代文学史上的地位真正的被肯定，恐怕还得再过二十年。

一九九六年三月六日

关于《受戒》

我没有当过和尚。

我的家乡有很多大大小小的庙。我的家乡没有多少名胜风景。我们小时候经常去玩的地方，便是这些庙。我们去看佛像。看释迦牟尼，和他两旁的侍者（有一个侍者岁数很大了，还老那么站着，我常为他不平）。看降龙罗汉、伏虎罗汉、长眉罗汉。看释迦牟尼的背后塑在墙壁上的"海水观音"。观音站在一个鳌鱼的头上，四周都是卷着漩涡的海水。我没有见过海，却从这一壁泥塑上听到了大海的声音。一个中小城市的寺庙，实际上就是一个美术馆。它同时又是一所公园。庙里大都有广庭、大树、高楼。我到现在还记得走上吱吱作响的楼梯，踏着尘土上印着清晰的黄鼠狼足迹的楼板时心里的轻微的紧张，记得凭栏一望后的畅快。

我写的那个善因寺是有的。我读初中时，天天从寺边经过。寺里放戒，一天去看几回。

我小时就认识一些和尚。我曾到一个人迹罕到的小庵里，去看过一个戒行严苦的老和尚。他年轻时曾在香炉里烧掉自己的两个指头，自号八指头陀。我见过一些阔和尚，那些大庙里的方丈。他们大都衣履讲究（讲究到令人难以相信），相貌堂堂，谈吐不俗，比县里的许多绅士还显得更有文化。事实上他们就是这个县的文化人。我写的那个石桥是有那么一个人的（名字我给他改了）。他能写能画，画法任伯年，书学吴昌硕，都很有可观。我们还常常走过门外，去看他那个小老婆。长得像一穗兰花。

我也认识一些以念经为职业的普通的和尚。我们家常做法事。我因为是长子，常在法事的开头和当中被叫去磕头；法事完了，在他们脱下袈裟，互道辛苦之后(头一次听见他们互相道“辛苦”,我颇为感动,原来和尚之间也很讲人情,不是那样冷淡),陪他们一起喝粥或者吃挂面。这样我就有机会看怎样布置道场,翻看他们的经卷,听他们敲击法器,对着经本一句一句地听正座唱“叹骷髅”(据说这一段唱词是苏东坡写的)。

我认为和尚也是一种人,他们的生活也是一种生活,凡作为人的七情六欲,他们皆不缺少,只是表现方式不同而已。

一个偶然的机会,我在一个乡下的小庵里住了几个月,就住在小说里所写的“一花一世界”那几间小屋里。庵名我已经忘记了,反正不叫菩提庵。菩提庵是我因为小门上有那样一副对联而给它起的。“一花一世界”,我并不大懂,只是朦朦胧胧地感到一种哲学的美。我那时也就是明海那样的年龄,十七八岁,能懂什么呢?

庵里的人,和他们的日常生活,也就是我所写的那样。明海是没有的。倒是有一个小和尚,人相当蠢,和明海不一样。至于当家和尚拍着板教小和尚念经,则是我亲眼得见。

这个庄是叫庵赵庄。小英子的一家,如我所写的那样。这一家,人特别的勤劳,房屋、用具特别的整齐干净,小英子眉眼的明秀,性格的开放爽朗,身体姿态的优美和健康,都给我留下难忘的印象,和我在城里所见的女孩子不一样。她的全身,都发散着一种青春的气息。

我一直想写写在这小庵里所见到的生活,一直没有写。

怎么会在四十三年之后,在我已经六十岁的时候,忽然会写出这样一篇东西来呢?这是说不明白的。要说明一个作者怎样孕育一篇作品,就像要说明一棵树是怎样开出花来的一样的困难。

理智地想一下,因由也是有一些的。

一是在这以前,我曾经忽然心血来潮,想起我在三十二年前写的,久已遗失的一篇旧作《异秉》,提笔重写了一遍。写后,想:是谁规定过,解放前的生活不能反映呢?既然历史小说都可以写,为什么写写旧社会就不行呢?今天的人,对于今天的生活所过来的那个旧的生活,就不需要再认识认识吗?旧社会的悲哀和苦趣,以及旧社会也不是没有的欢乐,不能给今天的人一点什么吗？这样，我就渐渐回忆起四十三年前的一些旧梦。当然，今天来写旧生活，和我当时的感情不一样，正如同我重写过的《异秉》和三十二年前所写的感情也一定不会一样。四十多年前的事，我是用一个八十年代的人的感情来写的。《受戒》的产生，是我这样一个八十年代的中国人的各种感情的一个总和。

二是前几个月，因为我的老师沈从文要编他的小说集，我又一次比较集中，比较系统地读了他的小说。我认为，他的小说，他的小说里的人物，特别是他笔下的那些农村的少女，三三、夭夭、翠翠，是推动我产生小英子这样一个形象的一种很潜在的因素。这一点，是我后来才意识到的。在写作过程中，一点也没有察觉，大概是有关系的。我是沈先生的学生。我曾问过自己：这篇小说像什么？我觉得，有点像《边城》。

三是受了百花齐放的气候的感召。

试想一想：不用说十年浩劫，就是“十七年”，我会写出这样一篇东西么？写出了，会有地方发表么？发表了，会有人没有顾虑地表示他喜欢这篇作品么？都不可能的。那么，我就觉得，我们的文艺的情况真是好了，人们的思想比前一阵解放得多了。百花齐放，蔚然成风，使人感到温暖。虽然风的形成是曲曲折折的(这种曲折的过程我不大了解)，也许还会乍暖还寒？但是我想不会。我为此，为我们这个国家，感到高兴。

这篇小说写的是什么？我在大体上有了一个设想之后，曾和个别同志谈过。“你为什么要写这样一篇东西呢？”当时我没有回答，只是带着一点激动说：“我要写！我一定要把它写得很美，很健康，很有诗意！”写成后，我说：“我写的是美，是健康的人性。”美，人性，是任何时候都需要的。

人们都说，文艺有三种作用：教育作用，美感作用和认识作用。是的。我承认有的作品有更深刻或更明显的教育意义。但是我希望不要把美感作用和教育作用截然分开甚至对立起来，不要把教育作用看得太狭窄(我历来不赞成单纯娱乐性的文艺这种提法)，那样就会导致题材的单调。美感作用同时也是一种教育作用。美育嘛。这两年重提美育，我认为是很有必要的。这是医治民族的创伤，提高青年品德的一个很重要的措施。我们的青年应该生活得更充实，更优美，更高尚。我甚至相信，一个真正能欣赏齐白石和柴可夫斯基的青年，不大会成为一个打砸抢分子。

我的作品的内在的情绪是欢乐的。我们有过各种创伤，但是我们今天应该快乐。一个作家，有责任给予人们一份快乐，尤其是今天（请不要误会，我并不反对写悲惨的故事）。我在写出这个作品之后，原本也是有顾虑的。我说过：发表这样的作品是需要勇气的。但是我到底还是拿出来了，我还有一点自信。我相信我的作品是健康的，是引人向上的，是可以增加人对于生活的信心的，这至少是我的希望。

也许会适得其反。

我们当然是需要有战斗性的，描写具有丰富的人性的现代英雄的，深刻而尖锐地揭示社会的病痛并引起疗救的注意的悲壮、宏伟的作品。悲剧总要比喜剧更高一些。我的作品不是，也不可能成为主流。

我从来没有说过关于自己作品的话。一个不长的短篇，也没有多少可说的话。《小说选刊》的编者要我写几句关于《受戒》的话，我就写了这样一些。写得不短，而且那样的直率，大概我的性格在变。

很多人的性格都在变。这好。

第四辑　逝　水

花园

茱萸小集二

在任何情形之下,那座小花园是我们家最亮的地方。虽然它的动人处不是,至少不仅在于这点。

每当家像一个概念一样浮现于我的记忆之上,它的颜色是深沉的。

祖父年轻时建造的几进,是灰青色与褐色的。我自小养育于这种安定与寂寞里。报春花开放在这种背景前是好的。它不至被晒得那么多粉。固然报春花在我们那儿很少见,也许没有,不像昆明。

曾祖留下的则几乎是黑色的,一种类似眼圈上的黑色(不要说它是青的)里面充满了影子。这些影子足以使供在神龛前的花消失。晚间点上灯,我们常觉那些布灰布漆的大柱子一直伸拔到无穷高处。神堂屋里总挂一只鸟笼,我相信即是现在也挂一只的。那只青裆子永远眯着眼假寐(我想它做个哲学家,似乎身子太小了)。只有巳时将尽,它唱一会,洗个澡,抖下一团小雾在伸展到廊内片刻的夕阳光影里。

一下雨,什么颜色都郁起来,屋顶,墙,壁上花纸的图案,甚至鸽子:铁青子,瓦灰,点子,霞白。宝石眼的好处这时才显出来。于是我们,等斑鸠叫单声,在我们那个园里叫。等着一棵榆梅稍经一触,落下碎碎的瓣子,等着重新着色后的草。

我的脸上若有从童年带来的红色,它的来源是那座花园。

我的记忆有菖蒲的味道。然而我们的园里可没有菖蒲呵?它是哪儿来的，是哪些草？这是一个无法解决的问题。但是我此刻把它们没有理由的纠在一起。

“巴根草，绿阴阴，唱个唱，把狗听。”每个小孩子都这么唱过吧。有时什么也不做，我躺着，用手指绕住它的根，用一种不露锋芒的力量拉，听顽强的根胡一处一处断。这种声音只有拔草的人自己才能听得。当然我嘴里是含着一根草了。草根的甜味和它的似有若无的水红色是一种自然的巧合。

草被压倒了。有时我的头动一动，倒下的草又慢慢站起来。我静静的注视它，很久很久，看它的努力快要成功时，又把头枕上去，嘴里叫一声“嗯！”有时，不在意，怜惜它的苦心，就算了。这种性格呀！那些草有时会吓我一跳的，它在我的耳根伸起腰来了，当我看天上的云。

我的鞋底是滑的，草磨得它发了光。

莫碰臭芝麻，沾惹一身，嗐，难闻死人。沾上身子，不要用手指去拈。用刷子刷。这种籽儿有带钩儿的毛，讨嫌死了。至今我不能忘记它：因为我急于要捉住那个“都溜”（一种蝉，叫得最好听），我举着我的网，蹑手蹑脚，抄近路过去，循它的声音找着时，拍，得了。可是回去，我一身都是那种臭玩意。想想我捉过多少“都溜”！

我觉得虎耳草有一种腥味。

紫苏的叶子上的红色呵，暑假快过去了。

那棵大垂柳上常常有天牛，有时一个、两个的时候更多。它们总像有一桩事情要做，六只脚不停地运动，有时停下来，那动着的便是两根有节的触须了。我们以为天牛触须有一节它就有一岁。捉天牛用手，不是如何困难工作，即使它在树枝上转来转去，你等一个合适地点动手。常把脖子弄累了，但是失望的时候很少。这小小生物完全如一个有教养惜身份的绅士，行动从容不迫，虽有翅膀可从不想到飞；即是飞，也不远。一捉住，它便吱吱纽纽的叫，表示不同意，然而行为依然是温文尔雅的。黑地白斑的天牛最多，也有极瑰丽颜色的。有一种还似乎带点玫瑰香味。天牛的玩法是用线扣在脖子上看它走。令人想起……不说也好。

蟋蟀已经变成大人玩意了。但是大人的兴趣在斗,而我们对于捉蟋蟀的兴趣恐怕要更大些。我看过一本秋虫谱,上面除了苏东坡米南宫,还有许多济颠和尚说的话。都神乎其神的不大好懂。捉到一个蟋蟀,我不能看出它颈子上的细毛是瓦青还是朱砂,它的牙是米牙还是菜牙,但我仍然是那么欢喜。听,瞿瞿瞿瞿,哪里?这儿是的,这儿了!用草掏,手扒,水灌,嚯,蹦出来了。顾不得螺螺藤拉了手,扑,追着扑。有时正在外面玩得很好,忽然想起我的蟋蟀还没喂呐,于是赶紧回家。我每吃一个梨,一段藕,吃石榴吃菱,都要分给它一点。正吃着晚饭,我的蟋蟀叫了。我会举着筷子听半天,听完了对父亲笑笑,得意极了。一捉蟋蟀,那就整个园子都得翻个身。我最怕翻出那种软软的鼻涕虫。可是堂弟有的是办法,撒一点盐,立刻它就化成一滩水了。

有的蝉不会叫,我们称之为哑巴。捉到哑巴比捉到"红娘"更坏。但哑巴也有一种玩法。用两个马齿苋的瓣子套起它的眼睛,那是刚刚合适的,仿佛马齿苋的瓣子天生就为了这种用处才长成那么个小口袋样子,一放手,哑巴就一直向上飞,决不偏斜转弯。

蜻蜓一个个选定地方息下,天就快晚了。有一种通身铁色的蜻蜓,翅膀较窄,称"鬼蜻蜓"。看它款款的飞在墙角花阴,不知什么道理,心里有一种说不出来的难过。

好些年看不到土蜂了。这种蠢头蠢脑的家伙,我觉得它也在花朵上把屁股撅来撅去的,有点不配,因此常常愚弄它。土蜂是在泥地上掘洞当做窠的。看它从洞里把个有绒毛的小脑袋钻出来(那神气像个东张西望的近视眼),嗡,飞出去了,我便用一点点湿泥把那个洞封好,在原来的旁边给它重掘一个,等着,一会儿,它拖着肚子回来了,找呀找,找到我掘的那个洞,钻进去,看看,不对,于是在四近大找一气。我会看着它那副急样笑个半天。或者,干脆看它进了洞,用一根树枝塞起来,看它从别处开了洞再出来。好容易,可重见天日了,它老先生于是坐在新大门旁边息息,吹吹风。神情中似乎是生了一点气,因为到这时已一声不响了。

祖母叫我们不要玩螳螂,说是它吃了土谷蛇的脑子,肚里会生出一种铁线蛇,缠到马脚脚就断,什么东西一穿就过去了,穿到皮肉里怎么办?

它的眼睛如金甲虫，飞在花丛里五月的夜。

故乡的鸟呵。

我每天醒在鸟声里。我从梦里就听到鸟叫，直到我醒来。我听得出几种极熟悉的叫声，那是每天都叫的，似乎每天都在那个固定的枝头。

有时一只鸟冒冒失失飞进那个花厅里，于是大家赶紧关门，关窗子，吆喝，拍手，用书扔，竹竿打，甚至把自己帽子向空中摔去。可怜的东西这一来完全没了主意，只是横冲直撞的乱飞，碰在玻璃上，弄得一身蜘蛛网，最后大概都是从两椽之间空隙脱走。

园子里时时晒米粉，晒灶饭，晒碗儿糕。怕鸟来吃，都放一片红纸。为了这个警告，鸟儿照例就不来，我有时把红纸拿掉让它们大吃一阵，到觉得它们太不知足时，便大喝一声赶去。

我为一只鸟哭过一次。那是一只麻雀或是癞花。也不知从什么人处得来的，欢喜的了不得，把父亲不用的细篾笼子挑出一个最好的来给它住，配一个最好的雀碗，在插架上放了一个荸荠，安了两根风藤跳棍，整整忙了一半天。第二天起得格外早，把它挂在紫藤架下。正是花开的时候，我想是那全园最好的地方了。一切弄得妥妥当当后，独自还欣赏了好半天，我上学去了。一放学，急急回来，带着书便去看我的鸟。笼子掉在地下，碎了，雀碗里还有半碗水，“我的鸟，我的鸟呐！”父亲正在给碧桃花接枝，听见我的声音，忙走过来，把笼子拿起来看看，说“你挂得太低了，鸟在大伯的玳瑁猫肚子里了。”哇的一声，我哭了。父亲推着我的头回去，一面说“不害羞，这么大人了。”

有一年，园里忽然来了许多夜哇子。这是一种鹭鸶属的鸟，灰白色，据说它们头上那根毛能破天风。所以有那么一种名，大概是因为它的叫声如此吧。故乡古话说这种鸟常带来幸运。我见它们吃吃喳喳做窠了，我去告诉祖母，祖母去看了看，没有说什么话。我想起它们来了，也有一天会像来了一样又去了的。我尽想，从来处来，从去处去，一路走，一路望着祖母的脸。

园里什么花开了，常常是我第一个发现。祖母的佛堂里那个铜瓶里的花常常是我换新。对于这个孝心的报酬是有需掐花供奉时总让我去，父亲一醒来，一股香气透进帐子，知道桂花开了，他常是坐起来，抽支烟，看着花，很深远的想着什么。冬天，下雪的冬天，一早上，家里谁也还没有起来，我常去园里摘一些冰心腊梅的朵子，再掺着鲜红的天竺果，用花丝穿成几柄，清水养在白瓷碟子里放在妈(我的第一个继母)和二伯母妆台上，再去上学。我穿花时，服伺我的女佣人小莲子，常拿着掸帚在旁边看，她头上也常戴着我的花。

我们那里有这么个风俗，谁拿着掐来的花在街上走，是可以抢的，表姐姐们每带了花回去，必是坐车。她们一来，都得上园里看看，有什么花开的正好，有时竟是特地为花来的。掐花的自然又是我。我乐于干这项差事。爬在海棠树上，梅树上，碧桃树上，丁香树上，听她们在下面说“这枝，唉，这枝这枝，再过来一点，弯过去的，喏，唉，对了对了！”冒一点险，用一点力，总给办到。有时我也贡献一点意见，以为某枝已经盛开，不两天就全落在台布上了，某枝花虽不多，样子却好。有时我陪花跟她们一道回去，路上看见有人看过这些花一眼，心里非常高兴。碰到熟人同学，路上也会分一点给她们。

想起绣球花，必连带想起一双白缎子绣花的小拖鞋，这是一个小姑姑房中东西。那时候我们在一处玩，从来只叫名字，不叫姑姑。只有时写字条时如此称呼，而且写到这两个字时心里颇有种近于滑稽的感觉。我轻轻揭开门帘，她自己若是不在，我便看到这两样东西了。太阳照进来，令人明白感觉到花在吸着水，仿佛自己真分享到吸水的快乐。我可以坐在她常坐的椅子上，随便找一本书看看，找一张纸写点什么，或有心无意的画一个枕头花样，把一切再恢复原来样子不留什么痕迹，又自去了。但她大都能发觉谁来过了。那第二天碰到，必指着手说“还当我不知道呢。你在我绷子上戳了两针，我要拆下重来了！”那自然是吓人的话。那些绣球花，我差不多看见它们一点一点的开，在我看书做事时，它会无声的落两片在花梨木桌上。绣球花可由人工着色。在瓶里加一点颜色，它便会吸到花瓣里。除了大红的之外，别种颜色看上去都极自然。我们常以骗人说是新得的异种。这只是一种游戏，姑姑房里常供的仍是白的。为什么我把花跟拖鞋画在一起呢？真不可解。——姑姑已经嫁了，听说日子极不如意。绣球快开花了，昆明渐渐暖起来。

花园里旧有一间花房，由一个花匠管理。那个花匠仿佛姓夏。关于他的机灵促狭，和女人方面的恩怨，有些故事常为旧日佣仆谈起，但我只看到他常来要钱，样子十分狼狈，局局促促，躲避人的眼睛，尤其是说他的故事的人的。花匠离去后，花房也跟着改造园内房屋而拆掉了。那时我认识花名极少，只记得黄昏时，夹竹桃特别红，我忽然又害怕起来，急急走回去。

我爱逗弄含羞草。触遍所有叶子，看都合起来了，我自低头看我的书，偷眼瞧它一片片的开张了，再猝然又来一下。他们都说这是不好的，有什么不好呢。

荷花像是清明栽种。我们吃吃螺蛳，抹抹柳球，便可看佃户把马粪倒在几口大缸里盘上藕秧，再盖上河泥。我们在泥里找蚬子，小虾，觉得这些东西搬了这么一次家，是非常奇怪有趣的事。缸里泥晒干了，便加点水，一次又一次，有一天，紫红色的小觜子冒出来了水面，夏天就来了。赞美第一朵花。荷叶上哗啦哗啦响了，母亲便把雨伞寻出来，小莲子会给我送去。

大雨忽然来了。一个青色的闪照在槐树上，我赶紧跑到柴草房里去。那是距我所在处最近的房屋。我爬上堆近屋顶的芦柴上，听水从高处流下来，响极了，訇——空心的老桑树倒了，葡萄架塌了，我的四近越来越黑了，雨点在我头上乱跳。忽然一转身，墙角两个碧绿的东西在发光！哦，那是我常看见的老猫。老猫又生了一群小猫了。原来它每次生养都在这里。我看它们攒着吃奶，听着雨，雨慢慢小了。

那棵龙爪槐是我一个人的。我熟悉它的一切好处，知道哪个枝子适合哪种姿势。云从树叶间过去。壁虎在葡萄上爬。杏子熟了。何首乌的藤爬上石笋了，石笋那么黑。蜘蛛网上一只苍蝇。蜘蛛呢？花天牛半天吃了一片叶子，这叶子有点甜么，那么嫩。金雀花那儿好热闹，多少蜜蜂！波——金鱼吐出一个泡，破了，下午我们去捞金鱼虫。香橼花蒂的黄色仿佛有点忧郁，别的花是飘下，香橼花是掉下的，花落在草叶上，草稍微低头又弹起。大伯母掐了枝珠兰戴上，回去了。大伯母的女儿，堂姐姐看金鱼，看见了自己。石榴花开，玉兰花开，祖母来了，“莫掐了，回去看看，瓶里是什么？”“我下来了，下来扶您。”

槐树种在土山上，坐在树上可看见隔壁佛院。看不见房子，看到的是关着的那两扇门，关在门外的一片田园。门里是什么岁月呢？钟鼓整日敲，那么悠徐，那么单调，门开时，小尼姑来抱一捆草，打两桶水，随即又关上了。水东东的滴回井里。那边有人看我，我忙把书放在眼前。

家里宴客，晚上小方厅和花厅有人吃酒打牌。（我记得有个人吹得极好的笛子。）灯光照到花上，树上，令人极欢喜也十分忧郁。点一个纱灯，从家里到园里，又从园里到家里，我一晚上总不知走了无数趟。有亲戚来去，多是我照路，说哪里高，哪里低，哪里上阶，哪里下坎。若是姑妈舅母，则多是扶着我肩膀走。人影人声都如在梦中。但这样的时候并不多。平日夜晚园子是锁上的。

小时候胆小害怕，黑魆魆的，树影风声，令人却步。而且相信园里有个“白胡子老头子”，一个土地花神，晚上会出来，在那个土山后面，花树下，冉冉的转圈子，见人也不避让。

有一年夏天，我已经像个大人了，天气郁闷，心上另外又有一点小事使我睡不着，半夜到园里去。一进门，我就停住了。我看见一个火星。咳嗽一声，招我前去，原来是我的父亲。他也正因为睡不着觉在园中徘徊。他让我抽一支烟（我刚会抽烟），我搬了一张藤椅坐下，我们一直没有说话。那一次，我感觉我跟父亲靠得近极了。

四月二日。月光清极。夜气大凉。似乎该再写一段作为收尾，但又似无须了。便这样吧，日后再说。逝者如斯。

载一九四五年六月第二卷第三期《文艺》

我的家乡

法国人安妮·居里安女士听说我要到波士顿，特意退了机票，推迟了行期，希望和我见一面。她翻译过我的几篇小说。我们谈了约一个小时，她问了我一些问题。其中一个是，为什么我的小说里总有水？即使没有写到水，也有水的感觉。这个问题我以前没有意识到过。是这样。这是很自然的。我的家乡是一个水乡，我是在水边长大的，耳目之所接，无非是水。水影响了我的性格，也影响了我的作品的风格。

我的家乡高邮在京杭大运河的下面。我小时候常常到运河堤上去玩(我的家乡把运河堤叫做"上河堆"或"上河埫"。"埫"字一般字典上没有，可能是家乡人造出来的字，音淌。"堆"当是"堤"的声转)。我读的小学的西面是一片菜园，穿过菜园就是河堤。我的大姑妈(我们那里对姑妈有个很奇怪的叫法，叫"摆摆"，别处我从未听有此叫法)的家，出门西望，就看见爬上河堤的石级。这段河堤有石级，因此地名"御码头"，康熙或乾隆曾在此泊舟登岸(据说御码头夏天没有蚊子)。运河是一条"悬河"，河底比东堤下的地面高，据说河堤和墙垛子一般高，站在河堤上，可以俯瞰堤下街道房屋。我们几个同学，可以指认哪一处的屋顶是谁家的。城外的孩子放风筝，风筝在我们脚下飘。城里人家养鸽子，鸽子飞起来，我们看到的是鸽子的背。几只野鸭子贴水飞向东，过了河堤，下面的人看见野鸭子飞得高高的。

我们看船。运河里有大船。上水的大船多撑篙。弄船的脱光了上身，使劲把篙子梢头顶上肩窝处，在船侧窄窄的舷板上，从船头一步一步走到船尾。然后拖着篙子走回船头，欻的一声把篙子投进水里，扎到河底，又顶着篙子，一步一步向船尾。如是往复不停。大船上用的船篙甚长而极粗，篙头如饭碗大，有锋利的铁尖。使篙的通常是两个人，船左右舷各一个；有时只一个人，在一边。这条船的水程，实际上是他们用脚一步一步走出来的。这种船多是重载，船帮吃水甚低，几乎要漫到船上来。这些撑篙男人都极精壮，浑身作古铜色。他们是不说话的，大都眉棱很高，眉毛很重。因为长年注视着流动的水，故目光清明坚定。这些大船常有一个舵楼，住着船老板的家眷。船老板娘子大都很年轻，一边扳舵，一边敞开怀奶孩子，态度悠然。舵楼大都伸出一支竹竿，晾晒着衣裤，风吹着啪啪作响。

看打鱼。在运河里打鱼的多用鱼鹰。一般都是两条船，一船八只鱼鹰。有时也会有三条、四条，排成阵势。鱼鹰栖在木架上，精神抖擞，如同临战状态。打鱼人把篙子一挥，这些鱼鹰就噼噼啪啪，纷纷跃进水里。只见它们一个猛子扎下去，眨眼工夫，有的就叼了一条鳜鱼上来——鱼鹰似乎专逮鳜鱼。打鱼人解开鱼鹰脖子上的金属的箍（鱼鹰脖子上都有一道箍，否则它就会把逮到的鱼吞下去），把鳜鱼扔进船里，奖给它一条小鱼，它就高高兴兴，心甘情愿地转身又跳进水里去了。有时两只鱼鹰合力抬起一条大鳜鱼上来，鳜鱼还在挣蹦，打鱼人已经一手捞住了。这条鳜鱼够四斤！这真是一个热闹场面。看打鱼的，鱼鹰都很兴奋激动，倒是打鱼人显得十分冷静，不动声色。

远远地听见嘣嘣嘣嘣的响声，那是在修船、造船。嘣嘣的声音是斧头往船板上敲钉。船体是空的，故声音传得很远。待修的船翻扣过来，底朝上。这只船辛苦了很久，它累了，它正在休息。一只新船造好了，油了桐油，过两天就要下水了。看看崭新的船。叫人心里高兴——生活是充满希望的。船场附近照例有打船钉的铁匠炉，丁丁当当。有碾石粉的碾子，石粉是填船缝用的。有卖牛杂碎的摊子。卖牛杂碎的是山东人。这种摊子上还卖锅盔（一种很厚很大的面饼）。

我们有时到西堤去玩。我们那里的人都叫它西湖，湖很大，一眼望不到边，很奇怪，我竟没有在湖上坐过一次船。湖西是还有一些村镇的。我知道一个地名，菱塘桥，想必是个大镇子。我喜欢菱塘桥这个地名，引起我的向往，但我不知道菱塘桥是什么样子。湖东有的村子，到夏天，就把耕牛送到湖西去歇伏。我所住的东大街上，那几天就不断有成队的水牛在大街上慢慢地走过。牛过后，留下很大的一堆一堆牛屎。听说是湖西凉快，而且湖西有茭草，牛吃了会消除劳乏，恢复健壮。我于是想象湖西是一片碧绿碧绿的茭草。

高邮湖中，曾有神珠。沈括《梦溪笔谈》载：

“嘉祐中，扬州有一珠甚大，天晦多见，初出于天长县陂泽中，后转入甓射湖，又后乃在新开湖中，凡十馀年，居民行人常常见之。余友人书斋在湖上，一夜忽见其珠甚近，初微开其房，光自吻中出，如横一金线，俄顷忽张壳，其大如半席，壳中白光如银，珠大如拳，灿烂不可正视，十馀里间林木皆有影，如初日前照，远处但见天赤如野火，倏然远去，其行如飞，浮于波中，杳杳如日。古有明月之珠，此珠色不类月，荧荧有芒焰，殆类日光。崔伯易尝为《明珠赋》。伯易高邮人，盖常见之。近岁不复出，不知所往，樊良镇正当珠往来处，行人至此，往往维船数宵以待观。名其亭为‘玩珠’。”

这就是“秦邮八景”的第一景“甓射珠光”。沈括是很严肃的学者，所言凿凿，又生动细微，似乎不容怀疑。这是个什么东西呢？是一颗大珠子？嘉祐到现在也才九百多年，已经不可究诘了。高邮湖亦称珠湖，以此。我小时学刻图章，第一块刻的就是“珠湖人”，是一块肉红色的长方形图章。

湖通常是平静的，透明的。这样一片大水，浩浩淼淼（湖上常常没有一只船），让人觉得有些荒凉，有些寂寞，有些神秘。

黄昏了。湖上的蓝天渐渐变成浅黄，橘黄，又渐渐变成紫色，很深很深的紫色。这种紫色使人深深感动。我永远忘不了这样的紫色的长天。

闻到一阵阵炊烟的香味，停泊在御码头一带的船上正在烧饭。

一个女人高亢而悠长的声音：

“二丫头……回来吃晚饭来……”

像我的老师沈从文常爱说的那样，这一切真是一个圣境。

高邮湖也是一个悬湖。湖面，甚至有的地方的湖底，比运河东面的地面都高。

湖是悬湖，河是悬河，我的家乡随处在大水的威胁之中。翻开县志，水灾接连不断。我所经历过的最大的一次水灾，是民国二十年。

这次水灾是全国性的。事前已经有了很多征兆。连降大雨，西湖水位增高，运河水平了漕，坐在河堤上可以“踢水洗脚”。有许多很“瘆人”的不祥的现象。天王寺前，虾蟆趴在柳树顶上叫。老人们说：虾蟆在多高的地方叫，大水就会涨得多高。我们在家里的天井里躺在竹床上乘凉，忽然拨剌一声，从阴沟里蹦出一条大鱼！运河堤上，龙王庙里香烛昼夜不熄。七公殿也是这样。大风雨的黑夜里，人们说是看见“耿庙神灯”了。耿七公是有这个人的，生前为人治病施药，风雨之夜，他就在家门前高旗杆上挂起一串红灯，在黑暗的湖里打转的船，奋力向红灯划去，就能平安到岸。他死后，红灯还常在浓云密雨中出现，这就是耿庙神灯——“秦邮八景”中的一景。耿七公是渔民和船民的保护神，渔民称之为七公老爷，渔民每年要做会，谓之七公会。神灯是美丽的，但同时也给人一种神秘的恐怖感。阴历七月，西风大作。店铺都预备了高挑灯笼——长竹柄，一头用火烤弯如钩状，上悬一个灯笼，轮流值夜巡堤。告警锣声不绝。本来平静的水变得暴怒了。一个浪头翻上来，会把东堤石工的丈把长的青石掀起来。看来堤是保不住了。终于，我记得是七月十三(可能记错)，倒了口子。我们那里把决堤叫做倒口子。西堤四处，东堤六处。湖水涌入运河，运河水直灌堤东。顷刻之间，高邮成为泽国。

我们家住进了竺家巷一个茶馆的楼上（同时搬到茶馆楼上的还有几家），巷口外的东大街成了一条河，“河”里翻滚着箱箱柜柜，死猪死牛。“河”里行了船。会水的船家各处去救人(很多人家爬在屋顶上、树上)。

约一星期后，水退了。

水退了，很多人家的墙壁上留下了水印，高及屋檐。很奇怪，水印怎么擦洗也擦洗不掉。全县粮食几乎颗粒无收。我们这样的人家还不至挨饿，但是没有菜吃。老是吃茨菇汤，很难吃。比茨菇汤还要难吃的是芋头梗子做的汤。日本人爱喝芋梗汤，我觉得真不可理解。大水之后，百物皆一时生长不出，唯有茨菇芋头却是丰收！我在小学的教务处地上发现几个特大的蚂蟥，缩成一团，有拳头大，踩也踩不破！

我小时候，从早到晚，一天没有看见河水的日子，几乎没有。我上小学，倘不走东大街而走后街，是沿河走的。上初中，如果不从城里走，走东门外，则是沿着护城河。出我家所在的巷子南头，是越塘。出巷北，往东不远，就是大淖。我在小说《异秉》中所写的老朱，每天要到大淖去挑水，我就跟着他一起去玩。老朱真是个忠心耿耿的人，我很敬重他。他下水把水桶弄满(他两腿都是筋疙瘩——静脉曲张),我就拣选平薄的瓦片打水飘。我到一沟、二沟、三垛,都是坐船。到我的小说《受戒》所写的庵赵庄去,也是坐船。我第一次离家乡去外地读高中,也是坐船——轮船。

水乡极富水产。鱼之类,乡人所重者为鳊、白、鲟(鲟花鱼即鳜鱼)。虾有青白两种。青虾宜炒虾仁,炝虾(活虾酒醉生吃)则用白虾。小鱼小虾,比青菜便宜,是小户人家佐餐的恩物。小鱼有名“罗汉狗子”、“猫杀子”者,很好吃。高邮湖蟹甚佳,以作醉蟹,尤美。高邮的大麻鸭是名种。我们那里八月中秋兴吃鸭,馈送节礼必有公母鸭成对。大麻鸭很能生蛋。腌制后即为著名的高邮咸蛋。高邮鸭蛋双黄者甚多。江浙一带人见面问起我的籍贯,答云高邮,多肃然起敬,曰:“你们那里出咸鸭蛋。”好像我们那里就只出咸鸭蛋似的!

我的家乡不只出咸鸭蛋。我们还出过秦少游,出过散曲作家王磐,出过经学大师王念孙、王引之父子。

县里的名胜古迹最出名的是文游台。这是秦少游、苏东坡、孙莘老、王定国文酒游会之所。台基在东山(一座土山)上,登台四望,眼界空阔。我小时常凭栏看西面运河的船帆露着半节。在密密的杨柳梢头后面,缓缓移过,觉得非常美。有一座镇国寺塔,是个唐塔,方形。这座塔原在陆上,运河拓宽后,为了保存这座塔,留下塔的周围的土地,成了运河当中的一个小岛。镇国寺我小时还去玩过,是个不大的寺。寺门外有一堵紫色的石制的照壁,这堵照壁向前倾斜,却不倒。照壁上刻着海水,故名水照壁。寺内还有一尊肉身菩萨的坐像,是一个和尚坐化后漆成的。寺不知毁于何时。另外还有一座净土寺塔,明代修建。我们小时候记不住什么镇国寺、净土寺,因其一在西门,名之为西门宝塔;一在东门,便叫它东门宝塔。老百姓都是这么叫的。

全国以邮字为地名的,似只高邮一县。为什么叫做高邮?因为秦始皇曾在高处建邮亭。高邮是秦王子婴的封地,至今还有一条河叫子婴河,旧有子婴庙,今不存。高邮为秦代始建,故又名秦邮。外地人或以为这跟秦少游有什么关系,没有。

一九九一年六月二十日

我的家

十年前我回了一次家乡，一天闲走，去看了看老家的旧址，发现我们那个家原来是不算小的。我家的大门开在科甲巷（不知道为什么这条巷子起了这么个名字，其实这巷里除了我的曾祖父中过一名举人，我的祖父中过拔贡外，没有别的人家有过功名），而在西边的竺家巷有一个后门。我的家即在这两条巷子之间。临街是铺面。从科甲巷口到竺家巷口，计有这么几家店铺：一家豆腐店，一家南货店，一家烧饼店，一家棉席店，一家药店，一家烟店，一家糕店，一家剃头店，一家布店。我们家在这些店铺的后面，占地多少平米我不知道，但总是不小的，住起来是相当宽敞的。

这所老宅子分作东西两截，或两区。东边住着祖父母（我们叫“太爷”、“太太”）和大房——大伯父一家。西边是二房（我的二伯母）和三房——我父亲的一家。东西地势相差约有三尺，由东边到西边要上几层台阶。

正屋的东边的套间住着太爷、太太，西边是大伯父和大伯母（我们叫“大爷”、“大妈”）。当中是一个堂屋，因为敬神祭祖都在这间堂屋里，所以叫做“正堂屋”。正堂屋北面靠墙是一个很大的“老爷柜”，即神案，但我们那里都叫做“老爷柜”，这东西也确实是一个很长的大柜，当中和两边都有抽屉，下面还有钉了铜环的柜门。老爷柜上，当中供的是家神菩萨，左边是文昌帝君神位，右边是祖宗龛—— 一个细木雕琢的像小庙一样的东西，里面放着祖宗的牌位——神主。这正堂屋大概是我的曾祖父手里盖的，因为两边板壁上贴着他中秀才、中举人的报条。有年头了。原来大概是相当恢弘的。庭柱很粗，是“布灰布漆”的——木柱外涂瓦灰，裹以夏布，再施黑漆。到我记事时漆灰有多处已经剥落。这间老堂屋的铺地的箩底砖（方砖）的边角都磨圆了，而且特别容易返潮。天将下雨，砖地上就是潮乎乎的。若遇连阴天，地面简直像涂了一层油，滑的。我很小就知道“础润而雨”。用不着看柱础，从正堂屋砖地，就知道雨一时半会晴不了。一想到正堂屋，总会想到下雨，有时接连下几天，真是烦人。雨老不停，我的一个堂姐就会剪一个纸人贴在墙上，这纸人一手拿着簸箕，一手拿笤帚，风一吹，就摇动起来，叫“扫晴娘”。也真奇怪，扫晴娘扫了一天，第二天多少会放晴。

这间正堂屋的用处是：过年时敬神，清明祭祖。祭祖时在正中的方桌上放一大碗饭，这碗特别的大，有一个小号洗脸盆那样大，很厚，是白色的古瓷的，除了祭祖装饭外，不作别的用处。饭压得很实，鼓起如坟头，上面插了好多双红漆的筷子。筷子插多少双，是有定数的，这事总是由我的祖母做。另有四样祭菜。有一盘白切肉，一盘方块粉，——绿豆粉，切成名片大小，三分厚。这方块粉在祭祖后分给两房。这粉一点味道都没有，实在不好吃，所以我一直记得。其余两样祭菜已无印象。十月朝(旧历十月初一)“烧包子”，即北方的“送寒衣”。一个一个纸口袋，内装纸钱，包上写明各代考妣冥中收用，一袋一袋排在祭桌前，上面铺一层稻草。磕头之后，由大爷点火焚化。每年除夕，要在这方桌上吃一顿团圆饭。我们家吃饭的制度是：一口锅里盛饭，大房、三房都吃同一锅饭，以示并未分家；菜则各房自炒，又似分爨。但大年三十晚上，祖父和两房男丁要同桌吃一顿。菜都是太太手制的。照例有一大碗鸭羹汤。鸭丁、山药丁、茨菇丁合烩。这鸭羹汤很好吃，平常不做，据说是徽州做法。我们的老家是徽州(姓汪的很多人的老家都是徽州)，我们家有些菜的做法还保持徽州传统。比如肉丸蘸糯米蒸熟，有些地方叫珍珠丸子或蓑衣丸子，我们家则叫“徽团”。

我对大堂屋有一点特殊的记忆，是我曾在这里当过一回孝子。我的二伯父(二爷)死得早，立嗣时经过一番讨论。按说应该由长房次子，我的堂弟曾炜过继，但我的二伯母(二妈)不同意，她要我，因为她和我的生母感情很好，从小喜欢我。我是次房长子，长子过继，不合古理。后来是定了一个折中方案，曾炜和我都过继给二妈，一个是“派继”，一个是“爱继”。二妈死后，娘家提了一些条件，一是指定要用我的祖父的寿材盛殓。太爷五十岁时就打好了寿材，逐年加漆，漆皮已经很厚了。因为二妈是年轻守节，娘家提出，不能不同意。一是要在正堂屋停灵，也只好同意了(本来上有老人，是不该在正屋停灵的)。我和曾炜于是履行孝子的职责。亲视含殓(围着棺材走一圈)，戴孝披麻，一切如制。最有意思的是逢七的时候得陪张牌李牌吃饭。逢七，鬼魂要回来接受烧纸，由两个鬼役送回来。这两个鬼役即张牌李牌。一个较大的方杌凳，两副筷子，一碟白肉，一碟豆腐，两杯淡酒。我和曾炜各用一个小板凳陪着坐一会。陪鬼役吃饭，我还是头一回。六七开吊，我是孝子一直在场，所以能看到全部过程。家里办丧事，气氛和平常全不一样，所有的人都变得庄严肃穆起来。开吊像是演一场戏，大家都演得很认真。“初献”、“亚献”、“终献”，有条不紊，节奏井然。最后是“点主”。点主要一个功名高的人。给我的二伯母点主的是一个叫李芳的翰林，外号李三麻子。“点主”是在神主上加点。神主(木制小牌位)事前写好“×孺人之神王”，李三麻子就位后，礼生喝道：“凝神，想象，请加墨主。”李三麻子拈起一支新笔在“王”字上加一墨点。礼生再赞：“凝神，想象，请加朱主。”李三麻子用朱笔在黑点上加一点。这样死者的魂灵就进入神主了。我对“凝神，想象”印象很深，因为这很有点诗意。其实李三麻子对我的二伯母无从想象，因为他根本没有见过我的二伯母。

正堂屋对面，隔一个天井，是穿堂。

穿堂对面原来有一排三开间的房子，是我的叔曾祖父的一个老姨太太住的。房子很旧了，屋顶上长了很多瓦松，隔扇上糊的白纸都已成了灰色。这位老姨太太多年衰病，总是躺着。这一排房子里听不到一点声音，非常寂静，只有这位老姨太太的女儿——我们叫她小姑奶奶，带着孩子来住一阵，才有一点活气。

老姨太太死了，她没有儿子，由我一个叔祖父过继给他。这位叔祖父行六，我们叫他六太爷。这是个很有风趣的人，很喜欢孩子。老姨太太逢七，六太爷要来守灵烧纸。烧了纸，他弄一壶酒，慢慢喝着，给孩子讲故事——说书，说“大侠甘凤池”，一直说到深夜。因此，我们总是盼着老姨太太逢七。

祖父过六十岁的头年，把东边的房屋改建了一下。正堂屋没动。穿堂加大了。老姨太太原来住的一排房子拆了，盖了一个“敞厅”。房屋翻盖的情况我还记得,先由瓦匠头、木匠头挖出整整齐齐的一方土,供在老爷柜上。破土后,请全体瓦木匠在正堂屋吃一次饭。这顿饭的特别处是有一碗泥鳅,泥鳅我们家是不进门的,但是请瓦木匠必得有这道菜,这是规矩。我觉得这规矩对瓦木匠颇有嘲讽意味。接着是上梁竖柱,放鞭炮,撒糕馒,如式。

敞厅的特点是敞,很宽敞。盖得后,祖父的六十大寿在这里布置过寿堂,宴过客,此外就没有怎么用过,平常总是空着。我的堂姐姐有时把两张方桌拼起来,在上面缝被子。

敞厅对面,一道砖墙之外,是花园。花园原来没有园名,祖父命之曰“民圃”,因为他字铭甫,取其谐音。我父亲选了两块方砖,刻了“民圃”,两个小篆,嵌在一个六角小门的额上。但是我们还是叫它花园,不叫民圃。祖父六十大寿时自撰了一副长联,末署“民圃叟六十自寿”,“民圃”字样也只在长联里出现过,别处没有用过。

西边半截的房屋大概是祖父手里盖的,格局较小,主要房屋只是两个堂屋,上堂屋和下堂屋。

上堂屋两边的套间,东侧是三房,西侧是二房。

我的二伯父早逝,我没有见过。他房间里的板壁上挂着他的八寸放大照片,半侧身,穿着一身古典燕尾服,前身无下摆,雪白的圆角硬领衬衫,一只胳臂夹着一根象牙头的短手杖,完全是年轻的英国绅士派头,很英俊。听我父亲说,二伯父是个性格很刚烈的人。他是新党,但崇拜的不是孙文而是黄兴。有一次历史教员(那时叫做“教习”)在课堂上讲了黄兴几句不恭敬的话,他上去就给了这个教员一个嘴巴。二伯父和我父亲那时都在南京读中学(旧制中学)。他的死也跟他的负气任性的脾气有关。放暑假从南京回来,路过镇江,带着行李,镇江车站的搬运工人敲了他们一下,索价很高。二伯父一生气,把几个人的行李绑在一起,一个人就背了起来。没有走几步,一口血吐在地上,从此不起。

二伯母守节有年,她变得有些古怪。我的小说《珠子灯》里所写的孙小姐的原型,就是我的二伯母。

她变得有点古怪了，她屋里的东西都不许人动。王常生活着的时候是什么样子，永远是什么样子，不许挪动一点。王常生用过的手表、座钟、文具，还有他养的一盆雨花石，都放在原来的位置。孙小姐原是个爱洁成癖的人，屋里的桌子、椅子、茶壶茶杯，每天都要用清水洗三遍。自从王常生死后，除了过年之前，她亲自监督着一个从娘家陪嫁过来的女佣人大洗一天之外，平常不许擦拭。里屋炕几上有一套茶具：一个白瓷的茶盘，一把茶壶，四个茶杯。茶杯倒扣着，上面落了细细的尘土。茶壶是荸荠形扁圆的，茶壶的鼓肚子下面落不着尘土，茶盘里就清清楚楚留下一个干净的圆印子。

她病了，说不清是什么病。除了逢年过节起来几天，其余的时间都在床上躺着，整天地躺着，除那个女佣人，没有人上她屋里去。

有一个人是常上她屋里去的，我。我去了，坐在她床前的杌凳上，陪她一会儿。她精神好的时候，教我《长恨歌》、《西厢记·长亭》。

春风桃李花开日，
秋雨梧桐叶落时。

碧云天，
黄花地，
西风紧，
北雁南飞。
晓来谁染霜林醉，
都是离人泪。

也有的时候，她也会讲一点轻松一些的文学故事，念苏东坡嘲笑小妹的诗：

人前走不上三五步，

额头先到画堂前。

这样的时候，她脸上也会有一点笑意。她的记忆很好，教我念诗，都是背出来的。她背诗，抑扬顿挫，节奏很强，富于感情，因此她教过我的诗词，我一直记得很清楚。她的诗词，是邑中一个老名士教的。

她老是叫我坐在她床前吃东西，吃饭，吃点心。吃两口，她就叫我张开嘴让她看看。接着就自言自语："王二娘个猫，王二娘个猫，王二娘个猫。"不知道这是什么意思。她是王二娘，我是她的猫？有时我不在跟前，她一个人在屋里也叨咕："王二娘个猫，王二娘个猫。"

每年夏天，她要回娘家住一阵，归宁那天，且出不了房门哩。跨出来，转身又跨进去，跨出来，又跨进去。轿子等在大门口（她回娘家都是坐轿子），轿前两盏灯笼换了几次蜡烛，她还没跨出房门。

这种精神状态，我们那里叫做"魔"。

下堂屋左边是我父亲的画室，右边是"下房"，女佣人住的地方。

下堂屋南，一道花瓦墙外，即是花园，墙上也有一个小六角门。

开开六角门，是一片砖墁的平地。更南，是花厅。花厅是我们这所住宅里最明亮的屋子，南边一溜全是大玻璃窗，听说我父亲年轻时常请一些朋友来，在花厅里喝酒，唱戏，吹弹歌舞，到我记事的时候，就没有看过这种热闹。花厅也总是闲着。放暑假，我们到花厅里来做假期作业。每年做酱的时候，我的祖母在花厅里摊晾煮熟的黄豆和烤过的发面饼，让豆、饼长毛发酵。花厅外的砖地上有一口大缸，装着豆酱，一口浅缸，装着甜面酱。

砖地东面，是一个花台，种着四棵很大的腊梅花，主干都有碗口粗，每年开很多花。这种腊梅的花心是紫檀色的。按说"磬石檀心"是腊梅的名种，但是我们那里重白心的，叫做"冰心腊梅"，而将檀心者起一个不好听的名称，叫"狗心腊梅"。下雪之后，上树摘花，是我的事，腊梅的骨朵很密。相中一大枝，折下来，养在大胆瓶里，过年。

腊梅花的对面，是两棵桂花。一棵金桂，一棵银桂。每年秋天，吐蕊开花。

桂花树下，长了一片萱草，也没人管它，自己长得很旺盛。萱花未尽开时摘下，阴干，我们那里叫做金针，北方叫做黄花菜。我小时最讨厌黄花菜，觉得淡而无味。到了北方，学做打卤面，才知道缺这玩意还不行。

桂花树后，是南北向的花瓦墙，墙上开一圆门，即北方所说的月亮门。

出圆门，是一畦菜地。我的祖母每年在这里种乌青菜，即上海人所说的塌苦菜。这块菜地土很瘦，乌青菜都不肥大，而茎叶液汁浓厚，旋摘煮食，味道极好，远胜市上买来的，叫做“起水鲜”，经霜后，叶缘皆作紫红色，尤其甜美。

菜畦左侧有一棵紫薇，一房多高，开花时乱红一片，晃人眼睛。游蜂无数，——齐白石爱画的那种大个的黑蜂，穿花抢蕊，非常热闹。西侧，有一座六角亭，可以小坐。

菜畦东边有一条砖路。砖路尽处是一棵木瓜，一棵砜杏，一棵柿树，都很少结果。

树之外，是一座船亭。这是祖父六十大寿头年盖的。船头向东，两边墙上各开了海棠形的窗户。祖父盖船亭，是为了“无事此静坐”，但是他只来坐过几次，平常不来，经常锁着。隔着正面的玻璃隔扇，可以看到里面铁梨木琴几上摆着几件彝器，几把檀木椅子，萧萧爽爽。

船亭对面，有一棵很大的柳树。挨着柳树，是一个高高的花坛。花坛上原来想是栽了不少花的，但因为无人料理，只剩下一棵石榴，一丛鱼儿牡丹。鱼儿牡丹开一串一串粉红的花，花作鸡心形，像是童话里的植物。

花坛对面，是土山。这座土山不知是哪年堆成的。这些土是从园里挖出的，还是从外面运进来的，均不知道。土山左脚，种了两棵碧桃，一棵白的，一棵浅红的。碧桃花其实是很好看的，花开得很繁茂，花期也长，应该对它珍贵一点，但是大家都不把它当回事，也许因为它花开得太多，也太容易养活了。土山正面，种了四棵香橼，每年都要结很多，香橼就是“橘逾淮南则为枳”的枳，但其实枳和橘是两种植物。香橼秋天成熟。香橼的香气很冲，不大好闻。但香橼花的气味是很好的，苦甜苦甜的。花白色，瓣微厚，五出深裂，如小酒盏，很好看。山顶有两棵龙爪槐，一在东，一在西。西边的一棵是我的读书树。

我常常爬上去，在分杈的树干上靠好，带一块带筋的干牛肉或一块榨菜，一边慢慢嚼着，一边看小说。土山外隔一道墙是一个尼庵，靠在树上可以看见小尼姑从井里汲水浇菜。这尼庵的尼姑是带发修行的。因此我看的小尼姑是一头黑发。

从土山东边下山，是一片空地。空地上有一口很大的缸，养着很大的金鱼，这是大伯父养的。因此，在我们的印象里这一边是大爷的地方。但是我们并未分家，小孩子是可以自由来去的。

金鱼缸的西北边有一架紫藤。盛花时，紫云拂地。花谢，垂下一根一根长长的刀豆。

鱼缸正北，一棵白丁香，一棵紫丁香。

丁香之左，一片紫鸢。

往南，墙边一丛金雀花。

紫鸢的东边，荒草而已。这片草地每年下面结不少甘露，我们那里叫做螺蛳菜或宝塔菜，甘露洗净后装白布袋，可入甜面酱缸腌渍。

草地之东有一排很大的冬青树。夏天开密密的小白花，也有香味。秋后结了很多紫色的胡椒粒大的果实。

冬青之外，是“草房”，堆草的屋子。我们那里烧草——芦柴，一次要置很多担草，垛积在一排空屋里。

冬青的北面，是花房，房顶南檐是玻璃盖的，原是大爷养花的地方，但他后来不养花了，花房就空着。一壁挂着一个老鹰风筝。据我父亲说这个老鹰是独脑线的，——只有一根脑线。老鹰风筝是大爷年轻时放过的。听我父亲说，放上去之后，曾有真的老鹰和它打过架。空空的花房里只有两盆颇大的夹竹桃。夹竹桃红花殷殷的，我忽然觉得有些紧张，因为天忽然黑下来了，只有我一个人，在空空的花园里。

听大人说，这花园里有一个白胡子老头。这白胡子老头是神仙，还是妖怪？但是，晚上是没有人到花园里去的，东边和西边的小六角门都上了铁锁。

我们这座花园实在很难叫做花园，没有精心安排布置过，草木也都是随意种植的，常有一点半自然的状态。但是这确是我童年的乐园，我在这里掏过很多蟋蟀，捉过知了、天牛、蜻蜓，捅过马蜂窝，——这马蜂窝结在冬青树上，有蒲扇大！

一九九一年九月十九日

我的祖父祖母

我的祖父名嘉勋，字铭甫。他的本名我只在名帖上见过。我们那里有个风俗，大年初一，多数店铺要把东家的名帖投到常有来往的别家店铺。初一，店铺是不开门的，都是天不亮由门缝里插进去。名帖是前两天由店铺的“相公”(学生)在一张一张八寸长、五寸宽的大红纸上用一个木头戳子蘸了墨汁盖上去的，楷书，字有核桃大。我有时也愿意盖几张。盖名帖使人感到年就到了。我盖一张，总要端详一下那三个乌黑的欧体正字：汪嘉勋，好像对这三个字很有感情。

祖父中过拔贡，是前清末科，从那以后就废科举改学堂了。他没有能考取更高的功名，大概是终身遗憾的。拔贡是要文章写得好的。听我父亲说，祖父的那份墨卷是出名的，那种章法叫做“夹凤股”。我不知道是该叫“夹凤”还是“夹缝”，当然更不知道是如何一种“夹”法。拔贡是做不了官的。功名道断。他就在家经营自己的产业。他是个创业的人。

我们家原是徽州人(据说全国姓汪的原来都是徽州人)，迁居高邮，从我祖父往上数，才七代。祠堂里的祖宗牌位没有多少块。高邮汪家上几代功名似都不过举人，所做的官也只是“教谕”、“训导”之类的“学官”，因此，在邑中不算望族。我的曾祖父曾在外地坐过馆，后来做“盐票”亏了本。“盐票”亦称“盐引”，是包给商人销售官盐的执照，大概是近似股票之类的东西，我也弄不清做盐票怎么就会亏了，甚至把家产都赔尽了。听我父亲说，我们后来的家业是祖父几乎是赤手空拳地创出来的。

创业不外两途：置田地，开店铺。

祖父手里有多少田，我一直不清楚。印象中大概在两千多亩，这是个不小的数目。但他的田好田不多。一部分在北乡。北乡田瘦，有的只能长草，谓之“草田”。年轻时他是亲自管田的，常常下乡。后来请人代管，田地上的事就不再过问。我们那里有一种人，专替大户人家管田产，叫做“田禾先生”。看青（估产）、收租、完粮、丈地……这也是一套学问。田禾先生大都是世代相传的。我们家的田禾先生姓龙，我们叫他龙先生。他给我留下颇深的印象，是因为他骑驴。我们那里的驴一般都是牵磨用，极少用来乘骑。龙先生的家不在城里，在五里坝。他每逢进城办事或到别的乡下去，都是骑驴。他的驴拴在檐下，我爱喂它吃粽子叶。龙先生总是关照我把包粽子的麻筋拣干净，说驴吃了会把肠子缠住。

祖父所开的店铺主要是两家药店，一家万全堂，在北市口，一家保全堂，在东大街。这两家药店过年贴的春联是祖父自撰的。万全堂是“万花仙掌露，全树上林春”，保全堂是“保我黎民，全登寿域”。祖父的药店信誉很好，他坚持必须卖“地道药材”。药店一般倒都不卖假药，但是常常不很地道。尤其是丸散，常言“神仙难识丸散”，连做药店的内行都不能分辨这里该用的贵重药料，麝香、珍珠、冰片之类是不是上色足量。万全堂的制药的过道上挂着一副金字对联：“修合虽无人见，存心自有天知”，并非虚语。我们县里有几个门面辉煌的大药店，店里的店员生了病，配方抓药，都不在本店，叫家里人到万全堂抓。祖父并不到店问事，一切都交给“管事”（经理）。只到每年腊月二十四，由两位管事夹了总账，到家里来，向祖父报告一年营业情况。因为信誉好，盈利是有保证的。我常到两处药店去玩，尤其是保全堂，几乎每天都去。我熟悉一些中药的加工过程，熟悉药材的形状、颜色、气味。有时也参加搓“梧桐子大”的蜜丸，碾药，摊膏药。保全堂的“管事”、“同事”（配药的店员）、“相公”（学生意未满师的）跟我关系很好。他们对我有一个很亲切的称呼，不叫我的名字，叫“黑少”——我小名叫黑子。我这辈子没有别人这样称呼过我。我的小说《异秉》写的就是保全堂的生活。

祖父是很有名的眼科医生。汪家世代都是看眼科的。他有一球眼药，有一个柚子大，黑咕隆咚的。祖父给人看了眼，开了方子，祖母就用一把大剪子从黑柚子的窟窿抠出耳屎大一小块，用纸包了交给病人，嘱咐病人用清水化开，用灯草点在眼里。这一球眼药不知道有多少年头了，据说很灵。祖父为人看眼病是不收钱也不受礼的。

中年以后，家道渐丰，但是祖父生活俭朴，自奉甚薄。他爱喝一点好茶，西湖龙井。饭食很简单。他总是一个人吃，在堂屋一侧放一张“马杌”——较大的方凳，便是他的餐桌。坐小板凳。他爱吃长鱼(鳝鱼)汤下面。面下在白汤里，汤里的长鱼捞出来便是酒菜。——他每顿用一个五彩釉画公鸡的茶盅喝一盅酒。没有长鱼，就用咸鸭蛋下酒。一个咸鸭蛋吃两顿。上顿吃一半，把蛋壳上掏蛋黄蛋白的小口用一块小纸封起来，下顿再吃。他的马杌上从来没有第二样菜。喝了酒，常在房里大声背唐诗：“李白斗酒诗百篇，长安市上酒家眠。天子呼来不上船，自称臣是酒……中……仙……”汪铭甫的俭省，在我们县是有名的。

但是他曾有一个时期舍得花钱买古董字画。他有一套商代的彝鼎，是祭器。不大，但都有铭文。难得的是五件能配成一套。我们县里有钱人家办丧事，六七开吊，常来借去在供桌上摆一天。有一个大霁红花瓶，高可四尺，是明代物。一九八六年我回乡时，我的妹婿问我：“人家都说汪家有个大霁红花瓶，是有过么？”我说：“有过！”我小时天天看见，放在“老爷柜”(神案)上，不过我们并不觉得它有什么名贵，和老爷柜上的锡香炉烛台同等看待之。他有一个奇怪古董：浑天仪。不是陈列在南京紫金山天文台和北京观象台的那种大家伙，只是一个直径约四寸的铜的溜圆的圆球，上面有许多星星，下面有一个把，安在紫檀木座上。就放在他床前的小条桌上。我曾趴在桌上细细地看过，没有什么好看。是明代御造的。其珍贵处在一次一共只造了几个。祖父不知是从哪里买来的。他还为此起了一个斋名“浑天仪室”，让我父亲刻了一块长方形的图章。他有几张好画。有四幅马远的小屏条。他曾为这四张画亲自到苏州去，请有名的细木匠做了檀木框，把画嵌在里面。对这四幅画的真伪，我有点怀疑，画的构图颇满，不像“马一角”。但“年份”是很旧的。有一个高约八尺的绢地大中堂，画的是“报喜图”。一棵很大的柏树，树上有十多只喜鹊，下面卧着一头豹子。作者是吕纪。我小时候不知吕纪是何许人，只觉得画得很像，豹子的毛是一根一根都画出来的，真亏他有那么多工夫！这几幅画平常是不让人见的，只在他六十大寿时拿出来挂过。同时挂出来的字画，我记得有郑板桥的六尺大横幅，纸本，画的是兰花；陈曼生的隶书对联；汪琬的楷书对联。我对汪琬的对子很有兴趣，字很端秀，尤其是对子的纸，真好看，豆绿色的蜡笺。他有很多字帖，是一次从夏家买下来的。夏家是百年以上的大家，号“十八鹤来堂夏家”（据说堂建成时有十八只仙鹤飞来）。夏家的房屋极多而大，花园里有合抱的大桂花，有曲沼流泉，人称“夏家花园”。后来败落了，就出卖藏书字画。祖父把几箱字帖都买了。我小时候写的《圭峰碑》、《闲邪公家传》，以及后来奖励给我的虞世南的《夫子庙堂碑》、褚遂良的《圣教序》、小字《麻姑仙坛》，都是初拓本，原是夏家的东西。祖父有两件宝。一是一块蕉叶白大端砚。据我父亲说，颜色正如芭蕉叶的背面。是夏之蓉的旧物。一是《云麾将军碑》，据说是个很早的拓本，海内无二，这两样东西祖父视为性命，每遇“兵荒”，就叫我父亲首先用油布包了埋起来。这两件宝物，我都没有看见过。解放后还在，现在不知下落。

我弄不清祖父的“思想”是怎么回事。他是幼读孔孟之书的，思想的基础当然是儒家。他是学佛的，在教我读《论语》的桌上有一函《南无妙法莲华经》。他是印光法师的弟子。他屋里的桌上放的两部书，一部是顾炎武的《日知录》，另一部是《红楼梦》！更不可理解的是，他订了一份杂志：邹韬奋编的《生活周刊》。

我的祖父本来是有点浪漫主义气质，诗人气质的，只是因为所处的环境，使他的个性不可能得到发展。有一年，为了避乱，他和我父亲这一房住在乡下一个小庙里，即我的小说《受戒》所写的菩提庵里，就住在小说所写“一花一世界”那间小屋里。这样他就常常让我陪他说说闲话。有一天，他喝了酒，忽然说起年轻时的一段风流韵事，说得老泪纵横。我没怎么听明白，又不敢问个究竟。后来我问父亲：“是有那么一回事吗？”父亲说：“有！是一个什么大官的姨太太。”老人家不知为什么要跟他的孙子说起他的艳遇，大概他的尘封的感情也需要宣泄宣泄吧。因此我觉得我的祖父是个人。

我的祖母是谈人格的女儿。谈人格是同光间本县最有名的诗人，一县人都叫他“谈四太爷”。我的小说《徙》里所写的谈甓渔就是参照一些关于他的传说写的。他的诗我在小说《故里杂记·李三》的附注里引用过一首《警火》。后来又读了友人从旧县志里抄出寄来的几首。他的诗明白晓畅,是"元和体",所写多与治水、修坝、筑堤有关,是"为事而发",属闲适一类者较少。看来他是一个关心世务的明白人,县人所传关于他的糊涂放诞的故事不怎么可靠。

祖母是个很勤劳的人,一年四季不闲着。做酱。我们家吃的酱油都不到外面去买。把酱豆瓣加水熬透,用一个牛腿似的布兜子"吊"起来,酱油就不断由布兜的末端一滴一滴滴在盆里。这"酱油兜子"就挂在祖母所住房外的廊檐上。逢年过节,有客人,都是她亲自下厨。她做的鱼圆非常嫩。上坟祭祖的祭菜都是她做的。端午,包粽子。中秋洗"连枝藕"——藕得有五节,极肥白,是供月亮用的。做糟鱼。糟鱼烧肉,我小时候不爱吃那种味儿,现在想起来是很好吃的东西。腌咸蛋。入冬,腌菜。腌"大咸菜",用一个能容五担水的大缸腌"青菜"。我的家乡原来没有大白菜,只有青菜,似油菜而大得多。腌芥菜。腌"辣菜",——小白菜晾去水分,入芥末同腌,过年时开坛,色如淡金,辣味冲鼻,极香美。自离家乡,我从来没吃过这么好吃的咸菜。风鸡,——大公鸡不去毛,揉入粗盐,外包荷叶,悬之于通风处,约二十日即得,久则愈佳。除夕,要吃一顿"团圆饭",祖父与儿孙同桌。团圆饭必有一道鸭羹汤,鸭丁与山药丁、茨菇丁同煮。这是徽州菜。大年初一,祖母头一个起来,包"大圆子",即汤团。我们家的大圆子特别"油"。圆子馅前十天就以洗沙猪油拌好,每天放在饭锅头蒸一次,油都"吃"进洗沙里去了,煮出,咬破,满嘴油。这样的圆子我最多能吃四个。

祖母的针线很好。祖父的衣裳鞋袜都是她缝制的。祖父六十岁时,祖母给他做了几双"挖云子"的鞋,——黑呢鞋面上挖出"云子",内衬大红薄呢里子。这种鞋我只在戏台上和古画上见过。老太爷穿上,高兴得像个孩子。祖母还会剪花样。我的小说《受戒》写小英子的妈赵大娘会剪花样,这细节是从我祖母身上借去的。

祖母对祖父照料得非常周到。每天晚上用一个"五更鸡"(一种点油的极小的炉子)给他炖大枣。祖父想吃点甜的,又没有牙,祖母就给他做花生酥,——花生用饼槌碾细,掺绵白糖,在一个针箍子(即顶针)里压成一个个小圆糖饼。

祖母是吃长斋的。有一年祖父生了一场大病。她在佛前许愿,从此吃了长斋。她吃的菜离不了豆腐、面筋、皮子(豆腐皮)……她的素菜里最好吃的是香蕈饺子。香蕈(即冬菇)熬汤,荠菜馅包小饺子,油炸后倾入滚汤中,嗤拉一声。这道菜她一生中也没有吃过几次。

她没有休息的时候。没事时也总在捻麻线。一个牛拐骨,上面有个小铁钩,续入麻丝后,用手一转牛拐,就捻成了麻线。我不知道她捻那么多麻线干什么,肯定是用不完的。小时候读归有光的《先妣事略》:“孺人不忧米盐,乃劳苦若不谋夕。”觉得我的祖母就是这样的人。

祖母很喜欢我。夏天晚上,我们在天井里乘凉,她有时会摸着黑走过来,躺在竹床上给我“说古话”(讲故事)。有时她唱“偈”,声音哑哑的:“观音老母站桥头……”这是我听她唱过的唯一的“歌”。

一九九一年十月,我回了一趟家乡,我的妹妹、弟弟说我长得像祖母。他们拿出一张祖母的六寸相片,我一看,是像,尤其是鼻子以下,两腮,嘴,都像。我年轻时没有人说过我像祖母。大概年轻时不像,现在,我老了,像了。

一九九一年一月二十二日

我的父亲

我父亲行三。我的祖母有时叫他的小名“三子”。他是阴历九月初九重阳节那天生的，故名菊生（我父亲那一辈生字排行，大伯父名广生，二伯父名常生），字淡如。他作画时有时也题别号：亚痴、灌园生……他在南京读过旧制中学。所谓旧制中学大概是十年一贯制的学堂。我见过他在学堂时用过的教科书，英文是纳氏文法，代数几何是线装的有光纸印的，还有“修身”什么的。他为什么没有升学，我不知道。“旧制中学生”也算是功名。他的这个“功名”我在我的继母的“铭旌”上见过，写的是扁宋体的泥金字，所以记得。什么是“铭旌”。看《红楼梦》贾府办秦可卿丧事那回就知道，我就不啰唆了。

我父亲年轻时是运动员。他在足球校队踢后卫。他是撑杆跳选手，曾在江苏全省运动会上拿过第一。他又是单杠选手。我还见过他在天王寺外边驻军所设置的单杠上表演过空中大回环两周，这在当时是少见的。他练过武术，腿上带过铁砂袋。练过拳，练过刀，枪。我见他施展过一次武功，我初中毕业后，他陪我到外地去投考高中，在小轮船上，一个初来的侦缉队以检查为名勒索乘客的钱财。我父亲一掌，把他打得一溜跟头，从船上退过跳板，一屁股坐在码头上。我父亲平常温文尔雅，我还没见过他动手打人，而且，真有两下子！我父亲会骑马。南京马场有一匹劣马，咬人，没人敢碰它，平常都用一截粗竹筒套住他的嘴。我父亲偷偷解开缰绳，一骗腿骑了上去。一趟马道子跑下来，这马老实了。父亲还会游泳，水性很好。这些，我都不知道他是什么时候学的。

从南京回来后，他玩过一个时期乐器。他到苏州去了一趟，买回来好些乐器，笙箫管笛、琵琶、月琴、拉秦腔的胡胡、扬琴，甚至还有大小唢呐。唢呐我从未见他吹过。这东西吵人，除了吹鼓手、戏班子，一般玩乐器人都不在家里吹。一把大唢呐，一把小唢呐(海笛)一直放在他的画室柜橱的抽屉里。我们孩子们有时翻出来玩。没有哨子，吹不响，只好把铜嘴含在嘴里，自己呜呜作声，不好玩！他的一支洞箫、一支笛子，都是少见的上品。洞箫箫管很细，外皮作殷红色，很有年头了。笛子不是缠丝涂了一节一节黑漆的，是整个笛管擦了荸荠紫漆的，比常见的笛子管粗。箫声幽远，笛声圆润。我这辈子吹过的箫笛无出其右者。这两支箫笛不是从乐器店里买的，是花了大价钱从私人手里买的。他的琵琶是很好的，但是拿去和一个理发店里换了。他拿回理发店的那面琵琶又脏又旧、油里咕叽的。我问他为什么要换了这么一面脏琵琶回来，他说："这面琵琶声音好！"理发店用一面旧琵琶换了他的几乎是全新的琵琶，当然乐意。不论什么乐器，他听听别人演奏，看看指法，就能学会，他弹过一阵古琴，说：都说古琴很难，其实没有什么。我的一个远房舅舅，有一把一个法国神父送他的小提琴，我父亲跟他借回来，鼓揪鼓揪，几天工夫，就能拉出曲子来，据我父亲说：乐器里最难，最要功夫的，是胡琴。别看它只有两根弦，很简单，越是简单的东西越不好弄。他拉的胡琴我拉不了，弓子硬，马尾多，滴的松香很厚，松香拉出一道很窄的深槽，我一拉，马尾就跑到深槽的外面来了。父亲不在家的时候我有时使劲拉一小段，我父亲一看松香就知道我动过他的胡琴了。他后来不大摆弄别的乐器了，只有胡琴是一直拉着的。

摒挡丝竹以后，父亲大部分时间用于画画和刻图章，他画画并无真正的师承，只有几个画友。画友中过从较密的是铁桥，是一个和尚，善因寺的方丈。我写的小说《受戒》里的石桥，就是以他为原型的。铁桥曾在苏州邓尉山一个庙里住过，他作画有时下款题为"邓尉山僧"。我父亲第二次结婚，娶我的第一个继母，新房里就挂了铁桥的一个条幅，泥金纸，上角画了几枝桃花，两只燕子，款题"淡如仁兄嘉礼弟铁桥写贺"。在新房里挂一幅和尚的画，我的父亲可谓全无禁忌；这位和尚和俗人称兄道弟，也真是不拘礼法。我上小学的时候，就觉得他们有点"胡来"。这条画的两边还配了我的一个舅舅写的一副虎皮宣的对子："蝶欲试花犹护粉，莺初学啭尚羞簧"，我后来懂得对联的意思了，觉得实在很不像话！铁桥能画，也能写。他的字写石鼓，画法任伯年。根据我的印象，都是相当有功力的。我父亲和铁桥常来往，画风却没有怎么受他的影响。也画过一阵工笔花卉。我们那里的画家有一种理论，画画要从工笔入手，也许是有道理的。扬州有一位专画菊花的画家，这位画家画菊按朵论价，每朵大洋一元。父亲求他画了一套菊谱，二尺见方的大册页。我有个姑太爷，也是画画的，说："像他那样的玩法，我们玩不起！"兴化有一位画家徐子兼，画猴子，也画工笔花卉。我父亲也请他画了一套册页。有一开画的是罂粟花，薄瓣透明，十分绚丽。一开是月季，题了两行字："春水蜜波为花写照"。"春水"、"蜜波"是月季的两个品种，我觉得这名字起得很美，一直不忘。我见过父亲画工笔菊花，原来花头的颜色不是一次敷染，要"加"几道。扬州有菊花名种"晓色"，父亲说这种颜色最不好画。"晓色"，很空灵，不好捉摸。他画成了，我一看，是晓色！他后来改了画写意，用笔略似吴昌硕，照我看，我父亲的画是有功力的，但是"见"得少，没有行万里路，多识大家真迹。受了限制。他又不会做诗，题画多用前人陈句，故布局平稳，缺少创意。

父亲刻图章，初宗浙派，清秀规矩。他年轻时刻过一套《陋室铭》印谱，有几方刻得不错，但是过于著意，很拘谨。有"兰带"、"折钉"，都是"做"出来的。有一方"草色入帘青"是双钩，我小时觉得很好看，稍大，即觉得纤巧小气。《陋室铭》印谱只是他初学刻印的成绩。三十多岁后，惭渐豪放，以治汉印为主。他有一套端方的《匋斋印存》，经常放在案头。有时也刻浙派少印。我记得他给一个朋友张仲陶刻过一块青田涑石小长方印，文曰"中匋"，实在漂亮。"中匋"两字也很好安排。

刻印的人多喜藏石。父亲的石头是相当多的，他最心爱的是三块田黄，我在小说《岁寒三友》中写的靳彝甫的三块田黄，实际上写的是我父亲的三块图章。

他盖章用的印泥是自己做的。用的是"大劈砂"，这是朱砂里最贵重的。大劈砂深紫色的，片状，制成印泥，鲜红夺目。他说见过一些明朝画，纸色已经灰暗，而印色鲜明不变。大劈砂盖的图章可以"隐指"，即用手指摸摸，印文是鼓出的。他的画室的书橱里摆了一列装在玻璃瓶的大劈砂和陈年的蓖麻子油，蓖麻油是调印色用的。

我父亲手很巧，而且总是活得很有兴致。他会做各种玩意。元宵节，他用通草（我们家开药店，可以选出很大片的通草）为瓣，用画牡丹的西洋红（西洋红很贵，齐白石作画，有一个时期，如用西洋红，是要加价的）染出深浅，做成一盏荷花灯，点了蜡烛，比真花还美。他用蝉翼笺染成浅绿，以铁丝为骨，做了一盏纺织娘灯，下安细竹棍。我和姐姐提了，举着这两盏灯上街，到邻居家串门，好多人围着看，清明节前，他糊风筝。有一年糊了一只蜈蚣（我们那里叫“百脚”），是绢糊的，他用药店里称麝香用的小戥子约蜈蚣两边的鸡毛，——鸡毛必须一样重，否则上天就会打滚。他放这只蜈蚣不是用的一般线，是胡琴的老弦。我们那里用老弦放风筝的，家父实为第一人（用老弦放风筝，风筝可以笔直地飞上去，没有“肚子”）。他带了几个孩子在傅公桥麦田里放风筝。这时麦子尚未“起身”，是不怕踩的，越踩越旺。春服既成，惠风和畅。我父亲这个孩子头带着几个孩子，在碧绿的麦垄间奔跑呼叫，为乐如何？我想念我的父亲（我现在还常常梦见他），想念我的童年，虽然我现在是七十二岁，皤然一老了。夏天，他给我们糊养金铃子的盒子。他用钻石刀把玻璃裁成一小块一小块，再合拢，接缝处用皮纸糨糊固定，再加两道细蜡笺条，成了一只船、一座小亭子、一个八角玲珑玻璃球，里面养着金铃子。隔着玻璃，可以看到金铃子在里面爬，吃切成小块的梨，张开翅膀“叫”。秋天，买来拉秧的小西瓜，把瓜瓤掏空，在瓜皮上镂刻出很细致的图案，做成几盏西瓜灯，西瓜灯里点了蜡烛，撒下一片绿光，父亲鼓捣半天，就为让孩子高兴一晚上。我的童年是很美的。

我母亲死后，父亲给她糊了几箱子衣裳，单夹皮棉，四时不缺。他不知从哪里搜罗来各种颜色，研出各种花样的纸。听我的大姑妈说，他糊的皮衣跟真的一样，能分出滩羊、灰鼠。这些衣服我没看见过，但他用剩的色纸，我见过。我们用来折“手工”。有一种纸，银灰色，正像当时时兴的“慕本缎子”。

我父亲为人很随和，没架子。他时常周济穷人，参与一些有关公益的事情。因此在地方上人缘很好。民国二十年发大水，大街成了河。我每天看见他蹚着齐胸的水出去，手里横执了一根很粗的竹篙，穿一身直罗褂，他出去，主要是办赈济。我在小说《钓鱼的医生》里写王淡人有一次乘了船，在腰里系了铁链，让几个水性很好的船工也在腰里系了铁链，一头拴在王淡人的腰里，冒着生命危险，渡过激流，到一个被大水围困的孤村去为人治病，这写的实际是我父亲的事。不过他不是去为人治病，而是去送“华洋义赈会”发来的面饼(一种很厚的面饼，山东人叫“锅盔”)。这件事写进了地方上人送给我祖父的六十寿序里，我记得很清楚。

父亲后来以为人医眼为职业。眼科是汪家祖传。我的祖父、大伯父都会看眼科。我不知道父亲懂眼科医道。我十九岁离开家乡，离乡之前，我没见过他给人看眼睛。去年回乡，我的妹婿给我看了一册父亲手抄的眼科医书，字很工整，是他年轻时抄的。那么，他是在眼科上下过功夫的。听说他的医术还挺不错。有一邻居的孩子得了眼疾，双眼肿得像桃子，眼球红得像大红缎子。父亲看过，说不要紧。他叫孩子的父亲到阴城(一片乱葬坟场，很大，很野，据说韩世忠在这里打过仗)去捉两个大田螺来。父亲在田螺里倒进两管鹅翎眼药，两撮冰片，把田螺扣在孩子的眼睛上，过了一会田螺壳裂了。据那个孩子说，他睁开眼，看见天是绿的。孩子的眼好了。一生没有再犯过眼病。田螺治眼，我在任何医书上没看见过，也没听说过。这个“孩子”现在还在，已经五十几岁了。是个理发师傅。去年我回家乡，从他的理发店门前经过，那天，他又把我父亲给他治眼的经过，向我的妹婿详细地叙述了一次。这位理发师傅希望我给他的理发店写一块招牌。当时我很忙，没有来得及给他写。我会给他写的。一两天就写了托人带去。

我父亲配制过一次眼药。这个配方现在还在，但是没有人配得起，要几十种贵重的药，包括冰片、麝香、熊胆、珍珠……珍珠要是人戴过的。父亲把祖母帽子上的几颗大珠子要了去。听我的第二个继母说，他制药极其虔诚，三天前就洗了澡(“斋戒沐浴”)，一个人住在花园里，把三道门都关了，谁也不让去。

父亲很喜欢我。我母亲死后，他带着我睡。他说我半夜醒来就笑。那时我三岁(实年)。我到江阴去投考南菁中学，是他带着我去的。住在一个市庄的栈房里，臭虫很多。他就点了一支蜡烛，见有臭虫，就用蜡烛油滴在它身上。第二天我醒来，看见席子上好多好多蜡烛油点子。我美美地睡了一夜，父亲一夜未睡。我在昆明时,他还在信封里用玻璃纸包了一小包“虾松”寄给我过。我父亲很会做菜,而且能别出心裁。我的祖父春天忽然想吃螃蟹。这时候哪里去找螃蟹?父亲就用瓜鱼(即水仙鱼),给他伪造了一盘螃蟹,据说吃起来跟真螃蟹一样。“虾松”是河虾剁成米大小粒,掺以小酱瓜丁,入温油炸透。我也吃过别人做的“虾松”,都比不上我父亲的手艺。

我很想念我的父亲,现在还常常做梦梦见他。我的那些梦本和他不相干,我梦里的那些事,他不可能在场,不知道怎么会搀和进来了。

一九九二年五月二十八日

我的母亲

我父亲结过三次婚。我的生母姓杨。我不知道她的学名。杨家不论男女都是排行的。我母亲那一辈"遵"字排行,我母亲应该叫杨遵什么。前年我写信问我的姐姐,我们的母亲叫什么。姐姐回信说:叫"强四"。我觉得很奇怪,怎么叫这么个名呢?是小名么?也不大像。我知道我母亲不是行四。一个人怎么会连自己母亲的名字都不知道呢?因为我母亲活着的时候我太小了。

我三岁的时候,母亲就故去了。我对她一点印象都没有。她得的是肺病,病后即移住在一个叫"小房"的房间里,她也不让人把我抱去看她。我只记得我父亲用一个煤油箱自制了一个炉子。煤油箱横放着,有两个火口,可以同时为母亲熬粥,熬参汤、燕窝,另外还记得我父亲雇了一只船陪她到淮城去就医,我是随船去的。还记得小船中途停泊时,父亲在船头钓鱼,我记得船舱里挂了好多大头菜。我一直记得大头菜的气味。

我只能从母亲的画像看看她。据我的大姑妈说,这张像画得很像。画像上的母亲很瘦,眉尖微蹙。样子和我的姐姐很相似。

我母亲是读过书的。她病倒之前每天还写一张大字。我曾在我父亲的画室里找出一摞母亲写的大字,字写得很清秀。

前年我回家乡,见着一个老邻居,她记得我母亲。看见过我母亲在花园里看花。——这家邻居和我们家的花园只隔一堵短墙。我母亲叫她"小新娘子"。"小新娘子,过来过来,给你一朵花戴。"我于是好像看见母亲在花园里看花,并且觉得她对邻居很和善。这位"小新娘子"已经是八十多岁的老太太了!

我还记得我母亲爱吃京冬菜。这东西我们家乡是没有的,是托做京官的亲戚带回来的，装在陶制的罐子里。

我母亲死后，她养病的那间“小房”锁了起来，里面堆放着她生前用的东西，全部嫁妆，——“摞橱”、皮箱和铜火盆，朱漆的火盆架子……我的继母有时开锁进去，取一两样东西，我跟着进去看过。“小房”外面有一个小天井。靠南有一个秋叶形的小花台。花台上开了一些秋海棠。这些海棠自开自落，没人管它。花很伶仃，但是颜色很红。

我的第一个继母娘家姓张。她们家原来在张家庄住，是个乡下财主。后来在城里盖了房子，才搬进城来。房子是全新的，新砖，新瓦，油漆的颜色也都很新。没有什么花木，却有一片很大的桑园。我小时就觉得奇怪，又不养蚕，种那么多桑树做什么？桑树都长得很好，干粗叶大，是湖桑。

我的继母幼年丧母，她是跟姑妈长大的，姑妈家姓吴。继母的姑妈年轻守寡。她住的房子二梁上挂着一块匾，朱地金字：“松贞柏节”，下款是“大总统题”。这大总统不知是谁，是袁世凯？还是黎元洪？吴家家境不富裕，住的房子是张家的三间偏房。老姑奶奶有两个儿子，一个叫大和子，一个叫小和子。两个儿子都没上学校，念了几年私塾，专学珠算。同年龄的少年学“鸡兔同笼”，他们却每天打“归除”、“斤求两，两求斤”。他们是准备到钱庄去学生意的。

我的继母归宁，也到她的继母屋里坐坐，但大部分时间都在这三间偏房里和姑妈在一起。我父亲到老丈人那边应酬应酬，说些淡话，也都在“这边”陪姑妈闲聊。直到“那边”来请坐席了，才过去。

继母身体不好。她婚前咳嗽得很厉害，和我父亲拜堂时是服用了一种进口的杏仁露压住的。

她是长女，但是我的外公显然并不钟爱她。她的陪嫁妆奁是不丰的。她有时准备出门做客，才戴一点首饰。比较好的首饰是副翡翠耳环。有一次，她要带我们到外公家拜年，她打扮了一下，换了一件灰鼠的皮袄。我觉得她一定会冷。这样的天气，穿一件灰鼠皮袄怎么行呢？然而她只有一件皮袄。我忽然对我的继母产生一种说不出来的感情。我可怜她，也爱她。

后娘不好当。我的继母进门就遇到一个局面，“前房”（我的生母）留下三个孩子：我姐姐，我，还有一个妹妹。这对于“后娘”当然会是沉重的负担。上有婆婆，中有大姑子，小姑子，还有一些亲戚邻居，她们都拿眼睛看着，拿耳朵听着。

也许我和娘（我们都叫继母为娘）有缘，娘很喜欢我。

她每次回娘家，都是吃了晚饭才回来。张家总是叫了两辆黄包车，姐姐和妹妹坐一辆，娘搂着我坐一辆。张家有个规矩（这规矩是很多人家都有的），姑娘回自己婆家，要给孩子手里拿两根点着了的安息香。我于是拿着两根安息香，偎在娘怀里。黄包车慢慢地走着。两旁人家、店铺的影子向后移动着，我有点迷糊。闻着安息香的香味，我觉得很幸福。

小学一年级时，冬天，有一天放学回家，我大便急了，憋不住，拉在裤子里了（我记得我拉的屎是热腾腾的）。我兜着一裤兜屎，一扭一扭地回了家。我的继母一闻，二话没说，赶紧烧水，给我洗了屁股。她把我擦干净了，让我围着棉被坐着。接着就给我洗衬裤刷棉裤。她不但没有说我一句，连眉头都没有皱一下。

我妹妹长了头虱，娘煎了草药给她洗头，用篦子给她篦头发。张氏娘认识字，念过《女儿经》。《女儿经》有几个版本，她念过的那本，她从娘家带了过来，我看过。里面有这样的句子："张家长，李家短，别人的事情我不管"。她就是按照这一类道德规范做人的。她有时念经：《金刚经》、《心经》、《高王经》。她是为她的姑妈念的。

她做的饭菜有些是乡下做法，比如番瓜（南瓜）熬面疙瘩、煮百合先用油炒一下。我觉得这样的吃法很怪。

她死于肺病。

我的第二个继母姓任。任家是邵伯大地主，庄园有几座大门，庄园外有壕沟吊桥。

我父亲是到邵伯结的婚。那年我已经十七岁，读高二了。父亲写信给我和姐姐，叫我们去参加他的婚礼。任家派一个长工推了一辆独轮车到邵伯码头来接我们。我和姐姐一人坐一边。我第一次坐这种独轮车，觉得很有趣。

我已经很大了，任氏娘对我们很客气，称呼我是"大少爷"。我十九岁离开家乡到昆明读大学。一九八六年回乡，这时娘才改口叫我"曾祺"。——我这时已经六十六岁，也不是什么“少爷”了。

我对任氏娘很尊敬。因为她伴随我的父亲度过了漫长的很艰苦的沧桑岁月。

她今年八十六岁。

一九九二年七月十一日

大莲姐姐

大莲姐姐可以说是我的保姆。她是我母亲从娘家带过来的。她在杨家伺候大小姐——我母亲，到了我们家"带"我。我们那里把女佣人都叫做"莲子"、"大莲子"、"小莲子"。伺候我的二伯母的女佣人，有一个奇怪称呼，叫"高脚牌大莲子"。不知道怎么会这样称呼，可能是她的脚背特别高。全家都叫我的保姆为"大莲子"，只有我叫她"大莲姐姐"。

我小时候是个"惯宝宝"。怕我长不大，于是认了好几个干妈，在和尚庙、道士观里都记了名，我的法名叫"海鳌"。我还记得在我父亲的卧室的一壁墙上贴着一张八寸高五寸宽的梅红纸，当中一行字"三宝弟子求取法名海鳌"，两边各有一个字，一边是"皈"，一边是"依"。我大概是从这张记名红纸上才认得这个"皈"字的。因为是"惯宝宝"，才有一个保姆专门"看"我。大莲姐姐对我的姐姐和妹妹是不大管的，就管照看我一个人。

大莲姐姐对我母亲很有感情，对我的继母就有一种敌意。继母还没有过门，嫁妆先发了过来，新房布置好了。她拍拍一张小八仙桌，对我的姐姐说："这是红木的，不是海梅的！""海梅"别处不知叫什么，在我们那里是最贵重的木料。我母亲的嫁妆就是海梅的。她还教我们唱：

小白菜呀
地里黄呀……

我虽然很小，也觉得这不好。

大莲姐姐对我是很好。我小时不好好吃饭，老是围着桌子转，她就围着桌子追着喂我。不知要转多少圈，才能把半碗饭喂完。

晚上，她带着我睡。

我得了小肠疝气，有时发作，就在床上叫："大莲姐姐。我疼。"她就熬了草药，倒在一个痰盂里，抱我坐在上面熏。熏一会，坠下来的小肠就能收缩回去。她不知从哪里学到一些偏方，都试过。煮了胡萝卜，让我吃。我天天吃胡萝卜，弄得我到现在还不喜欢胡萝卜的味儿。把鸡蛋打匀了，用个秤锤烧红了，放在鸡蛋里，嗤啦一声，鸡蛋熟了。不放盐，吃下去。真不好吃！

我上小学后，大莲姐姐辞了事，离开我们家。她好像在别的人家做了几年。后来，就不帮人了，住在臭河边一个白衣庵里。她信佛，听我姐姐说，她受过戒。并未剃去头发，只在头顶上剃了一块，烧的戒疤也少，头发长长了，拢上去，看不出来。她成了个"道婆子"。我们那里有不少这种道婆子。她们每逢哪个庙的香期，就去"坐经"，——席地坐着，一坐一天。不管什么庙，是庙就"坐"。东岳庙、城隍庙，本来都是道士住持，她们不管，一屁股坐下就念"南无阿弥陀佛"，我放学回家，路过白衣庵，她有时看着我走过，有时也叫我到她那里去玩。白衣庵实在没有什么好"玩"的。这是一个小庵，殿上塑着十一尊白衣观音。天井东西各有一间小屋，大莲姐姐住东屋，西屋住的也是一个"带发修行"的道婆子。

她后来又和同善社、"理教劝戒烟酒会"的一些人混在一起。我们那里没有一贯道。如果有，她一定也会入一贯道的。她是什么都信的。

一九九二年七月十二日

我的小学

我读的小学是县立第五小学，简称五小，在城北承天寺的旁边，五小有一支校歌。我在小说《徙》的开头提到这支校歌。歌词如下：

西挹神山爽气，
东来邻寺疏钟，
看吾校巍巍峻宇，
连云栉比列其中。
半城半郭尘嚣远，
无女无男教育同。
桃红李白，芬芳馥郁，
一堂济济坐春风。
愿少年，乘风破浪，
他日毋忘化雨功。

"神山爽气"是秦邮八景之一。"神山"即"神居山"，在高邮湖西，我没有去过，"爽气"也不知道是一种什么样子的气。"东来邻寺疏钟"的"邻寺"即承天寺。这倒是每天必须经过的。这是一座古寺，张士诚就是在承天寺称王的。张士诚攻下高邮在至正十三年(一三五三)，称王在次年。那时就有这座寺了。以后也没听说重修过(我没见过重修碑记)。这也就是一个一般的寺庙。一个大雄宝殿，三世佛；殿后是站在鳌鱼头上的南海观音；西侧是罗汉堂，罗汉堂有一口大钟，我写的《幽冥钟》就是写的这口钟；东边是僧众的宿舍和膳堂，廊子上挂了一条很大的木头鱼，画出蓝色的鱼鳞，一口像倒挂的如意云头的铁磬，木鱼铁磬从来没听见敲响过。寺古房旧僧白头，佛像髹漆都暗淡了。看不出一点张士诚即位称王的痕迹。他在什么地方坐朝的呢？总不能在大雄宝殿上，也不会在罗汉堂里。

学校的对面，也就是承天寺的对面，是“天地坛”。原来大概是祭天地的地方，但我从小就没有见过祭过天地。这是一片很大的空地，安下一个足球场还有富余。天地坛四边有砖砌的围墙，但是除了五小的学生来踢球，跑步，可以说毫无用处。坛的四面长满了荒草，草丛中有枸杞，秋天结了很多红果子，我们叫它“狗奶子”。

“巍巍峻宇”，“连云栉比”，实在过于夸张了。一个只有六个班的小学，怎么能有这样高大，这样多的房子呢！

学校门外的地势比校内高，进大门，要下一个慢坡，慢坡是“站砖”铺的。不是笔直的，而是有点弯。不知道为什么，我们对这道弯弯的慢坡很有感情。如果它是笔直的，就没有意思了。

慢坡的东端是门房，同时也是斋夫（校工）詹大胖子的宿舍。詹大胖子墙上挂着一架时钟，桌上有一把铜铃，一个玻璃匣子放着花生糖、芝麻糖，是卖给学生吃的。学校不许他卖，他还是偷偷地卖。

詹大胖子的房子的对面，隔着慢坡，是大礼堂。大礼堂的用处是做“纪念周”，开“同乐会”。平常日子，是音乐教室，唱歌。

大礼堂的北面是校园。校园里花木不多，比较突出的是一架很大的“十姊妹”。我对这个校园留下很深的印象是：有一年我们县境闹蝗虫，蝗虫一过，遮天蔽日，学校里遍地都是蝗虫，我们见蝗虫就捉，到校园里用两块砖头当磨子，把蝗虫磨得稀烂，蝗虫太可恶了！

校园之北，是教务处。一个很大的房间，两边靠墙摆了几张三屉桌，供教员备课，批改学生作业。当中有一张相当大的会议桌。这张会议桌平常不开会，有一个名叫夏普天的教员在桌上画炭画像。这夏普天（不知道为什么，学生背后都不称他为“夏先生”，径称之为“夏普天”，有轻视之意）在教员中有其特别处。一是他穿西服（小学教员穿西服者甚少）；二是他在教小学之外还有一个副业:画像。用一个刻有方格的有四只脚的放大镜,放在一张照片上,在大张的画纸上画了经纬方格、看着放大镜,勾出铅笔细线条,然后用剪秃了的羊毫笔,蘸炭粉,涂出深浅浓淡。说是“涂”不大准确,应该说是“蹭”。我在小学时就知道这不叫艺术,但是有人家请他画,给钱。夏普天的画像真正只是谋生之术。夏家原是大族,后来败落了。夏普天画像,实非不得已。过了好多年,我才知道夏普天是我们县的最早的共产党员之一!夏普天给我的印象是:一个非常聪明的人。

教务处的北面是幼稚园。现在一般都叫幼儿园,我入园时叫幼稚园。五小设幼稚园是创举。这个幼稚园是全县第一个幼稚园。

幼稚园的房子是新盖的。一切都是新的。新砖、新瓦、新门、新窗。这座房子有点特别,是六角形的。进门,是一个宽敞明亮的大厅。铺着漆成枣红色的地板,用白漆画出一个很大的圆圈。这圆圈是为了让“小朋友”沿着唱歌跳舞而画出的。“小朋友”每天除了吃点心,大部分时间是唱歌跳舞。规定:上幼稚园的“小朋友”的家里都要预备一双“软底鞋”,——普通的布鞋,但是鞋底是几层布“绗”出来的软底。

幼稚园的老师是王文英,她是我们县里头一个从“幼稚师范”毕业的专业老师。整个幼稚园只有一个老师,教唱歌、跳舞都是她。我在幼稚园学过很多歌,有一些是“表演唱”。我至今记得的是《小羊儿乖乖》,母亲出去了,狼来了:

狼: 小羊儿乖乖,
把门儿开开。
快点儿开开,
我要进来。
小羊:不开不开不能开,
母亲不回来,
谁也不能开。
狼: 小兔子乖乖,

把门儿开开，
快点儿开开，
我要进来。

小兔：不开不开不能开。
母亲不回来，
谁也不能开。

狼：小螃蟹乖乖，
把门儿开开，
快点儿开开，
我要进来。

螃蟹：就开就开我就开——（开门）

狼：啊呜！（把小螃蟹吃了）

小羊、小兔：可怜小螃蟹，
从此不回来。

另外还有：

拉锯，送锯，
你来，我去。
拉一把，推一把，
哗啦哗啦起风啦。
小小狗，快快走；
小小猫，快快跑！

（王老师除了教唱，领着小朋友唱，还用一架风琴伴奏。）

幼稚园门外是一个游戏场，有一个沙坑，一架秋千，还有一个“巨人布”。一根粗大柱，半截埋在土里，柱顶有一个火炬形的顶子，顶与柱之间是铁的轴辊，柱顶牵出八条粗麻绳，小朋友各攥住一根麻绳，连跑几步，蜷起腿一悠，柱顶即转动，小朋友能悠好多圈。我到现在还不知道这个游戏器械为什么叫“巨人布”。也许应该写成“巨人步”。这种游戏大概是从外国传进来的。

在全班小朋友中我是最受王老师宠爱的。我们那一班临毕业前曾在游戏场上照了一张合影。我骑在一头木马上。这是我第一次留了一回马上英姿（另外还有一个同学骑在一个灰色的木鸭子上，其他小朋友都蹲着，坐着）。

我离开五小后很少和王老师见面。我十九岁离开家乡。和王老师不通音讯。她和我的初中国文老师张道仁先生结了婚，我也不知道。

一九八六年我回了一次故乡，带了两盒北京的果脯，去看张老师和王老师。我给张老师和王老师都写了一张字。给王老师写的是一首不文不白的韵文：

“小羊儿乖乖，
把门儿开开”，
歌声犹在，耳畔徘徊。
念平生美育，
从此培栽。
我今亦老矣，
白髭盈腮。
但师恩母爱，
岂能忘怀。
愿吾师康健，
长寿无灾。

这首“诗”使王老师哭了一个晚上。她对张先生说：“我教了那么多学生，还没有一个来看看我的。” 张先生非常感慨地再三说：“师恩母爱！师恩母爱！……”他说王老师告诉他，我上幼稚园的时候还戴着我妈妈的孝。王老师不说，我还真不记得。

教务处和幼稚园的东面，是一、二、三、四年级教室。两排。两排教室之前是一片空地。空地的路边有几棵很大的梧桐。到了秋天,落了一地很大的梧桐叶。我很小的时候就知道“一叶落而天下惊秋”。而且不胜感慨。我们捡梧桐子。梧桐子炒熟了,是可以吃的,很香。

往后走,是五年级,六年级教室。这是另外一个区域,不仅因为隔着一个院子,有几棵桂花,而且因为五、六年级是“高年级(一、二年级是初年级,三、四年级是中年级),到了这里俨然是“大人”了,不再是毛孩子了。

五年级教室在西边的平地上。教室外面是一口塘。塘里有鱼。常常看到有打鱼的来摸鱼,有时摸上很大的一条。从五年级的北窗伸出钓竿,就可以钓鱼。我有一次在窗里看着一条大黑鱼咬了钩,心里怦怦跳。不料这条大黑鱼使劲一挣,把钓线挣断了,它就带着很长的一截钓线游走了!

六年级教室在一座楼上。这楼是承天寺的旧物,年久失修,真是一座“危楼”,在楼上用力蹦跳,楼板都会颤动。然而它竟也不倒。

去年回乡,遇到一个小学同班姓许的同学(他现在是有名的中医),说我多年都是全班第一。他大概记得不准,我从三年级后算术就不好。语文(初中年级叫“国语”,高年级叫“国文”)倒是总是考第一的。

我觉得那时的语文课本有些篇是选得很好的。一年级开头虽然是“大狗跳,小狗叫”,后面却有《咏雪》这样的诗:

一片一片又一片,
两片三片四五片,
七片八片九十片,
飞入芦花都不见。

我学这一课时才虚岁七岁,可是已经能够感受到“飞入芦花都不见”的美。我现在写散文、小说所用的方法,也许是从“飞入芦花都不见”悟出的。

二年级课文中有两则谜语,其中一则是:

远观山有色,

近听水无声，
春去花还在，
人来鸟不惊。

谜底是:画。这对培养儿童的想象力是有好处的。

我希望教育学家能搜集各个时期的课本,研究研究,吸取有益的部分,用之今日。

教三、四年级语文的老师是周席儒。我记不得他教的课文了,但一直觉得他真是一个纯然儒者。他总是坐在三年级和四年级教室之间的一间小屋的桌上批改学生的作文,“判”大字。他判字极认真,不只是在字上用红笔画圈,遇有笔画不正处,都用红笔矫正。有“间架”不平衡的字,则于字旁另书此字示范。我是认真看周先生判的字而有所领会的。我的毛笔字稍具功力,是周先生砸下的基础。周先生非常喜欢我。

教五年级国文的是高北溟先生。关于高先生,我写过一篇小说《徙》。小说,自然有很多地方是虚构,但对高先生的为人治学没有歪曲。关于高先生,我在下一篇《初中》中大概还会提到,此处从略。

教六年级国文的是张敬斋,张先生据说很有学问,但是他的出名却是因为老婆长得漂亮,外号“黑牡丹”。他教我们《老残游记》,讲得有声有色。我留下印象最深的是大明湖上的对联:“四面荷花三面柳, 一城山色半城湖”,这使我对济南非常向往。但是他讲“黑妞白妞说书”,文章里提到一个湖南口音的人发了一通议论,张先生也就此发了一通议论,说:为什么要说“湖南口音”呢?因为湖南话很蛮,俗说是“湖南骡子”。这实在是没有根据。我长大后到过湖南,从未听湖南人说自己是“骡子”。外省人也不叫湖南人是“湖南骡子”。不像外省人说湖北人是“九头鸟”,湖北人自己也承认。也许张先生的话有证可查,但我小时候就觉得他是胡说。不知道为什么,我对张先生的“歪批”总也忘不了。

我在五小颇有才名,是因为我的画画很不错。教我们图画的老师姓王,因为他有一个口头语:“譬如”,学生就给他起了个外号:“王譬如”。王先生有时带我们出校“野外写生”，那是最叫人高兴的事。常去的地方是运河堤，因为离学校很近。画得最多的是堤上的柳树，用的是六个B的铅笔。

一九九一年十月，我回高邮，见到同班同学许医生，他说我曾经送过他一张画：只用大拇指蘸墨，在纸上一按，加几笔犄角、四蹄、尾巴，就成了一头牛。大拇指有腡纹，印在纸上有牛毛效果。我三年级时是画过好些这种牛。后来就没有再画。

我对五小很有感情。每天上学，暑假、寒假还会想起到五小看看。夏天，到处长了很高的草。有一年寒假，大雪之后，我到学校去。大门没有锁，轻轻一推开了。没有一个人，连詹大胖子也不在。一片白雪，万籁俱静。我一个人踏雪走了一会，心里很感伤。

我十九岁离乡，六十六岁回故乡住了几天。我去看看我的母校：什么也没有了。承天寺、天地坛，都没有了。五小当然没有了。

这是我的小学，我亲爱的，亲爱的小学！

“愿少年，乘风破浪，

他日毋忘化雨功！”

一九九二年八月六日

我的初中

初中全名是高邮县立初级中学，是全县的最高学府。我们县过去连一所高中都没有。

地点在东门。原址是一个道观，名曰“赞化宫”。我上初中时，二门楣上还保留着“赞化宫”的砖额，字是《曹全碑》体隶书，写得不错，所以我才记得。

赞化宫的遗物只有：一个白石砌的圆形的放生池，池上有石桥。平日池干见底，连日大雨之后有水。东北角有一座小楼，原是供奉吕祖的。年久失修，岌岌可危。吕祖楼的对面有一土阜。阜上有亭，倒还结实。亭子的墙壁外面涂成红色。我们就叫它“小亭子”。亭之三面有圆形的窗洞。蜷起两脚，坐在窗洞里，可以俯看墙外的土路。小亭之下长了相当大一丛紫竹。紫竹皮色深紫，极少见。我们县里好像只有这一丛紫竹。不知是何年，何人所种。小亭子左边有一棵楮树，我们那里叫“壳树”。楮树皮可造纸，但我们那里只是采其大叶以洗碗。因为楮叶有细毛，能去油腻。还有一棵很奇怪的树，叫“五谷树”，一棵结五种形状不同的小果子，我们家乡从哪一种果子结得多少，以占今年宜豆宜麦。

初中的主要房屋是新建的。靠南墙是三间教室，依次为初一、初二、初三，对面是教导处和教员休息室。初三教室之东，有一个圆门，门外有一座楼，两层。楼上是图书馆，主要藏书是几橱万有文库。楼下是“住读生”的宿舍，初中学生大部分是“走读”，有从四乡村镇来的学生，城区无亲友家可寄住，就住在学校里，谓之“住读”。

初中的主课是“英（文）、国（文）、算（数学）”。学期终了结算学生的总平均分数，也只计算这三门。

初一、初二的英文没有学到什么东西，因为教员不好。初三却有一门奇怪的课："英文三民主义"。不知道这是国民党的统一规定，还是我们学校里特别设置的。教这一课的是校长耿同霖。耿同霖解放后被枪毙了，不知道他有什么罪恶，但他在当我们的校长时看不出有多坏。他有一个习惯，讲话或上课时爱用两手摩挲前胸。他老是穿一件墨绿色的毛料的夹袍。在我的想象里，他被枪毙时也是穿的这件夹袍。

初一、初二国文是高北溟先生教的。他的教学法大体如我在小说《徙》中所写的那样。有些细节是虚构的，如小说中写高先生编过一本《字形音义辨》，实际上他没有编过这样一本书，他只是让学生每周抄写一篇《字辨》上的字。但他编过一些字形的歌诀，如：戌横、戍点、戊中空。《国学常识》是编过一本讲义的，学生要背："三坟五典八索九丘"，"乾三连、坤六断、震仰盂、艮覆碗"……他讲书前都要朗读一遍。有时从高先生朗读的顿挫中学生就能体会到文义。"小子识之：苛政猛于虎也！""永州之野产异蛇，黑质而白章……"他讲书，话不多，简明扼要。如讲《训俭示康》："……'厅事前仅容旋马'，闭目一想，就知道房屋有多狭小了。"这使我受到很大启发，对写小说有好处。小说的描叙要使读者有具体的印象。如果记录厅事的尺寸，即无意义。高先生教书很严，学生背不出来，是要打手心的。我的堂弟汪曾炜挨过多次打。因为他小时极其顽皮，不用功。曾炜后来发愤读书，现在是著名的心脏外科专家了。我的同班同学刘子平后来在高邮中学教书，和高先生是同事了。曾问过高先生："你从前为什么对我们那么严？"高先生叹了一口气，说："我现在想想，真也不必。"小说《徙》中写高先生在初中未能受聘，又回小学去教书了，是为了渲染高先生悲怆遭遇而虚构的，事实上高先生一直在高邮中学任教，直至寿终。

教初三国文的是张道仁先生。他是比较有系统地把新文学传到高邮来的。他是上海大夏大学毕业的。我在写给张先生的诗中有两句："汲源来大夏，播火到小城"。一九八六年，我和张先生提起，他说他主要根据的是孙俍工的一本书。

教初二代数的是王仁伟先生。王先生少孤。他的父亲曾游食四方。王先生曾拿了一册他的父亲所画的册页，让我交给我父亲题字。我看了这套册页，都是记游之作。其中有驴、骡、骆驼，大概是在北方的时候多。王先生学历不高，没有上过大学。他的家境不宽裕，白天在学校上课，晚上还要在家里为十多个学生补习，够辛苦的。也许因为他的脾气不好，多疑而易怒，见人总是冷着脸子。我的代数不好。但王先生却很喜欢我。我有一次病了几天，他问我的堂哥汪曾濬(他和我同班)："汪曾祺的病怎么样？"我那堂哥回答："他死不了。"王先生大怒，说："你死了我也不问！"

教初三几何的是顾调笙先生。他同时是教导主任。他是中央大学毕业的，中央大学是名牌国立大学，因此他看不起私立大学毕业的教员，称这种大学为"野鸡大学"，有时在课堂公开予以讥刺。他对我的几何加意辅导。因为他一心想培养我将来进中央大学，学建筑，将来当建筑师。学建筑同时要具备两种条件，一是要能画画，一是要数学好，特别是几何。我画画没有问题，数学——几何却不行。他在我身上花了很多工夫，没有效果，叹了一口气说："你的几何是桐城派几何！"桐城派文章简练，而几何是要一步步论证的，我那种跳跃式的演算，不行！顾先生走路总是反抄着两手，因为他有点驼背，想用这种姿势纠正过来。他这种姿势显得人更为自负。

教美术的是张杰夫先生。"夫"字的行草似"大人"两个字合在一起，学生背后便称之为"杰大人"。他不是本地人，是盐城人，上海艺专毕业。他画水彩，也画国画。每天写大字一张，临《礼器碑》。《礼器碑》用笔结体都比较奇峭，高邮人不欣赏。他的业绩是开辟了一个图画教室，就在吕祖楼东边的一排闲房里。订制了画架，画板(是银杏木的)。我们这才知道画西洋画是要把纸钉在画板上斜立在画架上画的（过去我们画画都是把纸平放在桌子上画的)。三年级以后，画水彩画，我开始知道分层布色，知道什么叫"笔触"。我们画的次数最多的是鱼，两条鱼，放在瓷盘里。我们最有兴趣的是倒石膏模子。张先生性格有点孤僻，和本地籍的同事很少来往。算是知交的，只有一个常州籍教地理学的史先生。史先生教了一学年，离开了。张先生写了一首诗送他："侬今送君人笑痴，他日送侬知是谁？"这是活剥《葬花词》，但是当时我们觉得写得很好，很贴切。大概当时的教员都有一点无端的感伤主义。

教音乐的也是一位姓张的先生，他的特别处是发给学生乐谱不是简谱，是五线谱；教了一些外国歌。我学会《伏尔加船夫曲》就是在那时候。张先生郁郁不得志，他学历不高，薪水也低。

东门外是刑场。出东门，有一道铁板桥，脚踏在上面，咚咚地响。桥下是水闸，闸上闸下落差很大，水声震耳，如同瀑布。这道桥叫做“掉魂桥”，说是犯人到了桥上。魂就掉了。过去刑人是杀头的。东门外南北大路也有四五个圆的浅坑，就是杀人的遗迹。据说，犯人跪在坑里，由刽子手从后面横切一刀，人头就落地了。后来都改成枪毙了，我们那里叫做“铳人”。在教室里上着课，听着凄厉的拉长音的号声，就知道：铳人了。一下课，我们就去看。犯人的尸首已经装在一具薄皮棺材里，抬到城墙外面的荒地里，地下一摊泛出蓝光的血。

东门之东，过一小石桥，有几间瓦房。原来大概是一个什么祠，后来成了耕种农田的农民的住家。瓦房外是打谷场。有一棵大桑树。桑树下卧着一头牛。不知道为什么，我一想起桑树和牛，就很感动，大概是因为看得太熟了。

城墙下是护城河，就是流经掉魂桥的河。沿河种了一排很大的柳树。柳树远看如烟，有风则起伏如浪。我第一次体会到什么是“烟柳”、“柳浪”。感受到中国语言之美。可以这样说：这排柳树教会我怎样使用语言。

往南走，是东门宝塔。

除了到打谷场上看看，沿护城河走走，我们课余的活动主要有：爬城墙、跳河。

操场东面，隔一道小河，即是城墙。城墙外壁是砖砌的，内壁不封砖，只是夯土。内壁有一点坡度，但还是很陡。我们几乎每天搞一次登山运动。上了陡坡，手扶垛口。心旷神怡。然后由陡坡飞奔而下，这可是相当危险的，无法减速，下到平地收不住脚，就会一直窜到河里去。

操场北面，沿东城根到北城根，虽在城里，却很荒凉。人家不多，很分散。有一些农田，东一块，西一块，大大小小，很不规整。种的多是杂粮，豆子、油菜、大麦……地大概是无主的地，种地的也不正经种地，荒秽不治，靠天收。地块之间，芦荻过人。我曾经在一片开着金黄的菊形的繁花的茼蒿上面（茼蒿开花时高可尺半)看到成千上万的粉蝶,上下翻飞,真是叫人眼花缭乱。看到这种超常景象,叫人想狂叫。

这里有很多野蔷薇,一丛一丛,开得非常旺盛。野蔷薇是单瓣的,不耐细看,好处在多,而且, 甜香扑鼻。我自离初中后,再也没有看到这样多的野蔷薇。

稍远处有一片杂木林。我有一次在林子里看到一个猎人。我从来没有看到过猎人。我们那里打鱼的很多,打猎的几乎没有。这个猎人黑瘦瘦的,眼睛很黑,他穿了一身黑的衣裤,小腿上缠了通红的绑腿。这个猎人给我一种非常猛厉的印象。他在追逐一只斑鸠。斑鸠已经发觉,它在逃避。斑鸠在南边的树头枝叶密处,猎人从北往南走。他走得从容不迫,一步,一步。快到树林南边。斑鸠一翅飞到北边树上。猎人又由南往北走,一步,一步。这是一种无声的紧张,持续的意志的角逐。我很奇怪,斑鸠为什么不飞出树林。这样往复多次,斑鸠慌神了,它飞得不稳了。一声枪响,斑鸠落地。猎人拾起斑鸠,放进猎袋,走了。他的大红的绑腿鲜明如火。我觉得斑鸠和猎人都很美。

这一片荒野上有一些纵横交错的小河。我们几乎每天来比赛"跳河"。起跑一段,纵身一跳,跳到对岸。河阔丈许,跳不好就会掉在河里,但我的记忆中似没有一人惨遭灭顶。

跳河有大王,大王名孙普,外号黑皮。他是多宽的河也敢跳的。

赞化宫之外,有一处房屋也是归初中使用的:孔庙。孔庙离赞化宫很近,往西三分钟即到。孔庙大门前有一个半圆形的"泮池",常年有水,池上围以石栏。泮池南面是一片大坪场,整整齐齐地栽了很多松树,都已经很大了。孔庙的主体建筑是"明伦堂",原是祭孔的地方,后来成了初中的大礼堂。至圣先师的牌位被请到原来住"训导""教谕"的厢房里去了,原来供牌位的地方挂了孙中山。明伦堂的东西两壁挂了十六条彩印的条幅,都是民族英雄,有苏武牧羊、闻鸡起舞、班超投笔、木兰从军……其余的,记不得了。为什么要挂这样的画?这时"九一八"事变已经发生,全国上下抗战救国情绪高涨。我们的国文、历史课都增加培养民族意识的内容,作文也多出这方面的题目。有一次高北溟先生出了一道作文题:"救国策", 我那堂哥汪曾浚辟头写道:

“国将亡，必欲救，此不易之理也。”他的名句我一直记得。他大概读了一些《东莱博议》之类的书，学会了这种调调。这有点可笑，一个初中学生能拿出什么救国之策呢？但是大敌当前，全民奋起，精神可贵。我到现在还觉得应该教初中、小学的学生背会《木兰词》，唱“苏武留胡节不辱”。这对培养青少年的情操和他们的审美意识，都是有好处的。

一九九二年八月二十四日

作品辑佚

钓

晓春,静静的日午。

为怕携归无端的烦忧(梦乡的可怜的土产),不敢去寻访枕上的湖山。

一个黑点,画成一道弧线,投向纸窗,“嗡——”是一只失路的蜜蜂。也许正拳怀于一支尚未萎落的残蕊,匆忙的小小的身躯撞过去;习于播散温存的触须已经损折了,仍不肯终止这痴愚的试验,一次,两次……“可怜虫亦可以休矣!”不耐烦替它计较了。

做些什么呢?

打开旧卷,一片虞美人的轻瓣静睡在书页上。旧日的娇红已成了凝血的暗紫,边缘更镌了一圈恹恹的深黑。不想打开锈锢的记忆的键,掘出葬了的断梦,遂又悄然掩起。烟卷一分分的短了,珍惜的吐出最后一圈,掷了残蒂,一星红火,在灰烬里挣脱最后的呼吸。打开烟盒,已经空了,不禁怅然。

提起瓷壶,斟了半天,还不见壶嘴吐出一滴,哦,还是昨晚冲的。嚼着被开水蚀去绿色的竹心,犹余清芬;想后园的竹子当抽了新篁,正好做渔竿,钓鱼去吧,别在寂寞里凝成了化石。

小时候,跟母亲纠缠了半天,以撒娇的一吻换来一根绣花的小针,就着灯火弯成钩子,到姐姐的匣里抽出一根黑丝线,结系停当,捉几只青蝇;怀着不让人知道的喜悦,去做一次试验。学着别人的样,耐心地守候着水面的“浮子”(那也是请教了许多前辈才晓得,用蒜茎做的最好)。起竿时,不是太急,惊走了鱼儿,便是太慢,白白丢了一只蝇头。经过了许多次的失望,终于钓得一尾鲢鱼。看它在钩上闪着银光,掀动鲜红的鳃,真像发现了一件奇迹,慌乱地连手带脚地捉住,用柳条穿了,忘了祖父的斥骂,一路叫着跳着回去。

而今想来,分外亲切,不由得不跃跃欲试了。

昨晚一定下过毛毛雨,看绵软的土径上,清晰地画出一个个脚印。一个守着油灯的盼待,拉快了这些脚步,脚掌的部分那么深,而脚跟的部分如此轻浅,而且,两个脚印的距离很长,想见归家时的急切了。

你可没有要紧事,可以不必追迹这些脚印,尽管慢点儿。

在往日,便是这样冷僻的小村,亦常有古旧的声音来造访的。如今,没有“碎布烂铁换糖”的唤卖;卖通草花的货郎的小鼓;走方郎中踉跄的串铃;即使本村的瞎先生,也暂时收起算命小锣的铛铛,没有一个辛苦的命运来叩问了。正是农忙的时候呀!

转过一架铺着带绿的柳条的小桥,有一棵老树。我只能叫它老树,因为它的虬干曾做过我儿时的骏马,它照料着我长大,在乡下替它起的名字,多是字典辞源上查不到的。顽皮的河水舔着覆土,露出隐秘的年青的一段,那羞涩的粉红的根须。哦,这地势真如一个蒲团,不妨坐下。

也得像个样儿理了钓丝,安上饵,轻轻地抛向水面。本不是为着鱼而来的,何必关心“浮子”的深浅。

河不深,只消篙子一点,便可渡到彼岸了。但水这么蓝,蓝得有些神秘,这才明白来往的船只为什么不用篙子了!关于这河,乡下人还会告诉你一个神奇的故事。深恐你不相信,他们会急红了脸说:县里的志书上还载着的!

也不知是姓什么的人做皇帝的时候,——除了村馆里的先生,这村里的人都是只知道“民国”与“前清”,最多还晓得朱洪武是个放牛的野孩子,则“不知有汉,何论魏晋”何足为怪——这儿出了个画画儿的。一点不说谎,他画的玩意儿就跟真的一般,画个麻雀就会叫,画个乌龟就能爬,画个人,管少不了脸上一粒麻子。天下事都是这样,聪明人不会长寿的,他活不上三十岁,就让天老爷给收去了。临死的时候,跟他的新娶的媳妇说:“我一不耕田,二不种地,死后留给你的只有绵绵的相思……”取张素绢,画了几笔,密密卷好,叫她到城里交给他的师傅,送到京城的相爷家去;说相爷的老太太做寿,寿宴上什么东西都有了,但是还缺少一样东西,老太太心里很不快活,因此害了症候。若能如期送到,准可领到重赏,并且关照她千万不要拆开来看。

他咽了最后一口气，媳妇便上城去了。她心里想：到底是个什么呢？耐不住拆开望望，一看是一片浓墨，当中有一块白的，以为丈夫骗了她，便坐在阳岸上哀哀地哭起来。一阵大风，把这卷儿吹到河里去了，我的天，原来是一轮月亮啊！

从此，这月亮便不分日夜的在深蓝的水里放着凄冷的银光。

你好意思追问现在为什么没有了那月亮？看前面那块石碑，三个斑驳的朱字"晓月津"，一个多么诗意的名儿！

山外青山楼外楼，
我郎住在家后头，
……

夹着槐花的香气，飘来清亮的山歌，想起什么浪漫的佳话了？看水面上泛起一个个微笑。她们都有永不凋谢的天真，都有一条压倒同伴们的嗓子的骄傲，常常在疲乏的梦里安排下笑的花蕾。

一片叶子，落到钓竿上来，一翻身，跌到水面上，又被微风推出了视野。还是一样的碧绿，闪耀着青春的光辉。你说，似这样无声的殒折，不比抖着枯黄的灵魂，对残酷的西风做无望的泣求强些？且不浪费这些推求了。你看，这片叶绿得多么可人，若能以此为舟，游家泛宅，浪迹江湖，比庄子那个大葫芦如何？

远林漏出落照的红，像藏在卷发里的被吻后的樱唇，丝丝炊烟在招手唤我回去了。咦，怎么钓竿上竟栖歇了一只蜻蜓？好吧，我把这支绿竹插在土里，承载你的年轻的梦吧。

把剩下的饭粒抛到水里，空着手走了。预料在归途中可捡得许多诚朴的欢笑，我将珍重的贮起。

我钓得了些什么？难得回答。然而，我的确不是一无所得啊。

二十九年四月十二日，昆明

翠　子

夜，刚才还藏在墙角的青苔深处，这时偷偷的溜了出来，占据了空空的庭院。天上黑黢黢的，星星一个一个地挂起来，乍起的风摇动着园子里花的叶子，叶子在沙沙的响。

家里面只有我和大丫头翠子，在屋里玩着，等待着父亲回来。

翠子抬起头，痴痴的望着远远的天边，抱在膝上的双手渐渐松了下来。

“翠子翠子，看看你那呆样子！翠子，你给我讲个故事好不好？要拣顶顶美丽的，可是你不许瞎编油灯菜篮子！今儿晚上天上没有多大的风，星星倒是挺不少，好看着哩。翠子，你讲个白娘娘的，我怕星子它们也都着迷了呢。”

翠子就像没有听见似的，她的眼睛还是睁得那么大，但是我自己听得很清楚，就连过道前的蝙蝠一定也听了一两句去了。有点什么亮亮的光在她的眼睛里。我觉出自己有点生气，默默地，我盯着地上的几个淡淡的影子，心里想:不理我，好！看我的故事比你的也差不了多少！

“翠子，你不跟我说话了？”她站起来，伸手整一下让过道里的风披下来的几丝头发(用黑夜的黑色染黑的头发)，她说：

“天夜了，我给你弄晚饭去。爹大概不会回来吃晚饭了。”

“爹，爹又不是你的爹，为什么你也这么叫呢？”一个丫头，把人家的爹叫爹爹，我心里笑过多少次了，不过我也没有说什么，转身过堂屋里去了。堂屋里好像比哪天都空洞，壁虎在板壁上缝槽边慢慢爬过，但我一点都不怕。母亲的棺材先前停在这儿时，我还一个人守着一盏长明照魂灯(怕灯油被老鼠们喝干了，让妈在黑地里摸黑)，现在更不怕了。只是桌子底下的大黑猫，喵呜喵呜哼得阴间鬼阳间人听得都不好受。我连声地喝:“出去！出去！”它像聋了个耳朵，睬也不睬我。转过头找翠子，听厨房里翠子正响得紧，她一边点火，一边叫“马上就要来了！”我便想起翠子刚来的时候那个傻傻的样子，还穿上双鲤鱼脸的花鞋，一个大红的褂子，怯生生的，“锅边秀！”于是惹得自己笑起来。

吃饭时，我一手拿着筷子，一手拿根纸捻，在灯盏里滚一滚油，就着火头着了起来，非常好玩。

“尽是坏点子，掉到碗里去，怎么这么皮！”

“哟，真真像个妈！”我学着小猫似的喵喵的说。

“爹一早就出去了，这会儿还不回来，老不肯呆在家里，把我一个人撇下！”

其实我知道，爹疼一晚上比别人疼我一天还要多，而且有翠子伴着我，也并不寂寞，但我仍急切的盼爹回来。晚上的风专门往人颈子里钻，邻家的那条大花狗，一听到脚步声音就向黑夜里叫，爹说他不怕狗，可是不怕我会担心他么？

“……爹今儿白天一定又到你娘的坟上去了，都这么些日子了！每次回来衣服上都沾了些泥斑，早上的露水多重。”

对了，父亲每晚回来握着一支白色的花，这花别处是没有的。人家说是鬼种出来的。

娘的坟上开的全是这种花。听爹说过，娘的坟地是娘生前亲自看定的，一个风水先生说，这个地方不合适做坟地，但父亲非坚持要葬在这儿。

格格！一只披了绿色的小蚂蚱，振翅向灯飞过来，翠子一挥手把它赶去了。翠子嘴里唧咕着：“你为什么不在青草里玩着，却迷在这亮亮的一团火里？”

大家都不说话，风掀起壁上的条幅，刮刮的响，我想起父亲近来画儿也不画，字也不写，连话也不多说，便问翠子：

“爹近来是不是又老了些？下巴的胡子长得那么长，刺在人脸上，痒痒的，嗯。怎么回事？想娘？娘不想他也不再想我，睡在地下安安静静。什么也不想。”

“你爹,……哦,你明儿早上起来,叫他莫出去。明儿是他的生日,今年三十了吧。……快吃,看菜都冷了。”

咦!我不是都吃完了吗?她一定又想着什么了。连我放下筷子都不晓得,痴痴的真好玩。今晚上我还要告诉父亲,翠子这两天像丢了魂。她的魂生了翅膀,把翅膀一抬,就被风吹到远远的地方去。是一阵什么风?我不知道,翠子也不知道。

翠子收了碗,把叠好的爹的衣服压在衣砖底下,便做起针线来。我倚在她身上,瞧着她胸前的起伏,我轻轻的唱:

小白菜呀,
点点黄啊,
小小年纪,
没了亲娘
……

“翠子,底下该是什么了?”

“——听,叫门,你爹回来了?”

翠子打了风雨灯,走到黑黑的过道里。我站在可以看到大门的地方等着。看灯火一步一步的近了,却是父亲提着的。翠子静静的跟在后面。

父亲一把抱起了我,在颊上亲了我一下,问我为什么还不睡?

“等你,你不疼我,只疼别人家的孩子!”

父亲轻轻叹了一声,进到房间里去了。一进房门,就听见屋角铁炉上的声音。他问我:

“‘五更鸡’上煮的什么?”

“莲子。翠子在柜子里找出来的,说上好的建莲,再不吃要坏了。天也冷了,爹该吃点滋润清补的东西,所以煨了它;让我关照爹,糖在条几上的玻璃缸里。”

“哦,——家里,几时还有莲子?”

“谁知几时的……”

“二宝,你睡吧!”

“你呢?”

“我也就要睡了。我很累。”

“我这么大了,自己还不会脱衣服么?不要你!不要你!”当父亲要给我解纽子时,我连忙闪开。脱了衣服:“进窝喽,进窝喽,进窝喽!”便往被窝里一钻。被盖是翠子新浆洗的,非常暖和,有一点太阳气味,一点米浆气味,和一点(极少的一点点)香粉味。

爹只吃了几颗莲子,剩下的都给我吃了。他叫我不用起来,拿小银匙子一颗一颗的喂我。我一边吃,一边看着他的瘦脸:黑了,更瘦了,头发长得那么长,下巴全是青的。这么大的人了,自己不晓得打扮,还要人来照顾。噢……

想起了一件事,赶忙告诉爹:

“高家伯伯今儿来过了,饭前。一个人坐在客厅里面呆了老半天,跟我谈了很多话:问我想不想妈?‘要是想,要爹替你再娶个妈。’又把你那支挂着的笛子拿下来吹了半天,他说吹的叫什么‘汉宫秋’。——爹爹,你吹得好还是他吹得好?后来翠子给他送上茶,他才不吹了。一个人走来走去的笑笑,还拿纸写了些什么,叫我拿给你看。字那么草,它认识我,我可一个也不认得它。”

父亲看看那张字条,哈哈的笑起来。笑些什么呢?还那么大的声音。

父亲随后也脱了衣服睡下。点起一支烟,烟一丝丝的升起来,满帐子里都是烟了。

“二宝,你今天晚上吃的什么菜?”

“青菜虾子汤。”

“可好吃?”

“好吃,好吃!虾子又新鲜,买来时还活蹦活跳;青菜是到园上现挑的,在薛大娘园上挑的!翠子说,这样尤其水鲜。——唉,爹可晓得薛大娘?翠子新认了她做干妈。今儿大清早,我跟翠子上那儿去,草上露水还没有干,她把鞋都湿透了;我没有,我走道儿挺小心。到那儿,薛大娘的儿子大驹子正在浇水，看见我们来了，便笑吟吟的把剩下的半桶水往埂上一搁，替我们下园挑菜去，翠子坐在埂上跟他谈话。薛大娘给了我两个新摘的沙胡桃，我便一个人去找蟋蟀了。我蹑着脚走了半天，连个油葫芦的叫声都没听见，才过了白露啊，难道它们就哑了翅子，不好意思再大胆的‘呼噜’了？爹，你不是告诉过我，蟋蟀的叫声是‘呼噜’的？找不到，我便掐了几片芦叶，编成几个小船，把它们一只一只的送到河中流水里，看哪个漂得最远。呜—— 一阵风把我的船全翻了。河下已经有人在淘中饭的米，我想已经来了老半天了，便回到园上找翠子去。

“我一去，他们都没看见，翠子还那么坐着，睁着大眼睛望着天，天上不见雁鹅，唔，就像我现在这样子，大驹子呢，就站在旁边，看定翠子的脸，篮子里只有两棵菜。我一叫翠子，他们都不看了，一块儿下园挑菜，大驹子还替我们下河把菜洗得干干净净。

“噢，爹，你说翠子为什么老是呆呆的，望着天，天上有什么？人家说，天上有时会开天门，心里想什么，天门里就有什么！可是这要有福气的人才看得见。翠子是不是个有福气的人？你说。看天门开要在七月初七的晚上，早就过了时候！翠子一发呆，便不爱说话，不给我说故事，也不教我唱‘白果树，开白花，南边来了个小亲家’了，也不爱跟我来‘板凳板凳歪歪，菊花菊花开开’了。我想笑，又怕她笑我。爹，你说说她，要她陪我玩玩，不许发呆。”

嗯，父亲不知为什么，这时不理我了，也呆呆的，好像从帐顶可以透过屋顶，看到翠子白天发呆那个样子，怎么回事？

“噢，爹，你怎么了？看落了一枕头的烟灰，你快埋在灰里了！翠子今天洗枕头时说，被你烧了那么大一个焦洞，赶明儿什么都烧了也不知道。”

父亲对我笑了笑，把灰拍去了些。

“翠子真好，又好看，又待我好，跟妈一样。爹，我们再也不要让她走，叫她永远在我们家里！”

“……十九岁了，……明年四月，……一个跛子男人，……哦，二宝，让她回到自己的家里去吧，她妈就要来带她了，这件事，我不能管！”

爹又叼上一支烟，划了根火柴，半天都不去点。等火柴把指头灼痛了，才把火柴扔了。我真不明白,为什么父亲的魂也生了翅膀,向虚空飞。便记得要跟他说先前翠子提起的话。

“爹,你是不是三十岁了?翠子让你明儿别出去,为你做生日,她烧菜!”

“三十了?三十了!为什么是三十呢?关翠子什么事?你也不用管,我不做生日了。二宝你睡吧,明儿要早点儿起来,跟我到你妈坟上去拜坟。你记不记得,明儿是你妈的忌辰?我要翠子回家,她长大了,留不住。”

为什么要让翠子走呢?我觉得鼻子很酸,忍受不住,我哭了。

父亲把我抱在怀中,脸贴着我的脸:“睡吧,半夜了!你听,獾狗叫。……”

灯油尽了,火头跳动了几下,熄了。满屋漆黑,三更梆已经敲过了。我不知道父亲什么时候方睡。我醒来时,父亲已经起了床,出到院中做深呼吸去了。翠子站在我床前,眼睛红红的。

十一月一日——二日,联大

谁是错的

（生命的距离：因为这点距离，一个人会成为疯子。另一个呢，永远是好人。）

我想，我必须去找一找路先生，向他详详细细解释清楚。一下午来，我摆脱不开这件事。我像穿了双挤脚的鞋子，或系了条差不多就要断了的裤带。这桩事就如个影子，即使我不注视，它依然存在。像一根刺签在我心上，老拔不去。太阳照在窗前，一下午了！不，我一离开路先生，一说完那句话，便像雾淹住的山，那么张皇失措。原来我被自己不小心的几句话，带到雾里来了。

一个下午我把自己关闭在小楼上。

一个人做错了事再也没法补偿。路先生根本是个十足好人，他那么善良的问我好，问我久无消息的弟弟的近况，问我毫不在意的自己衰老父亲的半年来的生涯，而我，我是多么的恶毒呀！我说了那几句话，更罪过的是，我说完了那几句话时，至少正在说那几句话时，还很得意！有什么值得得意的？为的是我的讽刺天才还是别的？想想真难受。我向自己说："不要想吧，傻东西。"可是，不成，只有那么老想着，我好像才可以得救。只有令自己受点苦，才可以减少一点不安。年轻人，年轻人，就是这么一个心，没办法的事情！

路先生实在是个好人。

他那个白得透明的脸，同样半透明的细长手指，他的柔顺的头发，细致端正的前额，他的手杖，他的帽子，他的外衣，一切凑拢来便是一个完美和谐的慈祥。每个早晨他的轻呢外衣飘动在公园柳树的绿色小风中，令我想起许多生命成熟的正经人，这一切，真好。只有在左耳下有个樱桃大的小瘤，好像和生命或身份不大调和，累缀在那个地方。

他那么关心的问我父亲，“他一定很好，乡下的流水使他更平静，平静便使他不想写什么信，春天了，水涨了，没了那个小石阶的最下两级，石级在水里将隐居不少日子，直到秧针发黄。鲤鱼的肚皮已经白了，它们的眼睛也不那么显著了。已经大得会大胆来触动钩上的饵，会舔洗衣人的腿了，他可以看鱼，直到它们游到很远的河里，哦，他会沿着河边，走到开满了蒿花同菜的园子里，哦，马兰可以吃了，牛啃着芦芽，白蝴蝶打着圈子，蜜蜂呐，多呀，多…… 他可以在你那个最小的妹妹吃了饭都过了半点钟才回家。”

他慢慢的说，简直像一沟水似的，春天的溪水，哪儿会完结？不激动地用奢侈的词句，那么温蔼的说下去，我听着，看着他的脸，直到他说：“时候还早，你没有事吧？坐下，谈谈，石凳上，或草地里，年轻人，随便一点，不用拘谨得害出病来！白鹭，嗳，那个白鹭，——”我忙打断了他，一个字，一个字，丝毫不踟蹰地如数把想了半天的句子说出，他才没有再说下去。因为不待他有开口机会，我扭头便走了。

我走得很快，轻飘而又严肃的走了。我说过，我很得意的走了。

他一定呆在那里，摇摇头，点着他的手杖，突然感到衰弱，全身依靠着手杖扶他回去。半白的头发，原先梳得很好，一定会被手指搔得乱蓬蓬的。他一定想，年轻人，还要革命，这就是“革命”，争的是自己说话抢先的机会。

他会不知如何走回他的房间里去，若不是那些路已经太熟。

他的外衣垂下了，不再飘动。

他半天忘记抽烟，直到手捉住烟斗。

他应当会油然感叹起：“老了，人老了，什么事都凝固在习惯上。”因此也还找个理由原谅年轻人的冒失。

虽然我没有看见，但这全是我设想的。我可以断定这些小小的细微情节，什么也不会错。我想来，这是照例的，一切又都是命定的。

我能够不难受么，使这样一个年高有德的父执如此难堪？我说的是什么话呀，我一时之间真叫鬼给迷住了。

我就那么幽闭在小楼中，小楼又幽闭在大树的风雨之声中。我看见一只细腰长脚的蜂在窗口椽上营生，看它飞了来，又飞了去，不知道多少次。

我想，我秉承父亲的遗传，二十几年来都是极良善的。我并不可惜这点良善的本真一朝被那几句傻话给毁了去，我只想，怎么办，使这个长者不怪我，不必因几句傻话见怪，一切还依旧照常，在老年人的梦里，该还记起"东床坦腹"的故事。我的几句话也正出于无心！

我上午出去本想买点樱桃的，琳的小几上有个大白盘子，装了千百颗水和唇的味合制的珊瑚珠子，该是多么好看，琳是路先生最小的女儿。但是，我没有买樱桃。我想，不成不成，这一切都完了，鬼叫我犯了罪，于是，什么都完了。一点不祥之感又一直把我送回来，送到这个孤寂的小楼上，使我着急发疯。

樱桃在白色的大盘子里，她一个一个地吃。甜东西吃得太多了，便泛酸，她忽然皱了皱眉毛，又柔声的笑了，露出两排白牙齿。她穿过一件樱桃色的上衣，走到什么颜色里都极其鲜明，轮廓决不模糊；她有一把伞，底子颜色也像一盘樱桃。她是因此而喜欢吃樱桃，或因樱桃而挑上这种颜色，我没有问过；但我似乎从此便常惦记这种浑圆的果子。春天一来，我便等着。

看她吃东西就是一种幸福。那是她人格的一部分，身份的一部分，像路先生的外衣一样，那么优美。不过不相同的是或使人爱好，或使人尊敬。难道这是我的事？分别这个不同，有什么意思！

小楼，该死的教育我的小楼啊。

我用左手撑住额角，看着肘部，它渐渐瘦了。我的眼睛花了，拿开手，我的眼睛更花了。我怎么办？ 这时节若有个无线电收音机，里面说"国货公司毛巾好，爱国的人应该买一条。"也许就救了我。宗教条规或政治信仰在世界上还能发生作用，就是为这种失去主意的心而预备的。

我想抽一支烟，拿起火柴。

暗蓝色和黑色，土红色，干枯或浓得像鼾声的笔触组成的饰画。骑士，狮子，一行图案字，火柴在我的手指间沉思了，不假思索地一蓝，紫石英一样的火烧在我的手指间，杨木棒上的蜡脂翻着沫，我的烟毫无道理地点上了，我的嘴唇不置可否地含住了它。浓烟从两个鼻孔里流出来。

一切都是那么单纯，那么简单。

不行，我的苦痛快超过我的罪恶了。还得去，得去向路先生解释一切，请求他原谅。我需要这点勇气。我一向做事做人很果决，我拉开门，认真的走出去。并且，我还打算要带一包樱桃去，两磅重的一包。

一路上，我一直温诵我要说的话，又想着我要送给琳的那个礼物，在吃那果子时，也正嚼到我的一点过去的生命，过去的梦，我需要的正是这么一件事。

我走得很快，比上午还快，以至一气便走过六条街，伸手叩路先生的门环时，才知道是到了。可是我没有买好樱桃，我油然记起我从好几家水果店走过，红红的，都有一筐筐樱桃。

但我决不管它了，只要能向路先生解释清楚，樱桃生在树上，或放在筐里，或向一个人口中送去，对于我，全是一样的。

路先生见我来了，一把就握住我的手，我不顾别的一切，只觉得他的手较往日更柔滑，也较往日温暖。我一直引他到那个小花园里。

我用力压下感情，平平静静地向他解释自己那点莽撞处。

"今天上午，我心情很不好，夜来，我做了一个梦，梦见父亲用个大棒子打我一顿，又好像用米连尺，完全和我七岁受的处罚一样。他老了没有，打得重不重，我痛不痛，在什么地方打的，当时有谁在场看见，我一概记不清楚，说不分明。只记得他打了我，梦也只是这么一点，那是一定的，完全真的。我醒来又睡着了，这梦又重复了一次，我很难过。我纳闷的是，新做了什么错事，犯了什么罪，值得老人家处罚。"

他似乎要说什么，我用动作止住了他。

"我心里很难过。究竟不知道我为什么要做这种梦。伯伯知道，父亲一生就打过我一次，在我七岁时，用一个紫檀牙板，我鼻子磕在桌沿上，出了血，吓得他忙着替我止血，又忙用牛皮糖哄我。这事情一直被当成母亲说笑的资料，一直到她死。此后这件事就不复有人再提起了。

"我难受。这个梦自然也莫名其妙，但我的难受无疑是从这里发源的，我很难受，您大概从我的衣裳上便看出来，所以您才拉住我说话，在公园里。"

他以为我的话还很长，似乎纵然不说也明白那后边是什么，不愿让我说下去。他怕我把难受再上一次色，更难于消化。他要我坐下来歇歇，我连忙接下去说，还提高了声音。

“我一整天都不知所措，伯伯您不明白，我心里乱极了，但不是因为那个梦了。我难受到极点，而您偏偏不断的说我父亲，父亲，父亲！

“我因此看着您，在您身上发现那个不必要的，您的左耳下的那个肉瘤，我说，这是多余的。”

我真是错上加错。我也许想把这几个字轻一点说，含糊一点说。但终于又嘹亮又清晰地说出。他一点都不为此有动于衷。但我不相信，他一定变了一下颜色，很快的，像天上一角扯了个小闪。这可不是多余的。我说的话太多了。但怎么办，真正要说的一个字句还没有提起，我应当怎么说下去，就能到那个题目上来？

“您那个肉瘤不住的动。我越看，它越动。哦，您原谅我，您不知道我是多么厌恶。我的厌恶由此而生，但是像蒲公英的花，开足了便离开了根，满天飞。我的厌恶已经脱离原因而散播。我实在忍不住，才说了那几句话。”

他掏出烟斗，装好烟，抽上了。微笑着说：

“你说了些什么呢？你实在并没有说什么呀。”

“我好像说过，您耳朵下的那个东西，在您是多余的。”

“本来是多余的！”

他的眼睛，他的烟，他的花白而柔软的头发，他的手杖，他的飘扬的外衣，一切似乎都在告诉我，他没有说谎。他和我一样，并不特别看重那个肉瘤，尽管相书上称这个东西主寿，可还是多余的。我开始觉得脸上发热，喉咙微痛，我不知怎么好了。可是我并不窘。在他面前的人决不会受窘。

我实在并没有说什么错话吗？我是不是该这时起来说几句错话呢？

在柳树的风雨之声中，在蓝天底下，我们一同喝茶。直到天黑。琳知道我来了，不一会便走了来，大盘子里高高堆着好看又好吃的樱桃。我说了不知多少傻话，算算看，几乎全说到了。

原来我并不是因为在路先生面前说错话难过，只是从无机会说一阵子傻话。

实在我从来没有这样愉快过。也许我有过比这更大的愉快，但不能像今天这样子。

——虽然一点隽永深切的悲哀已经像水浸蚀的河岸，将要扩大开来。

路先生谈起我父亲许多的事，有些我知道得极详细，有些我竟一点也不知道。他谈我们那个村庄，那条河，也是一样。

临了，他跟我说，不要再一个人住在小楼上，最好搬个家，最好搬到他们那里去住，有一间小房子空着，只要装一盏灯就行了。我想了半天，不知道为什么要想，好像一定要弄清楚了他说这个话的用意，完全弄清楚了，才能够决定一样。末了，自然说“好”。他似乎还怕我有什么事情可以带回去做成梦，拍拍我的肩膀，取下烟斗说：“明天我要去割这个瘤。十多年了，以前天天想割，近来似乎懒了下来，不常想了。明天，明天一定要割，舍不得也要想办法割去，你事情不忙，和琳儿陪我去。”

离开了路先生，父女两人也许要把我当个题目，说许久笑话，琳还是一面吃樱桃一面笑。这可不关我的事了。无意中我摸摸我的下巴，摸到一粒小小东西：是粒樱桃核儿，淡黄的隐隐还可以看出一点绿影子，一点遗迹，属于春天的。我的这一粒是琳吐的。她大概看我傻，把吃剩的樱桃核儿，大半吐到我的身上，脸上。别的都落下去，只这一粒固执的干沾在下巴上。我简直能想起它们怎样落下去，一粒一粒的落到草里去。脸上的感觉也一时忘不了。路先生一定明白的看到了，但他什么也不说。父女两个都似无意，又极有意！

我的心，似乎有个小小的抽象的锚抛在抽象的石滩旁，泊定了。我开始明白，一个人发热时和神经病的关系。

三十一年四月十六日

驴

驴浅浅的青灰色（我要称那种颜色为“驴色”！），脊背一抹黑，渐细成一条线，拖到尾根，眼皮鼻子白粉粉的。非常的像个驴，一点都不非驴非马。一个多么可笑而淘气的畜生！仿佛它娘生它一个就不再生似的，一副自以为是的独儿子脾气。

一下套，它吃一口豆子，挨了顾老板一铜勺把子（顾老板正舀豆花做干子），便偏着脑袋，一溜烟奔过了那条巷子，跳过大阴沟，来了，奔过来，还没有站定，就势儿即往地上一摔，翻身。这块地教它的驴皮磨得又光又滑了，（若是这里须一地名，可就本地风光名之为“驴打滚”。）翻，——翻不过；翻，——再来一个，好嘛，喔吁喔吁，这一下，——过瘾！我家老王说，驴子不睡觉，站一站就行了；拉了半天磨，累得王八蛋似的，也只须翻一个身即浑身通泰，我相信他。因此，看它翻不过，为之着急，好像我的腰腿里也酸溜溜的了，幸而它每次都一定翻得过的。滚完了，饮水，吃草，丁零当啷摇它的耳朵，忒而噜噜打喷嚏。这东西把两个招风耳那么摇来摆去的做什么呢？世界上有没有一个蜜蜂曾经冒冒失失的撞到一个驴耳朵里去过？小时候我老这么想，现在也还对此极有兴趣。

唔，唔，唔！他把个软软的鼻子掀了两掀（多不雅呀！），忽然惊天动地的呜哇呜哇大叫起来，问老王它干什么叫，老王说“闻到驴奶奶气味了，好不要脸的东西！”说时神情好像有些看不起它。我于是不好意思看它身子下面挂出来的玩意儿。晋人多奇怪嗜癖，好驴鸣其一也，有以善作驴鸣得大名者，甚至到新死的朋友坟上去“鸣”，真是非常的玄了！驴它稳稳重重的时候不是没有，但发神经病的时候很多，常常本来规规矩矩，潇潇洒洒的散着步，忽然中了邪似的，脖子一缩，伸开四蹄飞奔，跑过去又跑过来；跑过去，又跑过来。看它跑，最好是俯卧在地上，眼光与地平线齐，驴在蓝天白云草柴芦花之间飞，美极了。跑也听由你跑去，没有人管你。侉奶奶细着眼睛看得很有趣呢。

可你别去嚼人家种在那儿的豆子，不然那你就有罪受了！大和二和六丁六甲似的追过来，“你跑！个杂——种！”一把捞住绳头子，拴到那棵踞满了毛毛虫的瘦骨伶仃的榆树上去了。顾家也是，为什么把绳子弄得那么长呢？散着，它要一脚一脚的踏，扽得鱼脊梁也似的脖子一闪一闪；拴在树上，它会一圈一圈的绕着树转，（生来牵磨的命！）转到后来，摸不着来路了，于是把个驴子头吊起来，上下不得，干瞪两眼，两眼翻白，斜睃看自己尾毛拂动。牛虻虻，麻苍蝇都来了。这就只有两条后腿还可以活动活动，方不致因为老站着而酥麻，腿膝里的两个黑疤疤就极其显眼的露了出来，老王说，这是驴子的夜眼。驴子夜里能做事，瞎眼驴子一样骑，全靠这两个膏药心似的东西。他又说驴子生小毛病不吃药，用个小锤子在那儿敲两下；重病也只须戳一勾被针，放出点儿紫血就行了。这就不对了：既是眼睛，就不能戳，然而这到底是个什么东西？很想去摸摸这个甲虫壳似的黑疤，用指头弹弹必会吧吧的响的吧？还是先把它解下来吧，它腿上肉一牵一牵的跳，筋都涨起来了。——这畜生真不知好歹！狗咬吕洞宾，还要踢我。我不知搭救了它多少次了。

而且家里一吃粽子，我即跟小莲一起把箬叶来送给它吃，它特别爱这东西。小莲告诉我，须仔细拣去裹粽子的麻丝，说吃下去要缠住肚肠子。我不信，（当然不通，难道会吃到肠子外头去吗？）小莲说：“骗你干什么？大和说的，不信你去问！”我才不问，拣去就是了。小莲一片一片的送到它嘴里，看它吃。小莲喜欢这驴，她日后将忘不了这驴。小莲你嫁给大和得了，嫁过去整天用箬叶喂驴！——我心里想，不敢说出来，我怕小莲哭。我看小莲，小莲一条辫子越来越长了，我说：

“小莲，我给它吃。”

小莲把盛箬叶的柳条畚箕给我。我想驴一定更愿意我喂。一片一片的，着急死了，我一次就是五六片，塞得它满嘴都是。而远远的叫声过来了：

“那是我家的驴，踢了你我不管！”

“哎哟哎哟，什么宝贝驴！你来看看，只有一只耳朵了！”

这是老王说的。老王总是帮着我。老王来了，老王来挑水。我们一齐看过去，老王，我，小莲，为老王的话逗笑了的侉奶奶：

大和二和正在有大喜鹊巢的老柳树上呢。

大和二和每天下午到这里来。老王一见他们总要说：

“怎么着，又来放驴了？”

这是嘲笑他们的话，有放牛放羊叫“放”的，驴不能叫“放”。然而该怎么说呢？“看驴”，怕也没有这么说的。老王另有个说法，“陪驴”，这其实最对。他们实在是跟在驴后面也一溜烟跑出来玩玩而已。驴子比他们哥儿俩都懂事些，倒像顾大娘把儿子交给驴，驴子带头，领着他们到荒野里来一样。这时候他们的累了半夜和一早上的爸爸要睡一会儿，他们要是在家，一定闹得不得安生！

花·果子·旅行

日记抄

我想有一个井,一个土陶蛋青色厚釉小罐子。

木香附萼的瓣子有一点青色。木香野,不宜插瓶,我今天更觉得。然而,我怕也要插一回,知其不可而为,——这里没有别的花。

(山上野生牛月菊只有铜钱大,出奇的瘦脊,不会有人插到草帽上去的。而直到今天我才看见一棵勿忘侬草是真正蓝的,可是只有那么一棵。矢车菊和一种黄色的菊科花都如吃杂粮长大的脏孩子,要经过很大的努力与克制才能喜欢它。)

过王家桥,桥头花如雪,在一片墨绿色上。我忽然很难过,不喜欢。我要颜色,这跟我旺盛的食欲是同源的。

我要水果。水果!梨,苹果,我不怀念你们。黄熟的香蕉,紫赤的杨梅,蒲桃,啊蒲桃,最好是蒲桃,新摘的,雨后,白亮的瓷盘。黄果和橘子,都干蔫了,我只记得皮里的辛味。

精美的食物本身就是欲望。浓厚的酒,深沉的颜色。我要用重重的杯子喝。沉醉是一点也不粗暴的,沉醉极其自然。

我渴望更丰腴的东西,香的,甜的,肉感的。

纪德的书总是那么多骨。我忘不了他的像。

葛莱齐拉里有些青的果子,而且是成串的。

(七日)

把梅德赛斯的《银行家和他的太太》和哈尔司·法朗司的《吉普赛》嵌在

墙上？

说法朗司是最了解人类的笑的，不错。他画的是那么准确，一个吉普赛，一个吉普赛的笑。好像这是一个随时可变的笑。不可测的笑。不可测的波西米人。她笑得那么真，那么熟。（狡猾么？多真的狡猾。）

把那个银行家的太太和她放在一起，多滑稽的事！

我把书摊在阳光下，一个极小极小的虫子，比蚜虫还小，珊瑚色的，在书上疾旋，画碗口大的圈子。我以最大速度用手指画，还是跟不上它。它不停的旋，一个认真的小疯子，我只有望着它摇摇头。

（八日）

我满有夏天的感情。像一个果子渍透了蜜酒。这一种昏晕是醉。我如一只苍蝇在熟透的葡萄上，半天，我不动。我并不指望一片叶子遮荫我。

苍蝇在我的砚池中吃墨呢，伸长它的嘴，头一点一点的。

我想起海港，金色和绿色的海港，我怀念西方人所描写的东方，盐味和腐烂的果子的气味。如果必要，给它一点褐色作为影子吧。

我只坐过一次海船，那时我一切情绪尚未成熟。我不像个旅客，我没有一个烟斗。旅客的袋里有各种果子的余味。一个最穷的旅客袋里必有买三个果子的钱。果汁滴在他的襟袖上，不同的斑点。

我想学游泳，下午三点钟。

气压太低，我把门窗都打开。

（九日）

我就像一个人在不知名小镇上的旅馆中住了几天，意外的逗留，极其忧愁。黄昏时天空作葡萄灰色，如同未干的水彩画。麦田显得深郁得多，暗得多。山色蓝灰。有一个人独立在山巅，轮廓整齐，如同剪出。我并不想爬上去，因为他已经在那里了。

念N不已。我不知道这一生中还能跟她散步一次否？

把头放在这本册子上，假如我就这样睡着了，死了，坐在椅子里……

摆手跑下山坡，山坡碧绿，坡下花如盛宴……回去，喝井里甘凉的水。我们同感到那个凉，彼此了解同样的慰安……风吹着我们，吹着长发向后飘，她的头扬起。……

水从壶里倒出来乃是一种欢悦。杯子很快就满了，满了，是好的。倒水的声音比酒瓶塞子飞出去另是一种感动。

我喝水。把一个绿色小虫子喝下去还不知道，它从我舌头上跳出来。

醒得并不晚，只是不想起来。有什么唤我呢？没有！一切不再新鲜。叫一个人整天看一片麦田，一片绿，是何等的惩罚！当然不两天，我又会惊异于它的改观，可是这两天它似乎睡绿了，如一个人老是睡着。天仍是极暗闷，不艳丽，也不庄严，病态的沉默。我需要一点花。

我需要花。

抽烟过多，关了门，开了窗。我恨透了这个牌子，一种毫无道理的苦味。

醒来，仍睡，昏昏沉沉的，这在精神上生理上都无好处。

下午出去走了走，空气清润，若经微雨，村前槐花盛开，我忽然蹦蹦跳跳起来。一种解放的快乐。风似乎一经接触我身体即融化了。

听司忒老司的音乐，并未专心。

我还没有笑，一整天。只是我无病的身体与好空气造出的愉快，这愉快一时虽贴近我，但没有一种明亮的欢情从我身体里透出来。

每天如此，自然会侵入我身体内的，但愿。

对于旅行的欲望如此之强烈。

草屋顶上树的影子，太阳是好的。

（十日）

三十四年记，在黄土坡

三十五年抄，在白马庙

冬 天

小说《豆腐店》之一片段

冬天,下雪。

冬天下雪,大和二和不大出来。冬天的孩子在家里。孩子在母亲膝头,小猫在我的膝头。孩子穿得厚厚的。冬天叫人觉得冷,我是觉得不冷。孩子的眼睛圆溜溜,孩子想。想,看着雪,想。冬天,大和二和睡觉,——我就看见他们睡觉,不睡觉他们做什么我不知道。我做不出一篇《大和跟二和的冬天》。

冬天的荒野一片白,就只有一个字:雪。要那样才叫雪:什么都没有,都不重要,只有雪。天白亮白亮的,雪花绵绵的往下飘,没有一点声息。雪的轻,积雪的软,都无可比拟。雪天叫人也不是想飞,也不是想骑(马),不是俯卧在上面,叫人想怎么样呢?还是走走,一步一步的走。想又不顶想,又似乎想的也不是这个,都说不清。总而言之,一种兴奋,一种快乐,内在,飘逸,轻。树皮好黑,乌鸦也好黑,水池子冻得像玻璃。庙也是雪,船也是雪。侉奶奶的门不开,门槛上都是雪。……

下雪有时我们还是要出去的,或是冬天来得特别早,或是学校放寒假放得晚,还没有考大考就下了很像样子的雪了。新围巾,好质料的长统胶靴,这要到雪里去。我们要打那把大伞。为孩子们把伞造得轻便些是很要紧的事,不然他们就一心支持负担伞的笨重,再也无心做别的了。伞其实我们并不真要"打"它,雪很干,雪落在眉毛上化了也很好玩,要伞我们是要撑起来要旋来旋去,伞把我们都罩了起来,这很好玩,很美。看见那把伞倚在犄角,就提醒了我一句:"我要走。我要上学去。"快点,快点,找铅笔,——想想看,昨天晚上……还没有想到如何搁下笔,即记起放在哪里了。

准备得停停当当,心里轻松了:好了。现在,"小莲我跟你买豆腐浆去,我跟你一起去，噢！”豆腐店顾老板看了那个淡蓝瓷罐子，点一点头。——顾老板差不多每天都跟这个罐子点一点头，我们会意，那等于说，“就有，等一下。”我们照例就各处看看。两大锅白浆，咕噜咕噜，从锅底翻上来，向四周滚去。热气腾腾，一直腾到屋顶。（屋顶的雪呢？）顺着往上望，黑沉沉的椽子，黑沉沉的望砖。顾老板手扶锅台，看看锅里。时而把一个大铜勺拿在手里，掂一掂，又放在一个木架子上，一切动作全极准确，合乎理想，熟练而不流滑。看见他的动作，心里就会感动。我注意到铜勺把子后头一根钉，刚好卡搁在架子上，顾老板大概站得太久了，时而把全身重心落在脚跟，时而落在脚掌来回移动，看得出他脚面上那根筋一起一落，你可以想见他的大脚趾时而伸直，时而屈起一点。

他在等，等一会儿豆腐皮子结起来。皮子结起来，用一根一根的皮棍那么一撩，一张，一撩，一张，一张一张的挂在木架上，啯——噎，豆腐皮往上缩，皱起来了，皱得厉害！顾老板是个瘦子，高而瘦。稍微侧一点，从后面看过去，只见他的高颧骨。我们很少正面看顾老板，不知道为什么，偶尔他回过头来，他脸色青青的，眼球发浑，全是赤丝。他没有精神，好像他非常想睡觉而又不得睡的样子。这时窗后一定有人烧火，脸憋得通红通红，皮肤发紧，是顾大娘。到窗后看看。顾大娘总是没有梳头。她每天总是不知道什么时候梳头。（小莲是扫好地梳。）——一听到顾老板喊：“起！”我们知道那是叫顾大娘不要烧了，这就要给我们留豆浆了。

我们就赶紧去看一看驴去，驴打喷嚏，跺它的小蹄子。驴养在后面一间小屋里。一屋子干草，够它吃的。驴看到这些草想必是喜欢的。我们从门口把头伸进去，（它的门只有半截。）喂！驴也看见我们了，它瞪了一眼。用一根柴棒把它的耳朵按下去，再看它竖起来，一定很有意思。而顾老板叫了：“豆腐浆！”赶紧去拿！一把瓷罐提在手里，就非走不可了。

但是，提罐子的这个专注于罐子，专注于走路，边上的那个却还可以四顾一下，看一看那个榨床，看一看磐石，看一看滤豆汁的夹布兜，看一看壁上百灵机瓶改成的油灯，油灯在壁上熏出一道烟黑，若定若动。“走啊！”慢，看顾大娘出来了。顾大娘没有梳头。有人没有梳头可头发还是那么整齐，简直可以不梳，顾大娘的为什么那么乱？从炽热的火边走出来，出来一定全身一寒吧？顾大娘走出来，走到锅台旁边那张床前。小莲和我都驻足回头。床上一张帐子，顾大娘撩开帐子，帐子里睡的是大和跟二和。看到一角被窝，顾大娘掖一掖被窝。大和二和睡得暖呵呵的，睡得像两条小狗。如果有一个醒了，睁着眼睛醒在那儿，他一定叫一声“妈——”，顾大娘就颔首，眼睛看眼睛。我们最后一眼就是那个灰黄的帐子，帐子放下来，所有这个店里的一切好像全罩在帐子里了：灰黄的帐子，一个补丁，很惹眼的一方。转过身来，门外一片白雪。

……

虽然是冬天，白天我们仍然有许多事在手上好做，在身上好动。到天黑下来，火红起来，（偶尔一掀窗布，灯光铺在雪上，雪住了，——雪又大了）我们就真个就只有想了：或者说话，说出自己想的，把自己想的跟别人联起来。我们想到荒野；想到雪下面的小麦；小麦种在荒野的尽头，这时它们还绿？想到野兔子，獾狗；獾狗在红毛草城头上赶野兔子；每回上坟，一路都要看到许多獾狗洞；想花胡不拉的野鸡冻在雪里，想冰底下的鱼……

李三酒醒了没有？一到冬天，李三总是满身酒气。谁想让李三不喝酒，你也大雪里来敲敲三更看！（冬天日子真短，夜真长。）李三的木梆子在雪下，木梆子底下露出一片砖地，雪所不及，还很干。老王吃过李三的狗肉，他说很香。侉奶奶的房子这时真是孤，全世界这时一定都把它忘了。侉奶奶点不点灯？灯光在大雪的荒野上。这一冬天她纳了多少鞋底！她那个拔针子正好借给人薅猪头上的毛！（猪眼皮上毛最多！）顾大娘一定跟她借过。借针拔子，顺便就在她小屋里谈谈，看她吃什么，看看房子结实不结实。——如果侉奶奶的小屋教雪压垮了，一定是李三第一个知道。李三去打更。“可了不得了！”随后李三各处去说。——不至于，那间小屋看起来还好。然而怎么说得定！——大和二和一定很快就会知道。他们要去看。他们很久没有看见侉奶奶了，自从下雪。二和紧握着大和的手。……

大和二和现在，他们一定也想，想许多百想不厌的事，除非他们有什么新鲜事情好想。他们也在想野兔子，獾狗，野鸡，麦，李三，侉奶奶？他们那盏百灵机瓶子做的油灯点起来了，灯焰袅出一缕烟沫，石磨子冰冷冰冷的，水缸里上冻了。顾大娘丢一块木柴在水缸里，怕缸冻破了。顾大娘做鞋子。大和二和他们的爸爸，顾老板干什么呢？——他的黑布棉袄上有好多皱褶，里面落了许多灰，还有头皮。二和打盹了，他爸爸说："不要睡！要睡上床睡！"他会不会说？二和醒了，他才离开这一切，又被唤回来了，他睁开惺忪的眼睛，门外沙沙的正有个人走过，二和听，大和也听，他们的妈妈也一起停针而听。那人一步一步的走，逐渐走远了。这是谁，这时还在街上走？他们一起全有点儿寂寞，正在把寂寞注满，又有一种平安之感，一种谢意。他们的排门从缝里漏出一线一线的灯光。……

有时候我做梦梦见大和二和，还有小莲；有时会梦见大和跟我打架（那是不可能的事）。第二天起来我就告诉给小莲听。小莲说："一起来就说梦！"然而她还是听。

幡与旌

一、大不起来的小猫

我教书，教国文，我有时极为痛苦。“国文”究竟是个什么东西？是哪一个制定了这么个名称？天底下简直没有比这更胡闹的事情！但痛苦的不是这个。我相信没有人狂妄荒谬到要来管我教了些什么，如果我真在那儿教书。在这个国度中生活有个最大方便，即对于制度下的什么都可以全然不理睬，因为实在无从理睬，不，根本就没有什么制度！我痛苦，因为我孤独。走近一架琴，坐下，试按一下某个键，拉开窗前的长帘，扣了工作衣的纽子，撩一撩头发，提起一管竹箫，我是多么羡慕那种得其所哉的幸福啊！室中无人呼吸，而远方有无数眼睛耳朵向着他们。而我，一个教员，一个教员是多么寒碜的东西！一走进教室，我得尽力管住自己，不然我将回过身来，拔腿就逃。不过我的“性子”常常极好（我这一向睡得不错）。我走进去，带上门（我把自己跟他们一起关在里面），翻开书（一切做来安详从容），我讲了：

“——上回我们讲到二十七页，‘吾妻归宁，述诸小妹语曰：闻姊家有南阁子，且何谓阁子也？……’”我说这句话写得很好，这样的文言文，恐怕在文言文里不多见。“‘闻姊家有南阁子’，忽然转折，问了‘且何谓阁子也’这么一句。我们想想本来要说的话可能另是一个样子，话说了半截，忽然思想中带了一带：‘南阁子是什么？’自己问自己，说出了口。问姐姐：且何谓阁子呢？写得多有神情！所以我觉得‘且何谓阁子也’前应加上一个破折号……”

底下，因势利导，我想从此出发，说说归有光的文章的特点，他做文章的态度与一般人有什么不同。我思想活泼，嗓音也清亮，但是，看一眼下面那些脸，我心里一阵凄凉，我简直想哭。

他们全数木然。因为分析得比较细，他们不大习惯？那他们至少该有些好奇，我愿意他们把我当一个印第安人看也好。可是只有木然，更无其他。一片攻不破的冷淡，绝对的不关心，我看到的是些为生活所浸蚀的模糊的老脸，不是十来岁的孩子！我从他们的脸看到了整个的社会。我的脚下的地突然陷下去了！我无所落泪，无所依据，我的脑子成了灰蒙蒙的一片，我的声音失了调节，嗓子眼干燥，脸上发热。我立在这里，像一棵拙劣得让人看出来的树，用力捏碎一支粉笔，我愤怒！

但是，我自己都奇怪，虽然总是一番狠狠地叫苦，忽然像狗似的大吼一声，用力抓住自己的头发，把手里的红笔用力摔去，平时决不会有的粗野态度这时都来了，这样也有不少年了；（我的青春！）我仍然有耐心把一本本“作文”改了。有时就要大喜若狂，不能自禁了，当从垃圾堆中发现一点火星；即使只有一小段，三句，两句；我赶紧俯近它，我吹它，扇它，使它旺起来，烧起来。我捧着这本卷子，给这个看，给那个看，“不错噢？”“很有希望，噢？”我狂热得不计较别人的眼睛怎么从卷子上收回去，怎么看我。自然有时我是骗我自己，闪了一下的不是火，是一种什么别的东西。这是一种嘲笑，使我孤独得愈益深厚。只要有一片小小的光，我的欢喜仍是完满的，长新的。

我又是得意非凡。一个初中二年级的学生把她的草稿拿来给我先看看，她文章里说家里的几只小猫，一回到家，她总先去看看小猫，跟它们玩半天，她说她老想：小猫要是老不大起来多好啊。我想：这孩子！我好好地看了她一眼，觉得她眉目间有一种秀气，美起来了，我说：“很好，拿回去抄吧。”下了班，在饭后的闲谈里，我不知在谁的话后面插了一句：

“许多东西是与生俱来的，比如艺术，大概真是一种本能。”我躺在椅子里，抽着烟，对这个世界很满意的样子。

第二天，女孩子把抄好的文章交给了我，可是，描写小猫的那几句没有了。我愣了一愣，我把本子还给她。我说：

“你本来有些很好的东西，你为什么丢掉呢？你觉得——我希望你把原来的稿子找一找。还找到么？有些东西最好保留，如果你愿意保留，有兴趣。”

下了班，饭后照例闲谈，我仍旧坐在那张椅子里，抽着烟，可是我没有说什么。我愿意等，等到我的话到了时候，或者，啊……或者什么，没有“或者”了！

二、死去的字

也许是偏好，我爱学某个诗人，喜欢一个比喻，喜欢用飘动的旗子说出向往或其他什么的种种感情。用旗子形容一种心情，我想这是受外国的影响，因为中国人很少认真地看一面旗子。第一，我们没有好看的旗子，没有一面旗子可以唤出任何感情；另外，似乎并未见有人真诚地久站在它的面前。平时能够引导人，招遣人的，或者也只有几十里方圆最高的树上长幡吧，而且很少有谁因幡而仰头，挺胸。即使有，他们中的，多半是有诗人嫌疑的人。把一面旗子形容成海上的帆，在无边广漠之中的一小片颜色，那你定与一般人不同，你非得是诗人不可。我这是胡扯，我只是在“心旌”这两个字之间徘徊了一下，想了一点东西。

“旌”我想是旗一类的东西吧。“心旌”我觉得这两个字原来很美。可是现在，这两个字死了。我们通常只还有一句话：“心旌摇荡”。而“知识程度很高”的人的口中大概没有这句话。若说这一句必伴以一个嘲弄的表情，一种滑稽之感。这果然滑稽，一说这个大概容易想起大鼓，蹦蹦，弹词，绍兴戏。只是个大鼓蹦蹦弹词绍兴戏，没有人想到“旌”。若干年后连这句“心旌摇荡”也会没有的，（宁愿没有了吧！）因为唱大鼓蹦蹦弹词绍兴戏的人又将唱现在的“知识程度很高”的人口中的话，至于那时的“知识程度很高”的人则不晓得又在说些什么东西了。字就是这样死的。

有些字，相较活得长些，但只剩个壳子，本身已毫无意义。比如“清新”这两个字，我认识的一个说话根本没有思想、没有意义的人（这种人照例一天到晚说话极多），“空气很清新”，“头脑很清新”，我不断地感觉到，这位“清新”尤其是“新”，整个是根本不“清”，也从来没有“新”过的人，他没有什么空气，也绝无头脑。字死了，人们嘴里说的已经不是它了。

那么还是请人来吧，给我们“造”一堆比较有光泽，有生命，比较丰富的字，向幡一样旗一样的字。因为你们比较清新。再说，诚然，“语言”本也是个约定俗成的东西。……

蝴 蝶

日记抄

听斯本德聊他怎么写出一首诗，随着他的迷人的声调，有时凝集，有时飘逸开去；他既已使我新鲜活动起来，我就不能老是栖息在这儿；而到

蝴蝶在波浪上面飘荡，
把波浪当做田野，
在那粉白色的景色中搜索着花朵。

从他的字的解散，回头，对于自己陈义的抚摩，水到渠成的快感，从他的稍稍平缓的呼吸之中，我知道前头是一个停顿，他已经看到这一段的最后一句，像看到一棵大树，他准备到树下休息，我就不等他按住话头，飞到另一片天地中去了。少陪了，去计划怎么继往开来吧，我知道你已经成竹在胸，很有把握，我要一个人玩一会儿去。我来不及听他嘱咐些什么，便已经为故地的气息所陶融。

蝴蝶，蝴蝶在茼蒿花田上飞，茼蒿花灿烂的金色。茼蒿花的金色，风吹茼蒿花。风搂抱花，温柔的摸着花，狂泼的穿透到花里面，脸贴着它的脸，在花的发里埋它的头，沉醉的阖起它的太不疲倦的眼睛。茼蒿花，熠动，旺炽，丰满，恣酣，殆殚。狂欢的潮水！

——密密层层，那么一大片的花，稠浓的泡沫，奢侈的肉感的海。茼蒿花的香味极其猛壮，又夹着药气，是迫人的。我们深深的饮喝那种气味，吞吐含漱，如鱼在水。而茼蒿花上是千千万万的白蝴蝶，到处都是蝴蝶，缤纷错乱，东南西北，上上下下，满头满脸。——置身于茼蒿花和蝴蝶之间，为金黄，香

气，粉翅所淹没，“蜜饯”我们的年龄去！成熟的春天多么的迷人。

我怎么也想不起这块地方在我的故乡，在我读过的初级中学的哪一边，从教室那里是怎么走的呢？我常常因为一点触动，一点波漾而想起这块地，却从来没有想出它究竟在哪里，我相信永远想不出了。我们剪留下若干生活的场景，或生活本身，而它的方位消失了，这是自然的还是可惋惜的？且不管它，我曾经在那些蝴蝶茼蒿花之间生存过，这将是没齿不忘的事。任何一次的酒，爱，音乐，也比不上那样的经验。

那个时候我们为什么要疯狂的捕捉那些蝴蝶？把蝴蝶夹死在书里（压扁了肚子）实在是不愉快的事情，现在想起来还有点恶心。为什么呢？我们并不太喜欢死蝴蝶的样子（不飞了）；上课时翻出一个来看看，不过是因为究竟比我们的教科书和教员的脸总还好玩儿些，却也不是真有兴趣，至少这不足以鼓励我们去捕捉和杀害它们。我们那么热心的干这个，（一下午工夫可以捕三五十个，把一本书的每一页都夹一个毫不费力！）完全是发泄我们初生的爱。就是我们那些女同学，那些小姐们，她们的身体，姿态，脚步，笑声给我们一种奇异的刺激，刺激我们做许多没有理由的事情。这么多的花、蝴蝶，而蓝天、白云、太阳、风又挑拨我们。我们一身蓄聚着野蛮的冲动，随时就会干点什么傻事出来。捕捉蝴蝶，这跟穿着衣服跳到水里去、爬到整楼房顶上去、用力踞一只大狗、光声怪叫、奇异服装完全出于一源。不过花跟蝴蝶似乎最能疏导宣发，是一种最直接、最尽致、最完备独到的方式。我们简直可以把那些蝴蝶一把一把的纳到嘴里，嚼得稀烂，“骨笃”一声咽下去的！（并不须她们任何一个在旁边看见或知道。）都是些小疯子，那个时候我们大概是十三四、十四五岁。

这一下可飘得远了。斯本德刚才说什么来的？让我想想看。我重新把那篇《一首诗的创造》摊开，俯伏到上面去。

稍为有一点不顺帖，但不一会儿我就跟上他了。

八月十四日

编后记

汪曾祺离开这个世界，十年了。

今年五月，鲁迅博物馆的一场“纪念会”上，我写过一篇简短发言，题目是“阅读是最好的纪念——汪曾祺先生去世十年”，摘录如下：

汪曾祺同他的写作老师沈从文一样，在理解的层面，都是寂寞的、孤独的。

上世纪九十年代，沈老不在了，汪先生还在。我问某大学中文系两位毕业生，他们说：沈从文这个名字好像见过，全然不知汪曾祺。但是，这情形也并不为怪，只是这些所谓的读书人太不关心阅读罢了。

当代捷克，有位同汪曾祺相似的伟大作家，赫拉巴尔，也在一九九七年去世，比汪先生多活六岁，生于一九一四年。他有一部代表作翻译过来，名字叫“过于喧嚣的孤独”。这让我联系到我们今天这场纪念活动。门窗外是过于喧嚣的世界，我们被远远地甩开。我们置身边缘，感受到孤独。可这样的孤寂，又难道不是一种享用？同汪曾祺比，赫拉巴尔的幸福，正是他所在的那个民族普遍热衷于阅读好书。

……

只有阅读，认识到作家作品，方可避免对作家作品的理解偏差。

汪曾祺是民族的。他作品的语言都是中国话。学习民间，阅读经典，并且字句讲究。

汪曾祺是继承传统的。他的历史文化学养，同样来自博杂深入的阅读。

汪曾祺是世界的。他对外国现代作家作品有选择地用心学习，比如普鲁斯特、波德莱尔、阿索林、契诃夫、海明威，等等。

汪曾祺是时代的。他对自己经历的时代，每一阶段都有关注。每个阶段，不一定发表出来，都有写作。或小说、散文，或诗歌、戏剧，或书信、字画。他说过："写作，是我生命全部。"

汪曾祺是抒情的现实主义。有花花草草、风俗饮馔，更有忧愤同抗争。记得一九八九年冬天到他蒲黄榆的家，已经黄昏，正遇上停电，我们就在暗中谈他的小说《天鹅之死》。汪先生一支接一支掏出香烟递给我。他不怎么说话，手在颤抖，按捺着情绪，眼里的泪水始终没有落下。不错，他有追求和谐、自由的传统文人情趣，但他的灵魂始终未能得到安宁，得到释放。

汪曾祺对祖国和家乡怀抱温情。他是我们这一时代优秀的平民作家，发射到历史空中去，就是一颗闪亮的星星。

我有幸成为汪先生最后十年的忘年交之一。我想，他的接纳，还是在于我的年轻，喜爱阅读，并且多少地理解到他作品背后深切的悲悯同人类美好生活向往。我们之间，眼睛话语，都没有躲躲闪闪。我们之间，清清楚楚，坦坦荡荡。我们之间，非常亲切。

个人一直在喧嚣里，不能免俗。套用古人的话：吾时月不见汪曾祺，则鄙吝之心已复生矣。十年不见汪先生，令人窒息。对我来说，纪念汪曾祺，不是某一个日子，不是十年、二十年、百年，而是温书和回忆。也有过几回梦的探望，惆怅，庄严。

最后，让我用沈从文《长河》中夭夭的一句话作为结束：

"好看的应该长远存在。"

为汪先生编书，我这是第二回。自己编选的标准，始终围绕着对一个作家的认识角度。从他作品里透出的感怀，从他的阅读同写作，从他的交游与回忆，了解他，接近他。

汪曾祺是一个不可多得的了不起的中华民族作家。可不可以如此结论？还要读者判断回答。

汪先生说过，自己的作品不乐意被称作"乡土文学"，原因是这个概念模糊，容易产生歧义。他从不排斥深受西方影响的所谓新潮派。他并不拒绝新潮。汪先生说：“我的小说常以水为背景……我的小说有点水气，却不那么有土气。”

感谢汪曾祺先生的女儿汪朝女士。她特别为本书提供了八篇弥足珍贵的散佚作品，要编者筛选，看有无可用？我非常高兴地照单全收了。

龙　冬

二〇〇七年九月二十六日

（京）新登字083号

图书在版编目（CIP）数据

汪曾祺说我的世界/汪曾祺著. 一北京：中国青年出版社，2007

ISBN 978-7-5006-7918-9

Ⅰ.汪… Ⅱ.汪… Ⅲ.①散文-作品集-中国-当代 ②随笔-作品集-中国-当代 Ⅳ. I267

中国版本图书馆CIP数据核字（2007）第171706号

著作者 汪曾祺

选编者 龙 冬

策划 李师东 黄宾堂

责任编辑 熊耀冬 黄宾堂

封面设计 康 健

出版发行 中国青年出版社

社址 北京东四12条21号（邮编100708）

网址 www.cyp.com.cn

营销部 010-64010813 84027892

直销部 010-64057586

编辑部 010-84015592

印刷 聚鑫印刷有限责任公司印刷

经销 新华书店

规格 700×1000 1/16

印张 19

插页 2

字数 250千字

版次 2007年12月北京第1版

印次 2007年12月河北第1次印刷

印数 1 -10000册

书号 ISBN 978-7-5006-7918-9

定价 28.00元

本图书如有印装质量问题，请凭购书发票与质检部联系调换 联系电话：（010）84047104